Sarah Dreher

Jenseits

Ein Stoner-McTavish-Roman

Aus dem US-amerikanischen Englisch
von Helga Bilitewski

Orlanda Frauenverlag

Originaltitel: Otherworld
New Victoria Publishers Inc., Norwich, Vermont

Die Deutsche Bibliothek – CIP-Einheitsaufnahme
Dreher, Sarah:
Jenseits : ein Stoner-McTavish-Roman / Sarah Dreher.
Aus dem US-amerikan. Engl. von Helga Bilitewski. –
Berlin : Orlanda-Frauenverlag 1994
(Orlanda-Krimi)

ISBN 3-929823-12-8

1. Auflage 1994

Redaktion: Gabriela Walterspiel
Titelillustration: Mirta Domacinovic
Konvertierung, Umbruch und Belichtung: Satzinform, Berlin
Druck: Clausen & Bosse, Leck

Für Joanna und Linda

1

»Helfen Sie mir!«

Stoner preßte den Hörer fest ans Ohr. »Ich kann Sie nicht hören.«

»Helfen Sie mir!«

Sie deutete Gwen an, den Fernseher abzuschalten. Die Bilder von den Sonderveranstaltungen des Tages in Disneyworlds Magischem Königreich schrumpften zu einem hellen Punkt zusammen und erloschen.

»Versuchen Sie bitte, etwas lauter zu sprechen«, rief sie.

Dann war die Leitung tot.

Sie schlug auf die Gabel – ein Vorgehen, das sie selbst immer für völlig sinnlos hielt, denn wenn eine Leitung tot war, dann war sie tot, und daran gab es nichts zu rütteln, die Mißhandlung machte es nicht besser. Aber im Kino und im Fernsehen taten die Leute es ständig. Im Kino oder Fernsehen sagten sie allerdings auch nie »auf Wiedersehen«. Wie unhöflich! Sie war noch nie *so* tief gesunken. Aber es schien nichts Besseres zu geben, und so schlug sie wie eine Idiotin auf die Gabel.

»Was ist los?« fragte Gwen.

Sie legte auf, hob den Hörer wieder hoch und bekam ein Freizeichen. »Da hat jemand um Hilfe gerufen.«

»Wir haben noch nicht mal ausgepackt«, sagte Gwen. »Dein Ruf eilt dir wohl endgültig voraus«, seufzte sie.

»Ich meine es ernst«, beteuerte Stoner. »Da war jemand am Telefon, und sie sagte zweimal ›Helfen Sie mir!‹, und dann war die Leitung tot.«

Ihre Gefährtin lächelte nachsichtig. »Liebste, wir befinden uns in Disneyworld. Hier gibt es jede Menge Kinder. Kinder spielen gern Streiche. Vor allen Dingen lieben sie Telefonstreiche. Die beherrscht diese Spezies von Menschen am besten.«

»Ja, vermutlich«, erwiderte Stoner keineswegs überzeugt.

Gwen beugte den Kopf zur Seite und sah sie an. »Das reicht dir nicht, was?«

»Eigentlich nicht.«

»Gut, dann ruf die Rezeption an und erkundige dich, ob jemand in den letzten fünf Minuten ein Gespräch in dieses Zimmer durchgestellt hat.«

Mit einem Knopfdruck hatte sie die Vermittlung am Apparat, die – Danke-für-den-Anruf-und-auf-Wiedersehen – keine Auskunft geben konnte oder nicht geben wollte.

»Da kann man wohl nichts machen«, sagte Stoner widerstrebend.

»Dir wird schon was einfallen.« Gwen hievte den größten der Koffer auf das Bett. »Willst du den auspacken, oder soll ich es tun?«

»Ich mache es. Das ist meiner.« Sie ließ die Schlösser aufschnappen und begann, ihre Sachen in eine Kommodenschublade zu werfen.

»Stoner.«

»Was?«

»Vielleicht solltest du ein paar Sachen aufhängen.«

»Es sind doch nur T-Shirts und so'n Zeug.«

»Bei dem ›Zeug‹«, sagte Gwen geduldig, »handelt es sich um Baumwollblusen. Und Baumwollhosen. Und ein Seidenhemd. Weißt du, wie die nachher aussehen, wenn sie so in die Schublade gestopft werden?«

Stoner sah sie hilflos an, von einer Hand baumelten Unterhosen, aus der anderen quollen Socken.

Gwen nahm sie ihr ab. »Laß mich das machen. Deine Vorstellung von Ordnung besteht in einer Schublade, die saubere Wäsche, und einer, die schmutzige Wäsche enthält.«

»Das funktioniert«, meinte Stoner.

»Das finde ich nicht.« Gwen hielt ein zerknittertes, verknülltes Hemd hoch. Sie steckte einen Bügel durch die Ärmel.

»Das solltest du wirklich nicht tun«, sagte Stoner verlegen. »Das kommt ja einer – nun, einer Rollenteilung gleich, weißt du?«

»Rollen, Schmollen.« Ihre braunen Augen sahen Stoner mit diesem sanften, belustigt-ernstem Blick an, in den sie sich immer wieder von neuem verliebte. »Ich liebe dich. Geh und kümmere dich um Marylou. Sieh nach, ob sie sich erholt hat.«

Marylous Zimmer befand sich nebenan. Sie klopfte.

»Herein!« rief Marylou.

Stoner spähte durch die Tür.

Eins der Betten war vollständig mit Vibratoren bedeckt.

»Marylou, was ist das denn?«

»Was ist was?«

»Die Vibratoren. Wofür brauchst du all diese Vibratoren?«

»Für Safer Sex«, erklärte Marylou und verschlang den letzten der

Käsecracker, die ihnen im Flugzeug als ›Snack‹ serviert worden waren. Oder vielleicht war es auch das Mittagessen gewesen. Heutzutage war das ja schwer zu sagen.

»Ich weiß, das Touristikgeschäft ist langweilig«, sagte Stoner, »aber du hättest mir sagen können, daß du aussteigst.«

»Daß ich aussteige?« Stirnrunzelnd sah Marylou sie an. »Endlich ist Kesselbaum und McTavish eine Institution. Wir haben eine Stammkundschaft. Im nächsten Jahr könnten wir sogar einen Gewinn machen, wenn das Haus nicht in Eigentum umgewandelt wird. Warum sollte ich da aussteigen?«

Stoner nahm einen *Evas Garten Spezial* und drehte ihn in ihren Händen. »Was hast du dann damit vor? Willst du sie auf dem Schwarzmarkt verkaufen oder was?«

»Ich will sie nicht verkaufen. Ich will sie benutzen.«

»Wofür?«

»An mir.«

»Alle?«

»Nicht alle auf einmal«, erwiderte Marylou. »Vielleicht hintereinander.«

Stoner stellte *Evas Garten* zurück an seinen vorgeschriebenen Platz und setzte sich auf das andere, nicht zugeschüttete Bett. »Wo ist deine Mutter?«

»Bei einem Workshop. Sie hat eine Nachricht hinterlassen.« Marylou wischte sich die Crackerkrümel von den Fingern und begann, in ihrer voluminösen Tasche zu wühlen. »Findest du es nicht irgendwie krank, zu Halloween einen Psychiatriekongreß in Disneyworld abzuhalten?«

»Um ehrlich zu sein, habe ich zum ersten Mal darüber nachgedacht, daß Psychiater Sinn für Humor haben könnten.«

Marylou schüttete den Inhalt ihrer Tasche auf die Frisierkommode und wühlte ihn durch. »Ich weiß, daß ich etwas zu essen dabei hatte.«

»Warum rufst du nicht den Zimmerservice?«

Marylou seufzte tief. »Wenn es in diesem Ding einen Zimmerservice gibt – was ich bezweifle –, ist das Essen wahrscheinlich gräßlich. Mäusefritten und Mickyburger. Natürlich aus richtigem Mäusefleisch.«

»Die Restaurants in *World Showcase* sollen angeblich gut sein.«

Marylou machte hm.

»Ehrlich. Erinnerst du dich, daß die Newtons vor ein paar Jahren herkamen? Sie fanden die Restaurants wirklich gut.«

»Stimmt«, sagte Marylou. »Aber wir haben nicht die leiseste Ahnung, welchen Standard sie haben. Soviel wir wissen, könnte meine Mutter, die Fast-Food-Königin, im Vergleich dazu ein Gourmet sein.«

Stoner streckte sich, die Hände hinter dem Kopf verschränkt, auf dem Bett aus und betrachtete ihre Freundin. »Ich bin froh, daß du dich von der Reise erholt hast.«

»Erholt?« fragte Marylou, wobei ihre Stimme eine Oktave höherrutschte. »Erholt? Das war ja wohl die widerlichste Erfahrung im Laufe meines fünfunddreißigjährigen Lebens auf diesem Planeten. Ich werde mich nie davon erholen.«

Stoner grinste sie an. »Ich wette, ein paar Stewardessen behaupten in diesem Augenblick genau dasselbe.«

»Es war ihre Entscheidung, diesen Beruf auszuüben. Ich lasse mir deswegen keine Schuldgefühle einreden. Außerdem ...« Sie rümpfte stolz die Nase, »... finde ich, daß ich mich bewundernswert verhalten habe.«

Stoner tat so, als würde sie ernsthaft darüber nachdenken. »Ja klar. Nur beim Start und bei der Landung warst du natürlich nicht gerade zurückhaltend.«

In dem Augenblick, als das Flugzeug sich auf den Weg zur Startbahn begab, hatte Marylou angefangen, den anderen Passagieren mit lauter und unüberhörbarer Stimme einen Vortrag zu halten. »Ihr Leute seid alle verrückt. Wir sitzen hier in einer langen Metallröhre, die unmöglich unser Gewicht tragen kann. Die Türen sind abgeschlossen. Es gibt keinen Ausweg. Kennt ihr den Piloten? Ich schon. Ich sah ihn letzte Woche in der Sendung *Ungelöste Mysterien*. Wißt ihr, daß dieser Mann – wenn er überhaupt ein Mensch ist, was ich bezweifle – eigenhändig acht Menschen ermordet hat? Wißt ihr, wie er das gemacht hat? Er nahm sie in einem Privatflugzeug mit und sprang raus. Sprang raus. Ließ sie im Fegefeuer umkommen ...«

Die Stewardess – eine quirlige Brünette in einer hautengen Uniform und mit der einzigen echten Schmachtlocke, die Stoner je in ihrem Leben, abgesehen von alten Fotografien in Ausgaben des *Life Magazine* aus den fünfziger Jahren, gesehen hatte – stürzte sich wie eine Mutter bei einem verängstigten Kind mit beruhigenden »Ist-ja-gut-ist-ja-gut«-Lauten auf sie.

»Behandeln Sie mich nicht so gönnerhaft, Madam«, fuhr Marylou sie an. »Sie schleppen uns meilenweit in die Höhe, um uns von dort wie einen Stein herunterfallen zu lassen. Ich habe keine Lust, mich in einem solchen Augenblick gönnerhaft behandeln zu lassen.«

An dem Punkt hatte Stoner versucht zu leugnen, daß sie Marylou jemals zuvor in ihrem Leben gesehen hatte – was schwierig war, da Marylou zwischen Stoner und Gwen saß und es aufgrund zahlreicher kleiner Gesten der Zuneigung, die sie beide über Marylous Schoß hinweg ausgetauscht hatten, offensichtlich war, daß sie sich niemals durch eine Fremde hätten trennen lassen.

»Das geht schon in Ordnung«, sagte Gwen und ließ ein wenig von ihrem Georgia-Akzent durchklingen, da es ein Delta-Flug war und die Stewardess wahrscheinlich aus Atlanta kam. »Dies ist ihr erster Flug.«

Sie tätschelte Marylous Hand, während sie die Frau ernst ansah. »Sie ist erst seit ein paar Tagen draußen, wissen Sie.«

Die Stewardess, deren Namensschild sie mit Ellen vorstellte, ein guter, beständiger, beruhigender und zuverlässiger Name, setzte wieder ihre professionell kompetente und besorgte Maske auf. »Draußen?« fragte sie mit einer Stimme, der es nicht so recht gelang, blasiert zu klingen.

»Aus der ...« Gwen führte kreisförmige Handbewegungen aus. »... aus der ... der ... Sie wissen schon.«

»Oh«, sagte Ellen. »Aus der ... Sie wissen schon.«

»Es ist nichts Ernstes«, erklärte Gwen mit beruhigender Stimme. »Nur ein kleines Problem mit der Impulsivität, das ist alles.«

Ihretwegen werden wir noch aus dem Flugzeug geschmissen, dachte Stoner. Aber aus Flugzeugen wurde man nicht rausgeworfen. Nicht in dreißigtausend Fuß Höhe. Oder?

Gwen wühlte in ihrer Tasche und zog ein Beutelchen Kamillentee hervor. »Wenn Sie ihr den zubereiten könnten, bin ich sicher, daß es ihr besser gehen wird.«

»Gut«, sagte Ellen. »Wenn Sie meinen. Aber wir können nicht zulassen, daß die anderen Passagiere ...«

»Natürlich nicht«, sagte Gwen.

Als Ellen außer Hörweite war, wandte sie sich Marylou zu. »Wenn du dich nicht auf der Stelle zusammenreißt«, erklärte sie, »werde ich nie wieder mit dir sprechen.«

Das versetzte Marylou in einen Zustand, in dem sie leise vor sich hingrollte, bis sie zur Landung auf dem internationalen Flughafen von Orlando ansetzten. Da verkündete sie, daß sie *jetzt* mit Lichtgeschwindigkeit zur Erde sausen und den Druckverlust und die daraus folgende Explosion niemals überleben würden.

»Ich frage mich«, sagte Stoner, als Marylou begann, die Vibratoren in einer neuen Anordnung hinzulegen, die ihr besser gefiel, »wie wir dich wieder nach Hause bekommen.«

»Ich komme nicht wieder nach Hause«, erklärte Marylou. »Ich werde unsere Geschäfte telefonisch von unserer Zweigstelle in Kissimmee aus erledigen oder wo auch immer.«

»Das ist nicht witzig«, bemerkte Stoner leicht verärgert.

»WITZIG?« kreischte Marylou. »Sah es etwa so aus, als hätte ich *Spaß* gehabt?«

»Entschuldige«, murmelte Stoner, obwohl sie immer noch verärgert war, aber sie wollte einen Streit vermeiden.

»Als wir das Reisebüro eröffneten, habe ich dir gesagt, daß ich alles, was in meiner Macht steht, tun werde, um anderen Menschen zu helfen – auch Fremden, sogar unangenehmen Fremden –, damit sie einen unvergeßlichen und sorgenfreien Urlaub haben. Aber ich selbst werde nie und nimmer reisen. Ich hasse es, Stoner. Ich hasse es wirklich.«

Kleine Tränen begannen auf Marylous Augenrändern zu zittern, und Stoner war verloren. Sie hatte es noch nie ertragen können, Marylou unglücklich zu sehen. Sie stand auf und legte einen Arm um sie. »Das ist in Ordnung.«

»Das ist *nicht* in Ordnung.« Eine der Tränen gab der Schwerkraft nach und rollte über Marylous Wange. »Es ist schon schlimm genug, nicht das tun zu können, was alle Menschen auf der ganzen Welt gern tun, aber daß ich bei dem einen Mal, wo ich meinen ganzen Mut zusammenreiße und es versuche, ausgerechnet in diesem gottverlassenen, aus der Form geratenen Amüsierpark voller – voller Kreaturen, oder wie sie das nennen, gerate ...«

»Figuren«, sagte Stoner.

»Vielleicht komme ich nie mehr nach Hause, und hier gibt es nicht einmal einen Zimmerservice.«

»Hier gibt es bestimmt einen Zimmerservice«, sagte Stoner beruhigend und reichte Marylou ein Taschentuch.

»Bestimmt nicht.« Marylou schniefte und putzte ihre Nase.

Stoner strich Marylou das Haar aus dem Gesicht. »Doch, ganz bestimmt. Wenn nicht, besorge ich dir was.«

»Das ist nicht der Punkt. Wir sind in einem Hotel gestrandet, in dem man vom Konzept des Zimmerservices nichts versteht. Wenn sie das nicht verstehen, weiß Gott, was sie sonst noch nicht verstehen. Dieser Ort ist … ist *primitiv*.«

»Marylou, dieser Erholungs- und Vergnügungspark ist technisch auf dem neuesten Stand und der modernste des Landes. Wahrscheinlich der ganzen Welt.«

»Technisch auf dem neuesten Stand«, schnaubte Marylou. »Du fängst an, wie ein Yuppie zu reden. Reagan und Bush sind weg, um die Früchte ihrer zwölf Jahre dauernden Gier und sonstigen Widerlichkeiten zu ernten, Yuppies sind out – und *jetzt* fängst du an, wie einer zu reden.«

»Ich versuche, auf dem laufenden zu sein«, murmelte Stoner zurückhaltend.

Marylou warf das feuchte Taschentuch in den Papierkorb und aß die letzte Erdnuß aus dem Flugzeug auf. »Hast du gesehen, wie sie die Bäume beschnitten haben? Du lieber Himmel.«

»Klar habe ich das gesehen.«

»Wie Seeschlangen. Elefanten. RATTEN!«

»Ich glaube, das war Micky Maus.«

»Wir waren noch nicht einmal im Hotel und haben schon lauter Mutanten gesehen.«

»Es waren doch nur Büsche.«

»Pflanzen sind Pflanzen«, erklärte Marylou, »und Kreaturen sind Kreaturen …«

»Figuren«, sagte Stoner.

»… und jeder, der Pflanzen züchtet, die wie Kreaturen aussehen, ist krank. Wir sind hier der Gnade KRANKER WESEN ausgeliefert.«

»Dies ist ein Vergnügungspark, Marylou. Disneyworld ist ein Vergnügungspark. Vergnügungsparks sind so.«

»Ja, und was kommt als nächstes?« Sie grub sich noch tiefer in den ausgeleerten Inhalt ihrer voluminösen Tasche und schaffte es, eine kleine Schachtel mit Godiva-Schokolade zu finden. »Als nächstes wirst du mich wahrscheinlich nach Dollywood schleppen. Oder in das Religionszentrum dieser beiden Prediger Jim und Tammy Fay.«

»Sie haben das Religionszentrum verkauft.«

»Ach, es gibt bestimmt andere Orte, die genauso gräßlich sind.« Sie wickelte ein Stück Schokolade aus und warf es sich in den Mund. »Nein, du kannst keine Schokolade abhaben.«

»Ich stehe nicht auf Designerbonbons«, sagte Stoner.

»Ruhe. Ich komme gerade zum Höhepunkt.«

Sie wartete, bis Marylou mit der Schokolade fertig war, jedesmal fasziniert, wie eine einfache Süßigkeit die Spannung aus dem Gesicht ihrer Freundin weichen ließ. Es war, als beobachtete man jemanden, der kurz vor dem Herzinfarkt stand und sich etwas Nitroglyzerin einwarf. Sie wünschte, sie könnte ihre Probleme auch so einfach loswerden.

»Ich werde nie verstehen«, sagte Marylou, während sie liebvoll das Einwickelpapier zusammenfaltete und es ehrfürchtig in den Papierkorb warf, »wie du bei den Dingen, die du ißt, das alltägliche Leben in Amerika ertragen kannst.«

»Ich esse so ziemlich dasselbe wie alle anderen«, erwiderte Stoner.

»Und sieh dir das an, was ›alle anderen‹ aus dieser Welt gemacht haben.« Sie seufzte. »Gott, wenn ich mir vorstelle, Boston nie wieder zu sehen! Den Stadtpark! Das Isabella Stewart Gardiner Museum, das Kunstmuseum, das Pop-Orchester! Den Fenway Park!«

Nun mußte Stoner wirklich lachen. »Du hast nie in deinem Leben einen Fuß in den Fenway Park gesetzt.«

»Aber es bestand die *Möglichkeit*.«

»Wir werden eine Möglichkeit für dich finden, nach Hause zurückzukehren«, sagte Stoner. »Warum amüsierst du dich solange nicht einfach? Wir haben eine ganze Woche, um uns auszuruhen und zu amüsieren.«

»Amüsieren«, murrte Marylou. »Umzingelt von Kreaturen.«

»Figuren.«

Marylou begann, wütend auszupacken. »Ich weiß nicht, warum ich mich dazu habe überreden lassen.«

»Ich habe dir weder Arm umgedreht noch dir die Pistole auf die Brust gesetzt. Ich habe sogar versucht, es dir auszureden.«

»Sie haben uns einen Rabatt angeboten«, räumte Marylou ein.

»Wir bekommen für alle möglichen Orte Rabatte. Ständig.«

»Nicht für Disneyworld.« Sie zog einen pailettenbestickten schwarzen BH aus dem Koffer und warf ihn in eine Schublade.

Jetzt wurde Stoner richtig neugierig. »Ernsthaft, warum *hast* du beschlossen mitzukommen?«

»Es gab keinen Grund.«

»Ich kenne dich seit über fünfzehn Jahren. Du hast noch nie etwas getan, ohne einen Grund dafür zu haben. Vielleicht war der Grund bescheuert. Vielleicht war der Grund, wie du später feststelltest, nicht der Grund, für den du ihn gehalten hattest. Aber es gab immer einen Grund.«

Marylou nahm eine Handvoll roter Spitzenschlüpfer und verstaute sie in der Schublade. »Also gut. Ich fühlte mich ausgeschlossen.«

»Ausgeschlossen?« Es war schwer, sich Marylou ausgeschlossen vorzustellen. Sie wirkte immer so, als sei sie gerade mit jemandem zusammen oder auf dem Weg zu jemandem oder im Begriff, sich mit jemandem zu treffen – mit Freundinnen oder Freunden, mit einer Verabredung oder unterwegs zu Kundinnen, um sich Dias anzuschauen. Marylou gehörte zu den Menschen, die mühelos und anscheinend furchtlos Freundschaften schlossen. Nicht so wie deine Wenigkeit, dachte Stoner.

»Du fährst ständig an tolle Orte und machst aufregende Dinge, weil du keine Angst hast zu reisen. Und ich muß ständig zu Hause bleiben.«

Stoner war schockiert. »Tolle Orte? Dieses verfluchte Haus in Maine? Meinst du, das war ein *toller Ort*? Du mußt verrückt sein!«

»Nun«, räumte Marylou ein, »das vielleicht nicht.«

»Ich bin ein halbes dutzendmal fast umgebracht worden. Das war vielleicht aufregend, aber es war nicht *toll*.«

»Nicht so ganz, ich weiß.«

»Und wenn du *richtig* Spaß und Vergnügen haben willst, laß dich doch mal in ein anderes Jahrhundert versetzen. Das ist *wirklich* toll.«

Marylou hob die Hände hoch. »Okay. Vielleicht hattest du dabei keinen Spaß, aber zumindest sind dir Dinge zugestoßen. Mir ist noch nie etwas passiert.«

Stoner mußte zugeben, daß das stimmte. Marylou passierte nur sehr wenig. Stoner hatte sie darum eher immer beneidet. »Nun«, sagte sie, »jetzt ist dir etwas passiert.«

»Das stimmt«, gab Marylou ihr recht. »Und das macht alle Dinge, die ich bisher verpaßt habe, mehr als wett. Aber ich habe noch kein Geheimnis lösen müssen.«

»Okay«, sagte Stoner, »hier ist eins. Vor wenigen Minuten klingelte das Telefon in unserem Zimmer. Als ich ranging, sagte eine weibliche

Stimme ›Helfen Sie mir‹. Zweimal sagte sie es. Das klang nach einer, die in Schwierigkeiten ist.«

»Ganz einfach«, sagte Marylou. »Sie suchte verzweifelt den Zimmerservice.«

»Marylou, ich schwöre dir, in Disneyworlds Contemporary Hotel gibt es einen Zimmerservice.« Entsetzt schüttelte sie den Kopf. »Ich kann nur sagen, daß ich froh bin, daß du dein Bett bei deiner Mutter aufstellst und nicht mit uns schläfst.«

»Oh ja.« Marylou verdrehte die Augen. »Dr. Edith Kesselbaum, die *außergewöhnliche* Psychiaterin. Das verspricht, viel Spaß zu bringen. Wie würde dir eine Woche im Magischen Königreich mit *deiner* Mutter gefallen?«

Eine Woche in der Hölle, dachte Stoner, würde im Vergleich wie ein Urlaub sein. »Deine Mutter ist nicht so wie meine.«

»Das sagst du nur, weil sie dein Seelendoktor war.«

»Das stimmt nicht, Marylou. Außerdem ist das schon lange Zeit her. Darüber sind wir hinweg.«

»Du vielleicht«, meinte Marylou, »aber verlaß dich lieber nicht auf Edith. Sie nimmt das Therapiegeschäft sehr ernst. Wenn du es gerade am wenigsten erwartest, beugt sie sich über dich und flüstert: ›Wie geht es dir *wirklich*?‹« Sie betrachtete sich im Spiegel. »Oh Gott, Stoner, warum hast du mir nicht gesagt, daß ich so fett geworden bin?«

»Das bist du nicht. Du hast nicht ein Pfund in den letzten drei Jahren zugenommen.«

»*So* sehe ich schon seit drei Jahren aus?«

»Du siehst genau richtig aus.«

Marylou trat ein paar Schritte zurück, drehte und betrachtete sich. »Ich muß eine Diät machen.«

Es machte Stoner traurig, wenn Marylou von Diäten sprach. Marylou zu sein, bedeutete, gern zu essen und es zu zeigen. Es lag etwas Sinnliches in ihrer Art zu essen, als wäre das Essen die aufregendste, phantastischste und absolut geschmackvollste Erfahrung, die man machen konnte. Es wäre nicht dasselbe, wenn sie dünn wäre. Wenn Marylou über Diäten sprach, hatte Stoner das Gefühl, als spräche sie vom Sterben.

»Ich mag dich, wie du bist«, sagte sie.

Marylou betrachtete sich mit einem letzten kritischen Blick. »Nun, dann muß ich noch einmal das Buch *Fettsein als feministisches Thema* lesen.« Liebevoll tätschelte sie ihren Busen. »Wann kommt deine Tante an?«

Stoner hob einen klassischen *Hitachi Wand*-Vibrator hoch und betrachtete ihn. »Erst heute abend zum Abendessen ungefähr. Sie besucht noch ihre Freundinnen im Spiritistencamp in Cassadaga.«

»Wirklich?« Marylou zog eine ihrer gezupften schwarzen Augenbrauen hoch. »Ich hätte gedacht, diese Leute seien ein bißchen zu konservativ für ihren Geschmack.«

»Sie kennt sie noch von früher. Allerdings war sie etwas nervös. Sie wußte sicher, wie sie es aufnehmen würden, daß sie zum Hexenkult konvertiert ist.«

»Nicht gut, wette ich. Sie sind ziemlich verbohrte Christen, nicht wahr? Aber nicht so schlimm wie die jüdischen Mystiker. Die sind furchtbare Fanatiker.«

Es klopfte an der Tür.

»Herein«, trällerte Marylou.

Gwen trat ein. »Stoner, da war wieder dieser Anruf.«

»Derselbe wie vorher?«

»Nun, nicht genau. Ich meine, da war ein Anruf, und als ich den Hörer abnahm, hatte ich das Gefühl, daß da jemand dran war – du weißt ja, wie man so was spürt –, aber niemand sagte etwas. Ich versuchte, den Anruf zurückzuverfolgen, aber sie konnten mir nur sagen, daß er von außerhalb des Hotels gekommen sei.« Sie betrachtete Marylous Vibratorkollektion. »Hast du vor, dich ein wenig zu amüsieren?«

»Vielleicht.«

»Was meinst du dazu?« fragte Stoner.

»Ich meine, wir werden Marylou auf dieser Reise nicht viel sehen.«

»Ich meine zu dem Anruf.«

Gwen ging zum Fenster und schaute hinaus. »Ich denke, es könnte sich auf jeden Fall um einen Streich handeln, selbst wenn der Anruf nicht aus dem Hotel kam. Wir haben hier ein gut funktionierendes Telefonsystem und tausend Hektar von Kindern überschwemmtes Land. Wenn es kein Streich ist, können wir nicht viel tun, ehe wir nicht mehr Informationen haben, und ich habe keine Ahnung, wie wir die bekommen könnten. Du?«

»Nein.«

»Dann schlage ich vor, daß wir unseren Urlaub genießen und weitere Entwicklungen abwarten.«

»Einverstanden.« Stoner trat an ihre Seite. Das Zimmer hatte eine Aussicht auf die Swimmingpools und die Lagune dahinter. Kleine leuchtend gelbe Motorboote sprangen wie Wasserflöhe auf dem schillernden See hin und her. In der Ferne glitten ein paar Segelboote entlang. In der Mitte der Lagune legte ein motorisiertes, mit Besuchern vollgepacktes Wassertaxi von einer Dschungelinsel ab. Die tief am Himmel stehende Oktobersonne strahlte rosa schimmernd durch den feuchten Dunst. »Was sollen wir als erstes machen?«

»Ich weiß nicht. Marylou?«

»Guckt mich nicht an«, erwiderte Marylou. »Ich bin noch nie verreist.«

Stoner beugte sich zu Gwen hinüber. »Ich glaube, sie wird es auch nie wieder tun.«

»Komm schon«, sagte Gwen zu Marylou. »Dieser Ort ist magisch.«

Marylou brummelte etwas Unzusammenhängendes.

»Nun«, sagte Gwen, »ich habe jedenfalls die Absicht, Mr. Disney eine Chance zu geben. Wie findet ihr die Idee, auf die Monorail zu springen, um einen Überblick über die Sehenswürdigkeiten zu bekommen? Stoner?«

»Großartig. Marylou, kommst du mit?«

»Ich habe gerade einen dem Tode trotzenden Flug überlebt, und jetzt wollt ihr mich auf einen Zug schleppen, der wie ein Geschoß rumrast. Vielen Dank, aber ich glaube, ich warte auf Edith.«

»Ich würde mich wirklich freuen, wenn du mitkämst«, sagte Stoner, damit Marylou nicht das Gefühl bekam, das fünfte Rad am Wagen zu sein, weil Gwen und Stoner ein Pärchen waren.

»Wirklich«, bestätigte Gwen.

»Ganz ehrlich, ihr Lieben, ich muß mich erstmal einrichten.« Mit einer ausholenden Bewegung, die den ganzen Raum, das Gepäck und das Bett voller Vibratoren umfaßte, streckte sie den Arm aus. »Vor allem muß ich diese kleinen Dinger verstauen, bevor meine Mutter ankommt.«

»Deine Mutter hat bestimmt schon Vibratoren gesehen«, meinte Gwen. »Wenn vielleicht auch nicht so viele auf einmal.«

»Die befreite Dr. Edith Kesselbaum ist eine Sache«, bemerkte Marylou. »Edith Kesselbaum, die Mutter von Marylou, ist eine andere. Edith Kesselbaum, die Mutter von Marylou, wäre schockiert und sprachlos.«

Sprachlos? Stoner hatte noch nie erlebt, daß Edith Kesselbaum die Worte fehlten – was auch der Grund dafür war, wie Edith während ihrer langen und erfolgreichen Behandlung als Stoners Therapeutin vor zehn Jahren erklärt hatte, daß sie niemals als klientenorientierte Therapeutin arbeiten könne. »Die *sitzen* einfach nur da«, hatte sie gesagt, »nicken und denken nach wie senile Hunde.«

»Wenn sie auf Mutter macht«, erklärte Marylou, »verwandelt sie sich in Donna Reed. Das ist kein schöner Anblick.« Sie gab den beiden einen kleinen Stups in Richtung Tür. »Geht. Amüsiert euch.«

»Falls du dich langweilst«, schlug Gwen vor, »kannst du ja immer noch das Menü vom Zimmerservice studieren.«

»Das WAS?«

Gwen zog die Informationsmappe des Hotels unter Marylous abgegriffener Ausgabe des *People Magazine* auf dem Nachttisch hervor und reichte sie ihr.

»Du bist wirklich eine Heilige«, sagte Marylou und drückte die Mappe an ihren Busen. »Beeilt euch nicht mit dem Heimkommen.«

Bei der Tour durch den Grand Canyon hatte man ein tiefes, gedämpftes Gefühl, als wäre die Schlucht mit Teppichboden ausgelegt. Oder die Grand Central Station mit Läufern, dachte Stoner, als die Magnetbahn hineinschwebte und ihre Ladung Passagiere, die sofort anfingen, einander zu stoßen, zu schieben und zu bekämpfen, wieder auslud. In Reihen türmten sich die Zimmer fünfzehn Stockwerke hoch über dem Erdgeschoß, und Männer in Geschäftsanzügen beugten sich mit Drinks in der Hand über die Balkone. Irgendwie paßten die Kongreßteilnehmer in ihren Anzügen nicht zu der fast dreißig Meter hohen Wandfliese, auf der niedliche, pausbäckige, kulleräugige Indianerkinder zu sehen waren. Niedliches und Anzüge paßten nicht zusammen.

Die niedlichen, kulleräugigen Indianerkinder warfen sogar einen reichlich zweifelhaften Schatten auf Disneys ethische Sensibilität.

Anders als die Grand Central Station oder auch die mit Teppich ausgelegte Schlucht war dieser Ort erfüllt von Licht, Farben und Luft. Die gelbgestreifte Magnetbahn verschwand wie eine Geisterbahn in einer Öffnung, die wie auf einem trapezähnlichem Bild von Bäumen und einem Himmel eingerahmt war. Oder einem Zeichentrickfilm mit Himmel und Bäumen. Das nahegelegene Terrace Cafe war ein Gartencafé im Stil des Südwestens, von dort ging man nach drinnen, um sich sein Essen zu holen, und setzte sich dann zum Essen nach draußen – was eigentlich drinnen war. Innen im Contemporary Hotel schien es eine Menge zu geben, was draußen war. Stoner vermutete, daß das von Disney so beabsichtigt war, um die Sinne zu verwirren und einen in eine reale/unreale Welt zu verwickeln, in der man beides nicht mehr auseinanderhalten konnte.

Vielleicht hatte Marylou recht. Vielleicht *war* das alles das Produkt eines kranken Wesens.

Gwen war weitergegangen. Panisch schaute Stoner sich nach ihr um und sah sie auf den Fahrstuhl zugehen. Sie rannte, um sie einzuholen. »Was hast du vor?«

»Ich dachte, wir könnten gleich unsere Disneyworld-Ausweise abholen, wenn wir schon einmal hier sind. Außerdem müssen wir hier hoch, um in die Monorail umzusteigen.«

»Lauf mir nicht noch einmal weg«, keuchte Stoner. »Ich erlebe gerade einen Kulturschock.«

Gwen nahm Stoners Hand. »Es tut mir leid. Ich passe schon auf, daß du nicht verloren gehst.«

Das stimmt, dachte Stoner, als sie hinter ihr hertrottete, Gwen paßt auf, daß ich nicht verlorengehe.

Und das tat sie schon seit dem Tag, als sie sich in Wyoming im Grand Teton National Park getroffen hatten, als Stoner von der Schönheit der Berge und dem aufregenden ersten Anblick des Westens und von Gwens einfach umwerfender und wunderbarer Nähe überwältigt gewesen war.

2

Es gab noch andere Lesben in der Monorail. Zwei. Händchenhaltend im Angesicht von Gott, Micky Maus und einer stinknormalen Traditions-Familie mit Vater, Mutter, zwei Kindern und Oma.

Stoner suchte Blickkontakt.

Bestätigt.

Ein Lächeln.

Bestätigt.

Sie tauschten Nettigkeiten und ihre Namen aus.

Pauline war groß und blond und sah aus wie eine Außenfeldspielerin – nicht zu athletisch, aber in der Lage, sich beim Frauenbaseball zu bewähren, solange sie in einem feministischen Team mitspielte, das nicht zu stark auf Sieg aus war. Die Farbe ihrer Augen erinnerte an den Abendhimmel, wenn er sich in der Lagune spiegelte – ein in Purpurrot übergehendes Blau. Ihren Lebensunterhalt verdiente sie mit Aluminiumverschalungen, und sie wurde »Stape« genannt.

Stapes Partnerin – oder »Freundin«, wie sie mit Rücksicht auf die Empfindsamkeiten der Traditions-Familie sagte, die ein bißchen nach dem Mittelwesten aussah – sehr sauber und irgendwie steif – hieß Georgia. Sie war klein, hatte lohfarbenes Haar und erweckte den Eindruck, als könnte sie bestenfalls bei einer Unterschriftenaktion Punkte gewinnen, aber wahrscheinlich war sie eine nicht zu unterschätzende Fangmaschine, mit der sich selbst bei Wettkämpfen niemand anzulegen wagte. George – wie sie sich nach ihrer Lieblingsfigur Nancy Drew am liebsten nannte – arbeitete für Disneyworld, wich aber aus, als sie fragten, was sie täte. Stoner vermutete, daß sie mit dem Sicherheitsdienst zu tun hatte.

Unaufgefordert erzählte Stoner, daß sie und Gwen aus Boston kämen, daß sie Reisekauffrau sei und Gwen an der Highschool in den unteren Klassen Geschichtsunterricht gäbe – womit sie bei Stape und George ein mitfühlendes Murmeln erntete. Gwen fügte hinzu, es sei sogar noch schlimmer, als sie sich wahrscheinlich vorstellen könnten.

Eins der Traditions-Kinder rollte die Augen. »Lehrer! Ekelhaft!« murmelte es.

Gwen schenkte den Eltern, die den Anstand besaßen, bestürzt dreinzuschauen, ein süßes Lächeln.

»Sie können ja keine besondere Lehrerin sein«, meinte die Oma, »wenn Sie im Oktober Urlaub bekommen.«

»Ich habe aus Krankheitsgründen noch restliche Urlaubsansprüche«, erklärte Gwen und fügte freundlich hinzu: »Ich befürchtete, ich würde ein Kind umbringen, wenn ich nicht wegkäme.«

Der Junge betrachtete sie mit erneutem Interesse – und wahrscheinlich Respekt. »Sie haben mich rausgenommen«, erklärte er freimütig und zeigte auf seine Eltern.

»Schön für sie«, sagte Gwen. »Gibt es einen besonderen Anlaß?«

»Die Motels sind billiger«, brummte die Oma, deutete mit einer

Kopfbewegung auf den Vater und rümpfte die Nase. »Er wollte Geld sparen.«

Der Schwiegersohn, schloß Stoner.

Als sie die Einfahrt zur Lagune überquerten, wo die Türme von *Cinderella's Castle* im disneyischen Abendrot rosa schimmerten – Stoner fragte sich, ob es wohl ein *echter* Sonnenuntergang oder ein Spezialeffekt sei –, hatte Stape ihnen bereits ihre Visitenkarte mit einer Telefonnummer in Kissimmee gegeben und ihnen angeboten, sich an einem Abend zu treffen, damit George und Stape ihnen »die Sehenswürdigkeiten« zeigen könnten.

Traditions-Daddy zog seine Tochter noch dichter an sich heran, und Stoner fragte sich, was für gespenstische Bilder wohl durch seinen traditionellen Verstand gingen.

»Die meisten Leute sehen nur die Hälfte von dem, was es hier zu sehen gibt«, sagte George. »Nie fahren sie aus Disneyworld hinaus. Kaum jemand geht ins Tupperware Museum.«

»Ins Tupperware Museum?« fragte Gwen neugierig.

George grinste. »Interessiert es dich?«

»*Natürlich* interessiert es mich. Wie könnte es mich nicht interessieren?«

Stoner rutschte etwas tiefer auf ihrem Sitz und versuchte, sich unsichtbar zu machen.

»Du solltest mal die blauen Kostüme sehen, die die Führerinnen tragen«, meinte Stape. »Süß. Und sie sind auch richtig nett. Ganz normale Mädchen, nichts Aufgedonnertes. Bei ihnen fühlst du dich wie zu Hause.«

Die Traditions-Frauen, Mutter und Großmutter, beugten sich unbewußt ein wenig vor. Stoner lächelte ihnen zu.

Verspannt lächelten sie zurück.

»In dem Museum gibt es ein komplettes Haus«, erklärte George. »Mit Küche, Eßzimmer, Wohnzimmer, weißt du. Sie zeigen dir, wie du in jedem Zimmer deines Hauses Tupperware verwenden kannst. Ich mache keine Witze. Es gibt sogar Kinderspielsachen aus Tupperware. Du glaubst nicht, was sie alles herstellen.«

»George möchte ein Kind haben«, sagte Stape zu Stoner. »Ich weiß nicht. Was hältst du davon?«

Stoner zuckte die Achseln. »Kommt drauf an, denke ich.« Sie kannte ein paar Lesben mit Kindern – Jungen. Eine befreundete Hebamme hatte ihr erklärt, daß die meisten Kinder, die durch künstliche Befruchtung gezeugt würden, Jungen seien. Sie fand, daß nicht noch mehr Jungen auf dieser Welt nötig waren. Kleine Jungen wuchsen in der Regel zu größeren Jungen heran. Danach gingen die Dinge meistens ziemlich schnell bergab.

»Es gibt jetzt eine ganz neue Produktreihe«, fuhr George fort. »Für die Mikrowelle. Sie heißt Tupperwelle.«

Die Frauen aus dem Mittelwesten hörten wie gebannt zu.

»Hast du sie schon mal ausprobiert?« fragte Gwen.

»Ich benutze sie ständig. Sie besteht aus verschiedenen Teilen. Du kannst sie übereinander stapeln und ein ganzes Menü zur selben Zeit kochen. Hast du eine Mikrowelle?«

Gwen schüttelte den Kopf. Sie hatte mal mit Stoner darüber diskutiert – als sie sich mit ihrer Großmutter zerstritten hatte, weil sie Lesbe war und eine eigene Wohnung nahm –, und sie waren beide der Meinung gewesen, daß Mikrowellen in kleinen Wohnungen und bei einem vielbeschäftigten Leben ideal seien. Doch sie mußten auch beide gestehen, daß sie Angst vor ihnen hatten.

»Du solltest dir eine anschaffen«, fügte Stape hinzu. »Sie wird dein Leben verändern. Dir Zeit für andere Dinge lassen.«

Daddy stellte sich jetzt bestimmt vor, was diese »anderen Dinge« wohl waren. Er würde noch einen Herzinfarkt bekommen, wenn er seine Phantasien nicht endlich in den Griff bekäme!

»Kommen wir denn *niemals* an?« jammerte die Traditions-Tochter.

Mommy brachte sie zum Schweigen.

»Ich *hasse* diesen Ort«, nörgelte die Tochter.

»Ach was«, sagte Grammy.

»Doch.«

Sie versuchten, sie zu ignorieren, und wandten ihre Aufmerksamkeit, gespannt auf weitere Verwendungsmöglichkeiten, wieder George und Gwen zu.

»Damit kann man nichts falsch machen«, versicherte George, »solange du dich nicht so blöd anstellst und womöglich versuchst, deine Wäsche darin zu trocknen oder die Katze oder so was reinzutun.«

»Das würde ich wohl auch nicht tun«, meinte Gwen.

»Ich habe *Hunger*«, jammerte die Tochter.

»Du hast gerade gegessen«, zischte Mommy.

»Ich sag' euch was«, erklärte Stape. »Kommt doch in den nächsten

Tagen zum Essen in unseren Wohnwagen. Dann werden wir sie auf Herz und Nieren prüfen.«

Gwen sah Stoner an.

»Klar«, sagte Stoner. »Gern.«

»Wir sind allerdings mit ein paar Freundinnen da«, gab Gwen zu bedenken. »Wir müßten uns mit ihnen absprechen.«

»Quatsch«, sagte Stape. »Bringt sie mit.«

Stoner konnte sich Marylous Gesicht schon vorstellen, wenn sie ihr erzählte, daß sie zu einem in Tupperware gekochten Mikrowellenessen eingeladen seien. Es würde sich fast lohnen, dafür Eintrittskarten zu verkaufen.

»Ich weiß nicht«, meinte Gwen. »Sie sind ziemlich schräg drauf.«

»Ich muß mal«, wimmerte die Tochter.

»Jetzt nicht«, fuhr Traditions-Sohn sie an und piekste seiner Schwester mit dem Finger in den Hintern.

»*Mommy! Davey schlägt mich!*« Ihr Schrei hätte Tote wecken können.

»Hör auf, sie zu ärgern«, befahl Mommy.

Daddy schreckte kurz aus seinen Träumereien auf. »Laß den Jungen in Ruhe«, murmelte er.

Die Tochter schniefte laut.

Mommy sah Gwen an und lächelte entschuldigend.

Gwen erwiderte ihr Lächeln.

»Ich wüßte gern«, sagte Mommy zögernd und riß all ihren Mut zusammen, um sie anzusprechen, »ob Sie mir sagen könnten, wo dieses Museum liegt.«

»Ganz simpel«, antwortete George. »Gleich außerhalb von Kissimmee an der 441, direkt südlich von Beeline. Wenn Sie zum Flughafen müssen, fahren Sie einfach ein paar Stunden vorher los und machen dort halt.«

»Bekommt man dort Proben?« wollte Grammy wissen.

»Schälmesser«, sagte Stape. »Sie funktionieren sogar.«

Mommy und Grammy nickten einander entschlossen zu, was Daddy deutlich signalisierte, daß er tief in der mittelwestlichen Scheiße stecken würde, wenn er es wagte, sich vor *diesem* kleinen Ausflug zu drücken.

»Was gibt es hier sonst noch zu sehen?« fragte Grammy, plötzlich aufgeweckt von den Möglichkeiten Zentralfloridas.

»Es gibt den Gespensterberg in der Nähe von Lake Wales. Dort können Sie in Ihrem Wagen den Leerlauf einlegen, sich still hinsetzen, und der Wagen fährt von ganz allein rückwärts den Berg hoch.«

»Darüber habe ich schon mal was gesehen«, sagte Grammy. »Vor einem Jahr oder so im CNN.«

»Das habe ich auch gesehen«, bestätigte Stape. »Allerdings habe ich die Erklärung nicht verstanden.«

»Ich auch nicht«, gestand Mommy.

Daddy blickte drein, als müßte er kotzen. Daß seine Frauen – *seine Frauen* – es hier mit diesem Haufen von … trieben, es war eine Schande.

»Im Winter«, sagte George, »könnten Sie das Black Hill Passionsspiel sehen. Aber jetzt läuft das nicht.«

»Das kenne ich schon«, erklärte Grammy etwas selbstgefällig. »Wir fuhren dafür nach South Dakota. Ich war sehr bewegt.«

»Sie hat geweint«, erläuterte Mommy. »Bei der Kreuzigung brach sie richtig zusammen und weinte.«

»Yeah, es war ekelhaft!« gab der Sohn seinen Senf hinzu. »Mit Blut und so'nem Zeug. Allerdings nicht genug.«

Er verfiel in Schweigen, um über ungenügend ekelhaftes Blut und so'n Zeug nachzudenken.

»Es passierte etwas Unglaubliches«, sagte Mommy, »als er da oben am Kreuz hing und starb. Da kam direkt hinter dem Amphitheater ein Sturm auf. Mit Donner, Blitz und allem. Es gibt bei uns jede Menge Gewitter, aber so wie dieses mitten bei der Kreuzigung passierte, bin ich vor Angst sofort wieder in die Kirche gegangen.«

»Ja«, sagte Gwen, »ich kann mir vorstellen, daß das so eine Wirkung haben kann.«

Am Eingang des Polynesian Village Hotels blieb der Zug stehen. Die Familie sammelte ihre diversen Pullover, Jacken, herumliegende Socken und schicken Micky-Maus-Einkaufstaschen zusammen und drängte zur Tür hinaus.

»Habt noch eine schöne Reise, Mädchen«, rief Grammy ihnen von weitem zu.

Gwen winkte. »Und vergessen Sie nicht – Tupperware!«

»Kommst du aus dem Süden?« fragte Stape, als die Türen sich schlossen.

»Aus Georgia. Jefferson. Aber ich wohne schon seit Jahren nicht mehr dort.«

Stape überlegte angestrengt, runzelte die Stirn. »Jefferson.«

»Nordwestlich von Atlanta«, erklärte Gwen. »Ein kleiner Ort. Du hast vielleicht noch nicht davon gehört.«

»Nein, nicht daß ich wüßte.« Stape sah George an, die den Kopf schüttelte. »Tut mir leid.«

»Man spricht nur darüber, wenn es dort eine Ku-Klux-Klan-Versammlung gibt. Die letzte fand, glaube ich, vor mindestens zehn Jahren statt. Mittlerweile gibt es dort auch irgendein Museum für medizinische Technologie, aber ich war noch nicht dort.«

Sie passierten die massiven weißen Veranden und rotgeziegelten Dächer des Grand Floridian Hotels. Es sah elegant und verschlungen aus. Stoner versuchte, sich durch die Korridore rennende Kinder oder Trinkgelage an seinem Strand vorzustellen, aber es fiel ihr schwer. Sie dachte darüber nach, ob sie sich in dieser viktorianischen, formalen Atmosphäre wohlfühlen könnte. Unmöglich. Obwohl die Reiseführer es als ein freundliches Hotel beschrieben – genauso wie die anderen Hotels, mit Geschäften und Eissalons, Videospielen und Snackbars. Aber wenn man sie in eine Lobby mit bemalten Glasgewölben und Kronleuchtern setzte, würde sie sich wie ein gestrandeter Delphin benehmen, um sich schlagen und nach Luft japsen.

Wahrscheinlich weil ihre Mutter von Hotels dieser Art besonders entzückt wäre.

Außerdem, weil ihr dort jeden Tag, jede Stunde und jede Minute bewußt sein würde, daß sie eine Lesbe war.

Nicht daß es sie störte, Lesbe zu sein.

Was sie störte, waren Situationen, die dich bei der Kehle packten und MISSGEBURT – MISSGEBURT – MISSGEBURT schrien, bis du am liebsten durch einen Spalt im Fußboden verschwunden wärst.

Das Grand Floridian Beach Resort Hotel erinnerte an solche Situationen.

Was manche Leute – selbst wohlmeinende Leute oder auch manch junge Lesben – nicht verstanden, war, daß es eine Ganztagsbeschäftigung war, eine Lesbe zu sein. Morgens standest du auf und blicktest in den Spiegel, und die Frau, die dich ansah, war eine Lesbe. Manchmal schautest du sie an und wolltest vor Freude jubeln. Manchmal wolltest du auf die Knie fallen und derjenigen oder demjenigen, wer immer in diesem Universum als Gott durchging, dafür danken, daß du eine der Glücklichen warst. Und manchmal wolltest du einfach nur sterben.

Stoner hatte früher oder später schon beide Situationen erlebt.

Doch seit sie mit Edith Kesselbaums Hilfe gelernt hatte, ihr Lesbischsein zu akzeptieren, wollte sie nicht mehr oft sterben. Aber sie konnte sich an die Zeit erinnern, als ihre Angst und ihr Selbsthaß noch so tief verwurzelt waren, daß sie ständig unter der Oberfläche darauf lauerten, durch einen kalten Blick getroffen zu werden, oder daß sie sich in einem plötzlichen Ausbruch in eine andere Frau verliebte. Oder manchmal überkam sie wie aus heiterem Himmel eine dumpfe Depression. Selbst heute konnte diese alte Qual in ihr aufsteigen, wenn nur die entsprechenden Umstände mit der entsprechenden Kraft zusammentrafen.

Edith Kesselbaum meinte, das sei verständlich. »Wenn man einen verrückten Menschen mit einem gesunden Menschen in einen Raum sperrt«, hatte sie einmal mitten in einer Diskussion über das Abendessen gesagt, »wird der gesunde Mensch früher oder später verrückt. Genauso geht es einer selbstbewußten Lesbe und einem homophoben Menschen. Der homophobe Mensch wird sein Bewußtsein wahrscheinlich nicht erweitern, aber du kannst sicher sein, daß die Lesbe vorübergehend ein wenig von diesem homophoben Dreck annehmen wird. So ist die Natur der Sache.« Nachdenklich begutachtete sie einen ihrer lackierten Fingernägel. »Wollt ihr lieber zum Burger King gehen oder eine Pizza bestellen?«

Manchmal machten die Lesbenhasser sie so verrückt, daß sie den Haß gegen sich selbst richtete. Vermutlich würde es immer so sein. Wie mit einer alten Narbe, die schmerzt, wenn das Wetter feucht wird, oder wie mit einer gerissenen Sehne, die nie wieder dieselbe Belastung aushält wie vor dem Riß. Durch das Aufwachsen in einer Lesben hassenden Familie in einer Lesben hassenden Stadt in einem Lesben hassenden Landkreis war sie empfindlich geworden.

Sie versuchte, Lesbenhassern aus dem Weg zu gehen und sich selbst zu vergeben, wenn sie sie zum Weinen brachten.

»Stoner?«

Sie fühlte eine Hand, die sie berührte. Sanft, fragend. Sie blickte zu Gwen auf. »Entschuldige. Ich habe nachgedacht.«

»Es ist in Ordnung«, sagte Gwen. »Wir müssen nicht im Floridian wohnen.«

Stoner zuckte zusammen. »Ich hasse es, wenn du meine Gedanken liest.«

»Ich habe deine Gedanken nicht gelesen. Ich habe an dasselbe gedacht. Meine Großmutter wäre entzückt von diesem Hotel.« Sie drehte sich zu Stape und George um. »Meine Großmutter hat seit meinem Coming-out nicht mehr mit mir gesprochen.«

»Verdammt«, murmelte Stape.

»Meine Familie war am Anfang auch so«, sagte George. »Aber sie gewöhnte sich daran, als ihr klar wurde, daß sie mich nie wiedersehen würde, wenn sie es nicht täte.« Sie zuckte die Achseln. »Eine Weile lang war es kompliziert. Aber die Familienbande sind hier unten sehr eng.«

»Meine Großmutter zeigt keine Anzeichen der Nachgiebigkeit«, sagte Gwen. »Ich bin nicht einmal sicher, ob ich es will.«

»Du willst es«, sagte Stoner.

»Vermutlich.« Sie wandte sich George zu. »Wie ist es, hier als Lesbe zu arbeiten?«

»Als was?« fragte George mit gespielter Unschuld, und Stape lachte schallend.

»Oh«, sagte Gwen. »Ist es so schlimm?«

Die Monorail hielt an der Station vom Magischen Königreich. Über dem Bahnhof aus der Jahrhundertwende ragten die Türme von *Cinderella's Castle* in den Abendhimmel. Unten drängten sich die Menschenmengen, Baumspitzen und Luftballons zu einem Gemisch aus Farben und Bewegungen zusammen.

Stoner hielt den Atem an. »Das ist überwältigend.«

»Ich beneide dich«, sagte George, als sie ihre Sachen zusammensammelte. »Ich wünschte, ich könnte es auch noch einmal zum ersten Mal sehen.«

»Seht zu, daß ihr nicht alles auf einmal macht«, riet Stape. »Verbringt einen Tag hier und einen in EPCOT und entscheidet dann, was ihr wiedersehen wollt.« Sie setzte eine Schirmmütze auf den Kopf. »Wie lange bleibt ihr?«

»Wir haben für eine Woche reserviert«, erwiderte Gwen.

Stape stieß einen Pfiff aus. »Das muß euch ein Jahresgehalt gekostet haben.«

»Eigentlich nicht«, erklärte Stoner. »Sie haben uns einen Sonderpreis gegeben, weil ich Reisekauffrau bin.«

»Ihr Glücklichen«, sagte George. »Sonst geben sie nicht einmal den Angestellten Sonderpreise. Also gut, sagt uns Bescheid, wann ihr zum Essen kommen wollt.«

»Oder wenn ihr etwas braucht«, fügte Stape hinzu. »Wie zum Beispiel Aluminiumverschalungen.«

Sie gingen durch die Türen auf der rechten Seite hinaus, als eine neue Masse von Menschen sich durch die Türen auf der linken Seite drängte.

»Phantastisch«, stellte Gwen fest. »Wir sind wirklich überall.«

»Nun?« wollte Marylou wissen. »Habt ihr euch kundig gemacht?«

»Absolut«, erwiderte Gwen. »Wir haben durch die Bäume einen Blick auf das Magische Königreich erhascht, eine nicht zu überbietend schreckliche Familie aus dem Mittelwesten kennengelernt, uns vom Grand Floridian total einschüchtern lassen und Kontakt mit zwei ansässigen Lesben aufgenommen.«

»Das klingt nach einem lohnenden Ausflug. Es wird euch freuen zu erfahren, daß meine Mutter zurückgekommen ist und trotz des Workshops nicht schlimmer aussieht. Tante Hermione hat angerufen, um sich zu erkundigen, ob wir gut angekommen seien – sie wisse es zwar schon, aber Stoner sähe es ja lieber, daß sie ihre Informationen wie andere auch durch weltliche Kanäle erhielte, als daß sie sie aus der Luft greife.«

Stoner ließ sich aufs Bett fallen. »*Schon* gut, Marylou.« Sie fühlte sich überfordert und erschöpft. Es lag wohl an der Hitze und Feuchtigkeit. Zu Hause in Boston nieselte es sicherlich, und der Himmel war grau, Kragen-hoch-Wetter. Mißstimmung. Hier war es tropisch. Vielleicht ein bißchen zu tropisch, irgendwie drückend auf der Brust, feucht, atemraubend …

»Übrigens habe ich auf euer Telefon geachtet«, sagte Marylou. »Es gab keine weiteren mysteriösen Anrufe.«

»Wie willst du das wissen?« fragte Gwen, während sie ihr T-Shirt auszog und sich Wasser ins Gesicht spritzte. »Du hast bestimmt alle Vibratoren gleichzeitig laufen lassen.«

Marylou zog es vor, nicht darauf einzugehen. »Allerdings habe ich etwas Aufregendes zu berichten. Wir haben Eintrittskarten für die Polynesische Revue geschenkt bekommen.«

Stoner richtete sich auf einem Ellenbogen auf. »Die was?«

»Die *Polynesische Revue*. Im Polynesian Village Hotel.«

»Und was soll das sein?«

»Essen. Polynesisches Essen. Und Unterhaltung. Hula-Tänzerinnen. Feuerschlucker.«

Gwen holte sich ein Hemd aus dem Schrank. »Wie ist polynesisches Essen?«

»Ich weiß nicht«, sagte Marylou. »Aber es klingt exotisch. Und hört euch das an. Normalerweise muß man die Karten monatelang vorher bestellen, und uns hat sie jemand einfach gegeben. Umsonst.«

»Wer?« fragte Stoner.

»Das Management. Sie wurden unter eurer Tür durchgeschoben.«

»Aus welchem Grund sollten sie das tun?«

»Wahrscheinlich haben wir im Wettbewerb um die merkwürdigste Familie in Disneyworld gewonnen«, meinte Gwen.

Erregt klapperte Marylou mit ihrem Arm voller Silberarmbänder. »Ihr seid unglaublich. Jemand bietet uns eine wunderbare, aufregende, im Leben einmalige Erfahrung an, und ihr benehmt euch, als hätte man euch beleidigt.«

»Es tut mir leid«, sagte Stoner. »Ich glaube, ich bin müde und gereizt.«

Marylou ließ sich neben ihr aufs Bett fallen und versuchte, sie zu kitzeln. »Komm schon, Stoner. Du bist im Urlaub. Freu dich.«

»Für jemanden, die es immer haßte zu reisen«, murrte Stoner, als sie sich umständlich aufrichtete und zur Dusche ging, »amüsierst du dich wirklich prächtig.«

»Ich komme allmählich auf den Geschmack.«

»Ja, natürlich«, sagte Gwen. »Ich kann es kaum erwarten, dich auf der Monorail zu erleben.«

Marylou schrie und warf mit einem Kissen nach ihr.

Der Weg zum Luau wurde von Fackeln gesäumt, deren träge gelbe Flammen Rauch in die feuchte Floridanacht sickern ließen. Das Restaurant war packendvoll mit Familien, Frauen mit rückenfreien Tops und Shorts, Männern in Hawaii-Hemden und Kindern mit Mäuseohren und Micky-T-Shirts.

Eine Kellnerin in einem prächtigfarbigen Sarong und einer Orchidee im Haar kam auf sie zu und führte sie an ihren Tisch.

Stoner fühlte ein Zupfen an ihrem Ärmel und blieb hinter den anderen zurück.

»Irgendwas stimmt nicht«, sagte Tante Hermione. »Ich fühle es.«

Sie betrachtete das besorgte Gesicht ihrer Tante und verspürte ein kurzes Gefühl der Traurigkeit. Ihr Haar schien grauer, ihre Falten tiefer geworden zu sein. Die weiche, sanfte Haut ihrer Wangen hatte etwas Durchsichtiges an sich, als würde sie sich jeden Augenblick in Luft auflösen. Tante Hermione wurde älter. »Ist alles in Ordnung mit dir?« fragte sie.

»Natürlich, Liebes.« Ihre Tante lachte kurz. »Es ist immer anstrengend, alte Freundinnen zu besuchen. Insbesondere wenn ihre helfenden Geister auch noch alle zum Plaudern vorbeikommen wollen. Manchmal ist es schlimmer als ein Hochzeitsempfang.«

Stoner mußte lächeln. »Ich liebe dich, Tante Hermione.«

»Ich liebe dich auch, mein Schatz. Und ich habe nicht vor zu sterben, also hör auf, dir Sorgen zu machen. Dafür haben wir noch genug Zeit.«

»Verdammt nochmal, Tante Hermione, wie oft habe ich dich schon gebeten, nicht meine Gedanken zu lesen?«

Ihre Tante schüttelte den Kopf. »Tut mir *wirklich* leid, Stoner. Manchmal vergesse ich es. Aber wir hatten doch auch nie Geheimnisse voreinander.«

»Wie könnte ich Geheimnisse vor dir haben?« fragte Stoner mit gespielter Empörung. »Du und Gwen, ihr stochert ständig in meinem Kopf herum.«

»Ach, du liebe Güte«, sagte die ältere Frau mit einem kleinen Lachen. »Das glaubst du doch selbst nicht. Wie bei den meisten Menschen auch handelt es sich bei einem Großteil der Dinge, die in deinem Kopf vorgehen, um atmosphärische Störungen. Natürlich abgesehen von vielen tiefen Gedanken, gelegentlichen brillanten Einfällen und einigen wirklich bizarren und sexuell stimulierenden Phantasien. Aber die meiste Zeit ...« Sie zuckte die Achseln, »... sind es atmosphärische Störungen.«

»Ich werde dich noch umbringen«, murmelte Stoner mit einem Kopf, der so rot war wie die Passionsblumen auf dem Sarong der Hostess.

»Das bezweifle ich wirklich, aber wir können später darüber diskutieren.« Sie kam näher und senkte die Stimme. »Jemand hier ist in Gefahr, Stoner. In ernsthafter Gefahr.«

»Hier?« Es waren bestimmt Hunderte von Menschen hier, die sich an den Tischen drängten, lachten und im Fackellicht tranken.

»Nicht von denen hier. Obwohl einige von ihnen in nächster Zeit interessante und *einigermaßen* gefährliche Erfahrungen machen werden.« Mißbilligend spitzte Tante Hermione die Lippen. »Und einige haben sich in diesem Leben erbärmlich aufgeführt und sollten mal darüber nachdenken. Aber sie müssen sich einfach wiederholen, bis sie es verstehen, nicht wahr? Nein, ich meine jemanden von *uns*.«

»Wen?«

»Das ist es, was mich beunruhigt. Ich kann das nicht lokalisieren. Wer diese Person auch sein mag, sie ist sehr gut im Abblocken. Ich spüre etwas eindringen, aber nicht das Ziel.«

»Ist es ein Medium wie du?«

Tante Hermione hielt nachdenklich inne. »Nicht unbedingt«, sagte sie schließlich. »Manche Menschen mit geringen spiritistischen Fähigkeiten können lernen, sie abzublocken. In der Regel empfehle ich es solchen Menschen sogar. Es gibt nichts Schlimmeres, als nur geringe spiritistische Fähigkeiten zu besitzen. Das führt zu unerwünschten Wahrnehmungen und zur Überflutung durch alle möglichen Botschaften, die von der astralen Ebene eindringen. Diese Menschen neigen dann dazu, in alle Richtungen zu rennen, nachts jagen sie hinter irgendwelchen Seelen in Schwierigkeiten her – von denen manche bereits verschieden sind, aber sich weigern, es zu akzeptieren. Viel kann man auf dieser Ebene natürlich nicht anrichten, aber es ist sehr beunruhigend. Ich erinnere mich an einen jungen Mann, den es vor einigen Jahren zum Wahnsinn trieb, daß er entweder auf Missionen der Barmherzigkeit durchs Land eilte oder Schuldgefühle bekam, wenn er es nicht machte, was genauso schlimm war. Als er den Punkt des Zusammenbruchs erreichte, bestand ich darauf, daß er eine praktische, rein sachliche Beschäftigung aufnähme. Ich glaube, er nahm eine Stelle in einem Haushaltswarengeschäft an und machte sich recht gut.«

Eine Kellnerin kam mit einer Platte Gemüse und mit Dip vorbei. Stoner fühlte ihren Hunger wie ein lebendiges Wesen in ihrem Magen aufwachen. Sie verfolgte die Kellnerin mit den Augen. »Tante Hermione ...«

»Manche wiederum sind nicht besonders gescheit. Es ist sehr schwer, in einen Kopf einzudringen, dessen Inhalt nur ein leises Brummen von sich gibt. Was soll man da drin schon finden? Nicht viel.«

»Tante ...«

»Aber nehmen wir mal jemanden mit echten spiritistischen Fähigkeiten, mit gut entwickelten spiritistischen Fähigkeiten, nicht wie deine, die zwar beträchtlich sind, aber noch schlummern ... Habe ich erzählt, daß meine Freundin Grace Kurse über die spiritistische Entwicklung gibt?«

»Ja«, sagte Stoner. »Schon oft.«

»Noch immer nicht so weit! Schade!« Tante Hermione seufzte tief. »Aber wie ich schon sagte, nehmen wir mal eine Person mit starken spiritistischen Kräften und der Fähigkeit abzublocken – die außerdem keine Gewissensbisse hat, ihre Fähigkeiten zu nutzen ... nun, dann ist alles möglich.«

Ein Tablett mit etwas, das aussah wie Chow Mein, kam vorbei. Stoner starrte es verlangend an. »Vermutlich.«

Tante Hermione begab sich in Richtung ihres Tisches. »Aber was haben wir hier jetzt? Eine Bedrohung. Starke Schwingungen. Negative Energie. Häßliche Absichten, sozusagen, die gegen eine oder mehrere noch nicht bekannte Personen gerichtet sind.«

Eine oder mehrere noch nicht bekannte Personen? »Ich dachte, du hättest diesen spätnächtlichen Wiederholungssendungen der Perry-Mason-Serie abgeschworen?«

Ihre Tante klopfte ihr auf den Arm. »Versuche, dich zu konzentrieren, Schätzchen. Was wir wissen, ist, daß diese Person mit einer von uns in Verbindung steht. Eine von uns hat Feinde ...«

»Jede von uns hat wahrscheinlich einen oder zwei Feinde.«

»Ja«, sagte Tante Hermione bedeutungsvoll, zog einen Stuhl zurück und setzte sich. »Aber von diesem Kaliber? Wer? Und warum?«

Die berühmte Dr. Edith Kesselbaum sah blendend aus in ihrem neonfarbenem hawaiischen MuuMuu-Gewand in Schwarz, Rosa und Grün. Sie nippte an einem riesigen tropischen Drink und nickte begeistert einem großen, schlanken, zur Glatze neigenden Mann mit einem Sigmund-Freud-Bart zu. Er entfernte sich, als sie näherkamen. »Es war schön, dich wiederzusehen, John«, rief Edith ihm fröhlich winkend hinterher. Dann wandte sie sich zum Tisch um und verdrehte die Augen zum Himmel. »Mein Gott, Psychiater sind die langweiligsten Menschen der Welt.«

Vielleicht ist es Edith, dachte Stoner. Jemand hat es auf sie abgesehen. Aus beruflicher Eifersucht. Oder ein unzufriedener Patient.

»Das Risiko sieht so aus«, hatte Edith Kesselbaum ihr einmal erklärt, »je höher das Podest ist, auf das ein Patient dich am Anfang der Behandlung stellt, desto länger dauert der Fall am Ende. Der Archetypus der Mutter ist der Grund für dieses Problem. Am Anfang, während der Flitterwochen, bist du alles, wovon sie jemals geträumt haben, muttermäßig, aber wenn du sie im Stich läßt – was unweigerlich passieren wird«, sie schauderte, »nun, sagen wir mal, das ist eine Erfahrung, die du hoffentlich niemals machen mußt. Wenn du das Glück hast, in der Realität durch Himmel und Hölle zu gehen, bleibt der Besuch dort in der Regel kurz.«

Nun, wenn es Edith war, hatte Stoner nicht die geringste Chance, es von ihr zu erfahren. Edith Kesselbaum war so verschwiegen, wie eine Therapeutin nur sein konnte. Klar, manchmal nahm sie Bezug auf Probleme, mit denen sie zu tun hatte – als Lehrstück oder um einen Standpunkt zu beschreiben –, aber Stoner hatte häufig den Verdacht, daß sie sie erfand. Wenn nicht, hatte Edith Kesselbaum das Glück, von Patienten aufgesucht worden zu sein, die für jeden Standpunkt, den sie erklären wollte, ein Beispiel abgaben. Es war sogar sehr wahrscheinlich, daß Edith Kesselbaum aus ihren Patienten Schlüsse über das Leben zog. Eine einzigartige Vorgehensweise, die Stoner noch nicht bei vielen Therapeuten beobachtet hatte.

Nicht daß sie viele Therapeuten kannte. Da gab es diesen Haufen in der Nervenheilanstalt oben in Maine, in die sie sich hatte einliefern lassen, um Claire Rasmussen zu suchen. Wahrscheinlich zählten sie nicht, da sie zu der kriminellen Bande nur gehörten, um undurchsichtige Vorgänge zu vertuschen. Andererseits hatte Edith die Qualifikation von einigen überprüft und festgestellt, daß sie echt waren. Es war ziemlich beunruhigend, daß Menschen therapeutische Berufe benutzen, um ihre Taschen zu füllen. Obwohl Edith ihr versicherte, das sei nicht ungewöhnlich. »Stoner, es kommt auf die Betrachtungsweise an. Manche werden kriminell, und andere verlangen nur exorbitante Gebühren. Es gibt welche – und ich möchte keine Namen nennen, auch wenn ich sehr versucht bin –, die ihre Patienten um eineinhalb bis zwei Dollar pro Minute schröpfen. Und das ist ganz legal. Weißt du, bevor ich jemanden zwei Dollar die Minute für *meine* Perlen der Weisheit zahlen lasse, erlerne ich lieber, die Blinden sehend und die Lahmen gehend zu machen und die Toten zu erwecken.«

Eine Kellnerin mit kaum mehr am Leib als einem Bastrock bot ihr etwas mit dem Namen Hühner Pago Pago an, das wie die Reste eines Chop Suey aussah. »Danke«, sagte sie schnell und wandte den Blick von dem Busen der Frau, der nur von großen, mutierten, roten Hibiskusblüten bedeckt zu sein schien.

Gwen begegnete ihrem Blick und schenkte ihr ein verständnisvolles, liebevolles Lächeln.

Gwen. Vielleicht war/waren die Person/Personen hinter Gwen her?

Gwen?!

Gwen hatte keine richtigen Feinde. Außer ihrer Großmutter, die mit Gwens Erklärung, daß sie in Stoner verliebt sei, nicht besonders gut umgegangen war und die sie deswegen seit fast fünfzehn Monaten nicht gesehen hatte.

Ihr Exmann mochte sie im Augenblick wahrscheinlich auch nicht besonders, weil sie und Stoner zu seinem Tod beigetragen hatten. Aber in seinem augenblicklichen Zustand konnte er nicht viel machen, und selbst wenn er auf der Stelle eine Reinkarnation hätte, wäre er noch zu jung, um Schaden anzurichten.

Dasselbe galt für Larch Begay drüben in Arizona ...

»Was ist?« fragte Gwen, als sie laut auflachte.

»Mir ging gerade durch den Kopf, daß alle Menschen, die dir etwas Böses antun, anscheinend sterben.«

»Siehst du«, sagte Gwen mit süßer Stimme, »laß dir das eine Lehre sein.« Sie roch an Stoners Teller. »Willst du das wirklich essen?«

»Natürlich. Warum nicht?«

»Das sieht wie Gastritis aus.«

»Was ist Gastritis?«

»Durchfall. Und wenn es kein Durchfall ist, wird es zweifellos Durchfall verursachen.«

»Sei nicht albern.« Sie stocherte in dem Essen auf ihrem Teller. »Sieh doch, Edith ißt es auch.«

»Stimmt«, sagte Gwen. »Und wir wissen alle, daß Edith Kesselbaum, was das Essen betrifft, den Instinkt einer Ziege besitzt.«

Gwen nicht. Sie hatte keine richtigen Feinde.

Was war mit Marylou?

Wen konnte Marylou beleidigt haben?

Nun, da gab es immerhin die Möglichkeit einer verhunzten Flugreise. Bekanntlich wurden ja manche Menschen aufgrund einer verhunzten Flugreise mordlustig. Verständlich. Bei dem heutigen Luftverkehr war mit zunehmenden Risiken, eingezwängten Plätzen, krümeligen Mahlzeiten von der Größe eines Puppenmenüs, verspäteten oder gestrichenen Flügen und Preisen, die höher als die Flughöhe waren, zu rechnen – die meisten Menschen mußten nur noch auf einem falschen oder nicht existenten Flug sitzenbleiben, und ihre Mordlust wäre geweckt.

Aber sie hatten in den letzten zehn Jahren nicht ein verhunztes Flugticket verkauft. Keine von beiden. Eigentlich sollte sie das zum Motto ihres Reisebüros machen: Kesselbaum und McTavish, Reiseagentur, Zehn Jahre ohne verhunzte Tickets.

Wie sah es aber mit ihrem Privatleben aus? Marylou stand auf Sex und fand Männer in dieser Hinsicht nützlich. Aber sie verliebten sich ständig in sie, wollten Verbindlichkeiten, wollten um alles in der Welt KINDER. Marylou Kesselbaum mit Kindern war ... war ... nun, das war einfach nichts. Einige ihrer Ex-Freunde waren deswegen etwas aufdringlich geworden. Gegen einen von ihnen hatte sie sogar eine einstweilige Verfügung angestrengt. Er hing ständig trübselig vor der Wohnung in Cambridge herum, wo Marylou mit ihrer Mutter und ihrem Stiefvater wohnte. Eigentlich tat er nichts. Hing einfach nur rum. Folgte ihr. Starrte zum Fenster hinauf. Schrieb Gedichte auf tränenverschmiertes Papier. Schließlich hatte Max – Marylous Stiefvater und pensionierter FBI-Agent – erklärt, genug sei genug, und die Polizei gerufen.

Aber das war vor zwei Jahren gewesen. Sechs Monate nach diesem Vorfall hatte sie nur noch eine kurze Mitteilung von ihm bekommen, in der er sich für sein schlechtes Benehmen entschuldigte und versprach, in eine Männergruppe zu gehen, um den »Wilden Mann« in sich zu suchen. Ein erschreckender Gedanke, aber das schien ihn von seiner Besessenheit von Marylou geheilt zu haben.

Und sie bezweifelte, daß Wilde Männer durch die Korridore von Disneyworld pirschten und ihre bösen Gedanken in die Köpfe der Menschen projizierten. Sie waren wahrscheinlich viel eher damit beschäftigt, sich durch den Dschungel zu schlagen und den Piraten der Karibik zu entkommen.

Und wie sah es mit Tante Hermione aus? Sie hatte sich einige Feinde in ihrem Leben gemacht – ihre älteste und liebste Feindin, Stoners Mutter, nicht mitgezählt, der zu widersetzen sie sich gewagt hatte, als sie Stoner bei sich aufnahm, als diese mit sechzehn von zu Hause weggelaufen war und sie sich weigerte, sie in die Höhle des Löwen zurückzuschicken.

Aber wenn jemand Tante Hermione etwas antun wollte, würde er es nicht psychisch tun. Jeder, der sie auch nur eine Stunde kannte, wußte, daß er diesen Kampf nicht gewinnen würde.

Damit blieb nur noch – einen Tusch bitte – sie selbst. Sie mußte nur die Straße runtergehen, um dutzendweise Feinde aufzugabeln. Dabei wollte sie eigentlich nur ganz schlicht und einfach, ohne Schikane, ohne Verwicklungen durchs Leben gehen und an den Rosen schnuppern. Sie hatte eine Familie, eine Geliebte und einen Job. Damit war sie schon genug beschäftigt, vielen Dank. Sie brauchte keinen zusätzlichen Ärger durch irgendwelche Feinde.

Marylou reichte ihr einen Drink in einer Kokosnußschale. Sie war groß wie ein Eimer und mit so vielen Früchten verziert, daß sie mehr als ein dutzendmal gereicht hätten, um Carmen Mirandas Hut zu schmücken.

»Soll ich das trinken?« fragte sie. »Oder soll ich's fürs Frühstück aufheben?«

»Wie du willst«, sagte Tante Hermione. »Doch mit der Menge Rum darin würde ich meinen, daß er fürs Frühstück nicht sehr geeignet ist. Du willst das EPCOT Center doch nicht im Alkoholnebel erleben, oder?«

»Um ehrlich zu sein«, erwiderte Stoner, während sie den Drink von sich fortschob, »möchte ich eigentlich überhaupt nichts im Alkoholnebel erleben.«

»Ja«, sagte ihre Tante, »mir ist aufgefallen, daß du in letzter Zeit vor dem Essen nicht mehr deinen üblichen Manhattan zu dir nimmst. Ich wollte nichts sagen, aber ... nun, Schätzchen, gibt es ein Problem?«

Stoner schüttelte den Kopf. »Irgendwie gefällt es mir einfach nicht mehr.« Eigentlich war es, wie sie sich erinnerte, an einem Abend beim Tanzen passiert. Aus irgendeinem Grund hatte sie sich die Zeit genommen, darauf zu achten, wie ihr der Drink schmeckte, und bemerkt, daß sie ihn eigentlich überhaupt nicht mochte. Dann stellte sie fest, welches Gefühl er ihr gab, und erkannte, daß sie das noch weniger mochte.

»Mir kommt es so vor«, sagte Tante Hermione, »als ob die Menschen heutzutage nicht gut auf Alkohol reagieren. Vor dreißig Jahren hatten wir, glaube ich, nicht so viel alkoholbedingte Gewalt. Glaubst du, daß sie ihn heute anders herstellen? Oder liegt das an dem Loch in der Ozonschicht?«

Stoner dachte darüber nach. »Vielleicht ist es genetisch bedingt.«

»Es könnte auch an den Atomtests liegen, vermute ich.«

»Ich glaube eigentlich«, warf Gwen ein, »daß es am Fernsehen liegt. Die Jungen sehen, wie andere Jungen sich bei Sportveranstaltungen betrinken, und glauben, das sei cool. So findet es Beachtung.«

»Ich stimme eher für die Ozonschicht«, sagte Tante Hermione.

Als sie aufblickte, bemerkte sie, wie Marylou mürrisch ihren Teller anstarrte. Die arme Marylou. Auch wenn sie noch so viele Witze darüber rissen, Marylou haßte es nun einmal, von zu Hause weg zu sein. Und so unkonventionell wie Edith Kesselbaum auch war, es war trotzdem nicht so einfach, mit der eigenen Mutter zu verreisen.

»Ich glaube«, flüsterte Gwen ihr ins Ohr, »wir müssen unsere Aufmerksamkeit etwas nach dort drüben lenken.«

»Du hast recht.« Sie entschuldigte sich und stellte einen Stuhl zwischen Marylou und ihre Mutter. »Nun, wie gefällt es euch?«

»Das ist wirklich das phantastischste Essen, das ich jemals probiert habe«, erklärte Edith.

Marylou stöhnte.

Zum ersten Mal sah Stoner das Essen genau an. Irgendein Salat, vielleicht aus Krabben und Gemüse, zur Unkenntlichkeit zerschnitten, so daß jeder Bissen mit dem anderen in Form, Größe und Beschaffenheit identisch war. Zwei verschiedene Arten gebackenes Huhn in Sauce – eine klare Sauce und eine gelbe. Rindfleischwürfel auch in Sauce …

»Disneyworld«, murrte Marylou. »Die Saucenhauptstadt des Universums.«

Stoner tunkte den kleinen Finger in jede Sauce und probierte sie. Sie schienen identisch zu sein, sämig und mit einem leichten Ingwergeschmack. »Wie kommt es, daß sie verschiedene Farben haben?« fragte sie.

»Lebensmittelfarbe«, antwortete Marylou.

»Nein.«

»Sieh doch.« Sie zeigte auf einen gelben Strudel in einem klaren Fluß Sauce. »Sie haben sie nicht genug umgerührt.«

»Oh Gott«, sagte Stoner. »Du hast recht.« Sie nahm Marylous

Hand. »Das tut mir leid, wirklich. Wenn wir ins Hotel zurückkehren, werden wir beide uns auf die Jagd nach richtigem Essen machen.«

Marylou lächelte boshaft. »Dafür wirst du bezahlen, Stoner McTavish. Für den Rest deines Lebens.«

»Marylou«, sagte Edith Kesselbaum, »hack nicht auf Stoner rum.«

»Mutter! Du benimmst dich wie eine Mutter!«

Edith hob entschuldigend die Hand. »Manchmal vergesse ich mich. Glaubst du, es könnte sich um eine merkwürdige Manifestation von deplazierter Gegenübertragung handeln? Vielleicht sollte ich meinen Lehranalytiker wieder aufsuchen.«

»Wahrscheinlich handelt es sich nur um eine Angewohnheit«, gab Stoner zu bedenken.

»Unsinn. Jedes Verhalten hat ein meistens unbewußtes Motiv.« Sie ertappte sich und preßte einen Finger auf ihre Lippen. »Hört nur, ich rede wie eine Freudianerin. Und ich dachte, ich hätte das alles hinter mir gelassen. Es ist ein Kult, wißt ihr. Erinnert mich beim nächsten Mal daran, noch einmal darüber nachzudenken, wenn ich mich versucht fühle, an einem dieser Kongresse teilzunehmen.«

»Edith«, fragte Stoner, »hast du irgendwelche Feinde?«

Dr. Kesselbaum warf ihr Haar zurück und rückte die Orchidee hinter ihrem Ohr zurecht. »Nicht im Augenblick, aber ich werde zweifellos welche haben, bevor der Kongreß vorbei ist. Ich bin nur so weit davon entfernt ...«, sie hielt zwei Finger in einem Abstand von einem Millimeter auseinander, »... jemandem meine Meinung zu sagen. Heute wurden wir so einem Gruppenseminar mit Anfassen und Fühlen ausgesetzt, von dem ich geglaubt hatte, es sei bereits in den siebziger Jahren ausgestorben. Und danach einem Seminar über das geschäftliche Management einer Therapeutenpraxis mit besonderem Schwerpunkt auf den Umgang mit Gesundheitsbehörden.« Sie runzelte die Stirn und nuckelte an ihrem Drink. »Manchmal frage ich mich, ob überhaupt noch jemand *richtige* Therapie macht.«

Ein Trommelwirbel ertönte in einem rasenden, hysterischen Rhythmus.

Die Lichter gingen aus.

Tänzer sprangen auf die Bühne, Fackellichter glänzten und spiegelten sich in den Saucen.

»Du liebe Güte!« murmelte Edith Kesselbaum und drehte sich fasziniert um.

»Kommt ihr beide zurecht?« fragte Stoner, dicht an Marylou gelehnt.

»Bestens.«

»Fand sie die, du weißt schon?«

Marylou grinste. »Die Gefahr ist beseitigt.«

»Wo hast du sie hingetan?« Sie konnte sich vorstellen, wie Edith auf der Suche nach einem Ersatzlaken oder dem Telefonbuch oder etwas anderem die Schubladen durchwühlte und auf die größte Vibratorensammlung der Welt stieß.

»In dein Zimmer. Deswegen habe ich ja auch die Eintrittskarten gefunden.«

»Mein Zimmer!«

»Klar. Wenn sie sie dort findet, wird sie glauben, daß ihre Therapie ein voller Erfolg war.« Sie hielt den Atem an. »Ich hatte gerade einen schrecklichen Gedanken.«

»Welchen?«

»Stell dir vor, wir verlieren den Schlüssel!«

Sie sahen sich an und fingen an zu kichern.

»Weißt du«, sagte Marylou mit einem kleinen Schluckauf, »dieser Urlaub könnte ganz gut werden.«

Stoner drückte ihre Stirn an Marylous. »Du bist eine tolle Freundin.«

»Hör auf damit, Schätzchen. Du machst mich verlegen.«

Lautsprecher kündigten blechern den »Knifa Oti«, den samoanischen Feuermessertanz, an.

Die Trommelmusik wurde frenetisch.

Die stämmigen polynesischen Männer wirbelten herum, warfen ihre brennenden Stöcke in die Luft und fingen sie auf, ohne einen Takt auszulassen.

»Wie schade, daß es Jungs sind«, flüsterte Marylou ihr ins Ohr. »Mit dieser Nummer könnten sie den Schönheitswettbewerb um die Miss Amerika gewinnen.«

Sie schauten eine Weile zu.

Edith Kesselbaum glaubte also, sie hätte keine Feinde. Im Augenblick. Nun, sie mochte recht haben. Aber …

Und wie gefährdet war Marylou eigentlich?

Sie ließ nicht locker. »Marylou, hast du irgendwelche dir bekannten Feinde?«

»Tausende«, sagte Marylou. »Warum?«

»Tante Hermione glaubt, daß es hier jemand auf uns abgesehen hat. Und da waren diese Telefonanrufe …«

»Weißt du, was ich glaube?« fragte Marylou, während sie einen neuen Bissen von dem, was sie als das richtige Hühner Pago Pago identifiziert hatte, nahm.

»Nein. Was?«

»Ich glaube, jemand hat es darauf abgesehen, dir den Urlaub zu verderben.«

»Meinen?«

»Deinen. Jemand, der weiß, daß du es nicht lassen kannst, dir Sorgen zu machen. Der versucht, dich zum Wahnsinn zu treiben, indem er dich anruft und Tante Hermione Gedanken in den Kopf setzt. Was nicht schwer ist, wie du weißt. Tante Hermione wird um ihre Fähigkeit, Signale aufzugreifen, von allen Satellitenschüsselbesitzern im Land beneidet.«

»Aber warum ich?«

Marylou spreizte die Hände mit einer »Woher-soll-ich-das-wissen«-Geste. Ihre Silberarmbänder klimperten. »Aus tausenderlei Gründen, Liebes.«

Stoner runzelte die Stirn. »Das gefällt mir nicht.«

»Ich weiß. Aber denke daran, was du mir immer geraten hast. Wenn du nicht genug Informationen hast, um zu einer Schlußfolgerung zu kommen, warte am besten ab, bis mehr kommt, und bis dahin entspanne und amüsiere dich.«

»Das habe ich nie gesagt, Marylou.«

»Du könntest es aber gesagt haben. Wahrscheinlich hast du es irgendwann auch getan, nur erinnerst du dich nicht. Wahrscheinlich wirst du es wieder sagen. Wahrscheinlich schon in den nächsten Stunden. Du sagst einfach solche Art von Sachen.«

Eine Hand mit einem Blütenarmband tauchte aus dem Nichts auf, die etwas hielt, was nach einer Rum-Cola aussah. »Entschuldigen Sie. Ms McTavish?«

Stoner blickte auf.

»Mit den Empfehlungen des Herrn von dort drüben«, sagte die Cocktailkellnerin.

Sie schaute hinüber. Der nächste Tisch war von Pärchen umgeben. Niemand sah zu ihnen herüber.

»Welcher Herr?«

Die Kellnerin betrachtete die Gruppe. »Ich weiß nicht, welche Person. Tut mir leid, aber der Kellner von dort nahm die Bestellung auf und gab sie weiter.«

»Ich glaube nicht ...« Aber da war die Frau schon weg. Stoner begutachtete den anderen Tisch. »Das ist merkwürdig. Ich erkenne niemanden in dem Haufen.«

»Vielleicht gefällst du jemandem einfach. Vielleicht haben sie eine Schwäche für grüne Augen.«

»Sie kennen meinen Namen.«

»Ein heimlicher Bewunderer.«

»Ich habe keine heimlichen Bewunderer.«

Marylou griff nach dem Drink.

»Ich glaube, du solltest das nicht trinken. Vielleicht ist es vergiftet oder so was.«

»In Disneyworld? Sei nicht albern.« Sie hob den Drink, nahm einen Schluck und verzog das Gesicht.

»Was ist es?«

»Rum und Cola. Echt geil. Probier mal.«

Stoner schüttelte den Kopf. »Lieber nicht.«

»Nun komm schon. Probier nur mal. Soviel ist da gar nicht drin, um dich umzubringen.«

Vorsichtig probierte sie den Drink. Er schmeckte bitter, mit einem rauchigen Nebengeschmack. Er erinnerte sie an den Baldriantee, den sie damals im Frauenzentrum in Cambridge gegen prämenstruelle Beschwerden zu trinken pflegten. »Glaubst du, er ist in Ordnung?« fragte sie.

»Er scheint gut zu sein.«

»Bist du sicher?«

»Absolut. Kannst du dich bitte endlich *entspannen*, Liebes?«

Eine der Hula-Tänzerinnen näherte sich, streckte die Hände aus und forderte sie zum Tanzen auf die Bühne auf.

»Komm mit«, sagte Marylou, sprang auf und warf ihre Serviette in die gelbe Sauce.

»Geh allein«, erwiderte Stoner. »Ich gucke lieber zu.«

»Sei nicht albern«, rief Marylou von der Bühne. Die Hula-Tänzerin ergriff sie bei den Hüften und begann, mit ihr vor- und zurückzuschwingen. »Du bist eine großartige Tänzerin.«

»Heute nicht.«

»Okay«, rief Marylou über ihre Schulter, während sie dem Rhythmus und der Bewegung folgte, »aber das könnte das Ende einer wunderschönen Liebesaffäre sein.«

Sie beobachtete die Tänzerinnen eine Weile und versuchte, sich von ihren Beklemmungen abzulenken. Marylou hatte natürlich recht. Sie konnte nichts weiter tun als warten und sehen, was sich entwickelte. Hätte sie jedesmal einen Cent bekommen, wenn sie etwas befürchtet hatte, was sich nicht erfüllte, wäre sie jetzt reich. Sie war empfänglich für unbegründete Befürchtungen. Sie hatte Vorahnungen, die ihr durch den Sinn jagten wie Eichhörnchen im Herbst, die in den trockenen Blättern der Angst raschelten, unter Bergen von Vorzeichen wühlten, wie Unkraut wucherten und Klumpen schieren Entsetzens hervorbrachten. Meistens waren sie völlig belanglos. Diesmal war es wahrscheinlich genauso.

Wahrscheinlich.

3

Das Telefon klingelte. Erschütterte die Nacht. Mit vor Überraschung klopfendem Herzen nahm Stoner den Hörer ab. »Hallo?«

»Helfen Sie mir.«

Sie setzte sich auf. »Bitte sagen Sie mir, wer Sie sind.«

»Helfen Sie mir!«

»Ich kann Ihnen nicht helfen, wenn ich nicht weiß, wer Sie sind.«

»Ich habe mich verlaufen. Sie müssen mir helfen!«

Neben ihr knipste Gwen das Licht an.

»Wer *sind* Sie?«

Die Stimme wurde ganz leise. »Ich weiß es nicht.«

»Sie wissen es nicht ...« Sie konnte im Hintergrund Geräusche hören. Eine Männerstimme. Eine bekannte. Konnte die Worte nicht verstehen. Sie versuchte, sie einzuordnen. Verdammt. Es lag ihr auf der Zunge, aber ...

»*Helfen Sie mir!*«

Stoner rieb sich die Augen, verjagte den restlichen Schlaf. Sie mußte die Frau – es war eindeutig eine Frau, eine junge Frau, kein Kind, mit einem starken ländlichen Südstaatenakzent – am Telefon festhalten. »Hören Sie, ich möchte Ihnen helfen, aber Sie müssen mir mehr sagen.«

Sie nahm einen Stift und einen Block Papier vom Nachttisch und kritzelte eine Nachricht hin. »Marylous Zimmer. Stell Anruferin fest.«

»Ich muß gehen.«

»Warten Sie!«

Gwen warf sich den Bademantel über die Schultern und rannte aus dem Zimmer.

»Bitte«, sagte Stoner. »Legen Sie nicht auf.«

»Ich muß.«

Die Stimme der jungen Frau klang schwach und etwas hohl, als befände sie sich in einem Schacht.

»Versuchen Sie wenigstens, mir zu sagen, *wo* Sie sind.«

»Ich weiß es nicht.«

Was soll ich jetzt tun?

Verdammt. Mir fällt nichts ein.

Sie rieb sich das Gesicht. »Ich ...«

Okay. Ein ähnlicher Fall. Du bist ... Christine Cagney, und Mary Beth ist entführt worden. Sie hat dich angerufen, weiß aber nicht, wo sie ist, und du sagst ... du sagst ...

»Jemand muß mir *helfen!*«

»Schon gut, schon gut.« Sie versuchte, ihre Stimme ruhig klingen zu lassen. Und du sagst ... verdammt ... du sagst ... Ich weiß! »Schauen Sie sich um. Sagen Sie mir, was Sie sehen.«

»Es ist dunkel. Ganz dunkel.«

Na großartig. Kein Wunder, daß die Serie *Cagney und Lacey* eingestellt wurde.

»Nun, *etwas* oder *jemand* muß doch dort sein. Ich höre eine Stimme.«

»Es gibt eine Stimme, aber hier ist niemand.«

»Stimmen kommen nicht aus dem Nichts. Versuchen Sie herauszufinden ...«

»Bitte!«

Stoner versuchte, die Geräusche im Hintergrund zu identifizieren. Der Mann sprach ununterbrochen. Ein Vortrag? Eine Erklärung? Unverständlich. Wer sollte denn einen Vortrag halten? Nachts um diese Zeit? »Legen Sie nicht auf«, sagte sie entschlossen. »Okay? Wir versuchen, Sie zu finden, aber Sie dürfen nicht auflegen.«

»Sie werden mich hier wegholen«, sagte die Frau. »Ich will nicht weg. Ich habe Angst davor.«

»*Wer* wird Sie holen?«

»Ich weiß es nicht. Ich kann sie nicht sehen, aber sie wollen mich holen.«

»Okay, okay. Versuchen Sie, nicht in Panik zu geraten. Holen Sie tief Luft und konzentrieren Sie sich.« Wer *ist* das im Hintergrund. Verdammt, wer *ist* das?

»Ich muß gehen. Bitte, ich will nicht gehen!«

»Nein«, sagte Stoner mit fester Stimme. »Sie können nicht gehen. Wir werden Sie finden ...«

Dann war die Leitung tot.

Sie legte den Hörer auf die Gabel und fuhr sich mit den Händen durchs Haar.

Entweder war das ein gut geplanter Streich, oder jemand steckte wirklich in großen Schwierigkeiten. Egal was, die Möglichkeiten, sie verrückt zu machen, waren grenzenlos.

Als sie zur Tür gehen wollte, kam Gwen zurück. Sie sah etwas verwirrt aus.

»Haben sie den Anschluß gefunden?« fragte Stoner.

»Ja.« Gwen zögerte.

»Und?«

»Hattest du die Anruferin am Apparat?«

»Sicher. Bis eben. Vor wenigen Sekunden. Warum?«

Gwen sah sie an. »Ich habe die Vermittlung angerufen. Der Mann prüfte und prüfte. Ich versicherte mich, daß er die richtige Zimmernummer hatte.«

»Gut«, sagte Stoner. »Was hat er herausgefunden?«

»Daß niemand auf unserer Leitung war«, erwiderte Gwen ruhig.

Fragend runzelte sie die Stirn. »Was soll das heißen?«

»Daß niemand angerufen hat.«

»Dann haben sie einen Fehler gemacht. Da stimmt wohl etwas nicht mit ihrer Anlage ...«

»Mit der Anlage ist alles in Ordnung.«

»Wenn in der Vermittlung ein Mann war, dann war er wahrscheinlich inkompetent.«

Gwen holte tief Luft. »Er war nicht inkompetent. Er schaltete sich in unsere Leitung, und er schaltete mich dazu, so daß ich dich reden hörte.« Sie zögerte, dann setzte sie hastig hinzu: »Stoner, du hast zwar geredet, aber du hast mit niemandem geredet.«

»Ich weiß, daß ich nicht verrückt bin«, erklärte sie am nächsten Morgen, als sie im Terrace Cafe gegen ihre Kopfschmerzen ankämpfte.

»Wer hat das denn behauptet? Sieh mal!« Marylou deutete hinter Stoners Rücken. »Da ist Goofy!« Sie sprang auf und winkte. »Hi, Goofy!«

»Du lieber Himmel, Marylou.« Stoner pickte an ihrem Rührei. »Da *war* jemand am Telefon.«

Gwen nahm einen Schluck Kaffee. »Ich habe das Telefon ja auch gehört, Stoner. Immerhin war das keine Halluzination.«

»Aber ich weiß, daß ich auch mit jemandem *gesprochen* habe.«

Tante Hermione häufte Schinken und Bratkartoffeln auf ihren *Bagel* mit Frischkäse und nahm einen erstaunlich damenhaften Biß. »Wenn ihr eure Sinne nur ein wenig öffnen würdet – ich meine euch *alle*, nicht nur Stoner –, dann würdet ihr nicht so lange nach Erklärungen suchen.«

Stoner schüttelte den Kopf, so daß er wie eine Trommel dröhnte. Das lag bestimmt an ihrer Stirnhöhle. Den einen Tag hatten sie noch gegen die spätherbstliche, bis auf die Knochen gehende Kälte in Neuengland angekämpft, und am nächsten litten sie unter der Hitze und Feuchtigkeit Floridas. Das öffnete zwar ihre Poren, richtete aber Verwüstungen in der Stirnhöhle an.

Oder vielleicht lag es an dem Hühner Pago Pago von gestern abend. »Es tut mir leid«, sagte sie, »aber ich kann mir einfach nicht vorstellen, daß Geister telefonieren. Wenn sie Verbindung aufnehmen wollen, können sie es dann nicht direkter tun?«

»Normalerweise ja. Aber nehmen wir mal an, der *Punkt* sei zum Teil der, daß du dich damit beschäftigen sollst. Daß sie recht irdisch auftreten, damit du irgendeine Lektion lernst, die du lernen sollst.«

»Du meinst«, bemerkte Gwen, »das Medium selbst sei so etwas wie die Botschaft.«

»So ungefähr«, sagte Tante Hermione mit einem kleinen Kichern.

»Entschuldige, daß ich lache, Schätzchen, aber das ist eine Art Insider-Witz unter Medien.«

Die Monorail fuhr in den Hochbahnhof ein.

»Gott«, sagte Marylou schmachtend, »ist der herrlich.«

Stoner sah sich um. »Wer?«

»Goofy.«

»Marylou, er ist eine *Figur*.«

»Um so besser. Ich liebe Männer mit Sinn für Humor.«

»Eine Disney-Figur. Sie gehen zur Frühstückszeit ins Character Cafe, um die Kinder zu unterhalten.«

Marylou seufzte tief. »Was für eine Verschwendung.«

»Es hat Vorfälle gegeben«, fuhr Tante Hermione fort, »gut dokumentierte Vorfälle übrigens, obwohl man natürlich wissen muß, wo man die Dokumente findet – bei denen Geister materielle Dinge benutzt haben, wenn das die einzige Möglichkeit für sie/ihn/es/was immer war, um Kontakt aufzunehmen. Ich erinnere mich an den Fall eines Mannes, der spät abends eine dunkle Bergstraße entlangfuhr. Er schlief am Steuer ein. Kurz bevor er in einen achtzehnrädrigen, mit Baumstämmen beladenen Sattelanhänger raste, der sich selbständig gemacht hatte, griff ein Geist ein und riß ihm buchstäblich das Steuer aus den Händen.« Sie knabberte an einem Stück Marmeladentoast. »Riß es ihm einfach weg. Das rettete ihm das Leben. Meine Güte, diese Marmelade schmeckt ziemlich gewöhnlich, was?«

»Was glaubst du, was sie nach der Arbeit machen?« überlegte Marylou.

»Geister haben keinen festen Arbeitstag«, erklärte Tante Hermione. »Sie haben keine Vorstellung von Zeit wie wir. Die Einteilung von neun bis fünf ist für einen Geist ziemlich amüsant.«

»Ich meinte die Kreaturen«, sagte Marylou.

Stoner betrachtete Goofy erneut. »Wahrscheinlich ist es eine Frau. Ungefähr neunzehn Jahre alt. Nach der Arbeit geht sie nach Hause, kümmert sich um die Wäsche, wäscht sich das Haar und bereitet sich auf den nächsten Tag vor. Oder sie geht mit ihren neunzehnjährigen Freundinnen in Teenager-Discos, und sie schmieden Pläne fürs College und sammeln Jungs auf, mit denen sie keinen Safer Sex praktizieren.«

Marylou dachte darüber nach. »Ich finde, man sollte versuchen, viele unterschiedliche Erfahrungen zu machen«, sagte sie schließlich.

Tante Hermione drehte sich zu der Goofy-Figur um. »Sie hat eine nette Ausstrahlung. Sehr beruhigend.«

»Ich frage mich, wie dieser Job wohl ist«, sagte Gwen. »Ich meine, wenn man das Goofy-Kostüm anzieht, *wird* man dann zu Goofy? Überträgt sich dann das innerste Wesen des Goofy-Daseins auf einen?«

Stoner sah sie an.

»Weißt du«, fuhr Gwen fort, »wie mit den Kachinas. Wenn die Hopis die Kachina-Masken aufsetzen, werden sie zu Kachinas.«

Stoner versuchte darüber nachzudenken, trotz ihrer Kopfschmerzen. Vielleicht. Und vielleicht waren die Disney-Figuren die Kachinas des weißen Mannes. Die Götter der Begeisterung und Unterhaltung. Es war ein ernüchternder Gedanke.

Tante Hermione wischte sich umständlich den Mund ab und faltete ihre Serviette zusammen. »Ich muß gehen. Ich habe ein paar alten Freundinnen versprochen, sie im *Gespensterhaus* zu treffen. Es ist immer so lustig, wie sich ein durchschnittlicher Mensch Geister vorstellt. Ziemlich lächerlich eigentlich, aber ich denke, eine verdrehte Vorstellung ist besser als gar keine Vorstellung. Wird Edith sich später zu uns gesellen?«

»Wahrscheinlich«, sagte Marylou. »Ich soll ihr eine Nachricht hinterlassen, wenn wir wissen, wo wir essen gehen. Wenn sie Zeit hat, trifft sie sich dort mit uns.«

»Großartig.« Tante Hermione steckte ihre Brille in die Gürteltasche. »Ich wünsche euch einen schönen Tag. Oder wie sie in diesen schrecklichen Fernsehspots sagen, ›Ich wünsche euch einen Disney-Tag‹.« Sie schüttelte den Kopf. »Schrecklich.« Dann wurde sie von der Menge verschluckt.

Die Monorail fuhr in den EPCOT-Bahnhof ein.

»So, da sind wir«, sagte Gwen. »Wissenschaft. Technologie. Kinder. Der Traum aller Lehrer.« Sie beugte sich über Stoners Schoß und berührte Marylous Hand. »Du kannst jetzt die Augen öffnen.«

Marylou verzog das Gesicht. »Sind wir AM BODEN?«

»Am Bahnhof.«

»Sag mir Bescheid, wenn wir AM BODEN sind.«

Gwen löste Marylous Hand von Stoners Shorts. »Okay, folg mir.«

Zwei Parkangestellte in sauberen, frischgebügelten Uniformen tauchten wie aus dem Nichts auf und boten ihnen Unterstützung an. Gwen winkte ab. »Wir versuchen ihr Selbstvertrauen auszubilden. In sechs Monaten wird sie in die Selbständigkeit entlassen.«

Der hilfsbereite junge Mann nahm einen respektvollen Abstand, warf aber noch ab und zu ein Auge auf sie.

Die Menge strömte die Treppen hinunter zum Eingang der Experimentellen Prototyp-Gesellschaft der Zukunft. Stoner mischte sich unter den menschlichen Strom und ließ sich mitreißen. Sanfte New-Age-Musik umgab sie klimpernd wie ein Windspiel.

Hübsch, dachte sie, und dann konnte sie sich für einen Augenblick panischen Schreckens nicht erinnern, was sie mit ihrem Worldpaß gemacht hatte. Sie fand ihn in der Rücktasche ihrer Shorts und behielt ihn in der Hand. Sie blickte über die Schulter zurück, suchte Gwen. Den Worldpaß zu verlieren war schon schlimm genug. Aber Gwen zu verlieren wäre entsetzlich. Sie hatten nichts von dem getan, was sie sonst immer machten, wenn sie verreisten oder einkaufen gingen – daß sie gemeinsam berieten, wo sie sich treffen wollten, wenn sie sich aus den Augen verloren, wer bleiben sollte, wo sie war, und wer sich auf die Suche begeben würde, welche Decknamen sie benutzen wollten, falls eine über den Lautsprecher ausgerufen werden sollte …

Sie war direkt hinter ihr. Marylou schien sich mit eigener Kraft vorwärtszubewegen.

Sie stellten sich in der Schlange vor dem Drehkreuz an.

Ein Angestellter nahm ihre Tickets, stempelte sie und wünschte ihnen viel Spaß im Park. Überall drängten Menschen herbei und schoben sich trichterförmig auf einen zentralen Punkt zu.

Gwen legte einen Arm um ihre Taille. »Nun, da sind wir also.«

»Ich habe wirklich jemanden am Telefon gehört«, sagte Stoner mit gesenktem Blick, als sie weitergingen. Durch die Kopfschmerzen war ihr ein bißchen schwindelig.

»Ich glaube es dir.«

Die Sonne fühlte sich warm und sanft auf ihrem Rücken an. »Ich habe das nicht erfunden.«

»Ich weiß.«

»Bist du sicher, daß du nichts gehört hast …?«

»Ganz sicher.«

»Das ist wirklich verrückt, weißt du?«

Gwen blieb plötzlich stehen. »Stoner, sieh mal, wo wir sind.«

Sie schaute auf und hielt den Atem an.

Vor dem hellblauen Himmel segelte über ihnen das Raumschiff Erde. Hauchdünne Wolkenfetzen strichen über den gigantischen silberfarbenen Globus. Massiv und elegant zugleich schien er schützend über der Erde zu schweben.

Stoner spürte Tränen in ihren Augen und schluckte.

»Großartig, was?« flüsterte Gwen.

»Das Raumschiff Erde«, las Marylou aus dem Reiseführer vor, »ist fünfhundertfünfzig Meter hoch und wiegt eine Million Pfund. Die Hülle besteht aus dreieckigen Platten aus eloxiertem Aluminium, was immer das ist, mit einem Kern aus Polyäthylen.«

»Das ist eine Illusion«, sagte Gwen. »Dieses Ding ist überhaupt nicht das, was es zu sein scheint.«

»Woher weißt du das?« fragte Stoner.

»Ich spüre es. Kannst du es nicht spüren?«

Ja, sie konnte es spüren. Etwas Unirdisches, etwas Außerirdisches, etwas ... Mystisches. Trotz der Musik, trotz der sich ständig bewegenden Menschenmenge war da ein Gefühl von absoluter Ruhe und Stille.

Eine lange Menschenschlange stand am Fuß der Kugel, schlängelte sich zwischen Ketten in einem geordneten Labyrinth hinauf zum Eingang. Am Ende des Labyrinths führte eine mit Teppich belegte Rampe in tintenschwarze Dunkelheit.

»Willst du hineingehen?« fragte Gwen.

Dieser Vorschlag wirkte wie eine Gotteslästerung. Und noch etwas. Etwas, das sie nicht ganz deuten konnte. »Noch nicht. Können wir uns erst ein bißchen umsehen?«

»Nun, ich weiß, wo *ich* zuerst hingehe«, verkündete Marylou mit einem Blick in ihren Reiseführer. »Zur *Earth Station*.«

»Was ist das?« fragte Gwen.

»Wahrscheinlich der wichtigste Ort in ganz EPCOT«, erklärte Marylou.

Okay, wo würde Marylou in diesem gigantischen, aufregenden Park zuerst hingehen wollen? Auf eine Rundfahrt? Wohl kaum. Auf die Toilette? Vielleicht, aber nicht wahrscheinlich. Zum Souvenirladen? Nein. Zur Information?

Sie hatte es. »In der Earth Station macht man die Restaurantreservierungen, nicht wahr?«

»Richtig!« Marylou schoß durch die Glasschiebetüren und stürmte auf die Fernsehmonitoren zu.

»Glaubst du, wir sollten auf sie aufpassen?« fragte Stoner.

Gwen schüttelte den Kopf. »Laß sie machen. Ich habe schon genug Schuldgefühle, sie überhaupt hier hergeschleppt zu haben.«

»Yeah«, sagte Stoner und schob die Hände in die Gesäßtaschen. »Sie haßt das hier richtig, nicht wahr?«

»Schwer zu sagen.« Sie fanden Sitzplätze, von denen sie beobachten konnten, wie Marylou am WorldKey Informationsbildschirm arbeitete und anfing, sich durch die Speisekarten sämtlicher Restaurants in EPCOT zu blättern.

»Auf eins können wir uns verlassen«, bemerkte Gwen. »Wenn wir Marylou die Restaurants aussuchen lassen, sind sie vielleicht bizarr, aber gut.«

»Sei dir nicht zu sicher«, meinte Stoner. »Sie *mag* merkwürdige Dinge wie Schnecken. Oder geräucherte Austern.«

Gwen verzog das Gesicht. »Ich will das nicht hören.«

Stoner streckte die Beine lang aus und beobachtete die ständig wechselnden Bilder auf den elektronischen Anzeigetafeln unter der Decke, die in körniger Schrift ankündigten, was in den verschiedenen Ausstellungen zu sehen war. Jetzt, wo sie endlich hier waren, machten die Eindrücke ihr so zu schaffen, daß sie kaum denken konnte. Licht, Wasser, Geräusche, Hitze – besonders die Hitze. Gestern hatten sie noch im Bostoner Nieselregen gezittert. Heute umgab sie warme, schmeichelnde und drückende Luft.

Sie schaute nach rechts. Draußen, hinter dem Glas, schimmerte der Park wie hinter einem Wasserfilm. Die Sonne war grausam grell und stach ihr wie Nadeln in die Augen. Die Dinge und die Menschen zerbrachen in farbige und bewegliche Scherben.

Allmählich erkannte sie größere Flächen. Sie nahmen langsam die Form von Palmen an. Terrassenförmig angelegte, karmesinrot leuchtende Blumenbeete. Springbrunnen, die einen Wassernebel in die bereits triefende Luft sprühten. Leuchtendes Grün und Weiß. Schatten so schwarz wie Kohleminen. In der Ferne kam ein Gebäude mit sanften Kurven in Sicht. Die Fassade des Gebäudes glänzte blau und war wie eine gigantische, stilisierte Welle geformt.

»Das müssen die *Living Seas* sein«, sagte Stoner. Sie fühlte sich immer erschöpfter.

Gwen setzte ihre Lesebrille auf und konsultierte den Reiseführer. »Sieht so aus. Wow! Dort gibt es ein Restaurant, das von einem Aquarium umgeben ist. Wir können dort Fisch bestellen und beobachten, wie sie uns dabei beobachten, wenn wir sie essen.«

»Wie gemein«, sagte Stoner.

Marylou hatte die mit der Hand zu bedienenden Monitore aufgegeben und eine schicke Disney-Hostess auf den Bildschirm gerufen. Stoner konnte ihr Gespräch nicht verstehen, aber nach Marylous todernstem Gesichtsausdruck zu urteilen, sprachen sie entweder über den Sinn des Lebens oder die jeweiligen Vorzüge französischer, deutscher, italienischer und japanischer Restaurants.

»Was?« fragte Gwen.

»Häh?«

»Die *Living Seas* scheinen dich ja nur mäßig zu interessieren.«

Sie zwang sich, einen munteren Eindruck zu machen. »Nein, das stimmt nicht. Ich möchte alles sehen. Nur weiß ich nicht, wo man anfangen soll.«

»Nun«, meinte Gwen, »da wir gerade beim Raumschiff Erde sind, scheint es logisch ...«

»Birnbaums Reiseführer empfiehlt, dort erst am späteren Nachmittag hinzugehen«, unterbrach Stoner sie, »wenn nicht so viele Menschen da sind.«

»Es sind nicht viele Menschen da, Stoner. Es ist Oktober, nicht Hochsommer.«

Sie spürte ein merkwürdiges, irgendwie ängstliches Prickeln entlang ihrer Wirbelsäule. »Am Eingang waren ziemlich viele. Hast du die nicht gesehen?«

»Ich hatte aber den Eindruck, daß sich die Schlange behutsam vorwärtsbewegte.«

Das Prickeln entwickelte sich zu einem kalten Schaudern. »Aber wir wollen doch unsere Zeit nicht damit vergeuden, in einer Schlange ...«

Gwen lachte leise. »Steinchen, wir sind eine ganze *Woche* hier. Kannst du da nicht ein paar Minuten in der Sonne anstehen?«

»Ja sicher«, gab Stoner nach. Sie wollte trotz ihres Unbehagens und ihrer hämmernden Kopfschmerzen liebenswürdig sein. Schließlich waren sie im Urlaub. Sie stand auf. »Ich sage Marylou Bescheid ...«

Gwen packte sie an der Gürtelschlaufe und zog sie wieder hinunter. »Irgendwas bekümmert dich. Was hast du?«

»Nichts. Die Kugel ist bestimmt interessant.«

»Die Kugel?«

Sie zeigte in die Richtung vom Raumschiff Erde. »Die Kugel.«

»Stoner ...«

Ihre Angst wurde allmählich richtig unangenehm. »Es ist schon gut.«

»Es ist nicht gut. Du bist weiß wie ein Gespenst. Sag mir, was los ist.«

Das Problem war, daß sie selbst nicht wußte, was los war, außer daß sie Angst davor hatte, in die Kugel zu gehen. *Sehr große* Angst. »Dort ist es dunkel«, erklärte sie hilflos.

»Klar.«

»Und unheimlich.«

»Unheimlich?«

Stoner nickte.

»In welcher Hinsicht unheimlich?«

»Ich weiß nicht.«

»Hast du eine Art Vorahnung?«

»Ich bin nicht sicher.«

»Eine *persönliche* Vorahnung? Oder hast du eher das Gefühl, als würde das gesamte Ding von seinem Gestell rollen und uns alle zerquetschen, so daß die Menschen noch nach vielen Generationen körnige Heimvideos anschauen und Volkslieder über die Katastrophe von Disneyworld singen werden?«

Sie brachte ein schwaches Lächeln zustande. »Hast du nicht bemerkt, wie viele Menschen *in* die Kugel reingegangen sind und daß niemand rauskam?«

»Nein«, sagte Gwen, »das habe ich nicht bemerkt. Aber wenn die Leute im selben Verhältnis vom Erdboden verschwinden würden, wie sie in die Kugel hineingehen, glaubst du nicht, daß CNN das aufgegriffen hätte?«

»Vielleicht stecken Disney und Ted Turner unter einer Decke.«

Gwen schüttelte den Kopf. »Jane Fonda würde bei so etwas niemals mitmachen.«

»Sie könnte eine Doppelagentin sein«, sagte Stoner. »Vielleicht sollte uns ihre Reise nach Hanoi nur ablenken. Ich meine, findest du es nicht merkwürdig, daß sie so ohne weiteres einen Paß bekam? Und warum hat die US-Regierung sie wieder ins Land gelassen ...?«

»Ich wußte, daß wir uns den Film *JFK* nicht hätten ansehen sollen«, meinte Gwen mit einem tiefen Seufzer. »Jetzt siehst du überall Verdrehungen und Verwicklungen und Verschwörungen.«

Stoner lachte. »Sie *sind* überall.« Sie senkte ihre Stimme zu einem Flüstern. »Sieh dich nur um.« Suchend blickte sie über die Schulter ... »Hoppla.«

Menschen strömten aus einer Tür am Ende der Halle, die direkt ins Raumschiff Erde führte, wenn man hinein- und nicht hinausginge.

Gwen grinste. »Mensch, es sieht so aus, als hätten wir die Vermißten wiedergefunden.«

»Ist gut, ist gut«, sagte Stoner, in die Enge getrieben. »Ich komme ja schon mit.«

»Stoner, wo steht geschrieben, daß du alles und jedes mitmachen mußt?«

»Aber wenn du ...«

»Wenn ich gehen will, gehe ich. Das heißt nicht, daß *du* auch gehen mußt. Du mußt mich nicht beschützen. Du weißt, daß ich das hasse.«

»Darum geht es nicht«, versuchte Stoner nochmals. »Ich habe einfach das Gefühl, es könnte etwas passieren, und ich denke, wir sollten nicht da drin sein, wenn es soweit ist.«

Gwen streckte die Beine aus. »Glaubst du, es geht vorbei, wenn wir eine Weile warten?«

Sie überlegte. »Vielleicht.« Aber sie hatte das Gefühl, daß es mit ihr allein zu tun hatte und mit einem bestimmten Wissen. Einem Wissen von etwas, von dem sie wirklich, ehrlich, ernsthaft nichts wissen wollte.

Das Lächeln der schicken Disney-Hostess auf Marylous Bildschirm hatte einen wächsernen Ausdruck angenommen.

»Ich glaube«, sagte Stoner, »ich helfe Marylou, die Debatte über das Abendessen abzuschließen.« Sie stand auf, durchquerte die Halle und legte die Hand auf Marylous Schulter. »Das ist Zeitverschwendung. Ich glaube, du solltest ...«

Marylou brachte sie mit wedelnder Hand zum Schweigen. »Psst, Schätzchen, ich habe es fast geschafft.« Sie wandte sich wieder dem Bildschirm zu. »Können wir wirklich nicht für morgen reservieren, wenn wir schon einmal dabei sind?«

»Nein, Madam«, sagte die Hostess – und wenn man Marylou und ihren mangelnden Glauben an Vorschriften kannte – wahrscheinlich schon zum zwanzigsten Mal, »wir können nur Reservierungen für heute abend entgegennehmen. Von Ihrem Hotelzimmer aus können Sie bis zu zwei Tage im voraus reservieren.«

»Okay, dann nehmen wir das Marrakesh um sieben. Wir sind fünf. Auf den Namen Kesselbaum, Dr. Edith Kesselbaum.«

Die Hostess unterdrückte einen Blick der Überraschung. »*Dr.* Kesselbaum?«

»Dr. Edith Kesselbaum. Wir nehmen am Psychiatriekongreß teil.«

»Ich verstehe.« Die Frau hatte ihre Fassung wiedergewonnen und damit auch ihr Disney-Lächeln. »Darf ich Ihre Zimmernummer im Contemporary haben, Dr. Kesselbaum?«

Stoner mußte die Art, wie die junge blonde Frau sich im Griff hatte, bewundern. Der schnelle, taxierende Blick, der Vergleich zwischen dieser Frau auf *ihrem* Monitor – wilde Frisur, dünne schwarze Hose und offenherzige Bluse, das Gesicht hinter der Sonnenbrille verborgen und durch den großen schwarzen Schlapphut verdunkelt, den sie mit einem halstuchähnlichen Stoff unter dem Kinn festgebunden hatte, rasselnder Silberschmuck, um die tägliche Produktion des Finanzministeriums aufzuwiegen –, ihrem eigenen Bild von Psychiatern und dem Bild der Medien. Stimmten diese Bilder überein? Ja oder nein? War sie eine Verrückte, ein Scharlatan oder der echte McCoy? Und was führte diese merkwürdige zwanghafte Frau im Schilde, wenn sie ihre Fragen zu Restaurants und Speisekarten stellte, wissen wollte, was in Palmöl und was in Sesamöl gebraten werde und welches Brot man in jedem Restaurant serviere und wie stark alles amerikanisiert sei – mehr Fragen, als die Disney-Leute sich jemals hätten träumen lassen, was an sich schon ein Wunder war, denn *der* Haufen hatte, bei Gott, schon genug fixe Ideen.

Kathi – so lautete zumindest ihr Disney-Name – überlegte, ob sie wirklich für das Touristengeschäft geeignet sei, während sie lächelte und nickte und erklärte. Vielleicht waren die Vorteile ihrer Arbeit in Disneyworld, so wunderbar sie insgesamt auch aussehen mochten, die körperliche und seelische Belastung doch nicht wert. Als sie heute morgen zur Arbeit kam, war sie dreiundzwanzig gewesen. Jetzt war sie mindestens vierzig, und es war noch nicht einmal Mittag.

»Noch eins«, sagte die Frau in Schwarz, »wann herrscht in den Restaurants am meisten Betrieb?«

»Gewöhnlich zwischen halb sechs und halb acht«, sagte Kathi mit einem Disney-Lächeln. Am liebsten hätte sie die Frau angeschrien.

Genau das hätte sie am liebsten getan. Sie angeschrien. Es interessierte sie nicht, ob sie Psychiaterin war oder nicht, diese Frau war ein absoluter Disney-Horror.

»Auch zu dieser Jahreszeit?«

»Ja, Madam.« Glaubst du etwa, die Welt hält plötzlich an, wenn die Sommerzeit vorbei ist?

»Also können wir damit rechnen, daß das Restaurant voll besetzt ist.«

»Richtig.«

»Daß die Menschen auf unbequemen Stühlen an der Wand hocken und auf einen Sitzplatz warten? Daß die Oberkellner einen zu überreden versuchen, die Wartezeit an der Bar zu verbringen, so daß man mehr Geld ausgibt und zu viel trinkt und nicht einmal mehr das Essen schmeckt, so ungefähr?«

»So ungefähr«, bestätigte Kathi.

Die Augen der Frau waren hinter der dunklen Sonnenbrille nicht zu erkennen. Es war eine schrecklich dunkle Sonnenbrille. Unnatürlich dunkel.

»Nun«, meinte der Schwarze Hut, »daran läßt sich wohl nichts ändern. Außer es gibt ein anderes Restaurant, das nicht so voll ist, aber die gleich Qualität hat ...«

»Alle unsere Restaurants sind voll«, sagte Kathi mit allmählich leicht zusammengebissenen Zähnen.

Die andere Frau, die sich zu dem Schwarzen Hut gesellt hatte, eine ziemlich normal aussehende Frau mit mahagoniebraunem Haar und grünen Augen, zupfte den Schwarzen Hut am Ärmel. »Ich glaube, wir haben schon genug Zeit ...«

Der Schwarze Hut scheuchte sie weg. »Ich bin fast fertig, Schätzchen.« Sie wandte ihre Aufmerksamkeit wieder Kathis Monitor zu. »Vermutlich sind in den Restaurants auch Kinder?«

»Ja, Kinder sind in allen Restaurants in Disneyworld zugelassen.«

»Und werden sie gut beaufsichtigt? Die Kinder, meine ich.«

Aha. »Sie haben keinen Zutritt ohne die Eltern«, sagte Kathi vorsichtig. »Gehören zu Ihrer Gruppe Kinder?«

»Natürlich nicht«, sagte der Schwarze Hut. »Sehe ich aus wie eine Frau mit Kindern?«

»Äh ...«, sagte die andere.

»Haben die Kinder, die mit ihren Eltern kommen, die Erlaubnis, im

Restaurant herumzuspringen? Ich meine, wenn die Eltern sich als unaufmerksam erweisen, gibt es dann eine bestimmte Person, die die Sache in die Hand nimmt und wieder Ruhe herstellt?«

Ein eindeutiges Aha. Während Kathi ihr Lächeln vorsichtig wiederherstellte, streckte sie den Arm außerhalb der Sichtweite des Monitors aus und drückte den Knopf für den Sicherheitsdienst.

Jetzt zum schwierigen Teil, halt sie fest. »Wenn Sie sich Sorgen wegen der Kinder machen, Dr. Kesselbaum, sollten Sie vielleicht zu einer anderen Zeit essen. Früher oder später? Ich würde es Ihnen gern arrangieren.«

Der Schwarze Hut wandte sich an die andere Frau. »Was meinst du?«

Die andere sah müde und erschöpft aus. »Es ist mir egal. Reservier einfach was und laß uns endlich gehen.«

»Ich könnte Ihnen noch vorschlagen ...« Kathi sah auf dem Reservierungsmonitor nach, als die Stimme des Sicherheitsdienstes auf dem »nur für Ihre Ohren« bestimmten Kanal durchkam: *Halten Sie die Verbindung, wir sind auf dem Weg*. Vorstellungen, wie sie den Preis für die Angestellte des Monats gewinnen würde, schwirrten ihr durch den Kopf. »... wie wäre es mit Frankreich, Dr. Kesselbaum? In Frankreich gibt es meistens nicht viele Kinder.«

Kesselbaum nagte nachdenklich auf ihrer Lippe. »Frankreich ...«

»Die Kinder sind egal«, sagte die andere. »Laß uns das machen, was du bereits entschieden hast.«

Ein netter kleiner Trick, dachte Kathi. So zu tun, als wolltest du Kindern aus dem Weg gehen, wenn du es *eigentlich* auf sie abgesehen hast ... Das rote Licht über ihrem Monitor erlosch und zeigte an, daß der Sicherheitsdienst vor Ort war.

»Dann können wir auch bei Marokko bleiben«, sagte der Schwarze Hut.

»Im Marrakesh um sieben? Fünf Personen? Vielen Dank, Dr. Kesselbaum.«

»Ich danke *Ihnen*, Kathi. Und wenn ich *Ihnen* irgendwie helfen kann, solange wir hier sind, zögern Sie nicht, mich anzurufen.«

Na klar. Dieser Alte Schwarze Hut war genau die richtige Person, der sie *ihre* Probleme erzählen würde. Kathi schaltete ihren Monitor aus und gab der Abteilungsleiterin ein Zeichen, daß sie eine Pause machen würde. Den Spaß wollte sie sich nicht entgehen lassen.

»Nun«, fragte Stoner, »essen wir jetzt in Marokko?«

»So ist es«, sagte Marylou recht zufrieden mit sich selbst.

»Ich hoffe, dort gibt es noch was anderes als Ziegenfleisch«, sagte Stoner halb neckend. »Deine Mutter würde es nicht ausstehen können.«

»Dort gibt es kein Ziegenfleisch und auch nicht viele Kinder. Zu exotisch. Was es dort allerdings gibt, und das wird dir gefallen, sind Bauchtänzerinnen.«

Stoner blieb abrupt stehen. »Bauchtänzerinnen?«

»Bauchtänzerinnen.«

»Marylou, du weißt, daß ich nicht mit der nackten Haut einer Frau vor Augen essen kann.«

Marylou kicherte. »Du wirst es schon schaffen, Schätzchen. Und ich könnte ein paar Tips erfahren.«

»Entschuldigen Sie.« Es war eine fremde, aber irgendwie vertraute Stimme. »Ich hätte gern ein Wort mit Ihnen gesprochen.«

Sie blickte sich um.

Es war George aus der Monorail, die gezielt auf sie zukam. Sie trug eine Khakihose, Sandalen und ein lockeres, leichtes T-Shirt, in der Hand die obligatorische Micky-Maus-Einkaufstasche und über der Schulter eine Schultertasche. Stoner hätte sie in der Menschenmenge nicht einmal bemerkt, wenn sie nicht gerufen hätte ...

»Hey«, sagte Stoner. »Wie geht es dir? Das ist ja ein netter Zufall.«

George räusperte sich. »Nicht genau.«

»Bist du bei der Arbeit?«

»Jawohl.« Sie heftete ihren Blick auf Stoner. »Willst du mich deiner Bekannten hier vorstellen?«

»Klar.« Komisch, sie hatte George viel sanfter und freundlicher in Erinnerung. »Das ist meine Partnerin, Marylou Kesselbaum.«

George ergriff Marylous Hand, schüttelte sie und nutzte die Gelegenheit, um sie in eine ruhige Ecke der Halle zu ziehen. »Unterhalten wir uns eine Minute.«

»Wenn das eine Verhaftung ist«, wandte Marylou ein, »möchte ich einen Ausweis sehen.«

»Du liebe Güte«, sagte Stoner, die hinter den beiden hertrottete, »das ist *George*. Ich habe dir erzählt, daß wir sie in der Monorail kennengelernt haben ...«

George zog einen Ausweis aus der Tasche, klappte ihn auf und zeigte ihn. »Sicherheitsdienst«, erklärte sie kurz und bündig.

Stoner fühlte, daß sie rot wurde, was ihr in Gegenwart von Lehrern, Bullen, Nonnen und anderen Autoritäten immer wieder passierte. »Wir haben doch nichts getan.«

»Ich hoffe nicht«, sagte George.

»Beruhige dich, Stoner«, sagte Marylou. »Laß die Frau ihre Fragen stellen.«

Das schien George etwas aus dem Gleichgewicht zu bringen. Sie riß sich zusammen. »Sie haben gerade eine Reservierung fürs Marrakesh getroffen, richtig?«

Marylou verschränkte die Arme. »Stimmt.«

»Ist das ein Verbrechen?« fragte Stoner mit einer Spur Sarkasmus.

George ignorierte sie. »Auf den Namen ...« Sie konsultierte ein kleines Notizbuch. »... Dr. Edith Kesselbaum. Sind Sie Dr. Kesselbaum?«

»Sie ist ihre Tochter«, erklärte Stoner.

»Entschuldige bitte«, sagte George scharf, »aber ich rede jetzt mit deiner Freundin. Dir stelle ich später ein paar Fragen.«

Aus dem Augenwinkel sah Stoner Gwen, die gerade auf sie zukommen wollte. Sie gab ihr ein Zeichen, sich zurückzuhalten.

»Ich bin ihre Tochter«, sagte Marylou gelassen. »Oder besser, sie ist meine Mutter. So 'rum gefällt es mir besser. Andersrum klingt es so infantil, nicht wahr?« Sie faßte sich. »Verzeihen Sie, als weiblicher *Bulle* haben Sie ja wahrscheinlich keine eigene Meinung.«

»Marylou!«

»Oh, sei still, Stoner.«

»Deinetwegen werden wir noch alle verhaftet!«

»Ich bin sicher, daß George Sinn für Humor hat«, sagte Marylou, »selbst wenn sie ein *Bulle* ist.«

Stoner rieb sich mit beiden Händen das Gesicht. »Marylou geht es nicht gut«, erklärte sie einfallslos.

»Sie haben im Namen Ihrer Mutter Reservierungen getroffen.« Das war keine Frage, sondern eine Feststellung.

»Richtig.«

»Ist Ihre Mutter in Disneyworld zu Gast?«

»Richtig.«

»Geben Sie mir Ihre Zimmernummer?«

»Ich gab sie Kathi«, sagte Marylou. »Sie hat sie bestimmt schon überprüft.«

»Geben Sie sie *mir*?« fragte George entschlossen.

Marylou begann zu lächeln. »Jetzt verstehe ich. Sie wollen sehen, ob ich mich erinnere, denn wenn ich Ihnen eine andere Nummer gebe, wissen Sie, ob ich eine Betrügerin bin und nichts Gutes im Schilde führe. Richtig?«

»So ähnlich.«

Stoner seufzte. »Gib ihr einfach die Nummer, Marylou.«

Marylou gab sie ihr. Auch Ediths Ankunftsdatum, ihr eigenes Ankunftsdatum, die Zeiten des Abflugs und der Landung und die Schalternummer ihres Delta-Fluges.

»Sie haben eine gute Erinnerung«, sagte George, die eifrig mitschrieb.

»Ja, das stimmt. Ich arbeite im Touristikgeschäft. Die Leute werden sehr böse, wenn man Fehler macht.«

»Sie arbeiten im Touristikgeschäft?« fragte George.

»Hat Stoner Ihnen das nicht erzählt? Du meine Güte, worüber haben Sie in der Monorail gesprochen?«

»Ich habe es ihr gesagt«, bemerkte Stoner.

»Oh, ich verstehe. Noch ein Test.« Marylou drehte sich zu Stoner um. »Worüber *habt* ihr in der Monorail gesprochen?«

»Über Tupperware.«

Marylou runzelte die Stirn. »Wirklich sehr merkwürdig.« Sie wandte sich wieder George zu. »Wollen Sie kurz weggehen und meine Angaben überprüfen? Es macht uns nichts aus zu warten.«

George überprüfte sie bereits, indem sie die Daten in einen Walkietalkie sprach, der wie durch einen Zauber aus ihrer Schultertasche gekommen war. Oder vielleicht auch aus der Micky-Maus-Einkaufstasche. George konnte sich offensichtlich mit eindrucksvoller Geschwindigkeit bewegen.

»Warten Sie«, sagte Marylou und berührte ihr Handgelenk.

George wich zurück und blickte auf. In ihrem Gesicht stand Achtsamkeit und Vorsicht. Und vielleicht ein bißchen Enttäuschung.

»Du liebe Güte«, sagte Marylou, »jetzt denken Sie, daß ich Ihnen irgendein abscheuliches Verbrechen gestehen will, und es ist Ihnen *unangenehm*, daß Stoner darin verwickelt ist.«

George wollte etwas sagen.

»Dabei wollte ich Ihnen nur das Datum und die Abfahrtszeiten meiner Mutter geben, damit Sie das gegenprüfen können.« Sie nahm ihr das Notizbuch und den Stift weg und begann zu kritzeln.

George schien kurz davor zu sein, nach einem geheimnisvoll verborgenen Revolver zu greifen.

»Marylou«, sagte Stoner, »laß die Frau ihren Job machen.«

»Es ist okay.« George wollte offenbar ungern mitten am Disney-Tag eine Szene veranstalten. Die Leute wurden bereits ein bißchen neugierig.

Marylou gab das Notizbuch zurück, und George gab die Daten an wen auch immer am anderen Ende des Walkie-talkies weiter.

»Das ist ein nettes Gerät«, sagte Marylou freundlich. »Sehr kompakt. Wo haben Sie sich das gekauft?«

»Das gehört zum Job«, erwiderte George.

»Wir sollten auch so eins für unser Reisebüro besorgen«, sagte Marylou zu Stoner. »Wenn du dann verlorengehst, muß ich dich nur anrufen.«

»Ich gehe nur *verloren*«, sagte Stoner, »wenn ich durchs halbe Land gefahren bin.«

»Oder in ein anderes Zeitalter.« Marylou wandte sich an George. »Hat sie Ihnen davon erzählt, wie sie in ein anderes Zeitalter transportiert wurde?«

Großartig. Jetzt werden wir nicht nur wegen weiß Gott was verhaftet, sondern kommen auch noch ins hiesige Irrenhaus. »Wir haben über *Tupperware* geredet«, sagte sie.

»Ich kann es nicht glauben«, seufzte Marylou. »Du hast ein schrecklich aufregendes, um nicht zu sagen bizarres Leben geführt, und worüber redest du mit anderen Menschen bei eurer ersten Begegnung? Über Tupperware.«

»Es war George, die über Tupperware redete.«

»In dem Fall«, sagte Marylou zu George, ohne mit der Wimper zu zucken, »muß ich dasselbe über Sie sagen. Dadurch, daß Sie ein weiblicher Bulle in Disneyworld sind, besitzen Sie eine gewisse, wenn auch schäbige Art von Glamour, finden Sie nicht? Es scheint so eine Zeitverschwendung zu sein, dann darüber zu reden ...«

»Sie kann nicht darüber reden«, warf Stoner ein. »Das würde ihre Tarnung aufdecken.«

Marylou spitzte die Lippen. »Wenn die Menschen nicht so verdammt damit beschäftigt wären, das Äußere zu wahren«, erklärte sie, »könnten Unterhaltungen viel interessanter sein.«

»Vermutlich«, sagte Stoner und hätte sie am liebsten erwürgt. Sie steckten hier in ernsten Schwierigkeiten und standen kurz vor der Verhaftung, auch wenn es etwas unklar war, was sie denn angestellt hatten. Apropos …

»Entschuldige«, sagte sie zu George, »bevor wir weitermachen, könntest du uns vielleicht sagen, was uns vorgeworfen wird? Wenn ich es mir recht überlege«, sie machte ein so strenges Gesicht wie nur möglich, *»solltest* du es uns vielleicht sogar sagen, oder wir brechen die Sache jetzt ab, bis wir einen Anwalt haben. Wir sind hier zum Urlaub hergekommen, nicht um festgenommen und belästigt zu werden, und solche Vorfälle werfen *kein* gutes Licht auf die Disney-Organisation.«

George hatte ihr so gut wie gar nicht zugehört, da sie ihrem Walkie-talkie lauschte. Sie schaltete ihn ab und wandte sich an Marylou. »Wo ist Ihre Mutter jetzt?«

»Bei einem Seminar. Lassen Sie mich nachdenken.« Marylou zog die Brauen zusammen. »Ich glaube, sie sagte, es heiße ›Neue Direktiven für die Behandlung von bipolaren Gefühlsstörungen‹. Irgend so was. Sie freute sich nicht darauf. Wollen Sie das überprüfen?«

George wollte es überprüfen. Sprach in ihren Walkie-talkie. Horchte. Sprach wieder. Wartete. Minuten vergingen. Horchte. Nickte.

»Ist sie da?« fragte Marylou.

»Sie war da und kehrte vor ein paar Minuten auf ihr Zimmer zurück.«

»Wahrscheinlich aus Langeweile«, sagte Marylou. »Gut, daß ich die Vibratoren in Stoners Zimmer versteckt habe.«

»Marylou!«

George betrachtete die beiden mit einem nicht deutbaren Blick und setzte ihre Notizen fort. Stoner überlegte, ob sie die Bemerkung über die Vibratoren melden mußte.

»Eine letzte Frage«, sagte George schließlich. »Warum haben Sie den Namen Ihrer Mutter benutzt, um die Reservierungen zu machen?«

»Weil sie einen Doktor hat«, sagte Marylou glücklich. »Da wird man besser bedient.«

George starrte sie einen Augenblick lang an, und dann entspannte sich ihr Gesicht. Die berufliche Maske fiel herunter, und sie fing laut an zu lachen. »Weiblicher *Bulle*«, brüllte sie. »Ich bin schon alles mögliche genannt worden, aber das übertrifft alles.«

»Es tut mir schrecklich leid«, sagte Stoner.

»Komm schon«, sagte George und schlug ihr auf die Schulter. »Ihr habt gerade meinen eintausendundfünfundfünfzigsten aufeinanderfolgenden Disney-Tag belebt.« Sie drehte sich um und winkte. »He, Gwen.«

Gwen stand auf. »Kann ich mich nähern?«

George winkte sie heran.

»Wolltest du sie verhaften?« fragte Gwen.

»Ja.« George stopfte den Walkie-talkie zurück in die Einkaufstasche. »Wegen der Art, in der sie sich nach den Kindern in den Restaurants erkundigt hat, dachten wir, es stünde die nächste Kindesentführung bevor.«

»Eine Kindesentführung?« kreischte Marylou. »Warum auf aller Welt sollte ich ein Kind entführen?«

»Manche Leute tun's«, sagte George. »Meistens sind es Satanisten. Ihr seid doch keine Satanisten, oder?«

»Nein, aber Stoners Tante ist eine Hexe.«

George sah sie an.

»Nicht wie in Gruselgeschichten«, erklärte Stoner. »Bei ihr ist es eine Religion.«

»Eine Religion?«

»Wie …« Sie suchte nach einem gesellschaftlich akzeptierten Vergleich. »Wie bei den Spiritisten draußen in Cassadaga.«

George schien es zu verstehen, auch wenn sie es nicht billigte, zumindest nicht ganz.

»Die Satanisten holen sich von hier Kinder?« fragte Gwen.

»Manchmal. Sie verstehen es, sich innerhalb von zwanzig Minuten ein Kind zu schnappen, mit ihm in die Damentoilette zu gehen, es unter Drogen zu setzen, es umzuziehen und sein Haar zu färben. Selbst die Eltern des Kindes erkennen es nicht wieder, außer es hat noch seine Schuhe an. Schuhe sind schwer zu wechseln, denn sie müssen passen, und die meisten Kindesentführer können nicht so gut im voraus planen, wenn sie nicht hinter einem ganz bestimmten Kind her sind. Sobald jemand ein entführtes Kind meldet, holen wir daher die Eltern zum Eingangstor, damit sie die Schuhe überprüfen.«

»Faszinierend«, sagte Marylou.

»Habt ihr schon mal jemanden festgenommen?« fragte Gwen.

»Noch nicht. Aber ich würde es gern. So was macht mich wirklich wütend.«

Stoner fragte sich, wie George wohl war, wenn sie wütend wurde. Sie wirkte schon grimmig genug, wenn sie nur ernst und eisern war.

»Nun, ich muß gehen«, sagte George. »Für heute habe ich meine Tarnung in EPCOT verloren. Jetzt werde ich bestimmt ins Disney-MGM geschickt.« Sie schüttelte den Kopf. »Mein Gott, was hasse ich den Ort. Bei dem Spaß dort nimmt der Tag nie ein Ende.«

»Es tut mir leid«, sagte Stoner.

George zuckte die Achseln. »Das gehört dazu. Vergeßt es nicht, die Einladung zum Essen steht noch.« Sie winkte ihnen über die Schulter zu und verschwand in der Menge.

»Nun«, sagte Marylou, »das war ein Abenteuer. Was kommt als nächstes?«

»Verdammt, Marylou«, explodierte Stoner, »das war kein Spaß, und es war nicht lustig. Du hast uns beinahe in ernste Schwierigkeiten gebracht.«

»Sei nicht albern«, erwiderte Marylou keß. »Es ist kein Schaden entstanden.«

»Wir sind verreist, um uns zu amüsieren.« Ihr Kopf war am Zerspringen. Sie spürte, wie die Worte heraussprudelten, und konnte sie nicht aufhalten. »Und die Hälfte der Zeit haben wir damit verbracht, uns mit deiner Hysterie oder deinen Ängsten oder deinem wunderlichen Verhalten zu beschäftigen ...«

Marylou funkelte sie an. »Es war nicht *meine* Idee. Du hast mich dazu gedrängt. ›Es wird dir guttun.‹ ›Es wird Spaß bringen.‹ Nun, bis jetzt hatten wir keinen höllischen Spaß, und ich habe auch noch nicht bemerkt, daß es mir guttut.«

»Und deine Aufmachung! Natürlich wurden sie mißtrauisch. Du siehst aus wie Mata Hari. Warum kannst du nicht hin und wieder mal *normal* sein?«

»Weil ich *nicht* normal bin. Nie gewesen bin, nie sein werde.«

»Ich schlage vor, wir gehen drüben in *The Land* ein Eis essen«, sagte Gwen.

Stoner strich sich mit der Hand durchs Haar. »Gut, sehen wir mal, was sie tun kann, um uns dort zu demütigen.«

»Okay«, sagte Marylou laut. »Du willst mich nicht dabei haben, es gibt genügend Orte, wo ich hingehen kann.«

Gwen legte beruhigend die Hand auf Marylous Arm. »Du mußt nicht weggehen.«

Marylou schob ihre Hand böse weg. »Stoner will mich nicht dabei haben, also bleibe ich nicht. Wir sehen uns später.« Mit langen Schritten stolzierte sie davon, wobei sie sich noch einmal umdrehte. »Übrigens, McTavish«, bellte sie, »es könnte weitaus *lustiger* mit dir sein, wenn du nicht so verdammt besessen wärst von Äußerlichkeiten.«

4

Stoner fühlte sich schrecklich. »Ich hasse mein Temperament«, sagte sie.

Gwen lachte. »Stoner, du *hast* kaum Temperament. Für jedes Mal, das du ausrastest, würden andere Menschen fünfzehnmal ausrasten.« Sie nahm Stoners Hand. »Außerdem kann Marylou ein richtiges Ekel sein. Es macht nichts, wenn man mal ein wenig ungeduldig wird.«

»Sie wollte uns nicht absichtlich in Schwierigkeiten bringen. Sie war einfach nur Marylou.«

»Und einfach nur Marylou ist manchmal zu viel für jeden gesunden Menschen.« Sie strich Stoner das Haar aus den Augen. »Komm schon, Steinchen, laß uns jetzt das Eis essen.«

Sie stand am Geländer und blickte auf die wuselnde Menge hinunter. Das Essen war ein Ereignis in *The Land*. Es gab jede Menge Essen. Alle Sorten von Essen. Salate und Suppen. Gebackene Kartoffeln. Quiche. Nachspeisen. Picknicktische mit leuchtend bunten Sonnenschirmen standen wie Pilze verstreut um einen Springbrunnen auf dem Bauernmarkt, während nachgebildete Heißluftballons unter dem gläsernen Kuppeldach sanft auf- und niedergingen. Der Anblick strahlte Ruhe, Licht und Gesundheit aus – was zweifellos die Absicht war. Obwohl sie noch nicht lange in Disneyworld war, hatte Stoner das deutliche Gefühl, daß alles, was man fühlte, genau das war, was die Disney-Leute beabsichtigt hatten.

Mit Ausnahme ihrer Sorge um Marylou natürlich. Daran war Disneyworld nicht schuld, vorausgesetzt, daß nicht irgendwelche Köpfe hinter diesem Ding ein paar wunderliche emotionale Erfahrungen programmiert hatten. »Sorgenwelt, eine magische Reise durch die steinharten Untiefen der Freundschaft mit einem beängstigenden Sprung in den Wasserfall der Stimmungen als Höhepunkt.«

»Hör auf, dir *Sorgen* zu machen«, sagte Gwen, als sie ihr einen Becher mit Schokoladeneis reichte.

»Ich habe angerufen«, sagte Stoner. »Ich dachte, sie wäre vielleicht in ihr Zimmer zurückgekehrt, weißt du, um sich mit ihren Vibratoren zu trösten. Sie war nicht da.«

Gwen nahm nachdenklich einen Löffel Eis und drehte ihn besorgt im Mund herum. »Wahrscheinlich war die Zeit zu kurz, um zurückzukehren«, sagte sie schließlich. »Vorausgesetzt, sie hat den Mut, allein in die Monorail zu steigen.«

»Wahrscheinlich.« Der süße Schokoladengeschmack war überwältigend. In zehn Minuten würde sie vor Kraft platzen. »Ich habe mit Edith gesprochen. Sie sagte, ich solle nicht albern sein.«

»Manchmal hat Edith gute Ratschläge und manchmal nicht.«

»Ich bat sie, falls Marylou käme, ihr zu sagen, daß es mir leid täte und daß sie bitte eine Viertelstunde auf ihrem Zimmer bleiben solle. Ich werde weiter anrufen, bis ich sie erreiche.«

»Das klingt gut.«

»Ich denke, viel mehr können wir nicht tun.«

»Wahrscheinlich nicht.« Gwen rückte näher, so daß sich ihre Arme berührten. »Stoner«, sagte sie und drückte ihre Schulter auf eine beruhigende Weise an Stoners, »ich weiß, wie sehr du es haßt, wenn jemand sauer auf dich ist, aber das geht wirklich wieder in Ordnung. Du und Marylou, ihr seid schon die Hälfte eures Lebens Freundinnen gewesen. Das kann nicht durch einen Streit zerstört werden.«

»Ich weiß.« Gwen hatte natürlich recht. Sie wünschte, sie könnte es glauben. Sie mochte sich nicht streiten. Manche Menschen fanden das auf eine perverse Art aufregend. Manche Menschen glaubten, das Leben wäre nicht real, wenn sie sich nicht stritten. Manche Menschen erregte es sogar. Solche Menschen machten ihr angst. Im Zorn lag Gefahr. Die Möglichkeit, etwas zu zerbrechen, was nicht repariert werden konnte. Sachen wie Vertrauen. Und Liebe ...

Aber in einer Hinsicht mußte sie Gwen recht geben: Im Augenblick konnten sie nicht sehr viel dagegen tun. Sie aß ihr Eis auf und stieß sich vom Geländer ab. »Willst du eine Bootsfahrt machen?«

»Gern«, sagte Gwen und trottete mit ihren Bechern zum nächsten Abfalleimer.

David lehnte an einer Palme, aß ein Eis am Stiel und lauschte den Vögeln, die über ihm zwitscherten. Die Luft war warm und sanft, der Himmel hell und blau. Das Leben war schön.

Er liebte seine Arbeit. War stolz darauf. Es war wichtig, seine Arbeit gut zu machen und stolz darauf zu sein. Manchmal wünschte er, seine Mutter könnte ihn jetzt sehen. Sie hatte nicht verstanden, was er tat und wie er sich dabei fühlte. Aber eigentlich machte er ihr deswegen keine Vorwürfe. Sie war eine ungebildete Frau gewesen und verstand nichts von Kunst. Manchmal fühlte er sich richtig schlecht wegen seiner Mutter, hatte Schuldgefühle, weil er es nicht verstanden hatte, daß sie ungebildet gewesen war, und es zugelassen hatte, daß ihr Mißfallen zwischen sie getreten war. Schließlich hätte er das verstehen müssen. Er hatte viel gesehen, während seine Mutter nie irgendwo gewesen war. Nur in Baltimore, wo sie die meiste Zeit seiner Jugend in dem einen oder anderen Mietshaus gewohnt hatten. Und einmal, außerhalb der Saison, in Ocean City war alles, was sie sich leisten konnten. Aber bis er das mit ihrer Bildung begriffen hatte, war sie tot gewesen. Seine Therapeutin hatte ihm zu erkennen geholfen, daß das nicht sein Fehler gewesen war. So war das Leben nun mal. Wichtig war, daß er jetzt zufrieden mit sich war.

Aber er vermißte sie manchmal. Man konnte eine Menge Freunde und eine Menge Geliebte haben, aber man hatte nur eine Mutter.

Das Schwierigste an seiner Arbeit war seine Neugier. Schon oft hatte er sich über einen Auftrag gewundert. Am Anfang war es ihm schwergefallen, etwas zu tun, ohne den Grund zu wissen. Aber er hatte gelernt, eine professionelle Haltung einzunehmen. Es war Belohnung genug, wenn er den jeweiligen Job so gut wie möglich erledigte. Es gab nur drei Dinge, die ihm wichtig waren: Sein Bestes zu tun, sauber zu bleiben und stolz auf seine Arbeit zu sein.

Und ab und zu kam ein Auftrag wie dieser. Etwas Besonderes. Etwas, das nur er machen konnte.

Seine Therapeutin hatte ihm dabei auch geholfen. David lächelte vor sich hin. Sie war eine wirklich besondere Lady, seine Therapeutin. Er war echt am Ende gewesen, als er sie kennenlernte. Jung, unsicher – »dumm« war, ehrlich gesagt, das richtige Wort. Er war gerade frisch aus der Jugendstrafanstalt wegen eines Überfalls gekommen, bei dem er ein paar älteren Kerlen geholfen hatte, aber als die Polizei kam, waren sie weggelaufen und hatten ihn mit der Tasche in der Hand zurückgelassen. Und der Kanone. Aber das Bewährungsgericht besorgte ihm die Therapeutin, und sie brachte ihn wieder in Ordnung. Zeigte ihm, wo er benutzt worden war, ermutigte ihn, über die Begabtenprüfung seinen Highschool-Abschluß zu machen. Half ihm bei der Bewerbung für das CollegeFernstudium. Und wies ihn darauf hin, daß alles, was passiert war, nicht seine Schuld war.

Er blieb mit ihr im Laufe der Jahre in Verbindung. Das tat man mit Menschen, die einem eine Menge bedeuteten. Eine Karte zu Weihnachten, Blumen zum Geburtstag, manchmal ein Brief, weil ihm einfach danach war. Sie hatte immer geantwortet.

Seine Therapeutin. Er mochte es, wie das klang.

Er beobachtete eine Gruppe junger Elternpaare, die mit ihren Kindern vorbeigingen, alle braungebrannt und glücklich. David gähnte. Orlando fing an, ihn zu langweilen. Nettes Klima und so, aber er vermißte die Aufregung von Las Vegas und den Städten an der Westküste. Hier gab es zu viele Kinder und alte Leute. Alles war so gleichartig. Zu einfach. Seine Fähigkeiten wurden vergeudet. Diese leichten Sachen sollte man Anfängern überlassen, die gerade aufstiegen und ein paar Erfolge brauchten, um ihr Selbstbewußtsein aufzubauen.

Ja, er könnte eine Ortsveränderung gut gebrauchen. Nach diesem Auftrag würde er vielleicht zurück nach Vegas fahren. Nachsehen, wie die Dinge dort standen.

Er entdeckte einen Mann, den er vor ein paar Wochen kennengelernt hatte, und tippte sich zum Gruß an den Kopf. Sie waren einmal abends nach der Arbeit einen trinken gegangen. Sie waren im selben Geschäft, obwohl sie darüber nicht gesprochen hatten. Niemand sprach über dieses Geschäft, daher wußte er auch, daß dieser Mann es machte. Es war, als arbeitete man für die CIA. Er hatte allmählich den Verdacht, daß dieser Mann mit den Satanisten zu tun hatte. David hatte davor keinen Respekt. Ein Haufen Irrer, genauso schlimm wie Bibelfanatiker. Man lebte nun einmal in dieser Welt und mußte das Beste daraus machen und nicht nach jemandem suchen, der die Verantwortung für sein Leben übernahm. Ob Gott oder der Teufel, es war alles dasselbe. Wenn es drauf ankam, konnte man sich, in Freud oder Leid, nur auf sich selbst verlassen.

Seine Therapeutin sagte, deswegen sei er ein Existentialist.

Das klang gut.

Einem Instinkt folgend blickte er auf. Seine Beute hatte den mexikanischen Imbiß verlassen und kam auf ihn zu. David gab vor, in seinen Reiseführer vertieft zu sein, bis sie vorbei war. Sie hatte ihn nicht bemerkt. Beiläufig schob er den Reiseführer in die Tasche und schlenderte hinter dem schwarzen Schlapphut her.

Stoner erlebte zum ersten Mal den Disney-Zauber und war total begeistert, obwohl sie immer geschworen hatte, sie würde sich nicht beeindrucken lassen. Das kleine Boot mit dem flatternden Sonnendach aus gestreiftem Segeltuch trieb über einen verzauberten Kanal. Künstlerische Nachbildungen von Wurzeln, Pflanzen und Blüten – offensichtlich aus Pappe hergestellt – schienen in der feuchten Dunkelheit zu leuchten. Der Kanal führte in einen tropischen Regenwald, wo Vögel zwitscherten und Eidechsen auf der Jagd nach Insekten herumflitzten, während sie der warme Duft von Erde und Pflanzen umgab. Dann waren sie plötzlich in der Wüste, und die Luft wurde heiß und trocken. Die Wüste machte der Prärie Platz, auf der Bisons grasten und Heuschreckenschwärme vor einem durch einen Blitz verursachten Steppenbrand flüchteten.

Wieder eine Kurve und sie glitten an einem Farmhaus aus dem Mittelwesten vorbei. Eine riesige Platane stand vor einer gemütlichen Veranda. Es war kurz nach der Dämmerung, und ein Hahn begrüßte krähend den neuen Tag, während sie für einen Augenblick warmes Licht aus der Küche des Bauernhauses erspähten. Aus einem Fenster im oberen Stockwerk winkte ihnen eine Frau zu. Ein kleiner Hund, irgendeine Terrierart, bellte warnend, riß sich von seiner Leine los und rannte kläffend hinter dem Boot her.

Dann ging es durch eine Scheune, in der landwirtschaftliche Geräte und Heustapel zu sehen waren. Und schließlich in die Anbaugebiete selbst, wo die Tomaten wie Weihnachtslichter leuchteten und Bohnen und Gurken an Reben wuchsen, die mit Bindfäden befestigt waren. In einer großen, rotierenden Trommel sproß hell schimmernder Salat in einer simulierten schwerelosen Umgebung. Alles sah saftig und gesund und ordentlich aus. Die lose rankende Bohnenkreuzung der Marke Blue Runner von Tante Hermione McTavish würde in diesem Garten Eden keine Minute überleben. Die Blue Runner war extra zum Überleben im Schmutz, Chaos und Kohlenmonoxyd der Stadt entwickelt worden. Stoner konnte sich gut vorstellen, wie, wenn hier auch nur ein einziges Kohlenmonoxydmolekül eindränge, die Bakterienpolizei es aufgreifen und überwältigen würde.

»Das war unglaublich!« begeisterte sich Gwen, als sie am Dock landeten und ausstiegen – unterstützt von den stets aufmerksamen jungen Männern in futuristischen Latzhosen, die bei Bedarf wie aus dem Nichts auftauchten. »Wie machen sie das?«

Stoner zuckte die Schultern. »Keine Ahnung. Ich habe gehört, im Magischen Königreich gäbe es eine Ausstellung mit allen Präsidenten. Sie bewegen sich und halten Reden. Ronald Reagan schläft sogar ein.«

»Wenn es dir nichts ausmacht«, sagte Gwen lachend, »können wir den auslassen. Acht Jahre mit dem haben gereicht.«

»Weißt du, ich kann mir vorstellen, wie es funktioniert, daß sie sich bewegen und reden und so, aber wie haben sie es geschafft, daß der Hund hinter dem Boot herrannte? Ich meine, das war eine ziemliche Strecke, und ich habe keine Spur gesehen.«

»Er ist nicht gerannt.«

»Natürlich ist er das.«

»Das habe ich nicht gesehen.«

»Ich weiß es. Ich habe es gesehen.« Sie schaute auf die Uhr. »Marylou können wir erst in zwanzig Minuten anrufen. Laß uns nochmal fahren.«

Diesmal rannte der Hund nicht hinter dem Boot her, aber einer der Bisons auf der Prärie kam herübergewandert und sah ihr neugierig in die Augen.

Gwen bemerkte es nicht.

Okay, allmählich wurde sie hier ein bißchen verrückt. Sie konnten schließlich nicht den ganzen Tag durch *The Land* fahren in der Hoffnung, gleichzeitig dieselbe Illusion zu erleben. Das kleine Lied, das während der Fahrt ertönte, war schon ansteckend genug. Sie hatte das ungute Gefühl, daß es ihr damit bei zu vielen Wiederholungen so ergehen würde wie mit diesen Werbesongs, die man hörte und eine ganze Woche lang nicht mehr loswurde. Eine Woche lang »Listen to the Land«, und sie wäre reif für die Gummizelle. Es war an der Zeit, sich ein paar Informationen bei einem freundlichen Bauern der Zukunft zu holen.

Schon war einer zur Stelle. Es war eine junge Frau. Stoner registrierte, daß man in Disneyworld bemüht war, nicht sexistisch zu sein, und nahm sich vor, auf Ausrutscher zu achten. »Können Sie mir sagen«, fragte sie Sue (so lautete der Name auf dem diskreten Plastikschild), »wie die beweglichen Figuren funktionieren?«

Sue war vorbereitet. Die ›Audio-Animatronic-Figuren‹ würden durch Computer und Motoren betrieben, die mit dem Hauptcomputer, dem Gott, gekoppelt waren, der einem genau sagen konnte, was jede einzelne Figur zu einem bestimmten Zeitpunkt tat, und wenn etwas schieflief ...

Wie zum Beispiel eine Audio-Animatronic-Revolution? Oder ein Audio-Animatronic-Amoklauf?

... wären innerhalb weniger Minuten Ingenieure zur Stelle. Außerdem könne jede kleine Bewegung der Figur bis hin zum Schnipsen eines Fingers oder zum Zucken mit der Wimper vom Computer gesteuert werden.

Genau das interessierte sie. »Was ich eigentlich wissen wollte«, sagte Stoner, als Sue fertig war (oder ihr Programm beendet hatte), »ist, wie die Bewegungen von einem Augenblick zum nächsten verändert werden. Ich meine, ist dieser Hund programmiert, jedes dritte oder zweite Boot zu verfolgen, oder ist es Zufall oder was? Und wie kommt es, daß der Bison manchmal zum Boot kommt und manchmal nicht?«

Sue schaute sie an. »Wie bitte?«

»Nun, wahrscheinlich kann ich mir das wohl selbst ausrechnen. Computer sind schließlich recht komplexe Dinger, nicht wahr? Irgendwie unheimlich, bis man feststellt, wie dumm sie eigentlich sind. Ich meine, man muß ihnen alles sagen und auf die richtige Art, sonst wissen sie nicht, was sie tun sollen. Sie können nicht denken, das ist das Problem. Aber wollen wir das überhaupt?«

Gwen räusperte sich laut.

»Oh«, sagte Stoner. »Ich habe mich wieder vergessen. Das passiert mir immer, wenn ich nervös bin. Macht dieser Ort Sie auch nervös?«

»Eigentlich nicht«, meinte Sue.

Stoner fühlte sich schrecklich albern. Okay, mach weiter, als wäre nichts geschehen. Du machst dich nicht lächerlich, du verlangst nur eine absolut vernünftige und verständliche Information. Eine intelligente Information sogar. »Was ich eigentlich meine ...« Sie hatte das Gefühl, als klänge das nicht nach einer Bitte um intelligente Information. Oder nach einer intelligenten Bitte um Information. Oder was auch immer. »... wie kommt es, daß der Hund das Boot verfolgte, als ich hinsah, aber daß er es nicht verfolgte, als Gwen hinsah? Und wie kommt es, daß der Bison herüberkam und an mir schnüffelte und daß sie es aber nicht sah ...?«

Sue blickte sich verstohlen um, als suchte sie nach dem nächsten Posten vom Sicherheitsdienst.

Nicht schon wieder. »Sie bewegen sich gar nicht, was?« fragte Stoner schnell.

»Nicht daß ich wüßte«, erwiderte Sue mit freundlicher Stimme.

»Muß dann wohl eine Illusion gewesen sein.« Stoner lächelte. »Hier kommt man auf komische Gedanken, nicht wahr?«

»Vermutlich ja«, sagte Sue.

Gwen drückte ihr Handgelenk, damit sie den Mund hielt. »Was sie sagen will«, erklärte sie Sue, »ist, daß die Nebeneinanderstellung von Illusion und Realität so fein abgestimmt ist ... Nun, man weiß kaum, was man glauben soll.«

»Wahrscheinlich nicht«, sagte Sue.

»Vielen Dank für Ihre Hilfe«, sagte Gwen und zog Stoner heftig mit sich.

»Es ist wirklich passiert«, sagte Stoner, als sie außer Hörweite waren. »Wir haben es beide gesehen. Oder ich habe es gesehen. Oder eine von uns beiden hat es gesehen.«

»Natürlich haben wir das. Oder du hast es oder ich. Vielleicht sogar Sue. Mir ist es eigentlich egal, wer, aber ich finde, wir sollten lieber keine Aufmerksamkeit erregen.«

»Das stimmt. Wir stehen wahrscheinlich sowieso schon unter Beobachtung.«

»Zweifellos. Ruf Marylou nochmal an, und dann laß uns ein paar andere Rundfahrten machen.«

Die Frau hatte die Konstitution eines Kamels. David wischte sich den Schweiß aus dem Gesicht, faltete sein Taschentuch ganz ordentlich und steckte es zurück in die Tasche. Sie hatte sich auf ihrem Weg durch Disneyworld durchgegessen und durchgetrunken, ohne ein einziges Mal zur Toilette zu gehen. Toiletten waren gut geeignet, um sich jemanden zu schnappen, obwohl es in diesem Fall hilfreich gewesen wäre, wenn er eine weibliche Kraft bei sich gehabt hätte. Aber eigentlich hätte sie ihm auch nichts genützt, da seine Beute nie auf die Toilette ging.

Marylou war bei den Kontrollanrufen um Viertel nach eins oder um Viertel nach zwei oder Viertel nach drei oder Viertel nach vier immer noch nicht zurückgekehrt. Stoner redete sich immer wieder ein, daß sie sich keine Sorgen zu machen brauche, und machte sich Sorgen. Das Problem war, daß Gwen allmählich auch etwas besorgt aussah. Sie hatte noch nicht das Stadium erreicht, in dem sie vor Sorge die Stirn runzelte, aber Stoner spürte ein leichtes Verkrampfen der Energie, das ihr sagte, daß eine Gwen-Krise unmittelbar bevorstand. Selbst Edith Kesselbaum hatte ihre Zuversicht aufgegeben und sagte, sie habe bei ihrer Tochter in der Vergangenheit zwar Wutanfälle erlebt, aber noch nie von diesem Ausmaß.

Sie fing an, unter einem Sonnenstich zu leiden. Ihr war schwindelig, sie hatte Platzangst und war gereizt. In ganz EPCOT schien es keinen einzigen freien Sitzplatz zu geben. Die wenigen Bänke, die es gab – und sie schienen von einer Minute zur anderen zu verschwinden –, waren mit Touristen besetzt oder standen in der glühenden Sonne und Hitze und Feuchtigkeit, und der Gedanke, sich darauf zu setzen, war so anziehend, wie auf einem Ameisenhaufen aufgespießt zu werden. Gwen schlug vor, ins Hotel zurückzugehen und dort zu warten. »Marylou wird spätestens im Restaurant auftauchen«, überlegte sie. »So wütend würde sie niemals werden, daß sie ein Essen ausläßt.«

»Schon gar nicht eins, für das sie beinahe verhaftet wurde«, fügte Stoner in dem Versuch hinzu, Humor zu zeigen, der allerdings flacher ausfiel als ein angepiekster Luftballon.

Sie schleppten sich zur Monorail und fuhren schweigend zurück zum Contemporary Hotel.

»Ich habe einen Vorschlag«, sagte Gwen, als sie aus dem Badezimmer kam und sich dabei mit dem Handtuch das Haar rubbelte. »Wenn sie nicht zum Essen kommt, muß Tante Hermione übersinnlichen Kontakt mit ihr aufnehmen, und wenn das nicht funktioniert, rufen wir George an. Sie müßte wissen, was zu tun ist.«

Stoner nahm den kalten Waschlappen von ihren Augen und richtete sich auf. »Wahrscheinlich muß man erst zwei Tage lang vermißt werden, bevor sie etwas tun. Wie in der richtigen Welt.«

»Hier ist aber nicht die richtige Welt.« Gwen warf das Handtuch auf eine Stuhllehne und strich sich mit den Händen durchs Haar. »Falls du das noch nicht bemerkt hast.«

»Yeah.« Sie konnte nichts dafür, aber ihr wurde immer ganz schwach in den Knien, wenn sie Gwen dabei zusah, wie sie sich mit den Händen durchs Haar strich. Sie wußte nicht, ob es die Hände oder das Haar waren, was sie am meisten bewegte. Aber es war eine elegante, sinnliche, absolut unbewußte Geste, die sie nie im Leben erwähnen würde aus Angst, Gwen damit unsicher zu machen und alles zu verderben. In manche Dinge, wußte sie, sollte man nicht hineinpfuschen. Brachte man sie ins Bewußtsein, würden sie bloß verschwinden. Gwens Art, sich mit den Händen durchs Haar zu streichen, gehörte zu diesen Dingen.

Wenn Gwen andererseits mit den Händen durch Stoners Haar strich, war das genauso aufregend und etwas, was sie bei jeder Gelegenheit kommentierte.

Sie zwang sich, sich auf das aktuelle Problem zu konzentrieren. »Glaubst du, George würde uns helfen?«

»Warum nicht?«

»Wir hatten heute morgen eine nicht gerade freundliche Begegnung. Unseretwegen ist sie jetzt bei MGM.«

Gwen starrte sie an. »Du meine Güte, Stoner, die Frau ist ein Profi. Und eine Lesbe. Eine von uns. Natürlich wird sie uns helfen. Aber laß uns jetzt nicht die Fassung verlieren. Marylou ist wie ein Schoßhund. Sie wird nach Hause kommen, wenn sie Hunger hat.«

David war zufrieden. Sein Plan lief wie geschmiert. Es war ein brillanter Einfall von ihm gewesen, ihnen gestern abend einen Drink an den Tisch bringen zu lassen. Purer Instinkt und brillant. Er hatte höchstens erwartet, dadurch eindeutig ihre Identität festzustellen. Aber als sie sich dann den Drink *teilten* ... So wie sein Auftraggeber ihre Beziehung beschrieben hatte, war es verständlich, daß sie im Urlaub so anlehnungsbedürftig und romantisch waren. Und jetzt war seine Beute ihm sogar behilflich, indem sie zu Fuß zum Hotel zurückkehrte. Zu Fuß. Obwohl es die Monorail gab, die so leicht zu erreichen war. Es war fast so, als versuchte sie absichtlich, sich ihm in den Weg zu stellen.

Er hielt inne. War das eine Falle?

Das konnte nicht sein. Niemand wußte davon außer ihm und dem Auftraggeber, und dem hatte er keinerlei Einzelheiten erzählt. Das gehörte zu seinen eisernen Regeln. Erzähle niemandem deinen Plan, egal wieviel sie dir zahlen.

Nein, er hatte einfach Glück. Wahrscheinlich dachte sie, sie brauche etwas Bewegung, nachdem sie sich auf ihrem Weg durch *World Showcase* vollgestopft hatte.

Welcher Grund auch immer, er machte seinen Job um vieles leichter. Die beiläufige Annäherung, um nach der Zeit zu fragen. Dann, als sie auf ihre Uhr schaute, trat er einen Schritt hinter sie und preßte das mit Chloroform getränkte Taschentuch auf ihre Nase und den Mund. Genau wie im Kino. So einfach. Er blickte sich um, dann bückte er sich hinter eine Hecke und hievte Marylous bewußtlosen Körper in einen geliehenen Rollstuhl.

5

Bis zum Abendessen war Marylou immer noch nicht aufgetaucht. Sie gingen ins Marrakesh und warteten auf den versprochenen harten Stühlen mit kerzengeraden Lehnen, und um sie herum tollten die versprochenen Kinder. Sie nahmen Vorspeisen. Tante Hermione und Edith Kesselbaum bestellten Drinks. Sie begannen mit dem Hauptgang.

Keine Marylou.

Die anderen machten sich auch Sorgen. Stoner erkannte es daran, daß ihre Energiefelder irgendwie funkten. Tante Hermione erklärte sich unaufgefordert bereit zu versuchen, mit Marylous höherem Wesen Kontakt aufzunehmen – obwohl sie bis nach dem Essen würden warten müssen, da es unmöglich sei, sich einzustimmen, solange Bauchtänzerinnen einem ihr Zwerchfell vors Gesicht hielten.

Das mußte Stoner zugeben, und sie nahm sich vor, alles zu versuchen, um in Disneyworld ein Restaurant ohne Unterhaltungsprogramm aufzutreiben.

Das hieß, falls sie Marylou jemals fänden. Wenn nicht – dann wüßte sie nicht, was sie tun sollte. Sie konnte nicht einmal darüber nachdenken. Denn mittlerweile war klar, daß Marylou nicht versuchte, es ihnen heimzuzahlen, weil sie gemein zu ihr gewesen waren, oder daß sie ihnen einen Streich spielte. Stoner wußte im Inneren ihres Herzens, daß Marylou irgend etwas passiert war.

»Wenn sie das macht, um unsere Aufmerksamkeit zu erregen oder uns zu bestrafen«, murmelte Gwen beim Kaffee und Nachtisch, »wird es Zeit, daß sie aufhört. Wir haben es kapiert.«

Zurück in ihrem Zimmer versuchten sie, eine für Tante Hermiones Meditationen geeignete Atmosphäre ruhiger Aufmerksamkeit zu schaffen. Aber so sehr sie es versuchte, sie konnte keinen direkten Kontakt zu Marylou herstellen – nicht zu ihrem höheren Wesen, nicht zu ihrem niederen Wesen oder irgendeinem Wesen dazwischen. Sie sandte Botschaften aus, wartete, empfing aber, sagte sie, »Nichts als ein Summen.«

»Ein Summen?« fragte Stoner.

»Nun, ich fühle, daß sie irgendwo ist, aber ...« Sie versuchte es nochmal. »Da ist ein Fehler passiert, glaube ich.«

»Was für ein Fehler?« fragte Gwen.

»Ich verstehe das einfach nicht. Es hat was mit ... mit Musik zu tun und ... und mit Nähen? Nein, Musik und Saubermachen. Genau, Musik und Saubermachen.«

Stoner runzelte die Stirn. »Musik und Saubermachen?«

»Nicht besonders bedeutungsvoll, nicht wahr?« sagte Tante Hermione entschuldigend. »Vielleicht bin ich später erfolgreicher. Du kennst Marylou. Sie war noch nie leicht zu verstehen.«

Edith Kesselbaum erinnerte sie immer wieder, keinen neurotischen Ängsten nachzugeben. Sie selbst, behauptete sie, mache sich überhaupt keine Sorgen. Marylou sei erwachsen und in der Lage, auf sich selbst aufzupassen – wahrscheinlich sogar besser als jede von ihnen und sogar besser als sie alle zusammen, und das Wichtigste sei, nicht den Sinn für die Relationen zu verlieren.

Stoner war überzeugt, daß Edith unter der Oberfläche wahnsinnig vor Angst war.

Sie versuchten, sich an der Boot- und Drachenparade auf der Lagune zu erfreuen, aber sogar der glücklich spritzende Wal, die fliegenden Fische und andere Meerestiere, die aus funkelnden Lichtern gebildet wurden, oder die fröhliche elektronische Blasmusik wirkten gezwungen und etwas traurig.

Es ist, als wäre sie tot, dachte Stoner und schob ihre Hand trostsuchend in Gwens. Gwen drückte ihre Finger.

»Wir werden den Sicherheitsdienst anrufen, bevor wir zu Bett gehen«, sagte Gwen, »das ist alles, was wir im Augenblick tun können.«

»Ich weiß.« Aber sie wünschte, sie müßte nicht immer daran denken, was Tante Hermione gestern abend gesagt hatte – da sei jemand in Disneyworld, der ihnen etwas Böses antun wolle.

Mein Gott, dachte Marylou, jetzt bin ich blind. Das ist einfach zuviel.

Sie rieb ihre Augen. Leuchtend rote Punkte wirbelten durch ihren Sichtkreis. Ihre Augen schmerzten.

Ich kann nicht blind sein. Ich bin eine Reisekauffrau.

Sie blickte zur Seite und entdeckte eine haarfeine Lichtspur am Boden. Eine Tür.

Sie seufzte erleichtert. Dieser sogenannte Urlaub war schon schlimm genug. Sie wollte die nächsten sechs Monate nicht bei irgendwelchen Spezialisten verbringen.

Ihr Kopf fühlte sich an, als wäre sie ohne Hut in einen Hagelsturm geraten. Schmerzhaft. Empfindlich. Klare Symptome einer Nahrungsmittelvergiftung. Ich wußte es, dachte Marylou. Irgend etwas stimmte nicht mit der Avocado.

Nun, das würde sie melden.

Sie fragte sich, was wohl passieren würde, wenn sie ihre Augen öffnete. Irgendwie schien das keine gute Idee zu sein. Irgendwie hatte sie das Gefühl, daß das eine sehr schmerzvolle Angelegenheit sein würde.

»Verflixt«, sagte sie und gratulierte sich, daß ihr ein Ausdruck von Winnie dem Bären einfiel. Stoner würde sich freuen, daß sie versuchte, sich an das Disney-Programm anzupassen.

Ein merkwürdiges Geräusch umgab sie. Eine Art leises Summen und Rauschen wie bei einem Ventilator.

Die Fläche unter ihr war hart. Sie mußte sich in einer Erste-Hilfe-Station befinden und auf einem dieser Vielzweckgestelle aus Stahl liegen, auf denen man zu Tode verbluten konnte, ohne zu viel Schaden anzurichten. Sie konnte sich erinnern, daß sie sich entschlossen hatte, ins Hotel zurückzukehren, und da sie vor der Monorail zurückschreckte, hatte sie ihren Reiseführer herausgeholt – Birnbaum natürlich – und sich auf den Weg gemacht. Jemand fragte sie nach der Zeit, und das nächste, woran sie sich erinnerte, war, daß sie hier war.

Das konnte nicht sein. Sie mußte ohnmächtig geworden sein, aber sie konnte sich nicht an die Ohnmacht erinnern. Sie konnte sich nicht einmal daran erinnern, daß ihr schlecht geworden war.

Merkwürdig, merkwürdig.

Woran sie sich erinnern konnte, war ... gleich würde es ihr einfallen ... sie konnte sich erinnern ...

Von hinten gepackt worden zu sein! Eine Hand auf ihrem Mund.

Sie war betäubt worden!

Marylou riß die Augen auf. Um sie herum herrschte Dunkelheit. »Entschuldigen Sie!« rief sie.

Eine Tür wurde geöffnet, und jemand kam in den Raum. Eine männliche Person. Er schaltete das Licht an. Sie hatte recht gehabt. Es war sehr schmerzhaft.

»Du meine Güte, schalten Sie das ab«, rief sie und bedeckte ihre Augen mit den Händen. »Wollen Sie mich umbringen?«

»Noch nicht.«

Seine Stimme hatte einen irgendwie metallischen Nebenton, als spräche er durch die Nase. Wirklich sehr unangenehm. Marylou hätte darauf gewettet, daß seine Frau ihn nicht ermutigte, von seinem Tag zu erzählen.

»Auch auf die Gefahr hin, platt zu wirken«, sagte sie, »darf ich fragen, wo ich bin?«

»Dürfen Sie«, erwiderte der Mann. »Aber ich werde es Ihnen nicht sagen.«

Wie unhöflich. »Nun gut. Wie spät ist es?«

»Nachtzeit.«

Sie streckte sich. »Nun, jedenfalls hatte ich ein nettes Schläfchen. Mußten Sie mir den Magen auspumpen? Ich bin froh, daß ich das nicht mitbekommen habe. Sind Sie eine Krankenschwester?«

»Eine was?«

»Krankenschwester. Das hier ist doch die Erste-Hilfe-Station, oder?«

»Nein, das ist nicht die Erste-Hilfe-Station.«

»Okay, ich gebe auf.« Sie spreizte leicht die Finger, um ein bißchen Licht durchzulassen. »Sie gewinnen. Wo bin ich?«

»Ich sagte doch, daß ich das nicht sage.«

Sie schnupperte in der Luft. Es roch hier auf keinen Fall nach Krankensaal oder irgend etwas Medizinischem. Es roch wohl eher nach ... nach Bügeln. »Befinde ich mich hier auf einer Rundfahrt?« fragte sie. »Denn wenn das der Fall ist, muß ich mich wirklich bei der Direktion beschweren. Das ist sehr geschmacklos bei der

Kriminalitätsrate, den Drogenproblemen und all dem. Ziemlich unverantwortlich, sich darüber lustig zu machen, wenn Sie verstehen, was ich meine.«

»Dies ist keine Rundfahrt.«

Er klang ungeduldig. »Sie sind verschleppt worden.«

»Verschleppt? Was heißt das, ›verschleppt‹?«

»Geraubt. Gekidnappt.«

»Entführt?«

»Genau.« Er nahm ihre Handgelenke und riß ihr unsanft die Hände von den Augen. »Passen Sie auf, was Sie jetzt tun werden.«

Stoner hatte nicht damit gerechnet, daß sie schlafen könnte, aber sie schlief. Bis kurz vor Sonnenaufgang, als jemand an ihrer Tür rüttelte.

Marylou!

Sie schob ihre Decke beiseite und sprang aus dem Bett. Sie öffnete die Tür und schaute hinaus in den Flur.

Der Flur war leer. »Marylou?« rief sie laut flüsternd.

Keine Antwort.

Verwirrt drehte sie sich um, um ins Zimmer zurückzukehren. Da sah sie das Stück Papier, das unter der Tür hindurchgeschoben worden war.

Sie hob es auf.

»Wir haben Ihre Geliebte«, stand darauf. »Erwarten Sie weitere Anweisungen.«

Sie brach in Panik aus. Erst Marylou, jetzt Gwen?

Unsinn. Gwen war im anderen Bett und schlief fest.

Sie rannte zurück ins Zimmer und drückte auf den Lichtschalter.

Gwens Bett war leer.

Ein schriller Laut ertönte in ihrem Kopf. Sie konnten nicht … nicht ohne daß sie etwas gehört hätte …

Aber Gwen war fort.

Das Telefon klingelte. Sie raste hin.

»Bitte, Sie müssen mir helfen!« Es war nicht Gwen. Auch nicht Marylou. Es war – wer immer vorher schon angerufen hatte.

Etwas in ihr riß. »Ich kann Ihnen nicht helfen«, erklärte sie wütend. »Ich weiß nicht, wer Sie sind. Ich weiß nicht, wo Sie sind. Alle sind verschwunden. Ich habe meine eigenen Sorgen.«

»Bitte. Ich bin so verloren.«

»Verstehen Sie nicht?« schrie sie. »ICH KANN IHNEN NICHT HELFEN!« Sie knallte den Hörer auf die Gabel.

»War sie es wieder?« fragte Gwen.

Stoner sah auf.

Gwen stand da, mit vom Schlaf geröteten Augen, das Haar zerzaust, der Pyjama allerliebst zerkraust.

Stoner packte sie. »Ich dachte, sie hätten dich mitgenommen.«

»Wer?«

»Die Leute, die die Nachricht hinterlassen haben.«

»Die Nachricht?«

»Und als dein Bett leer war ...«

»Ich war im Badezimmer. Welche Nachricht?«

Sie zeigte sie ihr. Gwen las sie und gab sie ihr zurück. »Sie ist von Marylou. Warum hast du geglaubt, jemand hätte mich mitgenommen, wenn sie doch offensichtlich von Marylou stammt?«

»Hä?« Sie nahm den Zettel. Da, auf der Rückseite der Nachricht, die sie gelesen hatte, war noch eine in Marylous Handschrift. »Ich habe nicht daran gedacht, sie umzudrehen«, sagte sie verlegen.

»Stoner«, sagte Gwen entschlossen, »reiß dich zusammen.«

Die Nachricht war kurz, präzise und offensichtlich diktiert worden: *Tu, was diese Leute Dir sagen. Sie sind verzweifelt und gefährlich. Mir geht es gut.* Dann, fast wie ein nachträglicher Einfall: *Ich vermisse Deinen sexy Körper. Denk an die Carlyles.*

Stoner grinste. Sie konnte sich vorstellen, wie Marylou sie überzeugt hatte, daß diese zwei Sätze beweisen würden, daß die Nachricht echt und nicht gefälscht sei. Was sie nicht wissen konnten ...

»Was gibt es da zu lächeln?« fragte Gwen.

»Die Carlyles waren Kunden, die wir vor ein paar Jahren hatten – noch bevor ich dich kennenlernte, glaube ich. Diese Leute waren so blöd, daß sie in ihrem Haus nicht den Weg von einem Zimmer zum anderen fanden. Sie waren die einzigen Kunden, die wir jemals hatten, deren Gepäck immer richtig ankam, während sie verloren gingen.«

»Ich verstehe. Und diese Nachricht besagt ...«

»Sie weiß nicht, wo sie ist, ihre Entführer sind blöd, und das Essen ist schrecklich.«

»Das alles entnimmst du diesem einen Namen?«

»Du hättest die Carlyles kennenlernen müssen.« Stoner rieb die Hände aneinander. »Okay, ich sage Edith und Tante Hermione Bescheid. Dann laß uns noch etwas schlafen. Wir haben heute viel zu tun.«

»Ich freue mich, daß du dein Gleichgewicht wiedergewonnen hast«, sagte Gwen.

»Zumindest weiß ich jetzt, womit ich es zu tun habe. Das ist schon ein Anfang.«

Beim Frühstück stellten sie einen Zeitplan für das Telefon und die Besetzung des Zimmers auf. Edith würde die erste Schicht übernehmen und am Nachmittag zu ihren Versammlungen gehen. Da die Entführer glaubten, sie hätten Gwen, war es wichtig, daß Edith sich normal verhielt. Sie wollten nicht, daß die Entführer ins Grübeln kämen. Tante Hermione würde den Nachmittag abdecken. Stoner und Gwen würden sich mit Stape und George in Verbindung setzen und dann sehen, was sie feststellen würden, wenn sie ihre Wege vom Vortag noch einmal zurückverfolgten, während George das Parkpersonal befragte. Immer zehn Minuten nach jeder vollen Stunde würden sie sich miteinander in Verbindung setzen.

»Es ist erstaunlich«, sagte Gwen, als sie bei der zweiten Tasse Kaffee waren. »Gestern warst du noch ein Wrack. Jetzt benimmst du dich, als amüsiertest du dich.«

»Ich weiß.« Sie strich Marmelade auf eine weitere Scheibe Toast. »Ich weiß, daß es Marylou gutgeht. Ich weiß, daß unsere Gegner nicht besonders schlau sind. Ich weiß, daß es eigentlich um mich geht, also sind Tante Hermione und Edith nicht in Gefahr. Aber das Wichtigste von allem ist, daß diese Leute nicht viel über mich wissen. Das verschafft mir einen Vorteil.«

»Wenn es um dich geht, müssen sie etwas über dich wissen.«

»Sie glauben, Marylou sei meine Geliebte.« Sie winkte Donald Duck zu. »Das heißt, sie haben uns in den letzten paar Tagen beobachtet und sind dabei zu diesem Schluß gekommen.«

»Das muß wohl an dem Streit gelegen haben«, sagte Gwen.

»Das heißt, sie arbeiten für jemanden. Jemand, der ihnen eine Beschreibung von mir gab, aber nicht von dir. Und wahrscheinlich nicht von Marylou. Was die Liste der Verdächtigen beträchtlich verkürzt.«

»Auf wen?«

Minnie Maus näherte sich. Stoner lächelte höflich und signalisierte »keine Kinder«. Minnie zog sich zurück, um nach traditionelleren Paaren zu suchen. »Ich weiß noch nicht, aber so muß es sein.«

»Und aus welchem Grund?«

»Rache wahrscheinlich.«

Gwen sah sie an. »Rache für was? Stoner, wie viele Feinde hast du?«

»Wir können Bryan ausschließen.« Sie grub die Gabel in ihren Kartoffelpuffer. »Er ist tot, und er weiß, daß Marylou nicht meine Geliebte ist.«

»Stimmt.«

»Er wußte, daß ich mich schon zu dir hingezogen fühlte, als du noch mit ihm in den Flitterwochen warst und ich dachte, du seist hetero.«

»Bryan«, sagte Gwen mit einem traurigen Nicken, »war ein sehr aufmerksamer Mann.«

»Aber jetzt nicht mehr«, betonte Stoner. »Womit nur noch zwei Möglichkeiten bleiben. Millicent Tunes, die im Knast ist und von dort aus nicht viel Schaden anrichten kann. Und ...« Sie zögerte.

»Und?«

»Deine Großmutter.«

»Ah«, sagte Gwen. »Meine Großmutter ist eine ausgezeichnete Wahl. Nur kann sie mich wahrscheinlich mit einiger Genauigkeit beschreiben.«

»Stimmt.«

»Wenn wir aber feststellen, daß Marylou von einer fundamentalistischen, christlichen, homophoben Sekte zum Zwecke der Gehirnwäsche entführt worden ist ...«

»Wissen wir, daß es deine Großmutter war.« Sie biß von ihrem Toast ab, und als sie aufblickte, sah sie George und Stape aus der Monorail aussteigen. George gab ihnen ein Zeichen, auf den Bahnsteig zu kommen.

Sie bezahlten die Fahrkarte, gingen zum Fahrstuhl, zeigten ihre Pässe und stiegen bei den Gleisen aus.

»Tut so, als würdet ihr uns nicht kennen«, murmelte George. »Man weiß nie, wer uns beobachtet.«

Stoner nickte und lehnte sich beiläufig an die Kette, die die beiden Reihen der wartenden Passagiere in zwei saubere Kolonnen trennte.

Der Zug fuhr im Bahnhof ein, und der Schaffner winkte sie in den Wagen. Den Rest der Menge hielt er zurück, so daß sie, sehr zum Verdruß verschiedener Familien, die jetzt auf den nächsten Zug warten mußten, allein waren.

»Wie ich sehe, bringt diese Stellung ihre Privilegien mit sich«, stellte Gwen fest.

»Es ist sicherer, hier zu sprechen«, erklärte George. »Also, was ist los?«

Stoner erklärte es, so gut sie konnte.

»Wow!« rief George. »Ihr verschafft euch wirklich ernsthafte Feinde, was?«

Stape lachte laut. »Wie oft habe ich es dir schon gesagt, Lady? Wenn du dir richtige Feinde verschaffen willst, mußt du ins Aluminiumverschalungs-Geschäft einsteigen.«

»Stape ist persönlich davon überzeugt«, sagte George und kniff ihrer Geliebten liebevoll ins Knie, »daß die Leute sich mehr über ihr Haus als über alles andere aufregen.«

»Das weiß ich nicht«, sagte Stoner, »sie können sich auch über ihren Urlaub ziemlich aufregen.«

»Ach!« warf Gwen ein. »Ihr solltet erst mal sehen, wie sie sich wegen ihrer Kinder aufführen.« Sie überlegte einen Augenblick. »Vielleicht sind die Menschen einfach schlichtweg verrückt.«

George hatte ihr Notizbuch herausgezogen und machte sich Vermerke. »Ihr wißt also nicht, worum es überhaupt geht und wo sie Marylou festhalten oder wer sie mitnahm und warum. Ihr wißt nur, daß sie die falsche Person haben.«

»Stimmt«, sagte Gwen. »Sie waren hinter mir her.«

George sah sie an. »Irgendeine Ahnung, warum?«

»Nein.«

»Es scheint gegen mich gerichtet zu sein«, erklärte Stoner. »Das ist alles, was wir uns vorstellen können.«

»Wenn sie wirklich dich schnappen wollten«, sagte Stape zu Gwen, »solltest du dich meiner Meinung nach besser verstecken. Wenn sie ihren Fehler bemerken, werden sie dich suchen kommen.«

»Wahrscheinlich«, gab Gwen zu. »Aber ich bin nicht bereit, mich wie ein feiger Angsthase in meinem Zimmer zu verstecken.«

Stoner merkte, daß George und Stape still geworden waren und sie anstarrten. Sie lächelte.

Doch sie hörten nicht auf, sie irgendwie erwartungsvoll anzustarren. Offensichtlich sollte jetzt etwas passieren, und sie erwarteten von ihr, daß sie es tat. Aber sie hatte keine Ahnung, was es war.

»Stimmt was nicht?« fragte sie.

Stape und George schienen ein wenig schockiert zu sein über ihre Ignoranz. Sie blickten einander an. Stape räusperte sich. »Willst du das zulassen?«

»Was zulassen?«

»Daß sie in die Sache verwickelt wird?«

»Wenn sie es will«, erwiderte Stoner.

George und Stape sahen sich erneut an. Diesmal mit einem deutlich mißbilligenden Blick.

»Wenn ich richtig höre, was ich zu hören glaube ...«, begann Gwen.

Sie ignorierten sie und konzentrierten sich auf Stoner. »Willst du ihr das nicht verbieten?«

»Verbieten?« kreischte Gwen.

Stoner mußte lachen. »Ich habe es einmal versucht. Aber es ist ihr Leben, wißt ihr? Sie macht sowieso, was sie will, egal, was ich sage.«

Stapes Blick war eine Mischung aus Mitleid und Tadel. Sie tippte Stoner mit der Spitze ihres Arbeitsstiefels gegen den Knöchel. »Laß dir einen Rat geben«, sagte sie. »Sieh zu, daß du die Lage in den Griff bekommst, bevor es noch schlimmer wird.«

Sie wartete auf Gwens Explosion. Sie kam nicht. Was einfach nur bedeuten konnte, daß Gwen sich amüsierte. Sie hoffte es.

Gwen wechselte augenrollende Blicke mit George. »Butches«, sagte sie. »Komische Figuren.«

Sie näherten sich dem Ticket and Transportation Center. George kam wieder zur Sache. »Ich werde die Jugendlichen befragen, die gestern am Tor waren, und nachforschen, ob jemand eure Freundin hat rausgehen sehen. Vielleicht ist sie noch in dieser Welt.«

»Das hoffe ich doch«, sagte Stoner bestürzt.

»Ich meine die Welt von Walt Disney.« Sie ergriff ihre Schultertasche. »Was habt ihr beiden geplant?«

Stoner stellte fest, daß sie keine einzige Idee hatte. »Ich weiß nicht.«

»Ich denke, wir sollten versuchen herauszufinden, wo sie verschwunden ist«, meinte Gwen. »Das könnte ein Anfang sein.«

George nickte. »Fragt die Jugendlichen, die die Fahrten organisieren. Wenn jemand sie gesehen hat, werden sie sie wahrscheinlich nicht vergessen. Nicht in der Aufmachung. Wollt ihr, daß Stape euch begleitet, falls ihr Muskeln braucht?«

Stoner betrachtete Stape von oben bis unten. Muskeln? Sehr unwahrscheinlich. Doch wenn wirklich jemand hinter Gwen her war und sie ihren Fehler bemerkten, könnte sie tatsächlich in Gefahr sein. Es konnte nicht schaden, noch jemanden bei sich zu haben. »Wahrscheinlich ist das eine gute Idee«, sagte sie.

»Okay, Stape, du behältst alles im Auge. Zeigt besser nicht, daß ihr zusammengehört, falls wir Gwen noch als Köder brauchen, um sie zu finden. Beobachte sie aus der Ferne, aber beobachte aufmerksam. Wir treffen uns beim *Energy Exchange* in *Communicore East* um zwei Uhr. Dort wird es voll sein, und man wird uns nicht bemerken.«

»Verstanden«, sagte Stape.

Der Zug hielt an, und sie stiegen aus und ließen sich von der Menschenmenge in verschiedene Richtungen treiben. Stape war so gut wie sofort verschwunden. Sehr professionell. Wahrscheinlich hatte sie in Georges Auftrag schon oft jemanden begleitet.

Sicherlich um die die Lage in den Griff zu bekommen.

Es schien Vormittag zu sein. Zumindest hatte das Poltern und Klopfen und Summen der Maschine ein schnelles morgendliches Tempo an sich.

Ein neuer glücklicher Tag in Disneyworld, dachte Marylou. Ich hoffe in ihrem Interesse, daß sie nicht von mir erwarten, einen dieser Auswertungsbögen auszufüllen. Dies entspricht nicht meiner Vorstellung von einem Vier-Sterne-Service.

Und wenn wir schon beim Thema sind, dann könnten sie mir einen Zimmerrabatt für die letzte Nacht geben, verflucht nochmal.

Behutsam drehte sie sich auf die Seite und hörte die dünne Matratze unter sich knistern. Sie fing an, steif zu werden. Wahrscheinlich würde sie sich vom Schlafen auf diesem fußbodenähnlichen Gebilde eine Erkältung holen. Außerdem hatte sie Hunger, mußte pinkeln und stank wahrscheinlich wie die Pest.

Stoner würden diese Umstände bestimmt gefallen. Sie würde auf all die Spannung und Aufregung und Gefahr abfahren. Alle, die sie kannten, waren auch ihrer Meinung, daß Stoner McTavish das I-Tüpfelchen zum Glück fehlte.

Oh Gott, sie hatte so einen Hunger. Was würde es kosten, hierdrin einen Zimmerservice zu bekommen?

An der Tür ertönte ein zögerndes Tap-Tap-Tap.

Marylou seufzte. Als stünden die Dinge nicht schon schlimm genug, kam jetzt auch noch dieser Creepy-Peepy zurück.

Sie hatte ihn in der Nacht gehört, als er hereingeschlichen kam, um sie anzuschauen. Glaubte er wirklich, sie würde aufstehen und hier herausmarschieren? In dem Zustand, in dem sie war? Sie wußte ja noch nicht einmal, wo sie war, verflucht nochmal. Und da war noch die Sache mit diesem scheußlichen Zeug gewesen, das er ihr gestern abend zum Essen gebracht hatte. Sie hatte es, ohne es zu versuchen, beiseite gestellt. Wenn er schon die ganze Nacht herumschlich und glotzte, hätte er wenigstens einen Snack mitbringen können.

Tap Tap Tap.

Warum klopfte er an? Sie war eingeschlossen. Er hatte den Schlüssel. Er hatte keine Bedenken gehabt, sie – wie er es so elegant ausdrückte – zu »schnappen«. Warum bestand er dann auf dieser Zeremonie?

»Sind Sie wach?« rief er leise.

Marylou beschloß, sich zu zieren und ihm die Antwort zu verweigern.

Er wartete ein paar Minuten.

»Sie müssen wach sein. Darf ich eintreten?«

Also wirklich! »Natürlich dürfen Sie das!« kreischte sie. »Sie haben ja wohl mich entführt und nicht umgekehrt. Ich bin nicht diejenige, die herumgeht und sich Leute schnappt.«

»Ich meine, sind Sie angezogen?«

»Was? Glauben Sie etwa, ich sitze nacktbadend im Pool?«

David räusperte sich, auf der Suche nach den richtigen Worten. »Es hätte ja sein können, daß Sie gerade die ... äh ... die Örtlichkeit benutzen.«

»Wenn Sie diesen Eimer meinen, den Sie mir hier zur Verfügung gestellt haben«, sagte Marylou mit dem größten Sarkasmus, den sie aufbringen konnte, »nein, den benutze ich nicht, und ich habe auch nicht die Absicht, diese Örtlichkeit zu benutzen.«

»Kann ich dann reinkommen?«

»Habe ich denn die Wahl?«

Er schwieg einen Augenblick. »Wahrscheinlich nicht, wenn Sie etwas zu essen erwarten.«

»Ich erwarte etwas zu essen«, sagte Marylou. »Falls es Ihnen noch niemand gesagt hat, Menschen sterben, wenn sie nicht essen. Oder möchten Sie in Ihrer Akte auch noch eine nette Anklage wegen Mordes stehen haben?«

»Das würde mir nichts ausmachen«, erklärte David, als er die Tür aufschloß und das Licht anknipste. »Ich bin ein Profi.«

Marylou betrachtete ihn von oben bis unten. »Sie sind aber nicht so gekleidet.«

Immerhin hatte er sich die Mühe gemacht, sich zu rasieren. Gestern abend hatte er einen richtig schlimmen Fünf-Uhr-Schatten gehabt. Sein dunkles, buschiges Haar war allerdings noch ungekämmt. In der einen Hand hielt er ein Tablett, das mit einer Serviette zugedeckt war. Mit der anderen strich er seine Bermuda-Shorts glatt. Sein kariertes Freizeithemd war frisch gestärkt und seine Nikes gerade so weit abgenutzt, um nicht neu auszusehen. »In meinem Beruf muß ich in der Menschenmenge untergehen.« Er sah sie von oben bis unten an. »In Ihrem Beruf ist das offensichtlich nicht der Fall.«

Seine veränderte Terminologie und die darin zum Ausdruck kommende Leutseligkeit entging ihr nicht. »Das Reise ...«, ertappte sie sich. »Das Unterrichten ist wie das Kidnappen ein Beruf. Wenn auch nicht so gut bezahlt, denke ich.«

David zuckte die Achseln, um zu zeigen, daß es ihn nicht beeindruckte, und stellte das Tablett neben ihr auf den Fußboden. »Wahrscheinlich wird es so gut bezahlt, wie Sie wert sind. Was unterrichten Sie?«

»Amerikanische Geschichte.« Sie hatte nicht die Absicht gehabt, sich mit ihm in ein Gespräch zu vertiefen, aber das nahende Frühstück veranlaßte sie, sich zu vergessen.

»Klingt langweilig.«

»Im Vergleich mit der Aufregung und dem Glamour des Kidnappens ist es das bestimmt.« Nun, zeigte er ihr endlich, was er mitgebracht hatte, oder wollte er nur dastehen und sie anstarren?

Er zeigte auf das Tablett. »Wollen Sie nicht essen?«

»Wollen Sie es nicht abdecken?«

»Jesus!« Er ergriff die Serviette und riß sie weg. »Sie halten sich wohl für die Königin von England.«

Marylou starrte mit Entsetzen auf das Tablett. Ein winziges Glas Orangensaft, wahrscheinlich von der tiefgefrorenen Sorte, aufgetaut und verdünnt. Eine Tasse Kaffee, die so lauwarm war, daß sie in der Feuchtigkeit nicht einmal dampfte. Und zwei ungezuckerte, unverzierte Pfannkuchen, die eher wie Pfannkuchen-Fälschungen aussahen. »Ist das ein Frühstück?«

»Wie hätten Sie es denn gern, Madam?«

»Soweit ich noch zur Wahrnehmung fähig bin, befinden wir uns irgendwo unterhalb von Disneyworld. Offensichtlich in leicht erreichbarer Entfernung von *World Showcase*, wo Restaurants aus Italien, Frankreich und Norwegen vertreten sind, die Sie alle mit durchaus eßbarer Nahrung beliefern können.«

Er lachte. »Wollen Sie, daß ich für Sie zum Frühstück einkaufen gehe?«

»Ja, das will ich.« Sie langte nach ihrem Portemonnaie. »Da Sie mit Ihrem besseren Beruf anscheinend nicht genug Geld für anständiges Essen verdienen, können Sie es von mir bekommen.« Sie zog einen Zehn-Dollar-Schein aus ihrer Tasche. »Kaffee und Blätterteig aus Frankreich. Sorgen Sie dafür, daß der Kaffee heiß ist, ohne Milch und Zucker. Der Blätterteig sollte groß, knusprig und nahrhaft gefüllt sein. Wenn noch Geld übrig bleibt, kaufen Sie sich auch etwas. Lernen Sie zu leben.«

David überlegte, was er tun sollte. Sein Auftraggeber hatte ihm keine Anweisungen gegeben, wie er sich bei schlechtem Benehmen verhalten sollte. Genausowenig hatte er es seinem Ermessen überlassen, so zu handeln, wie er es für richtig hielt. Das brachte ihn in ein Dilemma. Es gab verschiedene Möglichkeiten für ihn. Er könnte einfach gehen und sie hungern lassen. Er könnte ihr eine runterhauen, um seine Autorität wiederherzustellen. Er könnte die ganze Sache ignorieren. Er könnte sie vermutlich sogar töten, auch wenn es das erste Mal für ihn wäre.

Er glaubte nicht, daß die Idee, sie zu töten, seinem Auftraggeber gefallen würde. Offensichtlich wollte er diese Frau aus einem bestimmten Grund haben, und der hatte etwas mit der anderen Frau mit dem mahagonibraunen Haar zu tun. Wahrscheinlich handelte es sich um eine Art Erpressung. Vielleicht um Folter, Rache oder sowas.

»Nun?« fragte Marylou und schob ihm das Geld ungeduldig hin. »Holen Sie uns jetzt Frühstück oder nicht?«

Diese Frau war anders als alle anderen Menschen, die er jemals entführt hatte. Er war es gewohnt, daß sie heulten und bettelten, drohten und in Zorn ausbrachen, egal was es gab. Sein Beruf war ein Laboratorium menschlicher Gefühle. Aber er hatte noch nie jemanden getroffen, die so herrisch war – ja, das war das richtige Wort, herrisch.

Er beschloß, es durchgehen zu lassen und abzuwarten, wohin es ihn führte. »Wollen Sie auch Saft?« fragte er, als er nach dem Geld griff.

»Natürlich.«

David nickte. »Ist Orangensaft okay?«

»Wir sind doch hier in Florida, oder? Natürlich will ich Orangensaft, aber nur wenn er frisch gepreßt ist.« Marylou hob ihre Tasche hoch und wühlte darin herum. »Und ich würde es begrüßen, wenn ich in ein anständiges Badezimmer käme. Nicht in irgendein Gemeinschaftsklo mit Pissoirs und männlichen Graffiti.« Sie beförderte eine Handvoll Taschentücher zutage und stopfte sie vorn in ihren Büstenhalter.

»Werden Sie gleich weinen?« fragte David mit einem Hinweis auf die Taschentücher.

»Ach was. Die sind für die Toilette. Was immer Sie mir vorweisen werden, wird höchstwahrscheinlich unsauber und unzureichend ausgestattet sein.«

»Ich bin neugierig«, sagte Gwen, als sie sich der *Earth Station* näherten, »warum du ihnen von den anderen Anrufen nichts erzählt hast.«

»Glaubst du, die haben damit etwas zu tun?«

»Vielleicht.«

»Das ist mir noch gar nicht in den Sinn gekommen.« Sie dachte darüber nach. »Aber die bekamen wir doch gleich bei der Ankunft. Lange bevor ...«

»Du bekamst sie«, korrigierte Gwen sie. »Sonst konnte sie niemand hören, erinnerst du dich?«

Die ganze Sache war ihr allmählich unheimlich. Die Anrufe, Marylous Verschwinden, die Audio-Animatronics, die sich für sie bewegten und für niemanden sonst. Sie war nicht mehr so naiv zu glauben, daß sich die Welt auf das begrenzte, was man sehen, fühlen, hören und messen konnte. Aber manche Dinge kamen ihr ein bißchen zu merkwürdig vor, und das hier schien sich so zu entwickeln.

In der *Earth Station*, wo die Menschen umherwuselten und die Schatten nach dem Sonnenlicht wie schwarze Löcher wirkten, fühlte sie sich völlig hilflos. Sie würden Marylou nicht finden, indem sie durch Disneyworld wanderten, auf verschiedene Rundfahrten hüpften und darauf hofften, jemanden zu treffen, der oder die sie gesehen hatte und sich zufällig an sie erinnerte. Marylou war irgendwo, wahrscheinlich außerhalb des Parks – außerhalb von Disneyworld –, versteckt worden, und sie konnten schließlich nicht alles in einem Radius von hundert Meilen absuchen.

Sie haßte das Gefühl der Hilflosigkeit.

Sie mußte etwas unternehmen, und wenn es noch so nutzlos war. Sie konnte nicht einfach dasitzen und auf einen Anruf warten. Das würde sie zum Wahnsinn treiben. Andere Menschen waren vielleicht gut darin. So wie manche Hunde stundenlang an einer Tür warten konnten, bis man sich an sie erinnerte und sie hereinließ. Das war eine Fähigkeit, die sie nie entwickelt hatte.

Weil sie ein Steinbock sei, sagte Tante Hermione. Eine der Macherinnen und Retterinnen dieser Welt. Vielleicht.

»Ich weiß nicht, wo wir anfangen sollen«, sagte sie zu Gwen.

»Eigentlich ist das auch egal«, erwiderte Gwen, »da unser Verhalten sowieso zufällig und sinnlos ist.«

Etwas kam ihr in den Sinn. »Vielleicht ist es doch nicht so sinnlos.« Je mehr sie darüber nachdachte, desto mehr Sinn machte es sogar. »Wir waren hier in EPCOT, als Marylou verschwand. Vielleicht machen sie den nächsten Zug, wenn wir uns zeigen.«

»Ach, das ist ja ein beruhigender Gedanke. Was erwartest du? Daß sie dich dieses Mal schnappen? Oder mich? Es macht mir zwar nichts aus, weißt du, aber der Gedanke macht mich etwas nervös.«

»Aber wir haben eine geheime Waffe.«

»Richtig, die Verschalungs-Königin.« Gwen seufzte. »Okay, Boß, wohin gehen wir zuerst?«

»Wenn ich Marylou wäre und gerade einen Streit mit mir gehabt hätte, wohin würde ich gehen?«

»In ein Restaurant.«

»Ja, aber in welches?«

Gwen zog den Reiseführer heraus. »Wir sollten wahrscheinlich ethnisch denken. Selbst unter Druck würde Marylou niemals eine Gelegenheit zur Abwechslung verpassen.« Sie blätterte die Seiten durch und stöhnte. »Stoner, in *World Showcase* gibt es in jedem Pavillon ein Restaurant. Außer in dem amerikanischen.«

»Großartig. Den würde sie auch nicht im Traum betreten.«

»Da gibt es Japan, China, Norwegen, Mexiko, England, Kanada, Deutschland ... um nur ein paar zu nennen. Was meinst du?«

»Ich denke, wir können Marokko auslassen«, sagte Stoner, »da wir dafür am Abend reserviert hatten.«

»Italien oder Frankreich?«

Stoner schüttelte den Kopf. »Nicht exotisch genug. Es gibt italienische und französische Restaurants in Boston.«

»Japanische, chinesische und mexikanische auch.«

»Ich glaube, das Taco Belle dürfen wir nicht dazurechnen. Was bleibt dann noch übrig?«

»England, Kanada, Mexiko, Deutschland und Norwegen.«

»Das ist immerhin ein Anfang«, sagte Stoner.

»Wenn wir uns aufteilen ...«

»Nein! Stape kann uns nicht beiden folgen.« Und sie konnte den Gedanken nicht ertragen, nicht zu wissen, wo Gwen war. Nicht jetzt. Es war einfach zu viel.

Gwen schob ihre Hand in Stoners. »Es war nur ein Vorschlag. Eigentlich möchte ich nicht von dir getrennt sein.«

Draußen in der Sonne, auf dem Weg nach Mexiko, wußte sie, daß sie eigentlich nur die Zeit totschlugen. Sie könnten den ganzen Tag herumlaufen und ihrem Ziel kein Stück näherkommen. Andererseits würden sie vielleicht doch Marylous Spur aufnehmen und sich dem Ort, wo sie gefangengehalten wurde, etwas nähern.

Sie mußte über sich selbst lachen. Was erwartete sie, daß eine Spur von Kekskrümeln sie vom Ort der Entführung zum Ort der Einkerkerung führen würde? Daß sie es irgendwie einfach wissen würde ...

Warte mal.

Tante Hermione behauptete immer, sie hätte spiritistische Fähigkeiten, wenn sie nur nicht zu schüchtern wäre, sie zu nutzen. Vielleicht sollte sie es jetzt versuchen. Vielleicht würde es funktionieren. Vielleicht ...

»Was ist los?« fragte Gwen.

»Hm?«

»Dich scheint etwas zu erregen.«

Stoner zögerte. Es klang verrückt, wirklich verrückt. Aber wenn sie Gwen keine verrückten Dinge sagen konnte, ohne ausgelacht zu werden, wem sollte sie sie dann sagen? War das nicht das Besondere an der Liebe, daß man Dinge sagen konnte, über die andere Leute vielleicht lachten? Daß man sich sicher fühlte?

War es nicht so?

»Stoner?«

»Ähm ... ja, okay ... ich dachte, wenn wir uns der Stelle näherten, wo Marylou entführt wurde, könnten wir vielleicht etwas feststellen.«

»Einen verlorenen Ohrring?«

»Nein ... ich meine, etwas spüren, was dort passiert ist.«

»Ach so«, meinte Gwen. »Du meinst Schwingungen. Das ist eine großartige Idee.«

Stoner blickte sie an. »Machst du dich über mich lustig?«

»Ich meine es ernst.« Sie lächelte. »Stoner, meine Liebste, du bist der einzige Mensch, den ich kenne, der sich nicht auf irgendeine Art von Eingebung verläßt. Die meisten Menschen wissen es zwar nicht unbedingt, aber sie tun es.«

»Mag sein.« Sie bezweifelte es. Es gab eine Menge Leute auf der Welt – viele von ihnen traten regelmäßig in den Nachrichten oder in Diskussionssendungen über Massenmorde oder den Börsenmarkt auf –, die nie und nimmer zugeben würden, daß sie anders als auf absolut logischen Wegen zu ihren Schlußfolgerungen gekommen waren. Vernunft, Beweise und Nachprüfbarkeit waren die Dreieinigkeit des 20. Jahrhunderts. Die Intuitiven und Spiritisten wurden in die dunklen Hinterstübchen der nachmittäglichen Talkshows verwiesen.

»Nur weil sie sagen, daß sie nicht daran glauben«, sagte Gwen, als sie die Zweifel in ihrer Stimme mitbekam, »heißt das nicht, daß sie es nicht tun. Die meisten Menschen sind richtige Dummköpfe, wenn es darum geht, ihre eigenen Motive zu verstehen.«

Nun, das war wohl wahr. Da konnte man fragen, wen man wollte. Edith Kesselbaum, zum Beispiel. In genau diesem Teil Floridas gab es zur Zeit sogar ein ganzes Hotel voller Menschen, die ihr Geld damit verdienten, daß die meisten Menschen nicht wußten, was sie taten oder warum.

Viele Seelenärzte wußten natürlich auch nicht, was sie taten. Aber sie vermutete, und sie behaupteten es auch, daß das nicht so schlimm sei. Wichtig sei nur, daß sie wüßten, was ihre Patienten täten und warum. Was wahrscheinlich der Grund war, warum so viele von ihnen unglückliche Ehefrauen und kriminelle Kinder hatten.

»Okay«, sagte Stoner. »Laß uns sehen, was wir finden können. Aber du mußt auch Bescheid sagen, wenn du etwas spürst.«

»Hast du jemals erlebt, daß ich es nicht sage, wenn mich etwas beschäftigt?«

»Sehr oft.«

»Gar nicht wahr.«

»Du brütest ständig über deine Großmutter nach und sagst nie etwas.«

»Das stimmt nicht.«

»Doch.«

»Gut«, gab Gwen zu, »es stimmt.«

Sie überquerten die kleine Brücke, die *Future World* mit *World Showcase* verband. Die Feuchtigkeit hatte die Sonne in eine weiße Glut ohne Form und Zielrichtung verwandelt. Eine Schar Flamingos, rosa wie Erdbeereis, hatte sich auf dem Grasufer am Seitenarm der Lagune niedergelassen. Auf einem Bein balancierend, grummelten sie leise vor sich hin und schüttelten ab und zu ein paar Federn ab. Federn, die auf windstillen Luftströmen zur Erde schwebten. Selbst die Flamingos sahen erhitzt aus.

»Was meinst du?« fragte Gwen.

»Ich spüre gar nichts. Und du?«

Gwen schüttelte den Kopf. »Weder ja noch nein. Ich wünschte, wir hätten eine Kristallkugel mitgebracht. Tante Hermione sagt, sie seien ein gutes Pendel, um Antworten zu finden.«

»Und auch Menschen?«

»Möglicherweise.«

Sie waren am Ende der Brücke angekommen. Vor ihnen befanden sich Geschenkläden, ein Open-Air-Theater, die Lagune und Bootanlegestellen. Die langen Wassertaxis knatterten durch muffiges Wasser und transportierten Fahrgäste zwischen dem Plaza Hotel und Deutschland oder Marokko hin und her. Ein Doppeldeckerbus pflügte sich hupend durch die Menge.

»Wir müssen uns entscheiden«, sagte Gwen. »Links kommen wir nach Mexiko, Norwegen und Deutschland. Rechts geht's nach Kanada und Amerika. Fühlst du irgendwas?«

Stoner blickte sich in der Hoffnung auf eine Inspiration um und entdeckte Stape, die mit dem Eisverkäufer auf der Brücke plauderte. Sie hatte das Gefühl, daß sie über mehr als die heutigen Eissorten sprachen und daß der Verkäufer mehr als ein Verkäufer war. Der Sicherheitsdienst sah in Disneyworld sehr unterschiedlich aus. Die Eisverkäufer hier waren eindeutig anderer Art als die Verkäufer im Fenway Park.

»Ich habe eine Idee«, sagte sie. »Wir stellen uns beide ein Kristallpendel in unserem Kopf vor und warten ab, was sie sagen. Wenn wir beide dieselbe Antwort bekommen, ist es bestimmt die richtige.«

»Hört sich gut an«, sagte Gwen.

Stoner schloß die Augen und versuchte, sich von allen Gedanken freizumachen und eine Kristallkugel heraufzubeschwören. Was sie bekam, ähnelte einem Klumpen Kohle, der an einem ausgefaserten Band in der Mitte eines dunklen Kellers hing. Nun, das war besser als gar nichts. Sie versuchte, sich dort herauszuhalten und ihn pendeln zu lassen. Langsam begann der Kristall, sich zu bewegen. Kaum wahrnehmbar am Anfang. Dann mit einer deutlichen Bewegung, fast so, als befände er sich im Durchzug. Langsam begann der Stein zu rotieren und zeigte nach links.

Sie öffnete die Augen. Gwen war noch dabei, sich zu konzentrieren. Stoner wartete, wollte sie bei ihrer Abstimmung nicht unterbrechen.

Gott, sie ist so wunderschön, dachte sie. Vielleicht bringt sie den Verkehr nicht zum Stehen, aber mein Herz bringt sie zum Stehen. Es gab nicht genug Worte, um zu beschreiben, was sie für sie alles bedeutete. Freundschaft, Familie, Partnerschaft, Verlangen – und wenn wir ein ganzes Leben lang zusammenblieben, hätte ich nicht genug Zeit, um alle Möglichkeiten, ihr meine Liebe zu zeigen, zu erforschen.

»Meine sagt links«, erklärte Gwen.

Stoner konzentrierte sich wieder auf die vorliegende Aufgabe.

»Meine auch. Laß es uns mit Altmexiko versuchen.«

Die Luft drinnen war kühl, die Steinwände und der geflieste Boden hielten den Dampf von draußen ab. Stoner vermutete, daß es auch eine Klimaanlage gab, aber sie zog es vor zu glauben, daß das, was sie fühlte, echt war. Die Erleichterung war jedenfalls echt.

Sie gingen durch ein kleines Museum und fanden sich auf einem Balkon mit Blick auf einen Platz im Abendlicht wieder. Direkt unter ihnen befand sich ein Springbrunnen und Karren, auf denen bunte Decken und Sombreros, Papierblumen in lebhaften Farben, Schüsseln, Piñatas und bunt bemalte Tierfiguren angeboten wurden. Schmuckstücke und

Souvenirs quollen aus großen Körben. Ponchos in leuchtenden Farben waren um die Verkaufsstände drapiert. Der Eingang zum San Angel Inn hinter dem Platz war ein Tor in einer hohen Mauer. So früh am Tag war das Restaurant noch geschlossen, aber auf den mit weißen Leinentüchern bedeckten Tischen standen flackernde Kerzen. Über dem Gasthaus lief eine Basreliefmalerei an der Mauer entlang, die einen zentralamerikanischen Dschungel darstellte, wo in der Ferne ein Vulkan rotes Feuer spuckte und Lava ausschüttete. Direkt vor ihnen stand ein Aztekentempel. Im Hintergrund konnten sie das Poltern des Vulkans hören und das unheimliche Kreischen und Brüllen einer Wildkatze.

»Oh«, sagte Gwen mit leicht stockendem Atem. »Wie wunderschön.«

Stoner mußte ihr zustimmen. Hier gab es keine Spur von Micky Maus, kein Disneyfieber. Einfach nur Kühle, Farben und sanfte Schönheit.

Auch keine Spur von Marylou. Genausowenig ein Gefühl für ihre Abwesenheit. Aber es gab eine Rundfahrt auf dem Rio del Tiempo: dem Fluß der Zeit. Rundfahrten in Disneyworld schienen oft dunkle Angelegenheiten zu sein, wie sie gestern erfahren hatten – insbesondere bei der *Journey into Imagination* mit seiner Reise in die Phantasie und den Alptraum; und bei den *Wonders of Life*, wo sie nur mit Mühe eine knochenschindende, aber ansonsten enttäuschende Reise durch den menschlichen Körper überlebt hatten, bei der Gwen sich genau in dem Augenblick, als sie durch die Blutgehirnschranke schossen, veranlaßt sah, laut zu fragen, warum jemand, der noch bei Verstand war, so etwas überhaupt mitmachte.

Der Rio del Tiempo bot Dunkelheit, versteckte Winkel und kleine Räume an, in die jemand blitzartig hineingeschubst werden konnte. Sie beschlossen, es zu versuchen.

Es war nicht viel los. Sie waren allein in ihrem kleinen Boot, was unter anderen Umständen nett und romantisch gewesen wäre, und es gab die Möglichkeit zu reden, ohne belauscht zu werden, falls ihnen jemand folgte und versuchte mitzuhören.

Sie verließen das Dock und trieben auf eine steinerne Unterführung zu, in die der Kopf eines ziemlich unfreundlich aussehenden Mannes eingraviert war. Von überall und nirgendwo ertönten um sie herum Worte in einer tiefen Stimme, Worte in einer Sprache, die heutzutage wahrscheinlich niemand mehr verstand – von Sprachlehrern,

Anthropologen und ein paar Stämmen abgesehen, die sich seit Jahrhunderten in den Bergdschungeln versteckten. Dann übersetzte die körperlose Stimme wohlüberlegt ins Englisch des 20. Jahrhunderts, um sie im alten Mexiko zu begrüßen. Es folgte eine scharfe Kurve, und sie waren in einer Grotte, wo Filme von alten Tänzen und Ritualen auf von hinten beleuchteten Leinwänden gezeigt wurden und sich in den Wassertümpeln spiegelten. Dann kamen tanzende Puppen und eine Gruppe von Musikerskeletten, die an Fäden zuckten und wirbelten. Währenddessen beschrieb die Stimme die Ankunft der spanischen Eroberer und anderer Weißer. Tanzende Skelette machten weiteren Puppen Platz, die herumtollten und sprangen, als wären sie von irgend etwas high. Dann kam eine andere Grotte, diesmal mit Filmen über Klippenspringer und fliegende Tänzer, die an Seilen und Speedbooten hingen. Die Stimme – die noch vor wenigen Minuten stolz und ein wenig bedrohlich geklungen hatte – kündigte die Freuden des Tourismus an, während über ihnen ein simuliertes Feuerwerk vor dem samtschwarzen Himmel explodierte.

Gwen gab ihr einen Knuff. »Sieh mal.«

Sie schaute nach rechts und entdeckte einen kleinen Alkoven, der gerade breit genug für ein Boot war, mit schwarzen Türen, die nach draußen führten. Nachts würde er völlig unsichtbar sein. Aber die Sonne strahlte jetzt hell und schien direkt auf diese Seite des Gebäudes. Ein Boot könnte im Dunkeln auf diese Seite gestoßen werden und verschwinden, bevor irgend jemand wußte, was geschah.

Es fühlte sich nicht so an, als wäre Marylou dort verschwunden.

Doch es bestätigte, was Stoner vermutet hatte – daß es über ganz Disneyworld verstreut Tunnel und Durchgänge, geheime Eingänge und Ausgänge gab. Orte, an denen Menschen blitzschnell auftauchen und verschwinden konnten. Das alles gehörte zur Arbeit hinter den Kulissen, um die Disney-Illusionen aufrechtzuerhalten. Schließlich konnte man nicht eine Glühbirne durchbrennen oder ein Boot zusammenbrechen lassen und nichts dagegen unternehmen, das wäre ja ein Symbol der Unordnung und des Versagens.

Sie waren fast am Ende der Fahrt und fuhren jetzt an einem Platz vorbei, wo eine Frau – eigentlich ein Film von einer Frau, der von hinten auf die Ladenfassade projiziert wurde – hinter dem Boot herlief und sie anbettelte zu kaufen, kaufen, kaufen.

Stoner fand die ganze Sache schön, aber deprimierend.

»Ich weiß, was du meinst«, sagte Gwen. »Am Anfang waren sie so elegant, und als die Weißen mit ihnen fertig waren, da waren sie völlig entmenschlicht und zu Puppen, Skeletten und Bildern auf Leinwänden reduziert. Glaubst du, das war beabsichtigt?«

»Beabsichtigt?«

»Als eine sublime Lektion, wie wir alles kaputtmachen.«

»Vielleicht war es nicht beabsichtigt«, sagte Stoner, »aber es ist auf jeden Fall so bei mir angekommen.«

»Ich wünschte mir«, meinte Gwen, »daß sich irgendwo in Mexiko jemand, der oder die diese Ausstellung entworfen hat, darüber totlacht.«

»Das hoffe ich.«

Stoner fragte sich, wie sie in eine Richtung hatten losfahren und am selben Punkt wieder ankommen können, ohne anscheinend gewendet zu haben oder im Kreis gefahren zu sein. Sie hoffte, daß sie dabei nicht unter dem Plaza Hotel hindurchgefahren waren. Sie mochte es nicht, unter großen, dunklen, schweren Dingen hindurchzufahren, ohne es zu wissen. Noch weniger mochte sie es, dort wissentlich hindurchzufahren. Zumal die einzige Sache in Mexiko, die der Weiße Mann nicht auf Puppengröße hatte reduzieren können, Erdbeben waren. In Mexiko hatte es in jüngster Zeit einige schwere Erdbeben gegeben, und sie war nicht besonders erpicht darauf, eines zu erleben. Bei ihrem Glück würde der Suchhund sie genau eine halbe Stunde, nachdem sie den letzten Atemzug getan hätte, finden.

Warte mal! Sie machte sich in Florida Sorgen über mexikanische Erdbeben? Was die Entmenschlichung betraf, so hatte diese Fahrt sie erfolgreich überzeugt, daß sie in Mexiko sei.

»Hier gab es Möglichkeiten«, sagte Gwen, »aber ich habe nichts gespürt, oder du?«

Stoner schüttelte den Kopf. »Kein Hinweis auf Marylou.«

»Tante Hermione muß recht haben. Marylou hinterläßt eine sehr schwache spiritistische Spur. Laß es uns in Norwegen versuchen.«

Norwegen war dunkel und kompliziert und bot Hunderte von Verstecken an – vorausgesetzt, man konnte sich selbst überzeugen, daß der Maelstrom eine Illusion war. Was nicht leicht, wenn nicht sogar unmöglich war. Kein Mensch, der noch bei Verstand war, würde in dieses tosende, strudelige Wasser springen, auch wenn es wiederaufbereitet wurde, durch Wasserleitungen kam und nur um die acht

Zentimeter tief war. Damit standen die Chancen für Norwegen schlecht, um Marylou Kesselbaum zu entführen. Falls man sie überhaupt auf eine Bootsfahrt bekäme. Daß Marylou auf dem Maelstrom Boot fahren würde, war ungefähr so wahrscheinlich wie – nun, wie die Möglichkeit, sie zu einem Rückflug nach Boston ohne starke Beruhigungsmittel zu überreden.

Aber in Norwegen gab es am Ende der Fahrt einen wunderschönen, im ewigen dämmrigen Zwielicht daliegenden Stadtplatz, auf dem eine scharfe feuchte Brise wehte und wo die Lampen in den Fenstern einen heimeligen Glanz hinauswarfen.

Und Blätterteigkuchen im Straßencafé. Was die Wahrscheinlichkeit, daß Marylou hier vorbeigekommen war, stark vergrößerte. Andere Menschen benutzten ihren sechsten Sinn vielleicht zum Wahrsagen oder zur Suche nach verlorenen Kindern, zu Spekulationen an der Börse oder zur Lokalisierung von Toiletten in Einkaufszentren. Marylou reservierte ihre spiritistischen Fähigkeiten, falls sie welche besaß, nur für eine Sache: Blätterteigkuchen.

Deutschland war entführungsmäßig eine totale Pleite. Es gab keine Rundfahrten, nicht einmal ein Dreihundertsechzig-Grad-Kino. Der Biergarten war hell und offen und absolut überschaubar. Trotz der vielen Tischreihen auf unterschiedlichen Ebenen herrschte der Eindruck, daß alle Leute auf dem Gelände irgendwie miteinander zu tun und gemeinsam beschlossen hatten, zur gleichen Zeit zu essen. In Deutschland konnte man nur auf der Toilette entführt werden. Und die war ständig voller Menschen, da es in *World Showcase* insgesamt nur fünf Toilettenhäuschen gab. Gewöhnlich mußte man nicht warten, aber es herrschte ein Schieben und Drängen und ein Kommen und Gehen, Babys schrien und Kinder heulten, und Satanisten färbten entführten Kindern eifrig die Haare.

Wenn man sich das überlegte, wie stellte man es eigentlich in dieser Menschenmenge an, einem Kind das Haar zu färben? Konnte man einem Kind das Haar färben, ohne Aufmerksamkeit zu erregen? Vielleicht gab es spezielle Kabinen wie in Umkleideräumen. Mit einem Schild an der Tür: Verkleidekabine für entführte Kinder.

Die Hitze schien ihr nicht zu bekommen. Entführte Kinder waren nicht zum Lachen, selbst wenn es launische Kinder waren. Das konnte sie bestätigen. Schließlich war ihnen selbst eine launische Erwachsene entführt worden, und das war überhaupt nicht witzig.

Drüben beim Erfrischungsstand (auf dessen Schild es hieß, daß dort eines Tages der Afrika-Pavillon stehen würde – wenn sich die US-Regierung wegen Südafrika nicht mehr so albern anstellte, obwohl sie zu höflich waren, es so auszudrücken) steckte Stape mit einem der jungen Männer in Haremshose und marokkanischem Hut, die herumbummelten und darauf warteten, daß ein Stückchen Abfall auf den Boden fiel, damit sie sich darauf stürzen konnten, den Kopf zusammen. Er schüttelte den Kopf. Wieder eine Sackgasse.

Irgend etwas ärgerte sie daran. Sie konnte nicht sagen, was, aber es ärgerte sie sehr. Und zwar so sehr, daß sie sich über die grotesk-komische, leicht unmoralische Aufführung des Teatro di Bologna überhaupt nicht amüsierte. So sehr, daß sogar Gwen ihre Laune bemerkte, dies auf die Hitze zurückführte und sie zum *Adventureland* schleppte, damit sie sich von der Sonne erholte.

»Oh, großartig«, sagte Stoner, als sie sich unter ein Zitat von Ayn Rand setzten. »Irgend jemand wird wahrscheinlich ein Foto von uns machen, und dann werden wir bis in alle Ewigkeit mit einer der menschenverachtendsten Frauen des 20. Jahrhunderts assoziiert.«

»Ich glaube nicht, daß jemand ein Foto von uns machen wird«, sagte Gwen beruhigend. »Aber wenn du möchtest, können wir uns ein passenderes Zitat suchen.« Sie schaute sich um. »Dort drüben ist Jane Addams, aber sie ist besetzt. Wie wäre es mit Thomas Wolfe?«

»Du bist so ruhig und vernünftig«, murrte Stoner. »Du weißt, wie ich es hasse, wenn du so ruhig und vernünftig bist.«

»Wenn du mir mitteilen könntest, was dich in so eine miese Laune versetzt hat, könnte ich mich vielleicht auch ein wenig in Rage bringen.«

Stoner strich sich mit der Hand durchs Haar. »Ich weiß es nicht. Ich vermute, es liegt an Stape. Jedesmal, wenn ich sie sehe, redet sie mit Männern. Glaubt sie denn nicht, daß Frauen uns helfen könnten? Warum müssen es immer Männer sein?«

Stape sprach in genau diesem Augenblick mit einem der Jungen in kolonialen Kostümen, die gerade die kriegslustigen, patriotischen Volkslieder auf der Plaza gesungen hatten.

Gwen sann darüber nach. »Ich glaube«, sagte sie schließlich, »das liegt daran, daß neunzig Prozent der Bevölkerung heterosexuell sind.«

Stoner starrte sie an. »Was?«

»Heterosexuelle schenken Menschen vom anderen Geschlecht mehr Aufmerksamkeit. Wenn du also eine Frau suchst, fragst du am besten die Männer, ob sie sie gesehen haben. Heterosexuelle Frauen bemerken andere Frau vielleicht, aber sie betrachten sie nicht. Frauen betrachten Männer, und Männer betrachten Frauen.«

»Warst du auch so?« fragte Stoner. »Als du dachtest, du seist hetera?«

»Ich habe Frauen betrachtet«, antwortete Gwen. »Das hätte für mich ein erster Hinweis sein sollen.«

Als sie mit Kanada und dem Vereinigten Königreich fertig waren, war es Zeit, sich mit Stape zu treffen. Sie begaben sich auf den Rückweg zu *Communicore East* und dem Elektronikforum.

6

Stape hatte Neuigkeiten. Sie stand am Get Set Jet Game und war anscheinend in ein Videospiel vertieft, bei dem man Passagiere und ihr Gepäck auf ein Flugzeug laden mußte.

Stoner ließ sich neben ihr an dem Großen Amerikanischen Volksquiz nieder und versuchte zu entscheiden, ob sie sich weniger lächerlich machte, wenn sie sich für das Thema Fünfzig Staaten oder für Home Sweet Home entschied.

»Wir müssen reden«, sagte Stape, als sie mit ihrer Inspektions- und Sicherheitscheckliste begann.

»Okay.« Vielleicht war das Thema Schule einfacher.

»Wartet im Elektronikforum auf mich. Sprecht mich nicht an. Setzt euch dorthin, wo ihr mich seht, wenn ich die Meinungsumfrage mitmache, und wartet, bis ich rausgehe, dann kommt sofort nach.«

»In Ordnung.«

»Ich sorge dafür, daß wir uns hinter dem Podium treffen, aber versucht nicht selbst, es im Dunkeln zu finden. Ihr könntet über irgend etwas stolpern und auf den Arsch fallen.«

»Gut«, sagte Stoner. Sie wählte ihre Antwort auf die erste Frage über die Fünfzig Staaten aus und wurde mit einem Piepen belohnt, das allen im Umkreis von zehn Meilen mitteilte, daß sie falsch geraten hatte.

Stape beendete ihr Spiel innerhalb der zulässigen sechzig Sekunden und ging, anscheinend unterfordert, davon.

Stoner ließ sich noch durch drei weitere falsche Antworten demütigen und schlurfte zurück zu Gwen. »Sie wird uns erzählen, was sie herausgefunden hat, aber wir müssen noch das Elektronikforum über uns ergehen lassen.«

»Prima«, erklärte Gwen glücklich. »Ich liebe Quiz.«

Das Thema des Tages waren Umweltfragen, und sie wurden aufgefordert, sie in der Reihenfolge ihrer Bedeutung aufzulisten. Stoner fand diese Art von Fragestellung schon immer ärgerlich, da sie sich nicht vorstellen konnte, wie man sich zwischen Atmen, Essen und Trinken entscheiden sollte oder hier eine Priorität setzen konnte. Soweit sie wußte, starb man ohne das eine oder andere, es machte keinen Unterschied.

Zumindest versuchte am Ende niemand, sie zum Beitritt in irgendeine Organisation oder zu einer Geldspende zu veranlassen. Allerdings wäre sie auch nicht darauf hereingefallen, wenn es passiert wäre. Sie hatte längst gelernt, sich nicht durch Meinungsumfragen beeinflussen zu lassen, die eigentlich nur ein Trick waren, um dich auszusaugen und dir ein schlechtes Gewissen zu machen, wenn du nicht zahlen wolltest. In der Zeit, seit sie von zu Hause fort war und bis sie im Reisebüro anfing, hatte sie viele Erfahrungen mit den unterschiedlichen Verkleidungen der Meinungsumfragen gesammelt. Da gab es den großen, bunten Umschlag, der dich fröhlich aufforderte, ihn zu öffen. Da gab es den Trick mit dem angeblich offiziellen Dokument. Den Schuldgefühltrip. Den »Wir stehen alle auf der Liste der Feinde des Weißen Hauses«-Einfall. Das »Sie verpassen die Chance, eine Million zu gewinnen – überwinden Sie nur zwei oder drei von unseren Hürden«-Spiel. Ein todsicherer Verlierer war die Massendrucksache.

In dem dunklen Alkoven hinter dem Podium zog Stape ein kleines Notizbuch und einen Stift mit Taschenlampe aus der Brusttasche. »Okay, hier sind die Angaben. Die Person wurde an den folgenden Orten bei den folgenden Aktivitäten beobachtet: Mexiko, Cantina de San Angel, kaufte Tostadas con Pollo, eine Scheibe Avocado und Tortilla Chips, jagte Kinder von einer Bank, setzte sich und verspeiste selbige ...«

»Verspeiste die Kinder?« fragte Gwen. »Oder die Bank?«

Stape schenkte ihr ein kurzes Lächeln und fuhr fort. »Anschließend setzte die Person die Tour durch *World Showcase* im Uhrzeigersinn fort, hielt an, um Kransekaka im Kringla Bakeri og Kafe – das ist eine norwegische Bäckerei – zu kaufen, die sie bis auf ein paar Krümel aufaß, die sie trotz der Warnung davor für die Vögel zurückließ. Hielt als nächstes im Lotus Blossom Cafe an und kaufte drei Brötchen mit Ei, die sie in den Doppeldeckerbus mitnahm.«

»Ich wette, dort ist es passiert«, flüsterte Gwen.

»Die Person stieg mit den Brötchen an der nächsten Haltestelle aus. Ging zurück, bis sie einen Platz im Schatten des zuvor erwähnten Lotus Blossom Cafe fand. Aß die Brötchen mit Ei. Hielt als nächstes an einem Imbißstand, wo sie eine große Limonade kaufte. Ein letztes Mal kehrte sie im Yakitori House ein, wo sie eine Portion Guydon und zwei Tee konsumierte.«

»Ich bin froh, daß es ihr letzter Halt war«, meinte Gwen. »Ich glaube, sonst wird mir schlecht.«

Stoner gebot ihr Ruhe.

»Eins muß ich über eure Freundin sagen«, bemerkte Stape. »Sie kommt wirklich rum. Ich meine essensmäßig.«

»Dafür ist sie berühmt«, sagte Stoner. »Wurde sie dort zum letzten Mal gesehen?«

»Ich fürchte ja.«

»Sie könnte also den Park verlassen haben oder hier oder im Magischen Königreich an einer Fahrt teilgenommen haben. Oder was auch immer.«

»Das Magische Königreich würde ich ganz unten auf die Liste setzen«, meinte Gwen. »Marylou hat Angst vor Kindern. Es ist sehr unwahrscheinlich, daß sie ihre Gesellschaft sucht.«

»Dann bleibt noch das Disney-MGM«, sagte Stape. »Oder sie hätte auch zum *Village* oder ins *Fort Wilderness* gehen können ...«

»Mit anderen Worten«, meinte Stoner mürrisch, »sie könnte überall sein.«

»Ich fürchte ja. Tut mir leid.«

Okay, wie machen wir jetzt weiter? Sie war völlig ratlos.

»Es tut mir wirklich leid«, sagte Stape. Sie schaute zu Boden, die Augen gesenkt. Sie sah schon fast wie Eeyore an einem besonders schlechten Tag aus.

»Das ist nicht deine Schuld«, sagte Stoner.

»Vielleicht hat George etwas gefunden. Vielleicht hat sie jemand beim Verlassen von EPCOT gesehen.«

»Vielleicht.« Stoner hoffte, daß sie zuversichtlich klang. »Die Verkäufer sind hier wirklich aufmerksam.«

»Nun, sie hat irgendwie Aufmerksamkeit erregt«, meinte Stape verlegen.

Stoner lachte. »Sie hat sich bei jedem Bissen nach den Zutaten und der Zubereitung erkundigt, stimmt's?«

»Ja«, sagte Stape. »Das hat sie.«

»Zumindest wissen wir, daß wir von derselben Person sprechen«, fügte Gwen hinzu.

»Also sagen Sie mir«, sagte Marylou, während sie die Karten gab, »wann ich Mr. Big treffen werde?«

David sortierte nochmals sein Blatt. »Hmm?«

»Mr. Big. Ihren Boß.«

»Meinen Auftraggeber.« Verdammt, er hatte wieder lausige Karten.

»Nun, wann werde ich ihn kennenlernen?«

»Ich weiß nicht.« Allmählich wünschte er, er hätte ihr niemals Rommé beigebracht. Sie gewann immerzu. Er fühlte sich bald wie dieser arme Tölpel in dem alten Film »Born Yesterday«. Der ständig gegen die schweigsame Blondine verlor.

Marylou nahm eine neue Karte auf und warf ein paar nutzlose ab. »Für wen arbeiten Sie überhaupt? Für die Mafia?«

Schockiert sah David sie an. »Ich bin selbständig.«

Marylou zuckte die Achseln. »Ich dachte, wir hätten vielleicht ein paar gemeinsame Bekannte.«

Er sah sie an. »Gemeinsame Bekannte?«

»Mein Vater hat Freunde bei der Mafia.«

Mißtrauisch beäugte er sie. »Ach ja?«

Sie hielt es für eine gute Idee, diesen kleinen Hinweis fallenzulassen. Entweder kam sie dadurch mit ihm ins Gespräch, oder es machte ihn nervös. Sie wollte ihm natürlich keine Namen sagen. Oder erzählen, daß ihr Wissen auf ein paar ehemalige Mitglieder beschränkt war, mit denen ihr Vater während seiner FBI-Zeit zu tun hatte – Männer, die sich unbeliebt gemacht hatten und zum FBI gerannt kamen, um ihren Kopf zu retten. Aber es wäre wohl keine gute Idee, ihm zu sagen, daß Max beim FBI gewesen war. Das brächte sie in zwei feindliche Lager. »Er ist ausgestiegen«, fügte sie hinzu.

»Aus der Mafia?« David lachte. »Sie wollen mich auf den Arm nehmen. Niemand steigt bei der Mafia aus.«

»Nun, er ist auch nicht richtig ausgestiegen. Sondern eher inaktiv. Er wurde in Ausübung seiner Pflichten verletzt. Sie haben eine ausgezeichnete Altersversorgung.« Marylou zog die Herz sechs, die sehr gut in ihr Blatt paßte. Wenn sie die Kreuz vier bekäme, wäre sie draußen. »Schade, daß Sie nicht für sie arbeiten«, sagte sie. »Ein intelligenter junger Kerl wie Sie könnte dort echt Erfolg haben.«

»Yeah, aber wie kommt eine Lehrerin zu Mafiaverbindungen?«

»Ich sagte nicht, daß ich sie habe, sondern daß mein Vater sie hat.«

»Wenn Sie es so toll finden, für sie zu arbeiten, warum machen Sie es dann nicht selbst?«

»Sie nehmen nicht viele Frauen.«

»Die Diskriminierung auf Grund des Geschlechts ist verboten«, bemerkte David.

»Das ist vorbei«, erwiderte Marylou. »Zwölf Jahre mit Reagan und Bush haben dafür gesorgt. Wo sind Sie gewesen? Im Knast?«

Er zögerte, tat so, als würde er seine Karten studieren. Er wollte es nicht zugeben. Es gab ihm ein blödes Gefühl. Aber es würde den Rest seines Lebens in seinen Akten stehen, also konnte er sich genausogut daran gewöhnen. »Yeah, aber sagen Sie das nicht weiter. Das ist schlecht fürs Geschäft.«

»Sie können mir vertrauen«, sagte Marylou. »Ich schweige wie ein Grab. Was ist passiert? Wurden Sie reingelegt?«

Erst wollte er lügen, aber das war nicht richtig. »Oh, ich war's gewesen. Ich war nur jung und dumm. Ich wurde erwischt.«

Marylou seufzte. »Ach, die Jugendsünden. Alles geschieht aus Impulsivität, nie aus Klugheit.«

»So ungefähr«, sagte David.

»Wollen Sie darüber sprechen?«

»Nee.«

»Nun, wenn Sie wollen, ich habe immer ein offenes Ohr.« Sie lachte. »Eigentlich stimmt das nicht. Aber Sie sind eine Ausnahme.«

»Ich habe schon darüber gesprochen«, erklärte David. »Mit meiner Therapeutin.«

»Sie haben eine Therapie gemacht? Wie verantwortlich von Ihnen. Ich finde, jeder sollte eine Therapie machen, Sie auch?«

»Alle würden es tun«, sagte David, »wenn sie meine Therapeutin hätten.«

»Aha.« Marylou lächelte und zwinkerte mit den Augen. »Eine kleine ungelöste Übertragung?«

»Kümmern Sie sich um Ihre eigenen Angelegenheiten«, erwiderte David scharf und warf die Kreuz vier ab.

»Entschuldigung.« Marylou nahm die Karte auf und legte ihr Blatt offen. »Rommé.« Sie nahm ihr kleines Notizbuch und den Stift und schrieb ihre Punkte auf. »Die Sache mit der Übertragung ist nicht Ihre Schuld. Ihre Therapeutin hätte das klären müssen, bevor sie Sie entließ.«

David dachte darüber nach. Da war was Wahres dran, was sie sagte, aber trotzdem machte es ihn sauer. »Woher wissen Sie so viel?«

»Meine Mutter ist Therapeutin.« Sie biß sich auf die Zunge. Oh-oh. Sie sollte sich besser vorsehen, oder er würde ihre Identität genauer überprüfen.

Interessiert beugte er sich vor. »Wirklich? Ihre Mutter ist Therapeutin?«

»Wußten Sie das nicht?«

»Nein. Ihre Mutter ist Therapeutin, und Ihr Vater arbeitet für die Mafia?«

»Jeder braucht dann und wann mal jemanden zum Reden. Sogar Ehrenmänner. Und es ist auch viel besser, wenn die Probleme in der Familie bleiben, finden Sie nicht?«

»Ich weiß nicht«, sagte er schwermütig. »Ich hatte nie eine richtige Familie.«

»Das tut mir leid. Das muß schwierig sein.«

»Ja.« Er spielte mit einem der norwegischen Kekse, die er vorher für sie besorgt hatte. »Mein Vater ist früh abgehauen, und meine Mutter ist vor ungefähr fünf Jahren gestorben.«

Sie streichelte mitfühlend seine Hand. Dabei kamen ihm fast die Tränen.

»Und darum sind Sie kriminell geworden«, stellte sie fest. »Sehen Sie, wie so was passiert?«

»Nee«, sagte er kopfschüttelnd. »Ich war schon im Geschäft, bevor sie starb.« Dann wurde er wieder fröhlich. »Jedenfalls ist Ihre Familie auch kriminell.«

»Nicht die ganze Familie, nur mein Vater.«
»Ihre Mutter ist eine Mafia-Therapeutin.«
»Nur teilzeit. Sie hat auch eine legale Praxis.«
David runzelte die Stirn. »Ich frage mich, warum mein Auftraggeber mir das nicht gesagt hat.«
»Das verstehe ich auch nicht«, meinte Marylou mit gespielter Empörung. »Ich meine, wenn ich jemanden mit einer Entführung beauftrage, würde ich bestimmt versuchen, ihm ein bißchen zu vertrauen.«
Als er jetzt darüber nachdachte, fand er, daß sie recht hatte, und das verletzte ihn sehr. Es war ein widersprüchliches Gefühl. Ein Gefühl, das ihn manchmal veranlaßte, gemein zu werden.
»Also, wer ist es?« fragte Marylou.
»Wer ist wer?«
»Ihr Auftraggeber.«
»Das geht Sie nichts an«, fuhr er sie an. Er hatte ein eindeutig widersprüchliches Gefühl und wurde gemein.
»Entschuldigen Sie«, sagte Marylou. »Aber ich finde, daß ein Mensch, der entführt worden ist, das Recht hat zu erfahren, wer dahinter steckt.«
»Nein, Sie haben nicht das Recht. So funktioniert das Spiel nicht.«
»Ach, es gibt also Regeln bei diesem Entführungsgeschäft.«
»Natürlich gibt es Regeln«, sagte David. »Das ist ein Beruf, verdammt nochmal.«
»Nun«, meinte Marylou beleidigt, »dann bin ich aber wirklich froh, daß wir hier nach Regeln spielen.«
»Sie machen mich verrückt«, murmelte David.
»Hören Sie, es tut mir ja leid, daß ich nicht auf dem neuesten Stand der Verhaltensregeln bin ... da ich noch nie zuvor entführt worden bin. Sie sollten ein Handbuch oder so was haben, *Tips für Entführte*.«
Er sah sie an. In seinen Augen funkelte ein kaltes, leicht wahnsinniges Licht. »Werden Sie bloß nicht frech, okay?«
Der silbrige Schimmer in seinen Augen machte ihr angst. »Okay«, sagte sie sanft.
»Und jetzt geben Sie endlich.«
Sie nahm die Karten, mischte und verteilte sie. Sie brauchte nur den Karobuben und die Herz fünf, um zu gewinnen. Sie wäre bereit gewesen, ihr ganzes Geld auf der Bank und ihren Anteil an der Reise-

agentur darauf zu wetten, daß seine erste abgeworfene Karte eine von diesen beiden sein würde. Und daß sie die andere bei den ersten drei Runden ziehen würde. Sie würde wieder gewinnen. Das schien überhaupt keine gute Idee zu sein. Marylou seufzte tief.

»Was ist jetzt?« fragte er ungeduldig.

»Können Sie mir nicht wenigstens sagen, warum das passiert?«

»Ich sagte Ihnen schon, daß Sie das nichts angeht.«

»Ich finde nur, wenn Menschen schon die Unannehmlichkeit haben, entführt zu werden – wenn sie für den Urlaub große persönliche Kosten auf sich genommen haben, dann sollten sie wissen, warum sie entführt werden.«

»Wissen Sie«, sagte er, »ich könnte Sie auch töten.«

»Das glaube ich nicht. Wenn Sie mich töten, haben Sie mich nicht mehr. Und offensichtlich werde ich aus irgendeinem gemeinen oder anderen Grund gebraucht.«

David knallte seine nächste Karte auf den Teil des Fußbodens, den sie als Tisch benutzten. Es war die Herz fünf.

Oh Gott, dachte Marylou. Wenn ich sie nehme, habe ich in drei Stichen gewonnen, und er ist jetzt schon gereizt. Wenn ich sie nicht nehme, ihn gewinnen lasse und er es nachher rausfindet, wird sein kostbares kleines Ego erschüttert sein. Und ein Mann mit einem erschütterten kostbaren kleinen Ego ist in der Tat ein gefährlicher Mann. Diese Situation machte es eindeutig erforderlich, daß sie auf der Hut war.

»Ich muß mal«, sagte sie.

»Schon wieder?«

»Frauen sind nicht wie Männer«, erklärte Marylou in einem, wie sie hoffte, freundlichen und nicht herablassenden Ton. »Wir haben nicht so viel Fassungsvermögen.«

»Gestern hatten Sie sehr viel Fassungsvermögen.«

»Wieso?«

»Ich habe Sie einen verdammten halben Tag lang verfolgt, wissen Sie.«

»Oh, haben Sie zufällig die Avocado probiert?«

»Nein, ich esse nicht bei der Arbeit.«

»Eine weise Entscheidung. Ich habe mich nur gefragt, ob Sie auch etwas Merkwürdiges daran festgestellt haben. Es ging mir irgendwie nicht gut.«

»Weil ich Sie betäubt habe. Darum ging es Ihnen nicht gut.«

Marylou nickte. »Das wird wohl der Grund sein. Das heißt, wenn ich nicht meine Tage kriege.«

»Verdammt!« rief David. »Sie werden doch nicht etwa anfangen zu bluten, oder?«

Aha. Wie die meisten Männer hatte er Angst vor Menstruationsblut. Es mußte doch eine Möglichkeit geben, das zu ihrem Vorteil zu nutzen. »Ich weiß nicht«, sagte sie. »Es muß bald so weit sein, aber ich habe meinen Terminkalender im Zimmer gelassen. Und dann war da auch dieser Streß ...«

»Sie hatten viel Streß?« fragte er fast freundlich.

»Ja, mit der Entführung und so. Das ist nicht gerade geruhsam. Ich hoffe, daß ich diesen Monat nicht so schreckliche Krämpfe bekomme.«

»Sie bekommen Krämpfe? Gott, fangen Sie bloß nicht an zu bluten, Lady. Meine Mutter hatte immer schreckliche Schmerzen, wenn sie blutete. Ihr Stöhnen war im ganzen Haus zu hören. Das einzige, was half, war Roggen-Whisky, und ich weiß nicht, ob ich Ihnen Roggen-Whisky besorgen kann ...«

»Ich werde es schon schaffen«, erwiderte Marylou pathetisch und tapfer. »Sie dauern nur ein paar Tage.«

David fummelte an seinem Hemdkragen. »Ich dachte, Menschen wie Sie hätten nichts mit Männern zu tun.«

»Mit Männern?«

»Meine Mutter sagte immer, die Krämpfe der Frauen hingen davon ab, wie sie von den Männern behandelt werden. Darum dachte ich, Sie würden keine Krämpfe bekommen, weil Sie nichts mit Männern zu tun haben.«

»Ach so.« Seine Mutter war also auf ihre eigene Art aufgeklärt gewesen. Es war vielleicht eine Kurzform der Aufklärung gewesen, aber immerhin eine Aufklärung. Das konnte sehr nützlich sein. »Ihre Mutter hatte absolut recht«, sagte sie.

»Wie kommt es dann, daß Sie sie haben?«

»Wie das kommt ... Oh, Sie meinen, weil ich Lesbe bin.«

Er nickte eifrig.

Es wurde Zeit, ein bißchen von Gwens Geschichte zu erzählen. Wenn er etwas wußte und Zweifel hegte, so würde es nicht schaden, seine Überzeugung zu stärken. »Ich war mal verheiratet.«

»Sie? Aber ich dachte ...«

»Wir wissen nicht immer, daß wir Lesben sind«, erklärte Marylou. »Unsere Gesellschaft will nicht zugeben, daß wir existieren, und verschwört sich, um uns unwissend zu halten.«

»Aha, aha«, sagte er mit einem total verwirrtem Blick.

»Das ist eine lesbische Angelegenheit, die Sie nicht verstehen müssen. Aber ich würde wirklich gern zur Toilette gehen, wenn es Ihnen nichts ausmacht.« Sie lächelte ihn mit einem, wie sie hoffte, seligen Lächeln an. »Bei menstruellen Beschwerden muß man öfters gehen.«

Er sprang eifrig auf. »Okay. Entschuldigung.«

Sie lächelte wieder. Segnete ihn mit einem Lächeln.

Er schloß die Tür auf und trat zur Seite. Fast so, als hätte er Angst, sie ohne ihre Erlaubnis versehentlich zu berühren.

Nun, dachte Marylou, so ist es schon besser.

Wie eine Königin schwebte sie durch die Tür.

Nachmittag in der *Earth Station*. Die Menschenmenge war kleiner geworden. Es war zu spät, um Reservierungen fürs Abendessen zu machen, und die meisten Leute hatten Pläne für den Rest des Tages in EPCOT und brauchten keine Informationen.

Stoner beobachtete, wie eine neue Ladung Touristen aus dem Raumschiff Erde kam. Sie studierte ihre Gesichter. Sie sahen ziemlich gesund und nicht sehr erschüttert aus. Sie schienen sich sogar zu amüsieren.

Was ihre Einstellung zur Kugel nicht verbesserte. Nicht im geringsten.

Edith Kesselbaum hatte wahrscheinlich recht. »Weißt du, Stoner«, pflegte sie damals, als Stoner noch ihre Patientin war, und heute noch häufig zu sagen, »du bist introvertiert. Darum wird das, was du fühlst, immer wichtiger für dich sein als alles andere. Die ganze Menschheit könnte aus Ehrfurcht vor etwas auf die Knie gehen, aber wenn es dir nicht gefällt, dann gefällt es dir eben nicht.«

Was beruhigend war, da sie immer zu wissen schien, was sie fühlte – selbst wenn es Verwirrung oder Ambivalenz war –, und sich nicht durch eine billige und launische öffentliche Meinung davon abbringen ließ. Aber es gab Augenblicke wie jetzt, in denen sie sich schrecklich albern und furchtbar allein vorkam. Augenblicke wie jetzt, in denen sie diese glücklichen Gesichter beobachtete und wußte, daß sie sich etwas genähert hatten, was beängstigend und potentiell gefährlich war, und es nicht einmal bemerkt hatten.

Es sei denn, diese beängstigende potentielle Gefahr war nur für sie reserviert.

Gwen winkte ihr gestikulierend vom Telefon zu.

Stoner ging zu ihr.

»Sie hört sich nicht gut an«, sagte Gwen, während sie die Sprechmuschel mit der Hand zuhielt. »Guck mal, was du davon hältst.« Sie drehte sich wieder zum Telefon um. »Warte, Edith. Stoner möchte noch mit dir sprechen.«

»Worüber denn?« flüsterte Stoner, als sie den Hörer nahm.

Gwen zuckte mit den Schultern.

»Hallo, Edith?«

»Stoner, ich habe Gwen schon gesagt, daß es hier sehr still gewesen ist. Sehr still.«

Ja, sie konnte es hören. Eine leichte Verspannung und etwas Schrilles in Ediths Stimme.

»Niemand hat angerufen? Keine Nachrichten oder etwas?«

»Gar nichts. Ihr habt vermutlich auch nichts gefunden?«

»Nichts Definitives.« Sie zögerte. »Ich dachte, du hättest heute nachmittag eine Versammlung, und Tante Hermione sei fürs Telefon zuständig.«

Edith atmete hastig ein und aus.

Hyperventilation, stellte Stoner fest.

»Ach, das ist kein Problem. Es ist doch viel zu langweilig für Hermione, wenn sie hier ganz allein ist.«

Stoner zweifelte daran. Tante Hermione hatte es noch nie etwas ausgemacht, allein zu sein. Und wenn das der Fall war, konnte sie zur Unterhaltung jederzeit einen verstorbenen Geist anrufen. Einmal hatte sie sich einen ganzen Abend mit Ghandi unterhalten, wonach sie behauptete, er sei ja ein recht freundlicher Mensch, seine Passivität mache sie aber nervös.

Sie zögerte, beschloß dann aber, es zu wagen. Edith würde es unter denselben Umständen auch tun. »Drehst du langsam durch?«

Edith gab so etwas wie ein leises Kreischen von sich. »Überhaupt nicht.«

»Natürlich. Ich höre es.«

»Ich bin ganz gelassen, Stoner.«

»Du konntest einem noch nie etwas vormachen, Edith. Das wußte ich schon, als du noch meine Therapeutin warst.«

»Aha!« rief Edith. »Schon damals hatte ich den Verdacht, daß du mich beobachtest, statt dich auf dich selbst zu konzentrieren.«

»Nur ab und zu. Versuch nicht, das Thema zu wechseln.«

Es folgte ein Augenblick des Zögerns. »Nun gut. Ich nehme an, ich bin ein bißchen besorgt.«

»Mehr als besorgt.«

»Beängstigt. Zufrieden?«

»Danke«, sagte Stoner.

»Sie ist doch schließlich mein kleines Mädchen.«

Stoner hätte schwören können, daß sie ein Schniefen hörte. Edith Kesselbaum? Weinend? »Sie ist kein kleines Mädchen«, sagte sie beruhigend. »Sie ist eine erwachsene Frau und sehr tüchtig ...«

»Ach, sie ist nicht tüchtig, und das weißt du«, sagte Edith. »Sie ist total unfähig.«

»Sie kann für sich selbst sorgen. Ich habe es tausendmal erlebt. Wenn ich mir überhaupt Sorgen um jemanden machen würde, dann würde ich mir Sorgen um die Entführer machen.«

»Fein«, sagte Edith beleidigt. »Ich werde mir Sorgen um die ganze verdammte Welt machen.« Sie faßte sich wieder. »Entschuldige, Stoner. Das war sehr unprofessionell. Ich hoffe, das verursacht bei dir keine Übertragungsprobleme.«

Stoner mußte lächeln. »Ich glaube, wir haben die meisten Übertragungsprobleme bearbeitet, Edith.«

»Das darfst du nie und nimmer glauben. Wenn du das tust, werde ich dich überraschen, wenn du es am wenigsten erwartest.« Edith war wieder ganz die alte.

»Die Sache ist die«, sagte Stoner, »daß du dich wirklich um deine beruflichen Dinge kümmern solltest, als wäre nichts geschehen. Denk daran, sie glauben, sie hätten Gwen. Wenn dich jemand beobachtet, deinen Namen kennt und sieht, wie aufgeregt du bist, dann wissen sie, daß sie die falsche Person haben.«

»Ja«, sagte Edith. »Das leuchtet mir ein.«

Sie hoffte, Edith würde über ihre Begründung nicht zu genau nachdenken, sonst würde sie merken, wie absurd die Idee war, jemand, der ihnen etwas antun wollte, würde sie beim Psychiatriekongreß beobachten. Sie wollte nur, daß Edith beschäftigt war, damit sie nicht nachdachte und sich Sorgen machte. Damit sie das Gefühl hatte, sie wäre ihnen dabei behilflich, ihre Tochter zu suchen.

Einmal angenommen, das war es, was sie taten – ihre Tochter suchen.

Marylou ließ Wasser in das schmutzige, mit Rostflecken versetzte Waschbecken laufen und sah sich in dem kleinen Waschraum um. Keine Fenster. Keine weitere Tür. Und der Raum sah aus und roch so, als wäre er schon jahrelang nicht mehr benutzt worden. Eine Art toter, stiller Geruch. Gar nicht disneymäßig. Bestenfalls konnte sie sich vorstellen, daß dieser Waschraum und das Zimmer, in dem er sie festhielt, benutzt wurden, als EPCOT gebaut wurde, und daß man sie nach der Eröffnung des Parks stillgelegt hatte.

Sie summte laut die Micky Maus Club-Melodie und hoffte, er würde die Gelegenheit nutzen und sich in ihrer Abwesenheit ihre Rommé-Karten anschauen. Das war schließlich der Grund für diesen kleinen Ausflug gewesen – ihm die Chance zum Schummeln zu geben. Vermutlich hätte sie auch versuchen können zu fliehen. Aber sie hatte nicht die Bohne Ahnung von Flucht- und Überlebenstechniken und würde wahrscheinlich alles vermasseln und alle verwirren. Außerdem bezweifelte sie nicht im geringsten, daß Stoner sie früher oder später finden würde. Es tat ihr zwar etwas leid, daß sie sich heute morgen wie eine Idiotin benommen hatte – nein, das war ja gestern morgen gewesen, du liebe Güte, seit mehr als vierundzwanzig Stunden wurde sie schon vermißt –, aber sie wußte, daß das ihre alte Freundin nicht davon abhalten würde, nach ihr zu suchen. So schlimm hatte sie sich nun auch nicht benommen, daß sie es verdiente, den Wölfen zum Fraß vorgeworfen zu werden. Oder doch?

Natürlich nicht.

Sie hoffte nur, daß Stoner bald auftauchen würde. Diese Entführungssache ging ihr allmählich an die Nieren.

»Also?« fragte David zögernd, als Marylou aus dem Waschraum kam.

Verdammt. Er hatte die ganze Zeit dort gewartet. Wahrscheinlich hielt er nichts vom Schummeln beim Kartenspiel. Die Situation wurde allmählich heikel. »Also?«

»Haben Sie sie?«

Marylou sah ihn befremdet an. »Habe ich was?«
»Ihre ...« Er machte schweifende Handbewegungen. »Sie wissen schon.«
»Meine Periode?«
David zuckte zusammen.
»Noch nicht, aber es kann jeden Augenblick soweit sein. Das spüre ich.«
Er wurde etwas blaß. Oder war es grün? Schwer zu sagen in diesem Licht. Das brachte sie auf eine Idee.
»Ich werde Schutz brauchen«, sagte sie.
Er sah sie mit leerem Blick an.
»Schutz. Tampons.«
»Oh Gott«, murmelte er.
»Sie müssen mir welche besorgen. Tampax. Unparfümiert, nicht deodoriert. Mit Pappapplikator, aber nicht die geformten. Die zerreißen einem die Eingeweide.«
»Haben Sie denn nichts dabei?« stöhnte David.
»Das hätte ich, wenn ich gewußt hätte, daß ich entführt werde«, erklärte Marylou einleuchtend. »Ich wäre bestimmt vorbereitet gewesen, wenn ich rechtzeitig Bescheid bekommen hätte. Aber da Sie es nicht für nötig hielten, mir ...«
»Schon gut, schon gut.«
»Sie wollen doch nicht, daß ich das schöne Bett vollblute?«
»Ich sagte, schon gut.«
»Ich brauche die Super, nicht die Super-Plus.« Marylou klopfte auf ihre Beckenknochen. »An meiner Vagina ist nichts Schlaffes dran. Ich halte meine Muschi-Muskeln mit Jane Fonda in Form.«

7

»Und nun?« fragte Gwen, als Stape in der Menschenmenge verschwand, um sich weiter umzuschauen.
Stoner schüttelte langsam den Kopf. »Ich weiß nicht.«
»Entmutigt?«
»Frustriert. Den ganzen Tag lang suchen wir nun schon und haben nichts gefunden. Mal denke ich, wir sollten ins Hotel zurückgehen, mal denke ich, ich würde verrückt werden, wenn ich dort nur herumsitze.«

»Ich weiß, was du meinst«, sagte Gwen. »Paß auf, ich hatte gerade eine Idee. Es gibt eine Person, mit der wir noch nicht gesprochen haben und die etwas gesehen haben könnte.«

»Wer?«

»Die Frau, bei der sie das Restaurant reserviert hat. Die den Sicherheitsdienst gerufen hat.«

»Schon möglich.« Sie glaubte es allerdings nicht. Es war nur eine andere Möglichkeit, um die Zeit totzuschlagen. Disneyworld kam ihr mehr und mehr wie eine riesiger, leerer Ort voller Einsamkeit vor. Sie betrachtete Gwen und fragte sich, wie sie sich mit ihr an der Seite einsam fühlen konnte.

Aber sie fühlte sich nicht wegen Gwen einsam, sondern wegen Marylou, ihrer verrückten, irritierenden Freundin – der ältesten Freundin, die sie hatte, der einzigen Person, der sie alles sagen konnte, die mit ihr die schwierige Zeit der Jugend durchgemacht hatte, den Terror, zu den Eltern zurückgeschickt zu werden, die fast manische Sturköpfigkeit beim Coming-out ... Die einzige Person, vor der sie sich lächerlich machen konnte und der es nichts ausmachte. Marylou war ihr vertraut. Marylou war beruhigend.

Marylou war verschwunden, und sie konnte nichts tun, um ihr zu helfen.

»Laß es nicht zu«, sagte Gwen.

»Hmm?«

»Laß dich nicht runterziehen.«

Stoner strich sich das Haar aus der Stirn. »Es ist nur ...«

»Ich weiß. Aber wir werden sie finden, Stoner. Ich weiß es.« Sie lächelte. »Ich war immer etwas eifersüchtig auf deine Freundschaft mit Marylou. Nicht in dem Sinne, daß ich traurig war oder sie zerstören wollte. Aber es muß wunderschön sein, eine Freundin zu haben, die dich in- und auswendig kennt.«

»Ja.« Sie schüttelte sich. »Laß uns etwas tun.«

»Okay. Was?«

»Keine Ahnung, aber Marylou sagt immer: ›Wenn du in Gefahr oder am Zweifeln bist, mußt du im Kreis rumrennen und schreien.‹«

Gwen lachte. »Macht sie das? Wirklich?«

»Ganz bestimmt.«

»Weißt du Stoner, zum Teil habe ich ein bißchen Mitleid mit ihren Entführern.«

David machte sich Sorgen. Irgend etwas an dieser ganzen Sache irritierte ihn. Sein Opfer wußte zum Beispiel, daß er sie töten könnte und würde, wenn sie ihn provozierte. Aber sie hörte nicht auf zu provozieren. Als wäre es ihr ziemlich oder völlig egal, ob sie lebte oder starb. Das gefiel ihm nicht. Vielleicht befand sie sich auf irgendeinem Todestrip. In dem Fall wollte er daran nicht beteiligt sein.

Er klemmte die schlichte braune Papiertüte unter den Arm und trottete durch die verlassenen Tunnel. Sie waren für den Bau des Parks errichtet und anschließend mit dicken Brandtüren versiegelt worden. Er hatte viele Nächte gebraucht, bis er diesen gefunden und einen zweiten Eingang von oben gebaut hatte, um die notwendigen Dinge herzubringen. Er wollte nicht prahlen, aber er mußte zugeben, daß er unter gefährlichen Umständen einen hervorragenden Job geleistet hatte. Und jetzt wurde er darauf reduziert, Tampons zu holen. Diese verdammte Göre an der Kasse von der Drogerie. Sah ihn an, als wäre er irgendein Idiot. Grinsend. Was war so lustig daran, Tampons zu kaufen? Die Menschen taten das ständig, verdammt nochmal.

Er stieß die Tür mit dem Fuß auf, desinteressiert, ob sie es in den Tunneln hörten, in denen die Aktivitäten hinter der Kulisse von Disneyworld stattfanden. Sie würden denken, daß es irgendein Maschinenlärm war, so wie die Waschmaschinen und Nähmaschinen und tausend andere Maschinen ständig vor sich hinpolterten. Hier unten befand sich eine komplette Stadt. Sie sah aus wie ein Bau von Ameisen oder Maulwürfen. Es machte ihn schaudern, wenn er sich vorstellte, Tag für Tag unter der Erde arbeiten und diese verdammten Kostüme reparieren zu müssen. Er wußte, was er tun würde, wenn er diesen Job hätte – er würde dem alten Micky im Schritt eine schöne, dünne Naht nähen, so daß sie, wenn er anfangen würde, wie ein Idiot herumzuspringen und diese verzogenen Gören ihm zuschauten, aufplatzen würde und direkt vor Minnie und Aschenputtel und all den anderen Arschlöchern sein kleines Mauseschwänzchen herauskommen würde.

David sah auf die Uhr. Es war fast halb fünf, und er hatte noch nichts von seinem Auftraggeber gehört. Was erwartete man von ihm? Daß er die Frau entführte, einen mickrig kleinen Zettel schrieb und den Rest seines Lebens damit verbrachte, daß pickelige Gören in Drogerien über ihn lachten?

Und warum diese Geheimnistuerei? Warum hatte sein Auftraggeber ihm nicht gesagt, wer diese Frau war und was hier vor sich ging und warum sie sie haben wollten? »Die Geliebte von der Frau mit dem mahagonibraunen Haar und den grünen Augen«, hatte der Auftraggeber erklärt und sich ausführlich über das Äußere von der mit den grünen Augen ausgelassen. Aber nicht über das der Geliebten. Und es war nicht einmal eine besonders gute Beschreibung gewesen. Nicht gut genug, um sicher zu sein, als er sie in diesem polynesischen Schuppen entdeckte. Er mußte erst noch einen Drink von seinem eigenen Geld spendieren, damit sie sich umdrehte und er ihre Identität feststellen konnte. Er hätte auf ein paar Charaktereigenschaften bestehen sollen. Nächstes Mal würde er darauf bestehen. Er hätte einen Fehler machen können. Fehler waren Zeitverschwendung.

Irgend etwas ging hier vor sich, und er wurde nicht darüber informiert. Das roch so, als nutzte man ihn aus.

»Okay«, begann Stoner in einem geschäftsmäßigen Ton, aber ihr fiel nichts ein. Sie räusperte sich. »Wir haben ein paar Rundfahrten überprüft, Stape hat mit den Verkäufern geredet, und Kathi von der Reservierung hat sie nicht gesehen und ... Nun, ich denke, als nächstes sollten wir im ...«

»Im was?« fragte Gwen.

»Im ... äh ...«

»Im Kreis rumrennen und schreien?«

»Irgendwas Positives tun, irgendwas Konstruktives.« Sie zermarterte ihr Gehirn, fühlte, wie Gwen sie beobachtete, wartete.

»Ich glaube, es gibt nicht viel, was wir tun können«, sagte Gwen schließlich sanft.

Stoner schüttelte den Kopf. »Etwas muß es geben.«

»Ich habe ziemlich viele Krimis gelesen, auch wenn du ...«

»Die Sache verwirrt mich«, sagte Stoner.

»... und in keinem Krimi gab es jemals einen Vorschlag, was man an einem Punkt wie diesem macht.«

»Und was passiert dann?«

»Meistens endete das Kapitel, und es ging mit dem nächsten Morgen weiter.«

Stoner betrachtete sie. »Willst du mir damit etwas Bestimmtes sagen?«

»Ich glaube«, sagte Gwen und legte dabei die Hand auf Stoners

Handgelenk, »wir können nur das tun, was wir getan hätten, wenn das nicht passiert wäre, und darauf warten, daß die Entführer Kontakt mit uns aufnehmen.«

Sie lehnte sich an die Wand. Gwen hatte recht. Aber sie haßte diese Hilflosigkeit. Haßte sie, haßte sie, haßte sie.

Zurückgehaltene Tränen, wurde sie erinnert, waren heiß und schmeckten wie Metall.

»Ich weiß, wie dir zumute ist«, begann Gwen, »aber ...«

»Du weißt nicht, wie mir zumute ist.«

»Also gut, ich weiß es nicht.«

»Es tut mir leid«, sagte Stoner.

»Es macht nichts, wenn du weinst, weißt du.«

»Doch.«

»Bestimmt nicht. Schau dich um. Die meisten Menschen hier sind Kinder. Sie heulen ständig. Sie werden nur glauben, daß ich dich nicht auf die Rakete zum *Space Mountain* lassen wollte.«

»Wenn du mich auf die Rakete zum *Space Mountain* schickst, werde ich dir das nie verzeihen.«

»Hör mal«, sagte Gwen, »wenn du damit einverstanden bist, daß dich jemand liebt, übernimmst du auch Verantwortung. Und dazu gehört, nie und nimmer auf eine Achterbahn zu steigen.«

Stoner mußte lächeln. Das klärte ihre Sicht ein wenig.

»Was würden wir jetzt also tun«, fragte Gwen, »wenn Marylou nicht entführt worden wäre?«

Sie schaute hinüber zu der Menschenschlange, die von der Fahrt im Raumschiff Erde zurückkam. »Wahrscheinlich«, sagte sie widerstrebend, »würden wir in die Kugel hinaufsteigen und uns die Geschichte der Kommunikation anschauen.«

»Ich dachte, du wolltest nicht in die Kugel und dir die Geschichte der Kommunikation anschauen.«

»Ich will es nicht, aber ich denke, ich sollte es.«

Gwen seufzte verzweifelt. »Der Punkt ist der, meine liebste Stoner, daß du etwas tun solltest, was dir gefällt. Nicht was dir angst macht.«

»Ich will nicht etwas machen, was mir gefällt. Ich will etwas machen, wobei ich mich ...«

»Stolz fühlst?«

»Tapfer fühle.«

»In dem Fall«, sagte Gwen, »ist die Kugel richtig.«

Laut Reiseführer war das Raumschiff Erde ein hohles, phantastisch konstruiertes Wunder, das den Eindruck erweckte, leicht und locker über dem Boden zu schweben.

Laut Stoner McTavish war das Raumschiff Erde eine achtzehn Stockwerke hohe, massive Kugel, die wackelig auf unsicheren Füßen saß, von denen sie herunterzurollen drohte, um jeden im Umkreis von fünfzig Metern zu zerquetschen.

Die Schlange bewegte sich schnell voran. Viel zu schnell für ihren Geschmack. Bevor sie überhaupt Zeit hatte zu denken, du meine Güte, da wurden sie auch schon in die »Zeitmaschine« aus Plastik geschoben und in eine modrig riechende Dunkelheit gesaugt. Sie klammerte sich an der Seite des Wagens fest. Sie waren zur falschen Jahreszeit gekommen. Sie hätten im Hochsommer kommen sollen, wenn der Park voller Menschen und die Schlangen endlos waren. Eine Stunde zu warten, das war es, was sie gebraucht hätte. Vielleicht zwei. Vielleicht ...

Gwen lehnte sich an sie an. »Ich liebe das«, flüsterte sie. »Es ist so unheimlich.«

Stoner wollte gerade etwas über Gwens geistige Gesundheit sagen, als *die Stimme* zu sprechen begann. Sie hielt den Atem an. »Verdammte Scheiße«, sagte sie laut.

»Wo?« fragte Gwen und blickte sich schnell um.

»Die Stimme«, sagte Stoner. »Das ist die Stimme!«

»Das ist Walter Cronkite. Er gibt hier die Erklärungen.«

»Das ist die Stimme vom Telefon. Die Stimme im Hintergrund. Sie muß von hier angerufen haben!«

»Mitten in der Nacht? Glaubst du, sie betreiben diese Dinger die ganze Nacht?«

»Ich weiß nicht«, sagte Stoner, »aber ich habe sie eindeutig gehört.«

Sie schaute sich um. Sie verließen gerade einen in seiner Höhle vor sich hinmurmelnden Menschen der Cromagnonrasse und näherten sich dem alten Ägypten. Walter Cronkites Stimme wurde immer tiefer und stimmte zu etwas an, das wie Hieroglyphen klang. Außerhalb der Ausstellungsflächen war alles pechschwarz. Aber es mußte einen Weg hinein oder hinaus geben oder ein Telefon ...

Gwen berührte ihren Arm. »Hör auf herumzuzappeln. Du störst die Mönche.«

Neben ihnen schnarchte ein Benediktinermönch aus dem 12. Jahrhundert über einem Schriftstück, das er abschreiben sollte.

»Es muß irgendwo eine Tür geben.«

»Ganz bestimmt, aber wir werden sie nicht finden, wenn du für unsere Verhaftung sorgst.«

Sie lehnte sich in dem Wagen zurück und versuchte, ruhig zu bleiben. Gemächlich passierten sie Szenen mit Gutenberg und seiner Bibel, mit einem Florentiner Lehrer, der laut Vergil vorlas – »endlich kann ich mich mit irgend etwas identifizieren«, sagte Gwen bei der Schulszene –, mit Künstlern aus der Renaissance bei der Arbeit. Dann Michelangelo beim Malen in der Sixtinischen Kapelle ... und plötzlich beschleunigten sie, rasten durch den Raum, vorbei an der Drucktechnik, Telegraphie, dem Telefon, Radio, Kino, Fernsehen, der Elektronik, Computern ... in die Stille und Dunkelheit und den sternenübersäten Himmel. Oben beim Raumschiff Erde eingetroffen, kam die Zeitmaschine langsam zum Stehen.

Und da unten, ganz weit weg und ganz klein, war die Erde.

Stoner fühlte, wie ihr Herz anschwoll und in ihrer Brust klopfte. Das ist ein Trick, eine Illusion, sagte sie sich. Aber alle Gründe der Welt konnten sie nicht am Staunen hindern. »Schon gut, Mr. Disney«, flüsterte sie. »Sie haben gewonnen. Ich bin überzeugt.«

Jetzt fuhren sie wieder hinunter, vorbei an einer Mannschaft von Astronauten, die einen Spaceshuttle reparierten, vorbei ...

Der kleine Wagen hielt an. Walter Cronkite verstummte.

Das ist es, dachte Stoner. Davor habe ich Angst gehabt. Das Raumschiff Erde ist kaputt, wir können nicht raus, uns geht die Luft aus ...

Die Klaustrophobie hatte sie fest im Griff und begann zuzudrücken.

»Gwen«, sagte sie mit einem leicht hysterischen Lachen, »die Erde ist kaputtgegangen. Das war's. Es ist alles vorbei. Es war nett, dich kennengelernt zu haben. Obwohl es irgendwie ein lausiger Planet war. Das Irrenhaus des Universums. Laß uns nächstes Mal an einen zivilisierteren Ort gehen ...«

»Es ist alles in Ordnung«, sagte Gwen.

Kleine Lichter gingen an, und eine sehr menschlich klingende Stimme erklärte, sie würden ihre Reise durch die Zeit kurz unterbrechen, aber in wenigen Augenblicken fortsetzen, darum sollten sie bitte sitzen bleiben.

»Ich wünschte, sie würden uns erklären, warum sie angehalten haben«, murrte Stoner nervös.

»Wahrscheinlich um einen Rollstuhl einzuladen«, erklärte Gwen. »Sie wollen kein Aufheben darum machen.«

Das machte Sinn. Und da Gwen eine zwanghafte Konsumentin von Broschüren war, hatte sie wahrscheinlich schon wieder einen der Reiseführer in der Hand. Gwen hatte Spaß daran, »Dinge zu wissen«, wie sie es nannte. Ein paar »Dinge«, die sie aufgeschnappt hatte, waren wirklich beunruhigend. Ständig kam sie mit überraschenden und irritierenden Informationen an. Wie mit den Maßen des Michigan-Pilzes, der angeblich das größte Lebewesen der Welt war. Und mit der Neuigkeit, daß winzige Tierchen unter deinen Augenwimpern lebten. Und daß die meisten Menschen, die gegen Staub allergisch waren, eigentlich nicht gegen Staub, sondern gegen die Ausscheidungen der Hausmilben allergisch waren. Und ...

Ein rotes Licht sprang ihr ins Auge. Sie blickte nach vorn und nach links. Die Ausgangs-Schilder waren eingeschaltet.

»Aha«, sagte sie, »so ist sie hier reingekommen.« Sie stand auf.

Gwen streckte den Arm nach ihr aus. »Setz dich um Himmels willen hin, Stoner.«

Sie sprang aus dem Wagen und strich an der Wand entlang zum Ausgangs-Schild. In der schwarzen Wand befand sich eine Tür. Sie stieß sie auf und war von dem hellen Licht draußen wie geblendet. Sie befand sich auf einer schmalen Treppe und ging sie hinunter.

Hinter sich hörte sie die Stimme des Betreuers, die ankündigte, daß die Reise durch die Zeit jetzt fortgesetzt werden würde. Sie würde sich mit Gwen hinterher treffen. Jetzt wollte sie die Treppe hinuntergehen und nachsehen, wohin sie führte.

Die Reise durch die Zeit hatte sie achtzehn Stockwerke hochtransportiert. Sie waren erst zwei Stockwerke hinabgestiegen, als die Fahrt unterbrochen wurde. Womit sie jetzt noch sechzehn Stockwerke zu Fuß vor sich hatte. Zumindest, tröstete sie sich, stieg sie nicht sechzehn Stockwerke aufwärts.

Das Licht um sie herum war gedämpft. Der Boden zitterte leicht unter der Erschütterung der fahrenden Wagen innen drin. Walter Cronkites dröhnende Stimme vermischte sich mit dem tiefen Rumpeln und übertönte alle anderen Geräusche.

Die Fahrt war schon klaustrophobisch gewesen, aber der Abstieg zu Fuß war geradezu erstickend. Die Wände drückten von beiden Seiten. Das ganze Gebäude zitterte.

Irgend etwas explodierte.

Stoner erstarrte. Okay, das war's dann. Das ganze Ding würde über ihr zusammenbrechen. Sie hielt den Atem an.

Nichts passierte.

Wieder eine Explosion, diesmal nicht so dicht.

Zögernd berührte sie die Außenmauer.

Wieder eine Explosion, und die Wand zitterte. Die Kugel bewegte sich.

Hau ab hier, sagte sie sich kopflos. Lauf! Ihre Beine wollten sich nicht bewegen. Sie konnte nicht atmen. Mach jetzt!

Wieder eine Explosion, und diesmal fühlte sie, wie die ganze Konstruktion erzitterte.

Kommschonkommschonkommschon!

Sie zwang sich, einen Schritt zu tun. Okay, das war geschafft. Jetzt weiter so! Einen Fuß vor den anderen – und – Schritt!

Plötzlich war die Luft von einem zischenden, rauschenden Geräusch erfüllt. Wie Wind oder der Klang eines Wasserfalls in der Ferne.

Ein Wasserfall? Ja, ein Wasserfall!

Stoner lachte laut. Es regnete. Es donnerte und regnete wie wahrscheinlich an den meisten Nachmittagen in der guten alten Disneyworld. Der Regen strömte an den Seitenwänden der Geosphäre hinunter. Die Explosionen waren überhaupt keine Explosionen gewesen, sondern Donnerschläge.

Trotzdem wäre sie froh, wenn sie aus diesem überdimensionalen Golfball herauskäme zu den Gebäuden, die Sinn machten.

Das leise Klappern ihrer Schuhe klang metallisch auf der Treppe. Sie wünschte, sie hätte die Ausgänge, an denen sie vorbeilief, gezählt. Dann wüßte sie vielleicht, wie lange das noch dauern würde.

Tap tap tap tap tap tap tap.

Langweilig. Mittlerweile war sie bestimmt schon eine Viertelstunde unterwegs ...

Tap tap tap tap tap tap tap.

Schade, daß sie nicht nach oben ging. Dann wäre es wie auf der Steppmaschine beim Turnunterricht zu Hause gewesen.

Tap tap tap tap tap tap.

Oder auf Hamsterrädern.

Tap tap tap tap tap.

Nicht nachlassen!

Tap tap ... hoppla.

Beinahe hätte sie sie verpaßt. Eine Tür in der Außenwand, durch die Tageslicht drang.

Und drinnen ging die Treppe weiter nach unten.

Sie zögerte. Gwen wartete wahrscheinlich auf sie, machte sich vielleicht Sorgen. Sie wußte wirklich nicht, wie lange sie hier schon war. Sie sollte rausgehen, sie suchen und zurückkommen.

Und wie kam man hier wieder rein?

Sie hätte darauf wetten können, daß die Tür draußen sorgfältig verkleidet war. Versteckt in irgendeiner Naht der Aluminiumbleche, die die äußere Haut der Kugel bildeten. Oder sie könnte auch auf einer der Betonsäulen enden, die die Geosphäre stützten. Und wer weiß, wohin das führen würde?

Nein, schau dich lieber jetzt gleich um!

Zögernd ging sie ein paar Schritte weiter nach unten. Aber woher wollte sie eigentlich wissen, ob es da, wo sie hinging, einen Ausgang gab? Natürlich gab es einen Ausgang. Du mußt dich nur umdrehen und den Weg zurückgehen, den du gekommen bist. Da ist ein Ausgang.

Noch ein paar Schritte.

Ach, was zum Teufel. Früher oder später würde sie irgendwo ankommen, und wenn sie nicht nach draußen käme, würde sie einfach weitergehen, bis sie irgendwo hineinstolperte, wo Besucher nicht erlaubt waren und sie verhaftet werden würde und draußen war. So einfach war es.

Sie ging weiter.

Das Licht schien dunkler zu werden. Die Fahrtgeräusche und der Donner und das Strömen des Regens erstarben. Sie mußte jetzt unter der Erde sein. Das müßte doch bald ein Ende haben. Wie viele Stockwerke brauchte man denn schon unter der Erde? Und sollte da nicht eines Tages mal eine Tür kommen?

Tiefer.

Die Situation sah nicht sehr vielversprechend aus. Es war sogar ziemlich dunkel.

Sehr dunkel.

Fast finster.

Wenn sie Nancy Drew wäre, käme jetzt der Augenblick, um die stets griffbereite Taschenlampe aus der stets griffbereiten Umhängetasche zu holen und ein wenig Licht auf die Umgebung zu werfen. Aber sie war nicht Nancy Drew, und es wurde wirklich sehr dunkel.

Sie wollte gerade umdrehen, als die Stufen vor einer grauen Wand endeten. Eine graue Metalltür befand sich in der Wand. Die Tür besaß weder ein Fenster noch einen Türgriff.

Na großartig.

Sie tastete den Türrahmen ab. Gab es einen Geheimknopf? Ein Schnappschloß? Oder ließ sie sich nur von der anderen Seite öffnen?

Sie drückte dagegen. Langsam und lautlos schwang die Tür auf. Sie wollte gerade eintreten, da hielt sie etwas zurück. Sie schaute hinunter.

Auf der anderen Seite der Tür sah sie Dunkelheit und ... nichts.

David warf einen Vierteldollar in das Münztelefon und wählte die Nummer seines Auftraggebers. Mehr als einen Tag lang hatte er schon herumgesessen und diese Frau unterhalten, sie beköstigt und ihr, wie es schien, Essen aus allen Restaurants in *World Showcase* geholt. Sich von ihr beim Rommé schlagen lassen und sich beim Gang in eine Drogerie für weibliche Hygieneartikel demütigen lassen.

Er wollte wissen, was der Auftraggeber mit ihr vorhatte und wann und warum. Der Auftraggeber antwortete ungefähr beim hundertsten Klingeln.

»Was?« Die Stimme klang barsch und gereizt.

»Hier ist David.«

»Ich sagte Ihnen, Sie sollen mich hier nicht anrufen. Habe ich Ihnen nicht gesagt, daß Sie mich hier nicht anrufen sollen?«

»Es tut mir leid«, sagte er. »Aber ich muß wissen, was ich mit dem Paket tun soll.«

Der Auftraggeber seufzte tief. »Heben Sie es auf, bis ich es abhole. Das habe ich bereits gesagt.«

»Ja, aber ich dachte, Sie könnten mir in etwa sagen, wie lange das dauert.«

»So lange wie es eben dauert.«

»Ich könnte ... « Er räusperte sich taktvoll. »... ich könnte es für Sie beiseite schaffen.«

»Das will ich nicht.«

»Ich meine, wenn Sie es erledigt haben wollen, aber nicht selbst machen möchten ... Ich kenne mich damit aus. Ich kann mich darum kümmern. Das ist mein Job.«

»Ich weiß das zu schätzen.« Die Stimme des Auftraggebers wurde etwas sanfter. »Wirklich, David. Aber ich habe andere Pläne.«

Das war keine zufriedenstellende Antwort, aber er fühlte, daß er vorerst nicht mehr erfahren würde. »Gut, okay.«

»Ich weiß, daß das nicht einfach für Sie ist«, sagte der Auftraggeber.

David lachte leise. »Das ist noch weit untertrieben.«

»Aber versuchen Sie, es mit mir durchzustehen. Vertrauen Sie mir. Wir haben einander doch immer vertraut, oder?«

Er fühlte, wie er rot wurde. »Sicher.«

»Also noch eine kleine Weile, okay, Dave?«

Er mochte es, wenn die Leute ihn Dave nannten. Seine Mutter pflegte ihn Dave zu nennen. Manchmal. Wenn er etwas getan hatte, was sie glücklich machte. Und wenn sie nüchtern war.

»Ich sag' Ihnen was«, sagte der Auftraggeber. »Ich komme morgen vorbei. Das wird sie schön nervös machen, was?«

Da er nicht die geringste Ahnung hatte, worum es überhaupt ging, wußte er das wirklich nicht. Aber es schien eine gute Idee zu sein zuzustimmen, und so stimmte er zu.

Er legte auf und ging langsam ins Versteck zurück.

Nach dem Gespräch mit dem Auftraggeber hätte er sich besser fühlen müssen. Aber er war immer noch verwirrt. Manchmal fragte er sich, ob seine Mom recht gehabt hatte. Vielleicht war das keine Arbeit, auf die man stolz sein konnte.

Stoner lehnte sich an die gegenüberliegende Wand und wartete, bis das Zittern nachließ. Wenn sie noch einen Schritt weitergegangen wäre ... Wenn sie nicht innegehalten hätte, wäre sie in dieses schwarze Loch gefallen, und wer weiß, wo sie jetzt wäre? Vielleicht immer noch am Fallen. Oder zerschmettert auf Felsen im Mittelpunkt der Erde. Denn es hatte hinter dieser Tür nun wirklich nicht nach einem Loch von einem halben Meter ausgesehen. Sondern eher wie die unglaubliche Reise in die Hölle.

Unsinn, sagte sie sich. Es war einfach ein Loch. Ein sehr dunkles Loch in einem sehr dunklen Flur. Kein Grund zur Sorge, aber auch kein Grund zum Leichtsinn. Du willst dir schließlich nicht den Knöchel verstauchen und für niemanden mehr zu gebrauchen sein.

Als ihr Herzschlag wieder normal war – oder so nahe dran, wie es für sie möglich war, bevor sie das Licht der Welt erblickte –, näherte sie sich erneut der Tür. Sie war wieder geschlossen. Diesmal drückte sie sanft mit einem Fuß dagegen, das Gewicht auf dem anderen Fuß, um den Vorteil der Schwerkraft zu nutzen.

Die Tür öffnete sich. Sie sah wieder nur Dunkelheit. Bodenlose Dunkelheit. Sie schien sich zu bewegen, sich wie Nebel langsam zu drehen.

Stoner griff in ihre Hosentasche und zog ihre Brieftasche heraus. Sie fand einen Penny und warf ihn ins Dunkel. Sie konnte ihn nicht auf den Grund fallen hören.

Der tintenschwarze Nebel fuhr fort, sich zu drehen.

Nun, dachte sie, als sie ihre Brieftasche wegsteckte und die Gänsehaut auf ihren Armen rieb, das ist wirklich ein interessantes Ergebnis, das ich in diesem Augenblick nicht unbedingt untersuchen möchte, nein danke.

Die Tür schlug langsam zu.

Für den Bruchteil einer Sekunde hatte sie das Gefühl, die Dunkelheit über die Schwelle quellen zu sehen. Sie kringelte sich um ihre Knöchel.

Jetzt drehte sie um. Nahm beim Laufen zwei Stufen gleichzeitig.

»Ich will es nicht hören«, schimpfte Gwen. »Du hast mich verrückt gemacht. Ich dachte, du wärst gestorben oder so was. Dafür gibt es keine Entschuldigung.«

»Ehrlich«, sagte Stoner. »Ich konnte nichts dafür. Es tut mir leid. Ich war doch nicht lange weg, oder?«

»Eine Stunde. Eine Stunde, Stoner. Und wenn man bedenkt, daß gewisse Mitglieder unserer Gruppe verschwunden sind, ist eine Stunde ohne Kontakt eine sehr lange Zeit.«

Eine Stunde? Das konnte nicht eine Stunde gedauert haben. Es waren nur ein paar Minuten gewesen, davon war sie überzeugt. »Bist du sicher?«

Gwen zeigte gestikulierend nach draußen. »Es regnete, als ich aus der Kugel rauskam. Schau dir das jetzt an.«

Stoner sah hinaus. Der Himmel war klar, die Sonne schien. Es gab nicht einmal mehr Pfützen. »Es schien mir nicht so ...«

»Nun, es war aber so«, sagte Gwen.

Dieser kleine Ausflug an den Rand des Unbekannten war irritierender gewesen, als sie gedacht hatte. Sie rieb sich das Gesicht mit dem Handrücken. »Es passieren wirklich merkwürdige Dinge.«

»Was dich betrifft, passieren ständig merkwürdige Dinge.«

Stoner sah sie an. »Glaubst du mir nicht?«

»Doch, ich glaube dir. Ich glaube, daß du dazu auserwählt bist, alle merkwürdigen Dinge in diesem Kosmos zu erleben.« Gwen verschränkte die Arme vor der Brust. »Der Punkt ist nur der, Stoner, daß du dich dazu bekennen und etwas Verantwortung übernehmen solltest.«

»Ich bin verantwortlich ...«

»Ich meine nicht auf der alltäglichen Ebene. Ich meine, du solltest diese übersinnlichen Dinge zugeben, dir eingestehen, daß du sie nicht unter Kontrolle hast, und anfangen, sie in den Griff zu bekommen.«

»Und was soll ich deiner Meinung nach tun?« fuhr Stoner sie wütend an und drehte sich um. »Einen Kursus absolvieren?«

»Hör doch auf.« Gwen nahm ihren Arm und drehte sie zu sich um. »Ich würde mich freuen, wenn du dir von Tante Hermiones Freundin Grace ein paar Tricks zeigen ließest. Zumindest in spiritistischer Selbstverteidigung, denn wenn du diese Fähigkeiten nicht benutzen willst, solltest du wenigstens lernen, dich davor zu schützen.«

Stoner nickte. »Okay, das könnte ich wohl. Das eine oder andere. Mal seh'n.« Das Problem war, sie war sich nicht sicher, was von beidem sie eigentlich wollte. Unabhängig davon, welche Aufmerksamkeit sie in der übersinnlichen Welt erregte, es war beängstigend und ärgerlich – und gleichzeitig war das Leben dadurch unendlich interessanter.

»Danke«, sagte Gwen. »Das ist eine große Erleichterung.«

»Ich wußte nicht, daß du dir Sorgen machst.«

Gwen verdrehte die Augen zum Himmel. »Ich weiß nie, wann du in eine andere Zeit oder einen anderen Raum verschafft wirst. Ich weiß nie, wann Wesen aus einer anderen Welt dich angreifen werden. Jederzeit rechne ich jetzt damit, daß du von einem bösen Geist besessen wirst.«

Stoner mußte lachen. »Erzähl mir nicht, daß du an böse Geister glaubst.«

»Ich glaube an böse Menschen. Wenn sie Geister haben, wette ich, daß sie nicht aus demselben Holz gemacht sind wie Eleanor Roosevelt und Mutter Theresa.«

Und sie würde wetten, daß das, was sich in der Erde unter dem Raumschiff Erde befand, auch nicht das Tor zum Himmel war.

»Ja gut.«

»Und noch was«, fuhr Gwen fort, »bevor du diese übersinnlichen Dinge nicht unter Kontrolle hast, möchte ich nicht, daß du nochmal wegrennst.«

»Das kann ich nicht versprechen. Vielleicht gibt es Dinge, die ich tun muß. Orte, an die ich gehen muß.«

»Dann nimmst du mich mit.«

Stoner schüttelte vehement den Kopf. »Wo ich heute war ... nein, dort kannst du nicht hingehen.«

»Und warum nicht?«

»Es ist zu gefährlich.«

Gwen schloß die Augen und ballte die Hände zu Fäusten. »Du bringst mich noch zum Schreien.«

»Warum?«

»Weil du mich wie ein Kind behandelst.«

»Das stimmt nicht.«

»Doch. Immer willst du mich beschützen.« Ihre Stimme hob sich. »Weißt du, wie erniedrigend das ist, Stoner?«

Stoner sah sich um. Die Leute wurden allmählich aufmerksam. »Bitte, Gwen, du erregst Aufmerksamkeit.«

»Das ist mir egal. Ich errege Aufmerksamkeit, wann ich es will, verdammt.« Sie betrachtete die Menge, die die Bildschirme betrachtete. »Hey«, schrie sie.

Einige Besucher drehten sich um.

Stoner packte sie. »Was glaubst du, was du da tust?«

»Ich werde allen, die mich hören, sagen, was für ein dickköpfiger Oberaufpasser du ...«

»Schon gut«, sagte Stoner, »ich werde nichts tun, ohne dich mitzunehmen. Aber ich glaube, dieser dickköpfige Oberaufpasser trifft auf uns beide zu.« Sie strich zärtlich über Gwens Gesicht. »Es ist nur ... ich glaube, wenn dir etwas passieren würde ... ich könnte ohne dich nicht leben, Gwen.«

»Und glaubst du, ich könnte das?«

»Darüber habe ich wohl nicht nachgedacht.« Sie fühlte ihre Augen feucht werden. »Du bist wie ein Wunder in meinem Leben.«

»Und du bist wie ein Wunder in meinem.« Gwen schaute um sich, um sicherzugehen, daß niemand zusah, dann gab sie ihr einen schnellen Kuß. »Aber ich wette, so was wie ›Ich kann ohne dich nicht leben‹ sagt man heute nicht mehr.«

Stoner grinste. »Das war letztes Jahr. Wer weiß, was jetzt in ist. Das Klonen vielleicht.«

»Laß uns hier abhauen«, sagte Gwen. »Es ist ein wunderschöner Tag, die Sonne ist endlich draußen, und du hast mir immer noch nicht erzählt, wo du warst.«

8

Neben dem Pavillon vom Vereinigten Königreich saßen sie auf einer Bank unter dem Ladenschild vom Magic of Wales und tranken Limonade.

»Was glaubst du, was das war?« fragte Gwen, nachdem Stoner ihr erzählt hatte, was sie unter dem Raumschrift Erde entdeckt hatte.

»Keine Ahnung. Es hätte alles und nichts sein können. Es war dunkel dort unten. Vielleicht habe ich das, was ich sah, nur falsch interpretiert.«

Gwen dachte darüber nach. »Aber du bist dir sicher mit dem Rauch oder Nebel oder was das war.«

»Ja.« Sie schauderte. »Es hat mich berührt. Am Fuß.«

Gwen betrachtete Stoners Turnschuhe. »Scheint keine Spuren hinterlassen zu haben.«

»Nur so ein ekliges Gefühl innen drin. Mir ist jetzt noch ganz kalt in den Knochen.«

Gwen runzelte die Stirn. »Und du hast den Penny fallenlassen und nicht gehört, wie er den Grund berührte?«

»Richtig, aber dafür könnte es viele Erklärungen geben. Zum Beispiel, daß er auf etwas Weichem landete. Oder daß ich es vielleicht nicht gehört habe oder ...«

»Möglich«, sagte Gwen. »Aber wir haben noch keine Erklärung für die zeitliche Verzerrung.«

Stoner zuckte die Schultern. »Darin könnte ich mich auch täuschen. Du weißt, wie die Zeit verfliegt, wenn du dich amüsierst.«

»Haha«, sagte Gwen ohne Humor. Sie sah sich um. »Hier soll es eine Toilette geben. Kommst du mit?«

»Ich warte auf dich.« Die Sonne war warm und weich auf ihrer Haut. Sie wollte sich nicht bewegen.

»Versprichst du mir ehrlich und aufrichtig und ohne Vorbehalt, daß du nicht weggehst?«

»Mir ist nicht nach Weggehen zumute, Gwen. Ehrlich.« Schon gar nicht lange Treppen hinunter durch Türen ins – was auch immer.

»Gut«, sagte Gwen. »Aber wenn ich zurückkomme und du nicht da bist, ist es zwischen uns beiden aus. Das meine ich ernst.«

»Ich meine es auch ernst.«

Sie lutschte an einer Eiskugel und schaute Gwen nach.

Die Sonne war wirklich wunderbar. Es war eine andere Art von Sonne. Nicht die dampfende erstickende Sonne der letzten anderthalb Tage, sondern eine erfrischende leichte Sonne mit sanfter frischer Luft. Die Art von Sonne, die auf einen kühlenden Regen folgt. Fast wie die Sonne im Norden. Sie fühlte, wie sie dem dunklen Ort die drückende Schwüle entzog. Sie hob ihr Gesicht dem Licht entgegen und schloß die Augen. Die Wärme machte sie schwindelig. Sie hatte das Gefühl, als würde sie schweben, und lauschte entspannt den hypnotisch klingenden Schritten auf dem Kopfsteinpflaster.

Allmählich wurde ihr bewußt, daß es still geworden war, als hätte alles – das permanente Geräusch von Schritten, Unterhaltungen und Rufen, vom Knattern der Boote auf der Lagune, vom Hupen der Doppeldeckerbusse – aufgehört. Sie hörte einen Hund bellen, aber es klang, als käme es aus der Ferne. Das Poltern eines hölzernen Wagenrades auf den Steinen. Ein rhythmisches »Klappklapp« wie von Pferdehufen. Und Gänse – es konnten keine Gänse sein, es mußten Flamingos sein, aber es klang jedenfalls wie Gänse.

»*Prynhawn da*«, sagte jemand in der Nähe. »*Sut ryduch chi?*«

Sie öffnete die Augen.

Und fand sich auf einer Bank vor einem unbekannten Gebäude sitzend. Ein flaches Haus aus großen Steinen mit einem Holzschieferdach und zwei kleinen Fenstern zur Straße. Die Fenstersimse waren tief und aus Stein. Es ähnelte den Ladengeschäften auf dem Ausstellungsgelände vom Vereinigten Königreich, aber es fühlte sich alt an. Sehr alt. Sie schaute die Straße hinunter. Ein Fuhrwerk, das von einem kleinen Pony mit großen Hufen gezogen wurde, bewegte sich langsam, aber beständig durch die Stadt und aufs Land hinaus. Hinter dem letzten Gebäude streckten sich endlos fließende, graugrüne Hügel unter dem blassen Himmel aus.

Ich träume, dachte sie. Ich träume.

»*Prynhawn*«, sagte die Stimme wieder.

Stoner drehte sich um und sah zu der Frau auf. Sie war klein, mit breiten Schultern und rosa Wangen. Sie trug ein Kleid aus weichem blauen Material und eine Schürze und schien ungefähr fünfundzwanzig zu sein. Auf dem Schild, das über ihrem Kopf an dem Gebäude hing, stand, daß dieses Haus ein Dafarn sei. Eine Bar vielleicht. Oder ein Restaurant.

»Hi«, sagte Stoner.

»*Mae braf, eh?*« Gestikulierend zeigte sie in den Himmel.

Stoner nickte. Ich träume. Träume in einer fremden Sprache. Ich weiß, daß ich träume, also muß ich sehr real träumen. Reale Träume in einer fremden Sprache. Das muß ich Edith Kesselbaum erzählen.

»*Ydych chi eisiau, tê?*«

»Es tut mir leid. Ich spreche kein … äh … was immer Sie sprechen.«

Die junge Frau lächelte. »*Cymraeg.*«

»Richtig. Kim-rag. Das meine ich.«

»Ich kann englisch sprechen«, sagte die Frau mit einem starken, irgendwie britischen Akzent. »Aber wir sprechen unsere walisische Sprache, wenn wir können. Eine Frage nationalen Stolzes, wissen Sie.«

»Natürlich.«

»Sie sind Amerikanerin, nicht wahr?«

»Ja, aber ich hoffe, Sie werfen mir das nicht vor. Ich habe Reagan nicht gewählt. Oder Bush. Und Frau Thatcher hätte ich auch nicht gewählt, wenn ich in England lebte …«

»Was machen Sie hier?« fragte die Frau freundlich. »Urlaub?«

»Hier?« Sie sah sich um. »Träumen vermutlich. Wo bin ich hier?«

Die junge Frau wirkte etwas verwirrt. »Sie wissen nicht, wo Sie sind?«

»Nun, nicht genau.«

»Das hier ist Twyl. In der Nähe von Llamonddyfri – oder Llandover, wie die Briten es nennen.«

»Ja, das habe ich mir gedacht.« Es mochte ja ein Traum sein, aber allmählich fühlte sie sich ausgesprochen lächerlich. Auf Bänken vor Bars oder Restaurants oder wo auch immer zu sitzen und nicht zu wissen, wie man dorthin gekommen war, war sehr merkwürdig, Traum hin oder her.

»Möchten Sie eine Tasse Tee?«

Warum nicht? Wenn sie schon träumte, konnte sie genausogut bis zur Traumbotschaft weitermachen – die, wie Edith Kesselbaum ihr immer gern versichert hatte, irgendwo in den Traum eingebettet war. Und Traumbotschaften konnten nur unter einem großen persönlichen Risiko ignoriert werden, da das Unbewußte sie weiterhin aussandte – in einer dramatischeren und mehr Aufmerksamkeit erregenden Form, die bis zu preisverdächtigen Alpträumen führen konnte –, bis die Botschaft empfangen wurde.

»Sicher«, sagte sie. »Gern.«

Sie folgte der Frau in das Wirtshaus.

Es war dunkel im Inneren des Gebäudes. Nicht überraschend angesichts der wenigen Fenster und tiefen Simse. Der Fußboden war aus Stein, und die tiefe Decke war grau verfärbt vom jahrzehntelangen Kohlen- und Tabakrauch. Große runde Tische aus dunklem Holz mit gradlehnigen Stühlen drumherum beherrschten den Raum. Ringsherum an der Wand entlang führte eine Bank mit einer hohen Lehne wie ein Kirchenstuhl. Die Bar war die fröhlichste Ecke des Wirtshauses, und sie sah nur durch die Etiketten auf den Schnapsflaschen so bunt aus. Abgesehen von einem älteren Herrn mit kurzem Nacken, dessen von roten Venen durchzogene Nase von zu vielen Jahren mit zu viel Alkohol sprach, war der Raum leer.

Die junge Frau schenkte aus einem Topf, der auf einer alten Elektroplatte warmgehalten wurde, Tee ein. Sie schob ihn über den Tresen. »Hier, Miss.«

Stoner ließ sich auf einem Barhocker nieder und schlang die Beine um die Stuhlsprossen.

Der alte Mann, der über der Bar hing und ein Bier verwaltete, blickte mißmutig zu ihr auf.

Sie beugte sich zu der jungen Frau hinüber. »Habe ich etwas falsch gemacht?«

»Er ist schon sein halbes Leben lang der Stadtalkoholiker. Er wurde bei einem Grubenunglück verletzt. Schade, daß wir nicht alle so gute Ausreden haben.«

»Ja«, sagte Stoner. Sie nahm einen Schluck Tee, der sehr stark Tante Hermiones Earl Grey ähnelte.

»Sie sehen keltisch aus«, sagte die junge Frau.

»Hauptsächlich schottisch. Väterlicherseits.« Sie streckte die Hand aus. »Stoner McTavish.«

Die Frau erwiderte ihren Handschlag. »Eleanor Baddam.«

»Ich habe eine Freundin, die aus Wales kommt. Owens. Gwen Owens.«

Eleanor lachte. »Der Name ist hier so geläufig wie Smith in Ihrem Land.« Sie goß Tee in ein Glas. »Sie wollen sich bestimmt die große Eiche von Myrddin Emrys ansehen, während Sie in Wales sind. In Caerfyrrdin. Nun, es tut mir leid für Sie, aber sie ist nicht mehr da. Es gibt dort nur noch ein Schild. Sie wurde gefällt, um den Verkehr zu erleichtern. Die Legende sagt, daß die Stadt von einem großen Unglück befallen wird, wenn jemand Merlins Eiche zerstört. Und so kam es auch.« Sie beugte sich vor und senkte die Stimme. »Es kamen Bauunternehmer. Mit ihren Plänen und Bulldozern und gelben Bleistiften hinter den Ohren. Die schlimmste Sorte von Unglück, finden Sie nicht auch?«

»Ja«, stimmte Stoner zu. »Das finde ich auch.«

»*Diawled.*«

Stoner hätte darauf gewettet, daß das irgendein Fluch war, und nickte begeistert. »Wo würden Sie hinfahren«, fragte sie, »wenn Sie etwas ... nun, etwas anderes sehen wollten?«

»Auf die Insel Enlli«, antwortete Eleanor, ohne zu zögern. »Ans äußerste Ende von Llyn. Dort haust angeblich Merlins Geist und bewacht die Dreizehn Wertvollen Besonderheiten.«

»Aha.« Dieser Traum schien sich als die vierzehnte wertvolle Besonderheit herauszustellen. Obwohl es sie vielleicht auch nicht überraschen sollte, als Reisekauffrau einen Touristentraum zu haben. »Was sind die Dreizehn Wertvollen Besonderheiten?«

»Lassen Sie mich überlegen.« Eleanor errötete auf charmante Weise ein wenig. »Ich kannte sie einmal auswendig. Dazu gehört der Stuhl von Morgan Mwynfawr und der Korb von Gwyddno ...« Sie runzelte nachdenklich die Stirn. »Und das Messer aus der Hand von Havoc ...«

»Das klingt sehr gut«, sagte Stoner.

»Und ...«

»Stoner McTavish!« Gwens Stimme durchschnitt die stickige Luft. »Ich habe dich gebeten, dort zu bleiben, wo du warst.«

»Das bin ich«, sagte Stoner. »Das hier ist ein Traum.«

Gwen ergriff ihren Arm. »Das hier ist kein Traum, und du treibst mich noch zum Wahnsinn.«

Stoner sah sich um. Das Dafarn war verschwunden. Sie stand in einem kleinen, überfüllten Laden. Teekannenwärmer und Bilderrahmen mit gepreßten, wilden Blumen, Schmuck und Stövchen aus Schiefer säumten die Wände. Eleanor war auch da, doch statt an der Bar zu bedienen, arbeitete sie an der Registrierkasse, und ihr Namensschild wies sie als Anna aus.

Stoner blinzelte. »Ich muß im Schlaf weggegangen sein.«

»Eine überzeugende Geschichte«, sagte Gwen.

»Es sei denn ...« Sie ging zur Kasse. »Entschuldigen Sie.«

Anna schaute von ihrer Kassenlade auf.

»Haben Sie schon mal vom Messer aus der Hand von Havoc gehört?«

Auf dem Gesicht der Frau breitete sich ein strahlendes Lächeln aus. »Von den Dreizehn Wertvollen Besonderheiten? Haben Sie es gesehen?«

»Eigentlich nicht«, sagte Stoner. »Ich habe nur davon gehört.« Als sie sich abwandte, hörte sie sich »Diolch« sagen.

»Pob hwyl«, rief Anna und winkte fröhlich.

»Was war das?« fragte Gwen.

»Ich weiß nicht. Ich bin nicht sicher, ob ich es wissen möchte.« Aber sie wußte, daß sie Angst hatte. Sie begab sich zur Tür. »Ich muß hier raus.«

Edith Kesselbaum ging, Stoners Anweisungen folgend, zu einem Workshop über Organisationen der Gesundheitspflege, wo sie eine scharfe, wortgewaltige Kritik über die Medizin am Fließband und die Psychotherapie im Fertigpaket abgab. Sie bekam lauten Applaus und wurde von der Liste der vom Harvard Gesundheitsdienst anerkannten Therapeuten gestrichen.

Eine Gruppe von Tante Hermiones Freundinnen aus Cassadaga versammelte sich in ihrem Hotelzimmer, um zu meditieren, zu horchen und zu versuchen, ein Licht des Friedens und der Sicherheit um Marylou zu verbreiten. Einige eher christliche Esoterikerinnen beteten auch für die Seele und das Gewissen ihrer Entführer, damit er oder sie zu Jesus fände und sie freiließe.

Tante Hermione erhielt eine Botschaft von einem ihrer helfenden Geister. Die Botschaft lautete »Achte auf die Musik« oder so ähnlich. Da dieser spezielle Geist mit ihr auf der intuitiven Ebene und nonverbal kommunizierte, war sie nicht sicher, ob das die richtigen Worte waren. Aber sie war sicher, daß sie den Kern verstanden hatte.

George fand Stoner und Gwen, als sie ziellos durch Italien wanderten, und erzählte ihnen, daß Stape zu einem anderen Job gerufen worden sei – Vandalen hätten bei »Emma's«, einer hiesigen Bar, das Fenster eingeschlagen, und sie wolle es austauschen, bevor die Jugendlichen vor Ort auf Gedanken kämen. Sie schlug vor, daß sie sich dort vor der offiziellen Öffnungszeit um fünf treffen und ihre Informationen austauschen sollten. Entschuldigung, daß sie in Eile sei, aber das sei jetzt ihre zehnminütige Pause und sie habe nur noch fünf Minuten, um in *Micky's Birthdayland* zurückzukehren, den von ihr ungeliebtesten Bereich in Disneyworld, für den sie aber heute zuständig sei (»Ihr kennt das Leben nicht, ehe ihr nicht einen Tag damit verbracht habt, hysterische Kleinkinder in der Maus-Kamikaze aufzuspüren.«).

Stoner fragte sich kurz, wie sie sie in einer zehnminütigen Kaffeepause so schnell gefunden hatte, aber dann wurde ihr klar, daß sie wahrscheinlich unter Beobachtung standen. Das wiederum brachte sie ins Grübeln, wie sie sich ihre Zeit in der Kugel erklärt hatten. Vielleicht konnte George den Computer befragen. Sie hätte gern gewußt, was das dort gewesen war und wie sie es nannten. Es war bestimmt irgendeine Art Land oder Welt im Rahmen des Gesamtthemas gewesen.

Da sie keinen Zugang zum Computer hatte, nahm sie sich vor, daran zu denken, diese Sache mit George zu bereden.

Es war langweilig, langweilig, LANGWEILIG!

Marylou dachte, sie würde noch ihren Verstand verlieren. Wenn man das unter Abenteuern verstand, wußte sie, warum Stoner deswegen gemischte Gefühle hatte. Die Unterbringung war entsetzlich, das Essen gräßlich und die Gesellschaft ... nun, ersparen wir es uns, darüber überhaupt zu sprechen. Sie war sogar zu der Überzeugung gekommen, daß Leute, die nach Abenteuern suchten, offensichtlich eine Schraube locker hatten. Idioten waren. Nicht alle Tassen im Schrank hatten. Nicht ganz auf der Höhe der Zeit waren. Ein bißchen poco loco in der Coco.

Sie knabberte an einem Riß im Fingernagel – nicht einmal eine anständige Nagelfeile gab es, verdammt nochmal, sie hätte besser ausgestattet herkommen sollen – und versuchte zu entscheiden, was sie tun sollte. Schwierigkeiten zu bereiten, klang nach einem guten Plan, einer Möglichkeit, die Zeit rumzukriegen. Sie war ziemlich stolz auf sich wegen der Sache mit der Menstruation. Das hielt ihn beschäftigt. Marylou lachte laut.

Huch! Paß lieber auf. Du weißt nie, wann Creepy-Peepy wieder angekrabbelt kommt und durch die Tür peept. Er bewegte sich wie eine Katze. Schnell, lautlos, tödlich. Er sähe nicht schlecht aus, wenn er nicht diese doofen T-Shirts und schrecklich ausgebeulten Shorts trüge. Durch das viele Gel im Haar sah er aus, als hätte man ihn in Plastik getaucht, und dieser »Wall-Street«-Look war schon lange nicht mehr in. Klar, er war im Gefängnis gewesen, darum hinkte er wahrscheinlich ein bißchen hinter der Zeit her. Ex-Sträflinge und Ex-Nonnen hatten anscheinend immer Erfahrungslücken.

Wenn man ihn ein wenig schrubbte und zurechtmachte, fände sie ihn vielleicht sogar attraktiv – für einen Psychopathen mit nur durchschnittlicher Intelligenz. Der intelligenzmäßig zwar nicht besonders stimulierend war, aber körperlich ...

Sie schüttelte den Kopf. Nein, er würde wahrscheinlich alle zwei Minuten wissen wollen, wie es für sie sei. Sie kannte diesen Typ. Aus Erfahrung.

Marylou sah sich zum tausendsten Mal in dem kleinen Raum aus Beton um. Zumindest hatte er ihr das Licht angelassen. Dunkelheit wäre unerträglich gewesen. Es gab nichts anderes zu tun als zu schlafen. Und es war unmöglich, drei Tage lang non-stop glücklich vor sich hinzuschlummern, egal wie erschöpft man gewesen war. Waren es drei Tage? Sie glaubte es nicht. Sie hatte zweimal geschlafen, aber einmal hatte sie geschlafen, weil sie betäubt worden war, so daß man das wahrscheinlich nicht als das Ende eines Tages zählen konnte ...

Sie durchstöberte die Essensverpackungen und Reste. Das Frühstück war französisch gewesen, der Imbiß norwegisch, das Mittagessen ... italienisch. Sie wühlte den Abfall durch, hielt vom Essen fleckige Papierfetzen ans Licht und schnupperte. Also, das war wirklich absolut empörend! Schon am ersten Tag ihrer Gefangenschaft waren sie nicht einmal bis zum Abendessen gekommen!

Protest war eindeutig angesagt. Marylou setzte sich im Lotossitz hin und versuchte nachzudenken. Sie begann leise zu summen, was ihre Gedanken normalerweise von äußeren Ablenkungen befreite und alle möglichen interessanten Dinge hervorbrachte.

Die Luft um sie herum schien dicker und etwas kälter zu werden. Sie war versucht, die Augen zu öffnen, ermahnte sich aber zu warten, bis irgend etwas passierte. Sie summte etwas lauter und konzentrierte sich darauf, aufmerksam auf das Echo ihres Summens zu achten, wie es an den Betonmauern abprallte. In einem so kleinen Raum war es sehr subtil, aber dadurch bekam es um so mehr Power. Sie war froh, daß Stoner sie zu diesem Meditationskursus im Frauenzentrum von Cambridge überredet hatte. Oder besser gesagt, überlistet hatte, indem sie es ein Seminar über Streßreduzierung genannt hatte – obwohl sie es nach dieser Erfahrung ernsthaft in Frage stellen wollte, warum jemand überhaupt Streß reduzieren wollte. Solange die Alternative fehlende Stimulation bedeutete.

Ihre Gedanken schweiften ab. Sie senkte die Stimmlage und erhöhte die Lautstärke ihres Summens. Ah, so war es besser.

Wenn sie die Töne veränderte ... M.i.c...k..y...M.a.u...

Gut, wirklich. Jetzt bleib bei einem Ton und verändere die Lautstärke. Toll!

Hmmmmmmmmmmmmmmmmmmmmmmmm.

»Wer bist du?«

Sie riß die Augen auf. »Was?«

Da war niemand.

Aber sie hatte es gehört. Eindeutig hatte sie eine Frauenstimme gehört, die sie gefragt hatte, wer sie sei. »Hallooooooooo«, rief sie.

Nichts als das kurze, winzige Echo kam zurück.

»Hallooooooooooo...oooo.«

Nichts. Na, wenn das keine Scheiße ist. Jetzt fange ich schon an zu halluzinieren.

Stape strich gerade den Fensterkitt glatt, als sie in den Parkplatz einbogen. Emma's war ein eckiger Betonklotz, der so aussah, als wäre er einmal eine Garage gewesen. Es gab ein schmales Aussichtsfenster, das mit noppenverzierten Vorhängen verschlossen war. Die lavendelfarbene Tür war frisch gestrichen. Kein Name war zu sehen, weder am Fenster noch sonstwo. Das Fenster, das Stape repariert hatte, befand sich in der Tür. Sie trat einen Schritt zurück, um ihr Werk zu bewundern. »Was meint ihr?«

»Sehr professionell«, sagte Gwen.

Stoner betrachtete es etwas näher und brummte zustimmend, was für sie das angemessene Verhalten einer Butch unter solchen Umständen war.

Im Eingangsflur befand sich eine mit Notizen überfüllte Pinnwand. Die meisten von ihnen waren rosa oder lila und boten Göttinnenzirkel, Heilungen mit Kristallen, homöopathische Tiermedizin, Polaritätsmassagen, einen Ernteaustausch und Gruppensupervisionen für fast alles und jedes an, Unterricht im Texas-Twostep ...

Emma's war eindeutig der hiesige Lesbentreffpunkt.

Der Raum innen drin war schwach beleuchtet, aber freundlich. Mit Wandgemälden von Frauen aller Rassen beim Spielen, Arbeiten, Picknicken, bei der Liebe ... Kleine Tische mit karierten Tischdecken waren zur Seite geschoben worden. Hinter der winzigen Linoleumtanzfläche befand sich eine Bühne, die gerade groß genug für einen Discjockey mit Anlage oder eine kleine Musikgruppe war.

Stoner hätte wetten können, daß mit dem Namen Emma's die Revolutionärin Emma Goldman gemeint war, die einmal gesagt hatte: »Wenn ich nicht tanzen kann, will ich an deiner Revolution nicht teilnehmen.«

Stape begrüßte mit einem kumpelhaften Handschlag die Barfrau, eine dunkelhäutige Lateinamerikanerin mit strahlenden Augen, die eine Weste mit Paisleymuster und hautenge schwarze Hosen trug, und führte sie an einen Tisch.

Die Barfrau, die Stape mit Rita vorgestellt hatte, kam zu ihnen und sah sie fragend an. Gwen bestellte Kaffee. Stoner entschied sich für Clubsoda mit Limejuice.

»Kommt ihr von außerhalb?« fragte Rita Gwen.

Gwen nickte. »Aus Boston.«

»Wenn du an einer Gruppe teilnehmen willst, da werden welche an der Pinnwand angeboten. Nur für Frauen, keine Männer.«

Gwen dankte ihr.

»Wenn du unsicher bist, kann ich dir jemanden suchen, die dich begleitet.«

»Es geht uns gut«, sagte Gwen. »Ich brauche keine ... keine Gruppe.«

»Oh. Nun ja, ich dachte wegen des Kaffees ...«

»Ich habe nur so aufgehört«, erklärte Gwen. »Wegen meiner Großmutter vermutlich. Sie trinkt ein bißchen zuviel, und das scheint sie intolerant gemacht zu haben für meinen ...« Sie zuckte die Achseln. »Du weißt schon ... meinen Lebensstil.«

»So'n Mist aber auch«, sagte Rita.

»Vielleicht sollte ich die Ursache nicht beim Trinken suchen. Vielleicht wäre sie sonst auch so gewesen.«

»Wahrscheinlich«, murmelte Stoner.

»Nun, ja«, meinte Rita und kehrte an die Bar zurück.

Stape beugte sich zu Gwen hinüber. »Sie flirtet mit dir.«

»Wer?«

»Rita.«

Gwen blickte sie zweifelnd an. »Nennt man das Flirten, wenn man über Alkohol redet?«

»Schließlich hat sie Stoner nicht angeboten, sie zu einer Gruppe zu begleiten, oder?«

»Sie hat mir auch nicht angeboten, mich zu begleiten. Nicht direkt.«

»Sie wollte darauf hinaus.«

Stoner fiel auf, daß Stape sie beobachtete. Erwartungsvoll. Sie überlegte ... Ja, richtig, dies war der Augenblick für sie, um eifersüchtige bedrohliche Bemerkungen von sich zu geben. Sie räusperte sich, versuchte, Zorn heraufzubeschwören – oder zumindest große Besorgnis –, aber es ging nicht. Nicht daß Zorn, Eifersucht und Besorgnis unbekannte Gefühle für sie waren. Mit Agatha, ihrer ersten richtigen Liebe, hatte sie jede Menge davon erlebt. Es hatte sie ausgezehrt und erschöpft. Sie wollte das nicht mit Gwen erleben, diesen Besitzanspruch, der aus Angst entstand und nur zu weiteren Ängsten und letztendlich zur Klaustrophobie und schrecklichen Streitigkeiten führte, zu Gehässigkeiten und ...

Wenn ich so etwas jemals mit Gwen erlebe, beschloß sie, werde ich einfach die Stadt verlassen.

»Wenn du mit ihr in eine Gruppe gehen willst«, sagte sie zu Gwen, »geh nur. Ich kann derweil nach Marylou ...«

»Zu Hause gehe ich auch nicht in Gruppen. Warum sollte ich hier in eine Gruppe gehen?« Gwen streckte die Hand aus und berührte liebevoll ihr Gesicht. »Stoner, ist mit dir alles in Ordnung?«

Das schien Stape zufriedenzustellen. Sie nickte zustimmend – und kaum merklich – und kratzte einen Krümel Fensterkitt von ihrer Jeans.

Rita hatte zwischenzeitlich in großer Eile den Kaffee und die Clubsoda zubereitet und kam zurück. »Okay«, sagte sie, als sie die Drinks abstellte. »Wenn du deine Meinung änderst ...«

»Vergiß es, Rita«, sagte Stape.

Die Frau zuckte die Achseln. »Wer nicht wagt, nicht gewinnt.« Dann schlenderte sie durch die Schwingtüren in die Küche.

»Sie will eigentlich nicht aufdringlich sein«, sagte Stape. »Im Frühjahr hat sie eine häßliche Trennung durchgemacht, und seitdem ist sie ein bißchen ranzig.« Sie nahm einen Schluck Bier. »Zum Teufel, als es mir das letzte Mal passierte, war ich ein Jahr lang betrunken und unerträglich. Machte einen verdammten Narren aus mir selbst, verlor ein paar Freundinnen und baute mit meinem Pick-up einen Totalschaden. Raste mit diesem Miststück direkt gegen einen Baum – es lag am Schnaps und an den Drogen, aber hauptsächlich war es wohl Selbstzerstörung. Sie konnten nicht einmal mehr die Stereoanlage retten. Die einzigen, die diesen Unfall überlebt haben, waren ich und eine Lucie Blue Kassette, und ich war besser in Schuß als die Kassette.«

»Das tut mir leid«, sagte Gwen. »Mit dir, nicht mit der Kassette.«

»Das ist lange her«, sagte Stape und leerte ihr Bier in einem Zug. »Die Liebe ist die Hölle.«

»Das stimmt«, pflichtete Stoner ihr bei. »Ich hoffe, deine Situation ist jetzt besser.«

»George ist großartig. Es sei denn, sie versucht, mich mit dieser Mikrowelle umzubringen. Oh Mann, was ich dieses Ding hasse.«

»Vielleicht solltest du es ihr sagen«, schlug Stoner vor.

»Oh nein, sie hält sie für die größte Erfindung nach den TV-Dinners. Ich kann es nicht tun.«

Stoner grinste. »Das muß wohl Liebe sein.«

»Yeah«, meinte Stape und erwiderte ihr Grinsen. »Ich bin vernarrt in dieses Weibsbild. Es ist eine bemitleidenswerte Situation.«

Das Weibsbild in Frage kam gerade zur Tür herein. Ein Schwall Abendsonne folgte ihr. Sie kam zum Tisch geschlendert und griff nach Stapes Bier. »Das wievielte ist es?«

»Das erste«, sagte Stape ein wenig schüchtern.

George sah Gwen und Stoner an. »Stimmt das?«

»Soviel ich weiß«, sagte Gwen.

»Okay«, sagte George und ließ sich niederplumpsen. Sie beugte sich vor und raufte Stape im Haar. »Um dich mache ich mir keine Gedanken, Rauhbein. Aber wir haben nur noch drei Raten für diesen Wagen zu zahlen.«

Stape wurde rot wie die Kamelien auf dem Wandgemälde.

»Ich fürchte, ich habe nicht viel für euch«, sagte George, als sie in ihrer Tasche wühlte und das Notizbuch hervorzog. »Das letzte Mal hat jemand eure Freundin gestern am frühen Nachmittag gesehen, als sie EPCOT verließ.«

»Sie verließ EPCOT?« fragte Gwen. »Auf der Monorail?«

»Sie ging über den Parkplatz.«

»Wir hatten kein Auto mit«, sagte Stoner.

»Sie hat auch keins geklaut, sonst hätte ich es erfahren.«

Stoner überlegte angestrengt. »Wenn man dort einfach weitergeht, wo kommt man dann hin?«

»So gut wie überall hin«, sagte George. »Es gibt eine Menge Land ringsherum, und das meiste ist nicht bebaut.«

»Vielleicht wollte sie nur zurück ins Contemporary?«

»Da wäre es sinnvoller gewesen, die Monorail zu nehmen«, meinte Stape.

»Aber sie hat Angst vor der Monorail.«

»Nun, wenn man am Parkplatz rechts abbiegt«, überlegte George, »kommt man irgendwann beim Contemporary an.«

»Nach einem Monat ungefähr«, fügte Stape hinzu.

»Vorausgesetzt, sie ist am World Drive nicht nach rechts in den Vista Boulevard eingebogen.«

»Wo wäre sie dann angekommen?« fragte Stoner.

»In *River Country*, *Fort Wilderness* oder *World Village*.«

»Im Interesse von Marylous Gesundheit«, sagte Gwen, »laßt uns beten, daß sie nach *World Village* gegangen ist.«

»Marylou fühlt sich in der Wildnis nicht besonders wohl«, erklärte Stoner.

Gwen lachte. »Marylou ist noch nie in der Wildnis gewesen. Sie würde wahrscheinlich von einem Bären aufgefressen werden.«

»Vielen Dank, Gwen. Jetzt muß ich mir auch noch Sorgen machen, ob Marylou von einem Bären aufgefressen wurde.«

»Nicht in Disneyworld«, sagte George. »Dort gibt es keine echten Bären. Dort gibt es überhaupt nichts Echtes.«

»Außer den Vögeln«, korrigierte Stape.

»Und den Ponys«, fügte Stoner hinzu.

George drehte sich zu ihr um. »Ponys?«

»Beim Pavillon im Vereinigten Königreich ...« Sie hielt inne. Dort gab es keine Ponys. Es waren Traumponys gewesen. Oder? Sie lächelte verlegen. »Entschuldige. Habe das mit was anderem verwechselt.«

»Wahrscheinlich mit dem Grand Canyon«, meinte Gwen.

Stoner gab ihr einen Fußtritt unter dem Tisch.

»Sie hätte am Ende des Parkplatzes natürlich auch nach links abbiegen können«, fuhr George fort. »Dann wäre sie zum Dolphin oder zum Swan gekommen – das sind unsere Luxushotels.«

»Das könnte sein«, sagte Gwen. »Überprüf mal die Restaurants.«

George schüttelte den Kopf. »Tut mir leid. Das haben wir bereits. Kein Glück. Und bei den Disney-MGM-Studios hat sie auch nicht haltgemacht.«

»Vielleicht habt ihr sie übersehen«, sagte Stoner.

»Unsere Leute sind sehr aufmerksam und ziemlich gründlich. Und nehmt es mir nicht übel, wenn ich es sage, aber eure Freundin ist kaum zu übersehen.«

»Das wurde bereits erwähnt«, murmelte Stoner.

George warf ihr Notizbuch auf den Tisch. »Ich fürchte, wir müssen davon ausgehen, daß sie sich irgendwo außerhalb von Disneyworld befindet oder irgendwo innerhalb von Disneyworld, und wir können sie nicht finden.«

»Was ist mit den Tunneln?« fragte Stoner.

»Es ist möglich, daß sie dort hineingegangen ist und niemand sie gesehen hat«, sagte George und griff nach ihrem Notizbuch. »Ich werde es überprüfen lassen. Obwohl es sehr unwahrscheinlich ist, daß sie in der Richtung, in der sie zuletzt gesehen wurde, einen Eingang gefunden hat. Außerdem ist da unten – durch die Wäscherei und Reparaturabteilung – eigentlich ziemlich viel los, wie in einer richtigen Stadt.« Sie setzte einen hoffnungsvollen Blick auf. »Aber es ist einen Versuch wert. Auf jeden Fall.«

Stoner trank einen Schluck Clubsoda und überlegte, wie sie ihre nächste Frage stellen könnte, ohne sich selbst zu belasten. Sie entschied sich für den indirekten Weg. »Wie groß ist Disneyworld?«

»Ungefähr siebenundvierzig Quadratmeilen. Um genau zu sein, 27400 Hektar«, antwortete George. »Natürlich ist nicht alles bebaut. Früher gab es hier Wald – Palmettopalmen und Kiefern, die ihr auf dem Weg hierher gesehen habt – und etwas Sumpfland.«

»Wohnte hier vorher irgend jemand?«

»Soviel ich weiß nicht. In manchen verwilderten Gebieten hier draußen lebten natürlich schon immer irgendwelche Wasserratten. Ganze Familien, die noch von den ersten Siedlern oder Indianerstämmen abstammen, leben seit Generationen schon, weiß Gott wie, dort draußen mit den Mokassinschlangen und Alligatoren und vermehren sich untereinander. Niemand weiß von ihnen, bis das Land verkauft und bebaut wird oder bis sie durch eine Flut oder einen Hurrikan dort herausgetrieben werden.«

»Fand man hier Menschen, als mit dem Bau begonnen wurde?«

George zuckte die Achseln.

»Soviel ich weiß nicht, aber das ist schon eine Weile her – Disneyworld wurde 1971 eröffnet.«

»Ich vermute, daß es während der Bauzeit Tunnel und ähnliches gegeben hat, die später stillgelegt wurden. Weißt du – Löcher und Schächte und so was, wo man sich nicht einmal die Mühe gemacht hat, sie zuzuschütten.«

»Vielleicht«, sagte George. »Aber es wurde nie erwähnt, und ich denke, sie würden es uns sagen. Kinder könnten sie entdecken und sich darin verlaufen. Glaubst du, das könnte eurer Freundin passiert sein?«

»Ich erwäge einfach alle Möglichkeiten«, sagte Stoner. Wie um alles auf der Welt sollte sie die Sache mit dem Raumschiff Erde zur Sprache bringen, ohne zuzugeben, daß sie sich gesetzwidrig verhalten hatte, indem sie irgendwohin gegangen war, wo sie nicht hätte hingehen dürfen?

Sie sah Gwen an, und ihre Augen signalisierten: »Hilf mir.«

»Was ist unter der Kugel?« fragte Gwen abrupt.

»Nichts als Luft«, antwortete George. »Sie ist nicht mit der Erde verbunden.«

»Bist du dir sicher?«

»Bestimmt.« George sah von Gwen zu Stoner und zurück. »Warum? Habt ihr irgendeinen Verdacht?«

Gwen setzte ein unschuldiges Gesicht auf. »Ich war nur neugierig.«

»Das glaube ich nicht«, sagte George. »Was beschäftigt euch?«

»Erzähl es ihr lieber«, forderte Gwen Stoner auf.

Sie holte tief Luft. »Okay. Wir waren auf dieser Rundfahrt, und als wir anhielten, sah ich diese Ausgangsschilder und ging durch die Tür und eine Treppe hinunter und ...«

»Und kamst nach draußen, richtig?«

»Nein, ich kam in eine Art Keller oder so was. Es war dunkel. Ich konnte nichts sehen ...«

George schüttelte den Kopf. »Ich bin diese Treppe ein dutzendmal rauf- und runtergelaufen. Sie führt nach draußen.«

Stoner kam sich ganz krank vor. Okay, laß es sein. Du bist wieder eingeschlafen, richtig? Hast dich geirrt, richtig? Gingst eindeutig irgendwohin, wo noch nie jemand hingegangen ist, richtig? Hattest mal wieder eine dieser »Nur-für-dich, Stoner McTavish«-Erfahrungen, nicht wahr?

George sah sie aufmerksam an. »Stoner, was hast du gesehen?«

»Nichts«, sagte sie schnell. »Ich muß verwirrt gewesen sein, zuviel Phantasie, weißt du.«

»Da war etwas. Komm schon.«

»Ich ging die Treppe hinunter«, sagte sie zögernd, »und ich weiß, daß ich an der Tür nach draußen vorbeiging, aber die Treppe ging weiter und ich auch und am Ende war eine ... nun, eine Tür ...«

»Und?«

»Und ich öffnete sie, aber da schien ... da schien nichts zu sein ... auf der anderen Seite.«

Stape starrte sie mit offenem Mund an.

»Bist du hindurchgegangen?« fragte George.

»Nein. Es war ... dunkel.« Sie faltete die Hände auf dem Tisch. Sie wäre bescheuert, wenn sie ihnen von dem Nebel und dem bodenlosen Loch erzählte. »Das ist alles.«

»Siehst du«, sagte Stape ein wenig selbstgefällig.

»Nein, Stape, sag nicht, siehst du. Das hier ist nicht unbedingt dasselbe.«

Stoner schaute von einer zur anderen. »Was meint ihr damit?«

»Ein Freund von Stape hatte dort Elektroarbeiten ausgeführt ...«

»Er ist kein Freund«, unterbrach sie Stape.

»Also ein Kollege von Stape. Und er behauptete, er sei unter der Erde gewesen, genauso wie du. Nur sah er ...«

»Was?«

George schüttelte den Kopf. »Das war Blödsinn.«

»Was war es?« beharrte Stoner.

George sah Stape an und rollte mit den Augen, als wollte sie sagen: Die ganze Welt ist voller Idioten, und ich allein bin bei Verstand. »Er behauptet, er habe ein Loch gesehen – sagte, hinter der Tür wäre ein einziges, großes Loch gewesen –, und aus dem Loch seien Wolken oder so etwas gequollen.«

Stoner bemerkte, daß ihre Hände zitterten und verbarg sie in ihrem Schoß. »Sonst noch was?«

»Er sagte, er habe einen Phasenprüfer in das Loch fallen lassen und der habe …«

»Nie den Grund erreicht«, beendete Stoner ihren Satz.

George starrte sie an. »Ist dir das auch passiert?«

»So was ähnliches. Bei mir war es ein Penny.«

Stape gab Rita das Zeichen für eine neue Runde. George schüttelte warnend den Kopf, protestierte aber nicht laut.

»Hat er noch etwas gesagt?«

»Nee«, sagte Stape. »Wir sind natürlich losgegangen, um uns das anzusehen. Aber da war nichts. Keine Treppe hinter dem Ausgang. Keine Tür. Keine Wolken. Nichts. Nicht einmal das große Nichts, das seiner Meinung nach dort sein sollte.«

Stoner machte Anstalten, sich zu erheben. »Ich muß mit diesem Kerl sprechen.«

George hielt sie zurück. »Vergiß es. Er ist weg.«

»Weg?«

»Er hat den Staat verlassen. Meinte, das Leben sei durch die Rezession schon schwer genug geworden. Er brauche keine Hexerei, die sein Leben zusätzlich kompliziere.«

»Hat er das etwa geglaubt?« fragte Gwen. »Daß es Hexerei ist?«

»Irgend so was.«

Gwen grinste. »Wenn wir es hier mit Hexerei zu tun haben – kein Problem. Damit wird Tante Hermione fertig.«

»Oder eine ihrer Freundinnen aus Cassadaga«, pflichtete Stoner ihr bei.

Stape und George tauschten Blicke aus.

Oh Mann, dachte Stoner. Das ist das Ende dessen, was eine schöne Freundschaft hätte werden können.

»Ihr Yankees seid alle ein bißchen merkwürdig, nicht wahr?« fragte George.

Stoner nickte heftig. »Irgendwie schon.«

George tätschelte mitfühlend Gwens Hand. »Muß manchmal anstrengend sein.«

»Ich bin es gewohnt«, meinte Gwen zurückhaltend.

»Hör mal«, wandte Stoner ein, »sie ist genauso merkwürdig wie ich.«

»Nun«, gab Gwen zu, »fast.«

»Ich meine, vielleicht passieren mir seltsame Dinge, aber zumindest glaube ich nicht daran. Du schon.«

»Was der Grund dafür ist, Stoner, meine Süße, warum mir nie etwas passiert.«

Im Hintergrund wurde die Bühne für das Abendprogramm aufgebaut. Vernehmliches Poltern und Ächzen, als die Verstärker auf die Bühne gehievt wurden. Gaffertape wurde abgerissen. Jemand pustete in das Mikro, fand offenbar an dem Ton Gefallen und verbrachte ein paar Minuten damit, hineinzugrollen, zu huuaaaaen und uff-uff-uff zu keuchen.

Stoner blickte auf.

Eine blonde Frau undefinierbaren Alters stimmte eine Akustikgitarre. Aber nicht irgendeine Akustikgitarre. Diese Gitarre war schneeweiß und glänzte wie ein Spiegel. Und darauf stand »Patzi« in silbernen Pailletten, in denen sich das Licht spiegelte und wie Konfetti in jeden Winkel des Raumes gestreut wurde.

»Hübsche Gitarre«, bemerkte Stoner.

»Das ist Patzi«, erklärte Stape. »Die ist cool.«

»Aber merkwürdig«, fügte George hinzu. »Ist ja auch ein Yankee.«

Die Frau kam in Bewegung, klopfte mit der Spitze ihrer schneeweißen Cowboystiefel auf den Boden, dann mit dem Absatz und machte schließlich ihre eigene Trommelmusik. Sie führte einen kleinen Tanz auf, wobei sie sich auf der Gitarre begleitete. Die Fransen an Bluse und Rock wirbelten wild.

Sie war wirklich cool. Und irgendwie kam sie ihr bekannt vor.

Patzi spielte ein paar Akkorde durch, dann warf sie den Kopf zurück und sang. Ein paar Takte von Loretta Lynn, durchsetzt von etwas Brenda Lee und ein bißchen Tammy Wynette, um dann alles mit einigen frühen Songs von Dolly Parton herunterzuspülen.

Ihre Stimme kam ihr auch bekannt vor.

»Ist sie nicht großartig?« fragte Stape ganz hingerissen. »Ihr Programm ist zwar nicht gerade auf dem neuesten Stand, aber was für eine Stimme.«

Stoner mußte zugeben, daß es in der Tat eine ungewöhnliche Stimme war. Tief, wollüstig, erfahren, intim. Sie ließ einen unwillkürlich ans Schlafzimmer denken.

Sie hatte sie mit Sicherheit schon einmal gehört.

Sie drehte sich auf ihrem Stuhl um, um besser sehen zu können.

Patzi stieß einen Schrei aus. »Stoner McTavish! Das ist ja nicht zu fassen, daß wir uns wiedersehen!«

Stoner konnte es selbst kaum glauben. »Ione?«

Die Frau legte die Gitarre ab und kam hüftewackelnd an den Tisch. »Nenn mich Patzi, Süße. Die andere Frau gibt es schon lange nicht mehr.« Sie schlang die Arme um Stoner, der fast die Luft wegblieb. »Es ist verdammt schön, dich zu sehen. Hallo, Gwen!«

Stape und George blickten völlig befremdet drein.

»Wir kennen uns schon ewig«, erklärte Patzi. »Wir waren in derselben Nervenheilanstalt.«

»Das ist schön«, erwiderte George mit unendlicher Höflichkeit.

Patzi wedelte abwehrend mit der Hand. »Nicht wie du denkst. Stoner hat dort verdeckt nach einer vermißten Krankenschwester ermittelt, und ich war da, weil mein Mann, dieser Taugenichts, mich dort hineingesteckt hatte.«

Gwen streckte den Arm aus und zog für Patzi einen Stuhl an den Tisch. »Wie um alles auf der Welt kommst du hierher? In dieser Aufmachung?«

»Ich wollte schon immer eine Country-und-Western-Sängerin werden, weißt du noch, Stoner?«

Stoner nickte.

»Als das alte Shady Acres dann den Bach runterging, dachte ich mir, was soll's, das Leben ist verdammt kurz. Du könntest es wenigstens mal versuchen.«

»Das ist wirklich toll, Ione ... äh, Patzi.« Sie überlegte, wie sie die nächste Frage formulieren sollte. »Spielst du viel in ... äh, Frauenbars?«

»Du meinst, ob ich eine von euch geworden bin?« Ione/Patzi lockerte ihr Haar ein wenig auf. »Ja, Süße, das bin ich. Diese jungen Lesben lieben ältere Frauen. Mein Terminkalender ist immer voll.«

»Ich kann es nicht glauben«, sagte Gwen nachdenklich. »Als ich dich damals kennenlernte, warst du so, ich weiß nicht, so ...«

»Mausgrau«, beendete die Sängerin ihren Satz. »Das stimmt wirklich. Es ist erstaunlich, was eine Scheidung bewirken kann.« Sie trällerte ein paar Noten.

Stape starrte sie immer noch mit vor Ehrfurcht herunterhängendem Kiefer an. »Da kann man ja nur sagen, daß das eine höllische Nervenheilanstalt gewesen sein muß.«

»In der Tat, Süße. Dort hat es gespukt.«

»Hast du es auch gesehen?« fragte Stoner.

»Ich habe gesehen, wie es vor unseren Augen zersplittert ist. Und am nächsten Tag war alles wieder ganz. Glaubst du, es lag an den Medikamenten?«

»Ich weiß nicht«, meinte Stoner. »Kanntest du wirklich alle Texte von den Liedern, die Doris Day aufgenommen hat?«

»Ich hatte nachgesehen. Wahrscheinlich hätte ich es auch sein lassen können, da sich mein Leben sowieso wieder eingerenkt hat. Aber damals wußte ich, daß mich das immer nachdenklich machen würde. Übrigens«, sagte Patzi und gab Stoner einen kleinen Puff in die Rippen, »du errätst nie, wen ich getroffen habe. Neulich nachts? Als ich drüben in Disneyworld einen kurzen Auftritt hatte? Mit der Hoop-de-Doo-Revue? Ich wurde gerade so richtig warm mit dem Publikum, ich meine, wir waren echt am Rocken und Roll'n, Schätzchen, und als ich aufblicke, wen sehe ich da fast ganz hinten, keine andere als Millicent Tunes.«

Stoner fühlte, wie ihr Blut erstarrte.

»Ist sie nicht im Knast?« fragte Gwen und drehte sich zu George und Stape um. »Millicent leitete die Anstalt, in der Ione und Stoner waren. Sie benutzte sie, um Verbrecher aus dem Land rauszuschmuggeln. Stoner hat ihre Tarnung auffliegen lassen.«

»Sie war's vielleicht«, sagte Patzi, »aber jetzt ist sie draußen. Lebensgroß und zweimal so häßlich.«

Plötzlich ergaben viele Dinge Sinn, und Stoner gefiel dieser Sinn überhaupt nicht.

»Hey«, rief Patzi, »ich muß noch etwas üben, bevor meine Fans kommen. Wir treffen uns später, okay?«

»Sicher«, sagte Stoner. Millicent Tunes. Verdammt.

Patzi hüpfte zurück auf die Bühne und fing an, ihrer Gitarre die Hölle heiß zu machen.

»Soso«, meinte Gwen. »Denkst du dasselbe wie ich?«

Stoner nickte langsam. »Jetzt wissen wir, was Marylou passiert ist und warum.«

»Aber sie kennt Marylou, und von der Nachricht bekam man den Eindruck, sie glaube, daß sie mich entführt habe.«

»Ja.« Sie spürte, wie die kalte Angst aus ihrem Blut an die Hautoberfläche trat. Wenn sie sich nicht bald bewegte, würde sie es nie mehr schaffen. »Sie hat jemanden mit der Entführung beauftragt. Aber wenn sie feststellt ...« Sie stand auf. »Wir müssen sie finden, Gwen. Bevor Millicent sie sieht.«

9

Marylou kannte sich selbst ziemlich gut, und darum hatte sie schon immer gewußt, wann sie sich dem Rand des Wahnsinns näherte. Dieser Rand, das spürte sie, war jeden Augenblick erreicht. Sie wußte allerdings nicht genau, was passieren würde, wenn sie ihn überschritt.

Dies schien ein wirklich schlechter Augenblick zu sein, es zu erfahren.

Sie war durchaus in der Lage, irgend etwas zu tun, das sie das Leben kosten würde, nur um der Monotonie ein Ende zu bereiten. Sie konnte es nicht ertragen, sich zu langweilen. Das war genauso schlimm wie dunkle Orte, schreckliches Essen, kein Schlaf, keine intelligente Unterhaltung und eine Reihe anderer Entsetzlichkeiten, die der gegenwärtigen Situation innewohnten.

Was sie wirklich tun sollte, aber zunehmend schwieriger fand, war, die Kontrolle über sich selbst zu bewahren, bis jemand kam, um sie zu retten.

Falls jemand käme, um sie zu retten.

Sie schüttelte sich. Nein, das darfst du nicht denken. Stoner wird kommen. Sie wird bestimmt kommen. Siehst du, wie leicht es ist, negativ zu denken?

Marylou zerknüllte etwas Lebensmittelpapier in ihrer Hand, nur um ein Geräusch zu hören. Aber was war, wenn sie nicht käme?

Seitdem sie darüber nachdachte, setzte sich diese Idee in ihrem Kopf fest und wollte nicht wieder gehen. Was wäre, wenn Stoner nicht käme? Was wäre, wenn niemand käme? Was wäre, wenn sich niemand auch nur einen Dreck um sie scherte?

Vielleicht war sie ihr ganzes Leben lang zu zügellos gewesen – zu egoistisch, zu unsensibel, zu seltsam, zu lächerlich, auf zu massive Weise Marylou. Vielleicht hatte sie es anderen unmöglich gemacht, ihre Freundin zu sein, sie richtig zu lieben.

Marylou spürte Tränen in ihre Augen steigen. Es tat ihr leid. Leid um jede besserwisserische Bemerkung, die sie je gemacht hatte, jeden neckenden Kommentar. Leid um jede Beschwerde. Leid um ihr geheimes Pistazienlager, das sie hinter ihrem Schreibtisch versteckt hielt, um es nicht mit Stoner teilen zu müssen.

Zum Teufel nochmal, dabei mochte Stoner nicht einmal Pistazien. Hatte sie nie gemocht.

Sie wurde allmählich wirklich unruhig.

UNRUHE stand ganz groß auf ihr geschrieben.

Sie mußte sich auf etwas Konstruktives konzentrieren. Wie man hier herauskam, zum Beispiel. Oder wie man am Leben und bei Verstand blieb.

Nun, vielleicht nicht ganz bei Verstand. Niemand konnte so etwas durchmachen, was sie durchgemacht hatte, und völlig bei Verstand bleiben. Oder?

Vielleicht sollte sie mit David etwas mehr spielen. Ihn manipulieren. Ganz einfach. Er war vielleicht ein toller Entführer, aber Männer an sich waren ihr Spezialgebiet.

Es gab etwas, was Marylou Kesselbaum wirklich gut beherrschte, nämlich einen Mann zu etwas zu veranlassen, was er eigentlich nicht tun wollte.

Marylou seufzte. Sie hätte sich beinahe eine Flugreise gewünscht, um der Monotonie zu entkommen.

Der Flug. Da war es passiert! Sie hatte so einen Aufstand gemacht, daß sie sich alle zum Feind gemacht hatte, und jetzt würde nie wieder jemand kommen und sie befreien. Stoner würde irgendeinen schrägen schmierigen Anwalt engagieren, der sie für tot erklärte, und ihren Geschäftsanteil und das gesamte Versicherungsgeld an sich nehmen. Dann würde sie es mit Gwen und Tante Hermione und Edith teilen, und sie würden alle um die Welt segeln, saufen und jubeln und sich gratulieren, daß sie sie endlich losgeworden wären.

Die Keine-Marylou-Mehr-Partykreuzfahrt.

Schon jetzt feierten sie wahrscheinlich. Froh, endlich allein zu sein, auf Rundfahrten gehen zu können, sich besser zu amüsieren.

Nun, wenn die Leute sie nicht mochten, wie sie war, dann konnten sie ihr ...

Es war ihre eigene Schuld, wenn die Leute ihr nicht nahestanden. Sie hatte anderen Menschen noch nie sagen können, wie sie wirklich fühlte. Wenn Menschen nicht wissen, wie du fühlst, wissen sie nicht, wer du bist. Wenn sie nicht wissen, wer du bist, können sie dich auch nicht mögen. Schlicht und einfach. Wer nichts gab, bekam nichts. Daran war nur sie selbst schuld.

Sie wußte nicht, warum sie so war. Sie konnte es nicht ändern. Sie war über dreißig. Nach dem dreißigsten Lebensjahr konnte man sein Wesen nicht grundlegend ändern, das war eine wissenschaftliche Tatsache.

Selbst ihre Mutter mochte sie wahrscheinlich nicht besonders. Wie denn auch? Wie sollte man jemanden mögen, die man nicht kannte?

Verdammt, sie hatte versucht, sich zu ändern. Ihr ganzes Leben lang hatte sie versucht, sich zu ändern. Sie wollte kein neurotischer Spaßverderber sein. Aber sie schaffte es einfach nicht. Schaffte den Übergang nicht. Bekam es nicht auf die Reihe. Schaffte es einfach nicht, das zu tun, was dazu notwendig war.

Und wahrscheinlich würde sie es nie schaffen. Wahrscheinlich würde sie nie richtige Freundinnen haben.

Sie wußte verdammt gut, daß Stoner nur nett zu ihr war, weil sie ein gemeinsames Geschäft hatten. Nicht im manipulativen Sinn, das würde Stoner nicht tun. Aber um eine angenehme Situation zu schaffen. Um ein freundliches Arbeitsklima zu erhalten.

Das war es, was sie war, ein Arbeitsklima.

Ein kleiner Schluchzer raubte ihr den Atem.

Nun, das war absolut albern. Stoner sollte sie endlich bald finden, bevor sie noch völlig ausrastete. Stoner sollte endlich bald diesen langsam arbeitenden, methodischen, zwanghaften gründlichen Steinbock-Verstand in die Gänge bekommen und MICH HIER RAUSHOLEN.

Das Problem war, Stoner wußte nicht, daß Langeweile sie verrückt machte. Stoner glaubte wahrscheinlich, sie hätte unendlich viel Zeit und trödelte aus Vorsicht lieber herum.

Stoner würde in dieser Situation nicht verrückt werden. Sie würde sich einfach hinsetzen und über die ganze verdammte Sache haarklein nachdenken. Sich dann für die beste Maßnahme entscheiden. Sie eine Nacht überschlafen. Sie am nächsten Tag noch einmal überdenken. Sie ein letztes Mal gedanklich durchspielen, um sie auf eventuelle Fehler zu überprüfen ...

Marylou schwor, daß sie Stoner McTavish umbringen würde, wenn sie hier jemals lebend rauskäme. Daß sie der Welt einen Gefallen tun würde. Daß sie sie ausradieren würde, diese verdammte, zwanghafte, langatmige, irritierende ...

Angst und Einsamkeit überwältigten sie. Sie begann zu weinen.

»Denkst du, was ich gerade denke?« fragte Gwen, als sie von der Bundesstraße 192 auf den World Drive abbogen.

»Wahrscheinlich«, sagte Stoner. Ihr Blick schweifte über den Rasen und die Büsche, an denen sie vorbeifuhren. Es wurde dunkel, zu dunkel eigentlich, um etwas zu sehen – aber nur für den Fall ... »Das wäre der schlimmste Fall.«

»Sie will Rache.« Gwen betrachtete prüfend die Büsche und den Rasen auf ihrer Seite des Wagens.

Was war das? Stoner starrte in das erlöschende Zwielicht. »Schlimmer noch. Marylou war bei der Verhaftung dabei. Darum hat sie genügend Gründe, ihr den Tod zu wünschen, und keinen Grund, sie am Leben zu halten.« Nein, das war nicht Marylou, sondern nur ein phantasievoll zurechtgeschnittener Baum.

»Und sobald sie feststellt, daß es Marylou ist, die sie hat ...« Langsam geriet der Wagen über die Mittellinie. Gwen riß ihn zurück auf die rechte Spur.

Stoner dankte Gott, daß hier zu dieser Zeit nicht viel Verkehr herrschte. Es war zu spät zum Weggehen für die Nachmittagsbesucher und zu früh, um zum Abendessen und zu den *IllumiNations* auszugehen. »Sie wird sie wegwerfen wie ein gebrauchtes Taschentuch.«

»Wahrscheinlich würde sie sich nicht einmal für einen Austausch interessieren.«

Stoner blickte sie an. »Einen Austausch?«

»Mich gegen sie.«

Sie konnte es nicht glauben. Eine nach der anderen, alle Menschen, die ihr etwas bedeuteten, verschwanden oder drehten durch. Sie fragte sich, was sie bei ihrer Rückkehr ins Contemporary erwartete.

Tante Hermione irrte wahrscheinlich nackt durch die Korridore und riß sich das Haar aus. Edith Kesselbaum versuchte, Geister zu beschwören, indem sie Ericksons Entwicklungsstufen mit allen Unterteilungen zitierte. »An dieser Idee kann ich nichts Positives feststellen«, sagte sie.

»Doch, eine Sache wäre sicher. Ich weiß, was ich in der Situation tun würde, aber wer weiß, was Marylou anstellt.«

Stoner mochte nicht einmal darüber nachdenken. »Was würdest du denn tun?«

»Ich weiß nicht, aber wenn ich es täte, wüßte ich es.«

Sie überquerten den Auto Plaza vom Magischen Königreich. Erreichten den Vista Boulevard, der nach *World Village*, *River Country* und *Fort Wilderness* führte. Vielleicht sollten sie …

Nein, wo immer Marylou auch war, sie würden sie bestimmt nicht sehen. Sie würde nicht draußen herumwandern, es sei denn, man ließe sie frei. Selbst dann würde sie nicht herumwandern. Sie würde schnurstracks zum nächsten Telefon rennen.

»Weißt du, was wir tun sollten?« sagte Gwen.

»Nein, was?«

»Tunes verfolgen.«

Ja, das ergab Sinn. Wenn Tunes mit den Leuten vom Psychiatriekongreß rumhing, hatte Edith Kesselbaum sie vielleicht bei einer Versammlung gesehen. Vielleicht konnte sie sogar herausfinden, wo sie wohnte. Vielleicht konnte eine von ihnen sie verfolgen.

Aber wer?

Edith Kesselbaum? Nein, sie war viel zu unsicher. Und es war wichtig, daß sie sich normal benahm. Denn Marylous Leben hing im Augenblick davon ab, daß Millicent Tunes nicht herausfand, wen sie entführt hatte – dabei stellte sich die Frage, warum Edith sie noch nicht gesehen hatte, wenn Millicent Tunes auf dem Psychiatriekongreß rumhing? Edith wußte, wie die Frau aussah. Edith hatte geholfen, sie zu verhaften.

Vielleicht hatte Tunes ihr Äußeres verändert? Nein, Ione/Patzi hatte sie erkannt.

Aber das war bei der Hoop-Dee-Doo-Revue gewesen. Nicht gerade ein Ort, wo Edith Kesselbaum verkehrte. Und sie wußte nicht genau, wann das gewesen war. Vielleicht, bevor sie alle nach Disneyworld kamen.

Tunes hatte das ganz bestimmt von dem Augenblick an geplant, als sie Edith Kesselbaums Namen auf der Kongreßteilnehmerliste entdeckt hatte. Durch ein paar Fragen erfuhr sie, daß sie alle nach Orlando kämen, und ging los, um den Entführer …

»Oh, Scheiße«, sagte sie, als ihr etwas noch viel Unheimlicheres einfiel.

»Was?«

»Ich glaube, wir sind in eine Falle gegangen.«

Gwen sah sie an. »Eine Falle?«

»Ja, wie sind wir auf die Idee gekommen, diese Reise zu machen? Edith wollte zu diesem Kongreß fahren. Ungefähr eine Woche nach ihrer Anmeldung bekamen Marylou und ich einen Anruf vom Disneyworld Reiseservice, bei dem uns diese wirklich preiswerten Zimmer im Contemporary angeboten wurden. Die einzige Bedingung war, daß wir in dieser Woche kommen müßten, in der natürlich der Kongreß stattfand, nur habe ich das gar nicht miteinander in Verbindung gebracht …«

»Das ist nicht deine Schuld«, sagte Gwen.

Stoner rieb sich das Gesicht mit den Handrücken. »Weißt du, ich könnte wetten, daß es so was wie den Disneyworld Reiseservice gar nicht gibt. Ich wette, Millicent Tunes hat sich das alles ausgedacht, um sich an uns zu rächen.«

»Wenn du meine Meinung wissen willst«, sagte Gwen, als sie den Wagen auf den Parkplatz vom Contemporary lenkte, »die elegante Dr. Tunes hat ein sehr ernstzunehmendes Racheproblem.«

»Ein hochmotiviertes«, ergänzte Stoner.

»Und daher ein sehr gefährliches. Glaubst du, daß es Zeit wird, die Polizei zu unterrichten?«

»George hat es bereits getan, aber sie bekam den üblichen Spruch zu hören, daß sie erst achtundvierzig Stunden vermißt werden muß. Außerdem habe ich das Gefühl, daß wir mehr erreichen, wenn wir im stillen arbeiten. Was meinst du?«

»Ja, das stimmt«, sagte Gwen. Sie schaltete den Motor ab und saß einen Augenblick da und spielte mit den Schlüsseln. »Stoner, ich glaube, ich sollte sie verfolgen.« Sie hob die Hand, bevor Stoner etwas einwenden konnte. »Ich weiß, was du sagen willst. Aber du kommst nicht in Frage und Edith auch nicht. Tante Hermione brauchen wir, damit sie weiterhin versucht, spiritistischen Kontakt aufzunehmen –

und ich will nicht altenfeindlich sein, denn für ihr Alter hat sie viel Ausdauer, aber wenn es um Schnelligkeit geht, ist sie nicht gerade olympiareif.«

Stoner wurde immer kleiner auf ihrem Sitz. »Ich weiß.«

»Ich könnte mich verkleiden.«

»Nein«, sagte Stoner. »Ich mache es.«

»Du würdest genauso wie immer aussehen, nur eben verkleidet.«

»Ich habe Angst um dich. Bitte!«

»Stoner ...«

»Aber nur wenn es sein muß, okay?«

Gwen trommelte mit den Fingern auf dem Lenkrad. »Okay«, sagte sie nach einer Minute, »zuerst fragen wir Edith, ob sie Tunes oder jemanden, die ihr ähnelt, gesehen hat. Mit etwas Glück kennt sie den Namen, den sie jetzt benutzt, und wir stellen fest, wo sie wohnt. Dann gehe ich dorthin.« Sie sah Stoner an und nahm ihre Hand. »Ich weiß, was du denkst. Ich weiß, daß es dir nicht gefällt. An deiner Stelle würde es mir genauso gehen. Aber das ist wirklich die einzige Möglichkeit.«

»Yeah.« Mit hängenden Schultern stieg Stoner aus dem Wagen.

Die letzte Reaktion, die sie von Edith erwartet hätte, war ein schuldbewußter Blick.

»Du meine Güte«, sagte Edith.

»Was?«

»Das ist sehr peinlich.«

»Das ganze Leben ist peinlich«, sagte Gwen mitfühlend.

Edith räusperte sich und drehte an ihrem Armband. »Da ist eine Person – eine Frau, die mir bekannt vorkam, obwohl ich sie nicht einordnen konnte. Ich fürchte, ich habe sie bereits als jemanden abgetan ...« Sie gab ein kleines verlegenes Lachen von sich. »... der ich irgendwo begegnet bin und die ich kennen müßte, aber an die ich mich nicht mehr erinnere, und ich hatte Angst, sie anzusprechen, falls sie eine frühere Patientin wäre, die es völlig vernichten würde, wenn sie erführe, daß ich vergessen habe, wer sie ist. Ihr wißt, wie das ist. Nein, wahrscheinlich nicht. Jedenfalls begnügte ich mich damit, zu lächeln und ihr freundlich zuzuwinken.« Sie warf Stoner einen kurzen, entschuldigenden Blick zu. »Und in meiner Eitelkeit – ego,

ego, ego – trug ich keine Brille, sondern nur die Kontaktlinsen, und ich muß mir wirklich ein neues Rezept holen. Das hier ist mir wirklich eine Lehre. Außerdem habe ich Millicent Tunes nicht so genau gesehen, als Marylou und ich sie gefangennahmen. Wir stießen sie nur in einen Schrank und machten uns dann einen Drink. Millicent Tunes hatte einen sehr extravaganten alkoholischen Geschmack.«

»Glaubst du, sie könnte diese Person sein?« fragte Gwen.

»Es ist möglich. Wenn ja, dann hat sie ihre Haarfarbe geändert – aber das machen wir ja alle, nicht wahr? Ständig.«

»Was ist mit ihren Augen?« fragte Stoner. »Sie hatte wirklich auffällige Augen – braun mit goldenen Flecken und einem irgendwie toten Blick.«

Edith schauderte. »Also echt, das ist wirklich entsetzlich. Nein, ich hatte keine Gelegenheit, ihre Augen zu sehen.«

»Das macht nichts«, sagte Gwen. »Ich kann mir ihr Gesicht ansehen.«

Stoner ging ans Fenster und sah hinaus auf die Lagune. Die Sonne war untergangen, der letzte Lichtschimmer verzog sich vom Himmel. In wenigen Minuten würde er pechschwarz sein. Wieder eine Nacht, und Marylou wurde immer noch vermißt. Sie hoffte, daß sie keine Angst hatte. Sie haßte den Gedanken, Marylou könnte Angst haben.

Wir hätten wegen des Fluges mitfühlender sein sollen, dachte sie. Es war nicht zu ändern, daß Marylou Angst hatte. Und sie konnte nichts dafür, daß sie sich so äußerte. Sie war einfach nur sie selbst gewesen. Sie ist immer sie selbst, nur sie selbst. Aber auch wenn sie einem manchmal den letzten Nerv tötete – wie bei langen Flügen –, war es sonst meistens sehr beruhigend, eine Freundin zu haben, die einfach sie selbst war.

»Ich muß mir diese Frau ansehen«, sagte Gwen. »Ohne daß sie mich mit dir in Verbindung bringt. Was meinst du, wie ich vorgehen soll?«

Edith überlegte. »Bei diesem blöden Gruppenseminar mit Anfassen und Fühlen hatten wir eine Vorstellungsrunde, die ich erfolglos zu verhindern versuchte. Gib mir einen Moment Zeit, vielleicht fällt mir ein Name ein.«

In ungefähr einer Stunde würde die Boot- und Drachenparade tutend und dudelnd auf der Lagune vorbeiziehen. Marylou hatte sie gestern abend nicht gesehen. Sie würde sie heute abend nicht sehen. Marylou würde die Boot- und Drachenparade entweder gefallen oder Angst einjagen. Egal was, aber sie würde das eine oder andere empfinden. Das liebte sie an Marylou: Es gab nichts, was sie nicht berührte – auf die eine oder andere Weise.

»Es war ein alter Name«, sagte Edith Kesselbaum. »Ein alter Familienname wie aus einem Roman. Aus den Südstaaten oder Neuengland. Nein, wartet mal ... in Harvard gibt es ein Studentenheim, fragt mich nicht, woher ich das weiß, es ist lange her, und es gefiel mir nicht, aber der Name ... der Name. Elliot, Dunster oder ...«

»Winthrop?« fragte Stoner flüsternd.

»Genau!« rief Edith. »Winthrop.«

Stoner sah sie an. »Lillian Winthrop.«

»Genau. Hermione muß recht haben, du hast spiritistische Fähigkeiten.«

Sie schüttelte den Kopf. »Lillian Winthrop ist Millicent Tunes' Tante, die sie versucht hat loszuwerden.«

»Tss-tss«, schnalzte Edith Kesselbaum. »Ausgerechnet den Namen anzunehmen. Wie arrogant.«

»Für sie ist das alles ein Spiel. Damit hinterläßt sie uns Hinweise.«

»Also will sie wahrscheinlich, daß wir genau das tun, was wir tun«, sagte Gwen.

»Außer daß sie dich als Köder haben wollte«, sagte Stoner. »Diesen Teil hat sie offensichtlich nicht unter Kontrolle.«

»Marylou scheint mir ein sehr geeigneter Köder zu sein«, sagte Edith.

»Stimmt.« Doch seit sie wußte, wer hinter der Entführung steckte, war sie um so mehr überzeugt, daß Marylou in größter Gefahr war. Denn Millicent Tunes wollte Stoner verletzten, und zwar tief verletzen. Und aus Millicent Tunes' Sicht konnten ihr nur über Gwen Schmerzen zugefügt werden. Tunes hatte damals in Shady Acres gewußt, daß Stoner und Gwen ein Pärchen waren. Sie war sogar etwas eifersüchtig gewesen. Marylou dagegen war nur eine Freundin. Nach Millicents konventionellem, kaputten Verständnis war eine Freundin entbehrlich und niemand, für die man sein Leben aufs Spiel setzte. Darum mußte sie, um Stoner für immer unglücklich zu machen, Gwen in die Hand bekommen. Und deshalb war Marylou jemand, die im Weg stand, die ohne einen weiteren Gedanken beseitigt werden mußte. Wenn sie überhaupt zögerte, dann nur, um Marylou soviel wie möglich leiden zu lassen.

Marylous Leben hing davon ab, daß sie schnell handelten.

Ohne Vorwarnung sprang Edith auf, schoß quer durchs Zimmer zu ihrer Aktentasche und schüttete den Inhalt auf dem Bett aus. »Ich glaube«, sagte sie, während sie Papiere, Heftmappen, Broschüren und Visitenkarten überflog, »ich kann uns bei diesem Spiel in Führung bringen. Hah!« Sie hielt ein Ringbuch hoch, klappte ihre Brille auf und drückte sie sich auf die Nase. »Ich wette, sie ist hier aufgeführt ...« Hektisch blätterte sie das Buch durch. »Hier!« Edith zeigte auf eine Liste von Konferenzteilnehmern und ihre Unterkünfte. »Winthrop, Lillian. The Dolphin.«

Stoner nickte. »Millicent bewies auf Reisen immer Stil.«

»In der Tat, wenn ihr Geschmack genauso gut wie ihr Likör ist«, sagte Edith.

Gwen sammelte ihre Sachen zusammen. »Gut, dann werde ich mich mal etwas auf Femme stylen und dorthin begeben.«

»Was hast du vor?« fragte Stoner.

»Mich in die Lobby zu setzen, um zu sehen, ob ich sie beim Kommen oder Gehen erwischen kann.«

»Heute abend findet ein Preisverleihungsbankett statt«, sagte Edith. »Sie wird bestimmt dort sein.«

»Rechnet sie mit einem Preis?« fragte Gwen.

»Wahrscheinlich.« Edith konsultierte ihr Buch. »Im Swan.«

»Kein Problem«, sagte Gwen. »Kann ich mir dein Make-up borgen?«

Edith reichte ihr ein Reiseetui. »Sei bitte vorsichtig, ja?«

»Natürlich.«

Stoner haßte so was. Es war richtig, so vorzugehen. Es war sogar die einzige Möglichkeit. Aber sie haßte es trotzdem. »Wie wirst du sie erkennen?«

»Gertenschlanke, umgefärbte Blondine – welche Farbe, Edith?«

»Unauffälliges Braun.«

»Braun. Dünne, vom Gefängnis gezeichnete Frau. Tote Augen. Trägt wahrscheinlich ein Namensschild.«

»Versuche, ihr nicht in die Augen zu sehen«, sagte Stoner, bemüht, die Sache leicht zu nehmen. »Sie wird dich sonst versteinern.«

»Okay.« Gwen sah sich im Zimmer um. »Ich brauche etwas Elegantes. Ich habe nichts Passendes dabei. Ich muß superstraight aussehen. Edith, hast du etwas Durchsichtiges?«

»Meine Liebe«, erklärte Edith, während sie die Schranktür öffnete, »ich habe immer etwas Durchsichtiges.«

Stoner schritt auf und ab, quer durchs Hotelzimmer, zum Badezimmer und zurück zum Fenster. Den kleinen Gang zwischen den Betten rauf und runter. Sie nahm den Telefonhörer ab, aber es fiel ihr niemand ein, den sie anrufen könnte, und außerdem mußte sie die Leitung freihalten. Sie stellte den Fernseher an, zappte durch die Kanäle, ohne darauf zu achten, was es gab, schaltete ihn ab und stellte ihn nach zehn Minuten wieder an. Sie schaute hinaus auf die Lagune, sah aber nichts außer ihrem eigenen Spiegelbild im dunklen Fenster. Sie wünschte, sie könnte mit Edith zusammen warten, aber sie hatten sich geeinigt, daß sie sicherheitshalber in beiden Zimmern beim Telefon blieben. Sie wünschte, Tante Hermione käme endlich aus Cassadaga zurück, aber ihre Tante war fortgegangen, um gemeinsam mit den anderen Spiritisten dort, wo die Schwingungen stark und ungestört waren, zu meditieren.

Zumindest könnte sie schnell George anrufen, um sie auf dem laufenden zu halten und sie zu bitten, nach alten Bauplänen zu suchen, die die Konstrukteure von Disneyworld vielleicht noch besaßen. Nicht von der heutigen Disneyworld, obwohl das wahrscheinlich auch hilfreich war. Was sie wirklich sehen wollte, war eine Karte der Arbeitstunnel.

Als sie George erreichte, wurde sie leider daran erinnert, daß morgen Sonntag war und daß das Grundstückamt nicht geöffnet sein würde. Aber George versprach, sich trotzdem darum zu kümmern – vielleicht kannte sie jemanden, der jemanden kannte, der in das Gebäude hineinkam und gegen eine kleine revolutionäre Aktion nichts einzuwenden hatte.

Nun, Sonntag hin oder her, Marylou war irgendwo da unten, und Stoner war entschlossen, sie zu finden, und wenn es ihr Leben kostete.

David schlenderte an der Menschenmenge vorbei, die große Papiertüte fest, aber behutsam unter dem Arm. Heute abend hatte er sich wirklich selbst übertroffen. Gekühlte Lauchsuppe, Lachssoufflé mit Taragona in einer hellen Buttersauce, Kalbfleisch mit Pilzsauce vom

Chefs de France. Ein netter Weißwein. Und zum Nachtisch Trifle von Le Cellier. Alles zusammen hatte er ausgesucht und allein bezahlt. Das müßte sie überzeugen, daß er kein primitiver, gewöhnlicher Verbrecher war, sondern ein Profi mit Profigeschmack und dem Benehmen eines Gentlemans.

Die Menge kam jetzt in Bewegung, das hieß, daß es kurz vor neun sein müßte, wenn sie sich um die Plätze entlang der Lagune drängelten und stießen, um die *IllumiNations* zu sehen. Er wünschte, er könnte sie herbringen, um das zu sehen. Er hätte wetten können, daß ihr das gefiel – das Feuerwerk, die Lasershow, die Musik, die winzigen, strahlenden Lichter, die die Pavillons umrahmten. Es mußte schrecklich für sie sein, dort unter der Erde festzusitzen, während das alles über ihr stattfand. Letzte Nacht hätte er schwören können, daß er die Erschütterungen durch das Feuerwerk gespürt hatte. Er fragte sich, ob es ihr auch so ergangen war und wofür sie das wohl gehalten hatte.

Er mußte zugeben, daß er sich bei dieser Sache gefühlsmäßig etwas verstrickt hatte. Sie schien ihn heute zu mögen, und das war für ihn ein angenehmes Gefühl. Sie hatte sogar ein wenig mit ihm geflirtet – nicht auf die »Du kannst mich ficken, wenn du mich freiläßt«-Art, sondern nur ein bißchen und auf eine nette Art. Vielleicht hing das auch mit dieser Menstruationssache zusammen, daß sie so sanft und zart wie ein junger Hund wurde. Vielleicht hatte es nichts mit ihm zu tun. Oder vielleicht war ihr vorheriges überempfindliches Verhalten auch auf die bevorstehende Menstruation zurückzuführen gewesen. Er hatte damals im Knast, als sie den ganzen Tag lang nichts anderes zu tun hatten, als dazusitzen und Talk-Shows zu sehen, jede Menge über das prämenstruelle Syndrom erfahren. Einige von den härteren Jungs hatten sich dann manchmal, wenn die Lichter aus waren, mit Geschichten über Hexen mit Revolvern und PMS Angst eingejagt. Unter den Strafgefangenen war man der einhelligen Meinung gewesen, daß man so einer Hexe mit diesem PMS-Ding besser nicht über den Weg lief.

Aber heute hatten sie beide eine schöne Zeit verbracht, Rommé gespielt und geplaudert. Sie hatte ihm von ein paar Fällen ihrer Mutter erzählt – richtig schreckliche Sachen über Leute mit gespaltener Persönlichkeit und witzige Sachen über Leute ohne Persönlichkeit. Im stillen vermutete er, daß sie sich das ausdachte – Therapeuten gingen einfach nicht daher und erzählten Geschichten über ihre Patienten, nicht einmal ihren Kindern, genausowenig wie er über seine Auftraggeber sprach. Aber sie war eine begnadete Geschichtenerzählerin. Er durfte nicht vergessen, ihr das zu sagen, daß sie ein Talent zum Geschichtenerzählen hatte. Vielleicht würde sie es sich überlegen, Schriftstellerin zu werden, wenn sie des Unterrichtens jemals überdrüssig würde.

Eins irritierte ihn allerdings. Sein Auftraggeber hatte ihm gesagt, sie sei die »Geliebte« der Rothaarigen, und das hieß doch, daß sie nicht so ganz normal war. Warum flirtete sie dann mit ihm? Vielleicht gehörte sie zu den Frauen, die für beide Seiten offen waren? Oder vielleicht – der Gedanke brachte ihn mitten im Verkehr auf der World Showcase Plaza abrupt zum Stehen –, vielleicht wollten sie ein Kind haben, und sie wollte ihn als Vater?

Der Gedanke raubte ihm den Atem. Ihn als Vater! Ihm wurde dabei ganz wabbelig und albern zumute, wie diesem Typen in dem Film »Carousel«, der ein Lied über seinen Sohn Bill sang.

Er legte einen Gang zu. Schließlich sollte ihr Essen nicht kalt werden. Wie beiläufig ging er zum Mexiko-Pavillon, wartete, bis die Menge auf die andere Seite schaute, dann verschwand er auf der Rückseite in der Dunkelheit und in den Büschen. Hinter dem Gebäude, wo die Boote aussortiert und, unbeobachtet und ohne die Illusion zu zerstören, repariert werden konnten, fand er seinen geheimen Eingang zu dem stillgelegten Tunnel, der unter das Odyssey Restaurant führte. Während er sich umschaute, ob ihn auch niemand beobachtete, öffnete er die Falltür und schlüpfte hinein.

Mittlerweile hatte er das so oft getan, daß er nicht einmal mehr die Taschenlampe brauchte. Leise summend schlich er den Flur entlang.

Ein Vater. Er würde vielleicht Vater werden. Er hoffte nur, daß sein Auftraggeber ihn nicht auffordern würde, sie zu töten.

Das Schlimme daran, wenn man auf einen Anruf wartet, ist, daß man anfängt nachzudenken. Nicht einfach nachdenkt, sondern über verrücktes Zeug nachdenkt. Wie zum Beispiel den Traum, daß man in Wales ist und die Menschen in dem Traum walisisch mit einem sprechen. Daß man dir in diesem Taum von einer Touristenattraktion erzählt, die dir im wachen Zustand bestätigt wird, obwohl du noch nie in Wales gewesen bist, nie ein Buch über Wales gelesen, geschweige denn eine Reise nach Wales gebucht hast – und von wem auch immer du abstammst, aus Wales kommen jedenfalls keine irgendwie verirrten Gene.

Und wenn dir das nicht gefällt, kannst du ja darüber nachdenken, wie es war, diese nicht existierende Treppe hinunterzusteigen und eine nicht existierende Tür zu öffnen, die ins Nichts führt und aus der ein nicht existierender Nebel quillt.

Du kannst auch über Audio-Animatronic-Hunde nachdenken, die hinter deinem Boot herrennen, was sonst niemand im Boot sieht.

Und wenn das deinen Wünschen nach verrückten Gedanken noch nicht genügt, kannst du über Anrufe aus dem Raumschiff Erde nachdenken, komplett mit Soundeffekten, die nicht wirklich sind und die nur du hören kannst.

Über all diese lustigen Dinge kannst du nachdenken, und es führt dich garantiert nirgendwohin.

Die Hand des Havoc schien ziemlich nahe zu sein.

Gwen rief gegen elf Uhr an, um zu sagen, daß sie Millicent Tunes, alias Lillian Winthrop, entdeckt habe, als sie auf ihr Zimmer ging. Gwen hatte beschlossen, in der Lobby des Dolphin auszuharren – »obwohl ich persönlich das Swan vorziehen würde, es ist viel intimer, aber qué sera sera« –, falls Ihre Hoheit sich später zu einem kleinen Spaziergang entschließen sollte. Sie versicherte Stoner, daß sie absolut sicher sei, »obwohl ich mit diesem durchsichtigen Teil vielleicht etwas zu weit gegangen bin. Drei betrunkene Psychiater haben versucht, mich abzuschleppen, wovon einer ganz bestimmt ein Verhaltenstherapeut war. Ich hätte etwas mit so einem breiten, flachen christlich puritanischen Kragen aussuchen sollen, wie er für Frauen mit kotzenden Kleinkindern hergestellt wird. Und, nein, unser Opfer hat nicht die geringste Ahnung, wer ich bin. Sie hat nicht mal in meine Richtung gesehen. Ich bin hier nur ein Teil der Landschaft für sie. Sollte ich deswegen beleidigt sein?«

»Du solltest froh sein.«

»Wenn sie weggeht, folge ich ihr. Ich rufe dich an, bevor ich gehe. Paß auf dich auf, Liebste.«

»Paß selbst auf dich auf.«

»Übrigens, sag Edith, daß sie sich für den Mietwagen einen Preisnachlaß geben lassen soll. Die Klimaanlage funktioniert nicht, und der Keilriemen klingt wie eine läufige Todesfee.«

Sie stand einen Augenblick lang da und klammerte sich wie idiotisch an den Hörer, als könnte sie Gwen so festhalten und damit in Sicherheit bringen. Aber das Freizeichen war zu deprimierend. Sie legte auf und setzte sich auf den Bettrand.

Millicent Tunes. Seit über zwei Jahren hatte sie nicht mehr an sie gedacht, obwohl sie öfters über Gladys Grenier, die beliebteste sadistische Oberschwester von Shady Acres, nachgedacht hatte. Sie war natürlich davon ausgegangen, daß Millicent Tunes sicher hinter Gittern säße, während das alte Luder Gladys mit ihrem gehorsamen und gleichermaßen sadistischen Sohn Mario nach Lust und Laune durch die Weltgeschichte zog. Verdammt, wenn sie sich nicht täuschte, waren Gladys und Mario, verkleidet mit Minnie-Maus- und Eeyore-Kostümen, auch schon hier in Disneyworld.

Ein erschreckender Gedanke. Aber nicht erschreckender als der Gedanke, daß Millicent Tunes aus dem Knast raus und heiß auf Rache war.

Das erklärte zumindest die mysteriöse Botschaft, die Tante Hermiones helfender Geist gesandt hatte. Das, worunter Tante Hermione »Musik« verstanden hatte, bezog sich offensichtlich auf Töne, wie der Name Tunes besagte.

Ein paar Minuten später kam Tante Hermione hereingeschneit. Sie war mitten beim Meditieren gewesen, als etwas ihr sagte – deutlich wie der Klang einer Glocke –, daß etwas geschehen würde und man sie brauchen werde.

»Es wurde nicht zufällig erwähnt, was geschehen würde, oder?« fragte Stoner.

»Nein, und ich sah auch keine Bilder.« Tante Hermione schüttelte ihre Jacke ab, zog eine ramponierte und sandige Schachtel Virginia Slims aus der Tasche und begab sich auf die Suche nach einem Aschenbecher.

»Ich weiß nicht«, sagte Stoner, als sie aus derselben Schublade, in die sie die Bibel verbannt hatte und die sie für die schmutzige Wäsche benutzte, einen Aschenbecher ausgrub. »Manchmal frage ich mich, ob es wirklich die Mühe wert ist, einen helfenden Geist zu beschwören. Meistens teilen sie nicht viel mit, und wenn doch, dann ist es so obskur, daß es keinen Sinn ergibt.«

»Das liegt daran, daß du sie nur bei einzelnen Aspekten im Leben um Rat bittest«, erklärte ihre Tante, als sie sich in der Nähe eines offenen Fensters niederließ und ihre Zigarette anzündete. »Sie interessieren sich eigentlich sehr wenig für weltliche Dinge – da sie eine andere Sichtweise haben. Die Dinge, die uns schrecklich beschäftigen, sind einfach nicht so wichtig.«

»Nun, für mich sind sie wichtig. Ich lebe in diesem Leben.«

Tante Hermione rauchte eine Minute und betrachtete nachdenklich den Himmel. »Vielleicht sollten wir Kontakt mit einem mehr erdverbundenen Geist aufnehmen. Der oder die entschieden hat, sich persönlich für die Vorgänge auf der materiellen Ebene zu interessieren.«

»Das klingt gut. Vielleicht ein Geist, der Marylou persönlich kennt. Oder Millicent Tunes' Schutzengel – falls sie einen hat.«

»Wir alle haben einen, Liebes. Selbst die Schlimmsten unter uns. Bloß einige von uns wollen einfach nicht auf ihn hören. Sehr frustrierend für den Geist. Stell dir vor, du bist Millicent Tunes' Schutzengel.«

»Ich kann mir nicht vorstellen, was ich Schreckliches in diesem Leben getan haben muß, um im Jenseits Millicent Tunes' Schutzengel sein zu müssen.«

Tante Hermione drückte die Zigarette aus. »Wir suchen es uns aus. Irgendein Geist hat sich entschlossen, auf sie aufzupassen. Es heißt, daß wir alle auf dieser Welt einem Zweck dienen. Aus Gründen, die wir nicht verstehen können, hat diese Frau ihren Weg gewählt. Wir müssen diese Wahl respektieren, selbst wenn wir versuchen, sie aufzuhalten.«

»Manchmal beneide ich dich, Tante Hermione.« Stoner saß auf dem Bett, schlang die Arme um die Beine und stützte den Kopf auf die Knie. »Du hast einfach so viel Verständnis für manche Dinge.«

»Es war nicht immer so, weißt du. Als ich jünger war, habe ich mich genauso herumgeschlagen wie du. Ich empfehle sehr den Alterungsprozeß. Wenn du es zuläßt, bringt er dir viel Seelenruhe. Zumindest rückt er die trivialen Dinge in die richtige Perspektive.« Sie nahm wieder ihre Meditationshaltung ein. Gerader Rücken, die Arme geöffnet, die Handflächen nach oben. »Jetzt laß uns sehen, ob ich mit jemandem Kontakt aufnehmen kann, die uns bei diesen weltlichen Dingen behilflich ist.«

Stoner schloß die Augen. Sie hörte ihre Tante tief Atem holen, dann nochmals …

Das Telefon klingelte.

Stoner nahm den Hörer ab und zuckte mit einem Blick auf ihre Tante, die nur lächelte, entschuldigend die Achseln.

»Ich weiß, wer ich bin«, sagte die Frau.

»Was?« Im Hintergrund redete Walter Cronkite immer noch über die Wunder der Kommunikation in der Neuzeit.

»Callie Rose. Ich heiße Callie Rose.« Sie hatte einen deutlichen Südstaatenakzent. Nicht mit den etwas weichen Endungen wie bei Gwen. Oder gar bei George und Stape. Callie Roses Akzent war dick wie Sirup. Sie sprach langsam, aber die Worte verliefen ineinander, als wären sie alle ein einziges Wort.

»Und Sie befinden sich im Raumschiff Erde.«

Es folgte eine Pause. »Davon hab' ich nie gehört.«

»Das ist eine Ausstellung«, erklärte Stoner. »Im EPCOT Center. In Disneyworld.«

Schweigen am anderen Ende.

»Callie Rose? Ich heiße Stoner. Stoner McTavish. Sie sind irgendwie eingesperrt. In einem Ausstellungsteil. Wie lange sind Sie schon dort?«

»Ich weiß nicht«, sagte die Frau mit einer ängstlich klingenden Stimme. »Eine lange, lange Zeit.«

Wahrscheinlich schon seit Tagen. Die Frau hungerte sich wahrscheinlich zu Tode. Sie war offensichtlich bei einer Rundfahrt ausgestiegen, vielleicht bei einem dieser beängstigenden Zwischenstops im Halbdunkel. Genauso wie Stoner hatte sie ein Ausgangsschild gesehen und war in Panik hinausgerannt und auf die Treppe gestoßen. Seitdem litt sie unter Gedächtnisschwund – vielleicht aufgrund einer Gehirnerschütterung – und wanderte ziellos durch die Gegend. So war es bestimmt gewesen. Das erklärte alles.

Abgesehen von ein paar winzigen Einzelheiten wie: Warum lief die Rundfahrt mitten in der Nacht, wenn der Park geschlossen war? Und noch lustiger war die Frage, warum Stoner die einzige war, die sie hörte?

Sie versuchte, sie beiseite zu schieben. »Erinnern Sie sich an den Beginn der Rundfahrt?«

»Welche Rundfahrt?«

»Die Rundfahrt durchs Raumschiff Erde.«

»Ich weiß nicht, wovon Sie sprechen«, sagte Callie Rose. Ihre Stimme begann etwas zu zittern. »Ich will hier raus.«

»Das ist ganz einfach«, sagte Stoner. »Sie gehen einfach durch irgendeine Tür. Dann kommen Sie auf das Gelände, und jemand vom Sicherheitsdienst wird Sie finden.«

»Das kann ich nicht«, sagte die Frau.

»Warum nicht?«

»Es gibt nur eine Tür. Ich habe Angst davor.«

Stoner verspürte ein deutlich unangenehmes Gefühl. »Warum haben Sie Angst davor?« fragte sie sanft und hielt den Atem an.

»Auf der anderen Seite wartet der Tod.«

Oh, Scheiße. Stoner schüttelte den Kopf. »Callie Rose, auf welcher Seite befinden Sie sich?«

»Ich weiß es nicht.«

»Ich meine, geht die Tür nach innen oder nach außen auf?«

Ein kurzes Schweigen, als würde die Frau versuchen, sich zu erinnern. »Nach innen.«

Zur anderen Seite. Callie Rose war auf der ANDEREN SEITE. Auf der ANDEREN SEITE von was?

Und wie war sie dort hingekommen? Wenn Stoner nicht auf die andere Seite kommen konnte, wie hatte Callie Rose es dann geschafft ...?

Wovon, zum Teufel, redete sie überhaupt?

Nein, dafür mußte es eine logische Erklärung geben. Callie Rose war eine Touristin, die sich verlaufen hatte und jetzt in einem (nicht existierenden) Tunnel auf der anderen Seite der (nicht existierenden) Tür festsaß, die Stoner am Ende der (nicht existierenden) Treppe entdeckt hatte, die von der Kugel (die nicht den Boden berührte) unter die Erde führte ...

Stoner fuhr sich mit der Hand durchs Haar und spürte, wie ihr im Kopf ganz kalt wurde. »Hören Sie, versuchen Sie, mir zu erklären, wovor Sie Angst haben.«

»Vor dem Schacht«, sagte Callie Rose.

»Dem Schacht mit dem Nebel?«

»Ja.«

In ihrem Magen bildete sich ein harter Knoten. Er bewegte sich etwas, so daß ihr ein wenig schwindelig wurde. »Wissen Sie, was sich in dem Schacht befindet?«

»Nein.«

Eine Hand berührte ihre Schulter. Tante Hermione stand neben ihr und forderte sie gestikulierend auf, ihr das Telefon zu geben.

»Du wirst sie nicht hören können«, sagte Stoner. »Ich bin die einzige, die das kann.«

Ihre Tante nahm ihr den Hörer aus der Hand. »Callie? Hör zu, Schätzchen, hier ist Hermione ...« Sie hielt inne, als würde sie zuhören. Aber das war natürlich läche... »Richtig, Hermione. Wir kennen uns schon, aber wahrscheinlich erinnerst du dich nicht ... Vor langer, langer Zeit. Ich habe versucht, dich zu erreichen, aber es ist schwer, zu dir durchzukommen, Callie. Ja, ich weiß, du hast dich verirrt und fühlst dich ganz entsetzlich, aber wir werden das beenden. Zunächst brauchen wir allerdings deine Hilfe. Bist du bei deinen Reisen dort unserer Freundin begegnet, Marylou? ... Marylou ... Nun, vielleicht hast du ihren Namen nicht verstanden. Sie ist zweiunddreißig, mollig, dunkles, kurz geschnittenes Haar, dunkle Augen ... Ein bißchen zerzaust, ja, das ist sie.« Sie nickte Stoner eifrig zu. »Wir müssen sie finden, Callie. Ja, das ist sehr wichtig ...« Sie erblaßte.

»Was?« fragte Stoner.

Tante Hermione gebot ihr zu schweigen. »Bist du sicher?« fragte sie in den Hörer.

»Was?« beharrte Stoner.

»Callie, versuch, ruhig zu bleiben, und hör aufmerksam zu.« Tante Hermione hielt die Muschel zu und sagte zu Stoner: »Sie ist sehr jung. Ein Kind eigentlich. Und sehr ängstlich.«

»Was hat sie über Marylou gesagt?«

Ihre Tante ignorierte ihre Frage und wandte sich wieder dem Hörer zu. »Überleg einmal genau, Callie. Warum glaubst du, daß sie tot ist?«

»Tot?« schrie Stoner. »Sie sagt, Marylou sei tot?«

»Sie glaubt es«, erwiderte Tante Hermione. »Aber ich habe nicht das Gefühl. Ich glaube wirklich, daß ich das spüren würde ...« Sie lauschte, dann lachte sie. »Nein, Callie, bloß weil sie Schwarz trägt, heißt das nicht, daß sie tot ist. Marylou trägt gern Schwarz ... Ich weiß nicht warum, es ist eine Marotte von ihr ... Ja, vermutlich ist sie ein bißchen anders.«

Sie hört sie, dachte Stoner. Tante Hermione hört sie.

»Callie, kannst du uns sagen, wo sie ist? ... Ich weiß, Schätzchen, aber alles, was du uns sagen kannst, könnte hilfreich sein.« Sie nahm den Block und den Stift vom Tisch und begann zu schreiben. »Ich verstehe. Ja, ja, das ist ganz gut. Du warst eine große Hilfe. Wir hören bald voneinander. Danke, Callie.«

»Was hat sie gesagt?« fragte Stoner, als ihre Tante den Hörer auflegte.

»Sie hat Marylou gesehen. In den Tunneln. Dort scheint es einen verlassenen Raum zu geben, einen Abschnitt, der wohl mal als Arbeitszimmer vorgesehen war, weil es dort in der Nähe einen Ruheraum gibt. Aber sie hatte den Eindruck, daß dort schon seit langer Zeit niemand mehr gewesen war.«

»Und wo ist sie?«

»Sie weiß es nicht, das arme Ding. Callies Zeit auf dieser Welt liegt eine ganze Weile zurück. Sie hat jedoch einige Anhaltspunkte genannt. Vielleicht können wir sie zusammensetzen und damit etwas anfangen.«

Stoner schaute hinunter auf den Teppich. »Äh, Tante Hermione, was bedeutet das, ›ihre Zeit auf dieser Welt ...‹?«

»Callie Rose ist seit mehr als fünfzig Jahren tot. Sie hat sich zwischen dieser und der anderen Welt verfangen. Das kommt manchmal vor, wenn ein Mensch durch den Tod verwirrt ist oder sich nicht entschließen kann zu gehen ... Der meiste, aber nicht aller Spuk ist darauf zurückzuführen, weißt du. Mancher Spuk ist auch richtig vorsätzlich und gemein. Man fragt sich, wie manche Geister sich damit zufriedengeben können, so unterentwickelt zu sein, nicht wahr? Nun, wie im Himmel als auch auf Erden, heißt es ja. Oder heißt es andersrum?«

Stoner war, als müßte sie schreien. »Willst du damit sagen, daß ich am Telefon mit einer toten Frau gesprochen habe?«

»Brutal ausgedrückt, ja, um es auf einen Nenner zu bringen.« Sie konsultierte das Blatt Papier. »Wasser, Seerosen – das ist zu allgemein. Boote. Wo könnte man in EPCOT Boote sehen?«

»In Norwegen, Mexiko und auf der gesamten Lagune«, sagte Stoner. Eine tote Frau? Sie hatte mit einer toten Frau gesprochen?

Tante Hermione strich die Boote durch. »Flamingos? Vermutlich sind die auch überall.«

Stoner überlegte. »Ich kann mich nicht genau erinnern, aber ich glaube nicht, daß ich sie überall sah.«

»Das könnte also ein Hinweis sein.« Sie konsultierte erneut die Liste. »Da ist noch etwas, aber das ergibt überhaupt keinen Sinn. Ein Kirchturm ohne Spitze.«

Eine tote Frau riet ihnen, nach einem Kirchturm ohne Spitze zu suchen. Eine Frau, die schon seit langer Zeit tot war. Seit mehr als fünfzig Jahren. War sie nach mehr als fünfzig Jahren im Untergrund noch eine zuverlässige Zeugin?

Nicht daß es eine Alternative gegeben hätte. Eine seit fünfzig Jahren tote Frau war vielleicht das beste, was sie erreichen konnten.

»Denkst du nach?« fragte Tante Hermione.

»So etwas Ähnliches.«

»Über die vor uns liegende Aufgabe? Oder stellst du dir Fragen, ob du noch alle Sinne beisammen hast?«

»Schon gut, schon gut«, sagte Stoner. »Ich stelle mir Fragen.«

Tante Hermione seufzte. »Die analytische Methode war zu Sherlock Holmes Zeiten gut. Aber sie hilft uns jetzt nicht.«

Kirchturm ohne Spitze? Sie versuchte, sich die Bauten in EPCOT vorzustellen. Da gab es den großen Kristall in *Imagination*. Der könnte wie ein Kirchturm ohne Spitze aussehen. Der Land-Pavillon vielleicht mit seiner Kegelform und dem stumpfen Dach. Der Eiffelturm? Nein, das war ja eher eine Spitze ohne Kirchturm. Den Fehler würde Callie Rose nicht machen. Vor fünfzig Jahren kannten die Leute die Spitzen ihrer Kirchtürme.

Sie fing allmählich an, etwas albern zu werden.

Marokko war ganz hoch und spitz gebaut. Und China. Und wenn überhaupt etwas kirchenmäßig wirkte, dann das amerikanische Abenteuer. Mit seinem sehr rechtslastigen Fundamentalismus. Und nicht zu vergessen die Kampanile in Italien. In Norwegen gab es eine richtige Kirche. Sie hatte einen Kirchturm und eine Spitze, aber vielleicht hatte Callie Rose das übersehen. Und der Aztekentempel in Mexiko ... »Es gibt zu viele«, sagte sie.

»Dann müssen wir die Angaben eben anders zusammensetzen, so wie diese schrecklich logischen Puzzle, die man immer anfängt, aber nie beendet und am Ende durchs Zimmer schmeißt.«

»Sie geben mir das Gefühl, doof zu sein«, erklärte Stoner.

»Natürlich. Mir geben sie auch das Gefühl, doof zu sein. Darum versuche ich es auch gar nicht erst.« Sie starrte angestrengt auf ihre Liste. »Wie wäre es hiermit: Kirchturm ohne Spitze, Boote und Wasser.«

»Mexiko und Norwegen, wenn sie die Spitze in Norwegen nicht gesehen hat.«

»Kirchturm, Wasser, Boote und Flamingos.«

»Dasselbe.« Sie zögerte. »Warte mal. Ich glaube nicht, daß es in Norwegen Flamingos gab. Das Wasser war drinnen, nicht draußen.«

Stoner sprang erregt auf. »Mexiko. Sie hat sie irgendwo in Mexiko gesehen.« Sie griff nach ihren Schuhen.

»Stoner, was hast du vor?«

»Wir müssen sie suchen gehen.«

Ihre Tante legte beruhigend die Hand auf ihren Arm. »Es ist mitten in der Nacht. Der Park ist geschlossen.«

»Richtig.« Hektisch dachte sie nach und kam auf eine Idee. »Ich rufe George an. Sie kann uns reinschleusen.«

»Und dann was?«

»Und dann ... und dann machen wir ... machen wir, was notwendig ist.«

Tante Hermione schüttelte den Kopf. »Du redest immer davon, wie wichtig ein Plan ist. Nennst du das einen Plan?«

Das ließ sie innehalten. Okay, vielleicht sollte sie etwas mehr darüber nachdenken. Aber in der Zwischenzeit könnte sie George unterrichten und Edith Bescheid sagen. Es waren nicht gerade gute Nachrichten, aber immerhin Nachrichten. Callie Rose mochte sogar schon seit fast hundert Jahren tot sein, aber sie hatte ihnen einen ersten Durchbruch verschafft.

10

»Das war ausgezeichnet«, sagte Marylou und tupfte sich mit der Leinenserviette, die er im britischen Pavillon für sie gekauft hatte, elegant den Mund ab. »Sie haben einen sehr guten Geschmack, David.«

»Vielen Dank«, sagte er.

»Ich wünschte nur ...«, beinahe hätte sie gesagt, »Sie hätten richtiges Silberbesteck statt dieses schrecklichen Plastikmists mitgebracht«, aber sie wollte ihr Glück nicht aufs Spiel setzen. Das Essen *war* gut gewesen, wenn auch ein bißchen zuviel auf einmal, denn ein Gang schien vom anderen abzulenken, aber der Wein war recht gut ausgewählt, und es wäre sicherlich geschmacklos gewesen, *zu* wählerisch zu sein. Ja, David war eindeutig lernfähig. Durch ein einfaches Tischgespräch hatte sie zumindest herausgefunden, daß sie in, unter oder in der Nähe von Disneyworld eingesperrt war. Sie hatte ihn sogar dazu gebracht, ihr seinen Vornamen zu sagen. Dafür hatte sie nicht einmal viel lächeln müssen. Sie dachte, daß es einmal nützlich sein könnte. Sobald sie hier raus wäre, würde die Polizei so viele Informationen wie nur möglich von ihr haben wollen.

Wenn sie hier herauskäme.

Irgendwie schüchtern und erwartungsvoll sah er sie an. Was war jetzt?

David überlegte, ob er das Thema anschneiden oder lieber warten sollte, bis sie ihn dazu aufforderte. Aber vielleicht zögerte sie, weil sie eine Frau war. Wahrscheinlich mußte der Mann den ersten Schritt machen. Er räusperte sich.

»Ja?« Auf eine äußerst anziehende Weise neigte sie den Kopf zur Seite und schaute ihn an.

»Ich hoffe, Sie halten mich nicht für zu aufdringlich …«, begann er.

Oh mein Gott, er will SEX! Was zum Teufel soll ich jetzt tun?

»… aber, äh, wissen Sie, ich habe irgendwie erraten, was Sie vorhin sagen wollten …«

»Ach ja?« fiepste Marylou in einem an Panik grenzenden Zustand.

Er lächelte. Sie machte einen auf unschuldig. Wahrscheinlich aus Verlegenheit, weil sie so leicht durchschaubar war. Er nahm ihre Hand. »Ich meine nicht, daß Sie irgend etwas Unerhörtes oder ähnliches gesagt haben. Bitte denken Sie das nicht. Es gibt keinen Grund, sich zu schämen. Ich meine, die meisten Männer hätten es nicht einmal mitbekommen, aber ich war schon immer – nun, ungewöhnlich *wahrnehmungsfähig*. Darum hoffe ich, daß Sie sich deswegen keine Gedanken machen.«

Wovon, zum Teufel, redete er eigentlich?

»Zuallererst sollen Sie wissen«, begann er, »daß ich es als eine Ehre und ein Privileg ansehe. Und ich verspreche Ihnen, daß ich mich niemals in irgendwelche Entscheidungen, die Sie treffen, einmischen werde, solange Sie es mich ab und zu sehen lassen. Vielleicht wäre es mir sogar möglich, mich an den Kosten zu beteiligen, wenn bei mir alles gut läuft.« Er lachte ein bißchen. »Ich meine, bei meiner Arbeit gibt es ein Risiko. Daß ich ins Gefängnis komme und so. Ich könnte nicht sehr viel Verantwortung übernehmen, aber ich würde alles tun, was ich könnte, vor allem wenn Sie etwas Besonderes brauchen.«

Es? Was meinte er mit *es*?

Marylou hatte ein sehr ungutes Gefühl. Sie konnte es nicht in Worte fassen, aber irgendwo, tief in ihr drin – ungefähr in der Gegend ihres Magens –, ahnte ein Teil von ihr, was kommen würde.

Er wartete auf eine Antwort, auf ein Wort der Ermutigung oder irgend etwas. »Sie sind sehr freundlich«, murmelte sie.

David grinste. »Dann verstehen wir uns also?«

»Natürlich«, sagte Marylou. »Und ich finde Ihr Angebot nicht nur großzügig, sondern auch rührend.«

»Wir werden abwarten müssen, bis diese Episode vorbei ist«, erklärte er vertraulich. »Dieser Ort ... nun, der ist ja nicht gerade *passend*, nicht wahr?«

Ja, er war auf Sex aus! Das war keine Überraschung. Früher oder später waren sie alle auf Sex aus. Junge, Alte, Reiche, Arme, egal in welcher Lebenslage – Sex, Sex, Sex bis man glaubte, an dieser schieren Eintönigkeit zu ersticken. »Nein«, sagte sie, »überhaupt nicht passend.«

»Und wir wollen ja nicht, daß unser Kind ...«

Unser *Kind*? *UNSER KIND*?!!

»... einen unglücklichen Anfang hat. Das war mein Problem, wissen Sie. Ich hatte einen unglücklichen Anfang.«

Er will, daß wir – ICH – ein Kind bekomme? Ich? Marylou Kesselbaum? Ein Kind?

Marylou hatte das Gefühl, ohnmächtig zu werden. Sie zwang sich, ruhig zu bleiben. Was nicht leicht war, da die Pilzsauce und der Weißwein in ihrer Speiseröhre gerade um die Vormacht kämpften. Es bestand in der Tat sogar eine ernsthafte Gerinnungsgefahr.

»Hatten Sie einen unglücklichen Anfang, David?« fragte sie mitfühlend und mit zusammengebissenen Zähnen. Wenn sie ihn von *ihrem* Kind ablenken könnte ...

Traurig blickte er zu Boden. »Ich bin an einem Mittwoch geboren.«

Ja, das erklärte allerdings alles. »Ich verstehe.«

»Mittwoch-Kinder haben immer Sorgen. Das hat sie jedenfalls gesagt.«

»Sie?«

»Meine Therapeutin.«

Ach ja, seine Therapeutin. Seine verehrte Therapeutin. »Nun, dann muß es wohl wahr sein.«

»Sie ist sehr klug.«

»Das muß sie wohl sein.«

»Sie hat mir viel geholfen.«

»Das sehe ich.«

»Darum mache ich das hier auch für sie.«

Marylous Herz setzte aus. »Für sie? Für Ihre Therapeutin?«

»Ojemine!« David fühlte, wie er knallrot wurde. Er hatte seine eigene Regel verletzt! »Ich hätte es Ihnen nicht sagen dürfen.«

Das kann nicht sein, dachte Marylou. Das kann einfach nicht sein. Denn wenn es doch so ist, stecke ich in den größten Schwierigkeiten, die ich jemals hatte. In noch größeren als damals im College, als ich mit einer unbekannten Verabredung auf ein Wochenende mit der studentischen Verbindung des Instituts ans Kap fuhr. Zumindest konnte ich von dort mit einem Bus nach Hause zurückfahren.

Sie unterdrückte den Impuls, sich hektisch nach einem Fluchtweg umzusehen. »Sie können mir vertrauen«, sagte sie zitternd. »Schließlich werden wir beide ...« Sie schluckte, um die Pilzsauce unter Kontrolle zu bekommen. »... etwas Wertvolles miteinander teilen.«

»Sie werden es nicht weitererzählen?« fragte er kläglich.

»Kein Wort wird über meine Lippen kommen. Niemals.« Was mehr als eine Metapher sein wird, wenn das stimmt, was ich vermute.

Er stieß einen großen Seufzer der Erleichterung aus. Diese Frau war vielleicht pervers, aber sie war echt in Ordnung. »Danke«, sagte er. »Dr. T. würde mir niemals vergeben.«

Dr. T.! Millicent Tunes. Er war im Knast gewesen und sie auch. Vielleicht hatte sie vorher sogar als Bewährungshelferin gearbeitet, damit ihre Tätigkeit rechtmäßig aussah. Und als sie dann wegen der Betrugssache in Shady Acres eingelocht wurde, setzte sie ihr Handwerk hinter Gittern fort – und hielt offensichtlich nach einem perfekten Sündenbock Ausschau, den sie in ihm fand und hierfür vorbereitete ...

Oh Gott, hol mich hier raus und ich verspreche, daß ich für den Rest meines Lebens koscher bleiben werde. Aber wenn Stoner mich hier rausholt, brauche ich nicht koscher zu bleiben. Also komm schon, Stoner!

David blickte auf seine Uhr. »Oje.«

Oje? Was oje?

»Ich hab' meiner Auftraggeberin versprochen, mich um Mitternacht zu melden. Ich muß eine öffentliche Telefonzelle suchen«, sagte er und stand auf.

Das war keine gute Idee, daß er sich bei seiner Auftraggeberin melden wollte. Die Zeit stillstehen zu lassen, war eine gute Idee. Die einzige gute Idee, die ihr einfiel. »Müssen Sie wirklich gehen?«

Er lächelte. »Ich komme ja zurück.« Er begab sich zur Tür.

»David!«

Als er die Panik in ihrer Stimmte hörte, drehte er sich um. »Ja?«

»Äh ... bleiben Sie nicht so lange.« Und wenn ich mit ihm ficken muß, um Tunes fernzuhalten, werde ich es tun. Ich fände es furchtbar, aber ich würde es tun. Gott sei Dank, habe ich Kondome in der Tasche.

»Ich bleibe nicht lange.« Er öffnete die Tür und trat hinaus.

»Denken Sie daran«, rief sie ihm nach. »Ich bin die zukünftige Mutter Ihres Kindes.«

Um Mitternacht kamen George und Stape mit einigen kopierten Bauzeichnungen und einer großen Schlüsselsammlung an.

»Das ging schnell«, sagte Stoner. »Ich dachte, ihr könntet sie nicht vor Montag bekommen.«

»Stape erinnerte sich an jemanden aus ihrem Softball-Team, die im Grundstückamt arbeitet. Sie sind beide eingebrochen.«

»Großartig«, sagte Stoner, als Stape die Bauzeichnungen auf dem Bett ausbreitete. »Ich muß im nächsten Frühjahr unbedingt mit Softball anfangen.«

»Das ist sehr praktisch«, murmelte Stape. »Es gibt nur zwei Möglichkeiten, Lesben kennenzulernen – Softball und Bars. Und da ich nicht mehr in Bars rumhängen darf ...« Der Vorwurf lag schwer wie Blei auf dem nachfolgenden Schweigen.

»Denk ja nicht, daß *ich* jetzt Schuldgefühle bekomme«, erklärte George. »Du selbst hast aus deinem Leben ein Chaos gemacht.«

»Yeah, yeah.« Stape überprüfte die Linien und Quadrate auf den Plänen. »Okay, hier sind die Tunnel. George, zeig mir, welche heute noch benutzt werden.«

George nahm die Pläne und kennzeichnete die Tunnel mit einem dicken Markierer. Was übrig blieb, war eine Vielzahl kurzer, dicker Arme, die die Ränder der benutzten Tunnel wie Sonnenstrahlen umgaben. Es waren Hunderte. Es würde Tage dauern, sie alle zu prüfen.

»Hast du jemals einen davon gesehen?« fragte Stoner George.

George schüttelte den Kopf. »Sie müssen zugemauert sein.«

»Nicht alle. Marylou befindet sich in einem davon.«

»Woher weißt du das?«

Stoner warf Tante Hermione, die mysteriös lächelte, einen Blick zu. »Das erfährst du besser nicht.« Sie wandte sich wieder den Plänen zu. Sie verstand absolut gar nichts davon. »Findest du darauf den Mexiko-Pavillon?«

George zeigte ihn ihr. Einer der kleinen, nicht markierten Strahlen verlief vom Kellergeschoß des Pavillons zum Rand eines 25-Cent-großen Kreises.

»Was ist das?« fragte Stoner und zeigte auf den Kreis.

George betrachtete ihn genauer. »Das muß das ... *Horizons* sein.«

»Quatsch«, meinte Stape. »Das ist das Odyssey Restaurant.«

»Das hätte ich wissen müssen«, sagte George. »Dein Lieblingsrestaurant in EPCOT.« Sie berührte Stape liebevoll. »Was nicht viel heißen soll.«

»EPCOT ist in Ordnung«, erwiderte Stape. »Insbesondere der Maelstrom. Wart ihr schon auf dem Maelstrom?«

Stoner schüttelte den Kopf. »Die letzte Zeit war etwas hektisch.«

»Ihr müßt ihn euch ansehen«, sagte Stape.

»Verrate aber nichts«, warnte George sie.

»Gut. Verpaßt ihn einfach nicht. Er ist cool.«

Stoner konzentrierte sich wieder auf die Pläne. Mit dem Finger fuhr sie den offiziellen Tunnel entlang, der unter Mexiko hindurchführte. »Bist du da schon mal gewesen?«

George verdrehte die Augen. »Öfter als mir lieb ist. Wenn du mit der Spätschicht dran bist, mußt du durch alle durchgehen.«

»Vermutlich befindet sich dort nicht irgendeine Tür.«

»Nur eine glatte Wand. Tut mir leid. Wenn das der Ort ist, müssen sie auf einem anderen Weg hereinkommen ...« Sie suchte den Tunnel von vorn bis hinten ab. »Aber ich kann mir nicht vorstellen, wo das sein soll.«

»Da drin gibt es eine Toilette«, sagte Stape und tippte mit dem Finger auf den Plan.

»Dann *muß* es dort sein. Woher weißt du, daß da eine Toilette ist?«

»Siehst du die Zeichnung? Sie sieht wie eine kleine Kugel aus. Das ist das Symbol der Architekten für Toiletten.«

»Toll«, sagte Stoner mit aufrichtiger Bewunderung, »im Aluminiumverschalungshandwerk lernt man ja eine ganze Menge.«

»Im Aluminiumverschalungshandwerk lernt man nichts. Außer fünfundzwanzig Möglichkeiten, wie man sich verletzen kann, um bis

Dienstag blauzumachen. Eines Tages möchte ich eine Zweigstelle eröffnen, und darum mache ich ein Fernstudium in Architektur.«

»Nun, das sieht ganz nach dem Ort aus«, sagte Stoner. »Aber wie kommen sie dort rein?«

»Wenn ich dort reinwollte«, sagte Stape, »würde ich mir von oben ein Loch graben.«

»Perfekt!« lobte Stoner. »Aber wie macht man das, ohne daß es jemand merkt?«

»Wenn man wartet, bis es ganz spät ist«, erklärte George, »könnte man zwischen den Patrouillen arbeiten. Da hinten ist es wirklich dunkel. Und zu dieser Jahreszeit ist es früh dunkel, und es gibt viel Zeit zwischen den Patrouillen.« Sie überlegte. »Während der *IllumiNations* könnte man sogar laute Arbeiten erledigen. Wenn die Musik und das Feuerwerk anfangen, kann man sein eigenes Wort nicht mehr verstehen.«

»Sie müssen wirklich ein sehr großes Interesse daran gehabt haben«, überlegte Stape. »Das ist eine richtige Scheißarbeit.« Sie blickte zu Tante Hermione auf. »'tschuldigung, Ma'am.«

»Das ist in Ordnung«, meinte Tante Hermione. »Ich habe schon früher Flüche gehört.«

Stoner konnte der Versuchung nicht widerstehen. »Sie hat mindestens zweiunddreißig Mal auf dieser Erde gelebt und kann sich an fast alles erinnern.«

»Nein, echt?« fragte Stape mit vor Erstaunen runden Augen.

»Während der französischen Revolution«, sagte Tante Hermione, »wurde jede Menge geflucht.«

»Du liebe Güte«, staunte Stape. »Ich frage mich, ob wir uns schon früher begegnet sind.«

»Sehr gut möglich. Wir neigen dazu, uns mit Seelenverwandten wiederzutreffen.« Sie streckte ihr die Zigaretten entgegen. »Möchten Sie eine?«

Stape errötete. »Äh, danke, aber ich rauche nicht.«

»Ach, natürlich tust du das«, sagte George. »Bei der Arbeit.«

»Hä?«

»Du riechst danach, wenn du nach Hause kommst.«

»Das hast du mir noch nie gesagt.«

»Wenn ich absolut sicher bin, daß du mit dem Alkoholmißbrauch aufgehört hast«, erklärte George, »werde ich mit dem Rauchen anfangen.«

Stape murmelte etwas und wandte sich wieder an Tante Hermione. »Können Sie die Zukunft lesen?«

»Manchmal. Ja, Sie werden mit dem Rauchen aufhören. Machen Sie sich darüber keine Sorgen.«

»Wenn es euch nichts ausmacht«, unterbrach Stoner sie, »würde ich mir jetzt gern Sorgen um Marylou machen.«

Stape zuckte die Schultern. »Warum sollen wir uns Sorgen machen? Wir wissen jetzt, wo sie ist, also laßt uns zu ihr gehen.«

»Sie haben sich verspätet«, sagte Millicent Tunes.

David sah auf die Uhr. »Nur fünf Minuten.«

»Wir haben uns für Mitternacht verabredet.«

»Entschuldigung.« Hatte sie schlechte Laune oder was?

»Sie wissen, was ich von Unpünktlichkeit halte.«

Das wußte er allerdings. Von seinen Therapieterminen damals ... Mann, bei fünf Minuten Verspätung entschuldigte man sich; bei zehn Minuten mußte man über die dahinter verborgene Feindseligkeit diskutieren; bei fünfzehn Minuten war sie nicht mehr da. »Ich konnte es nicht ändern«, erklärte er kläglich. »Es kam was dazwischen.«

»Es kam was dazwischen? Was?«

»Nun, wir mußten noch essen und ...«

Sie hörte das Zögern in seiner Stimme und unterbrach ihn. »Da ist doch nicht etwas schiefgelaufen, oder?«

»Nein, alles ist bestens.«

»Es klingt nicht so.«

»Wirklich«, sagte David und versuchte, überzeugend zu klingen, »es ist alles unter Kontrolle.«

»Ich komme rüber«, erklärte Millicent Tunes und legte den Hörer auf, bevor er antworten konnte.

»Gwen hat angerufen«, sagte Edith, als sie den Kopf zur Tür hereinsteckte. »Das Subjekt hat gerade das Hotel verlassen. Sie folgt ihr.« Weg war sie wieder.

»Wer war das?« fragte George.

»Edith Kesselbaum«, antwortete Tante Hermione. »Marylous Mutter.«

»Eine exotisch aussehende Frau«, meinte Stape.

»Sie ist Psychotherapeutin«, erklärte Stoner.

»Mensch, vielleicht könnte sie etwas für Rita tun«, meinte Stape.

Sie ging ungern weg. Angenommen, Gwen geriet bei der Verfolgung von Millicent Tunes in Schwierigkeiten und brauchte ihre Hilfe. Dann wären sie nicht in der Lage, sich miteinander in Verbindung zu setzen. Wenn sie sich jetzt auf den Weg zum Dolphin machte, könnte sie Gwen abfangen, und sie könnten sie gemeinsam verfolgen.

Aber genau das war natürlich falsch. Die Wahrscheinlichkeit war groß, daß sie einander verpaßten. Und selbst wenn das nicht passierte, könnte Tunes sie zusammen sehen und daraus schließen, daß sie ihr auf der Spur waren. Andererseits würde viel Zeit vergehen, in der sie keinen Kontakt miteinander hatten. Das gefiel ihr überhaupt nicht.

Unterdessen warteten George, Stape und Tante Hermione darauf, daß sie ihre Sachen zusammensuchte und in Georges Auto packte, damit sie zum Mexiko-Pavillon düsen und die Schurken auf frischer Tat ertappen konnten. Wenn sie mit Marylous Aufenthaltsort richtig getippt hatten und Millicent sich auch auf dem Weg dorthin befand, würden sie alle ungefähr zur gleichen Zeit am selben Ort ankommen. Aber wenn das nicht geschah, wenn Gwen Tunes allein und unbewaffnet stellen mußte ... Sie wußten immerhin oder waren zumindest ziemlich fest davon überzeugt, daß sie nicht allein arbeitete. Marylou war wahrscheinlich gefesselt oder eingesperrt worden. Das hieß, Gwen würde unbewaffnet und in der Minderheit sein.

Sie hatte eine Idee. »George, hast du dein Sprechfunkgerät dabei?«

»Immer«, sagte George.

»Können wir eins für mich besorgen?«

»Kein Problem«, sagte Stape. »Ich habe eins im Wagen für die Anrufe vom Büro. Wir stellen sie beide einfach auf dieselbe Frequenz.«

»Okay.« Sie ging an den Schrank und holte ihren Rucksack hervor, den sie zum Einkaufen in Disneyworld mitgebracht hatte, um nicht soviel in der Hand tragen zu müssen. »Paßt auf, was wir machen werden. Tante Hermione und ich gehen zum Mexiko-Pavillon und sehen nach, ob wir einen Eingang in den Tunnel finden. Ihr beiden begebt euch zum Dolphin und versucht, Gwens Spur aufzunehmen. Edith kann euch den Wagen beschreiben. Sobald ihr ihn entdeckt habt, bleibt ihr dicht dran. Ich meine, richtig dicht.« Sie durchwühlte ihr

Gepäck und zog eine Taschenlampe hervor. »Wir bleiben mit dem Sprechfunkgerät in Verbindung. Wenn sich herausstellt, daß wir recht haben und Tunes und Gwen zum Mexiko-Pavillon kommen, warten wir auf euch und gehen alle zusammen rein.«

»Warum verhaften wir sie nicht einfach auf der Stelle?« fragte Stape, die sich mehr für die Action interessierte.

»Weil wir sie vielleicht verfolgen müssen, um den Weg in den Tunnel zu finden. Sobald sie mitbekommt, daß wir ihr auf der Spur sind, nähert sie sich ihm nicht einmal auf hundert Meilen. Wenn ihr Komplize auf sie wartet und sie nicht auftaucht, wird er oder sie bestimmt versuchen, Marylou etwas anzutun.«

»Er«, sagte George. »Ich wette, es ist ein Mann.«

»Warum?« wollte Stape wissen.

»Die Vorgehensweise sieht nach einem Typ aus.«

»Ja, aber wie kannst du ...«

Stoner hätte sich oder jemand anderes am liebsten die Haare ausgerissen. »Bitte«, sagte sie ernst, »diskutiert das im Auto.« Plötzlich fiel ihr etwas ein. »Oh, Scheiße.«

»Was?« fragte Stape.

»Wie kommen *wir* in den Park? Fährt die Monorail nach Schließung des Parks?«

»Nicht oft«, sagte George. »Ihr fahrt besser mit dem Wagen. Der Sicherheitsdienst wird euch eventuell beim EPCOT-Parkplatz oder am Eingangstor aufhalten. Ich rufe an und kündige euch an.«

»Gut.« Das schien ja wieder eine endlose Angelegenheit zu werden – dort hinzufahren, sich beim Sicherheitsdienst auszuweisen ...

»Da ist noch etwas«, sagte George, »was ein Problem sein könnte.«

»Was?«

»Vom Dolphin braucht man zu Fuß ungefähr nur zehn Minuten zum Mexiko-Pavillon. Dafür muß man das Gelände nicht einmal verlassen. Auf der Brücke dorthin steht eine Wache, aber wenn sie daran vorbeikommen kann ...«

»Verdammt!« Stoner ließ sich auf das Bett sinken. Es schien alles nicht zu klappen.

»Entschuldigt mich, ihr Lieben«, sagte Tante Hermione und blickte von den Bauplänen auf, die sie studiert hatte. »Ich hätte vielleicht eine Lösung.«

Sie drängten sich um sie herum.

»George, hat dieser Tunnel ...« Tante Hermione zeigte auf den Plan, »... einen Eingang über der Erde?«

George betrachtete ihn genau. »Ja. Das ist einer von denen, die die Disney-Figuren benutzen, um von einer Welt in die andere zu gelangen. Sie können ihn beim Ticket and Transportation Center oder bei *Cinderella's Castle* betreten oder ...«

»Und kreuzt er alle anderen Tunnel?« unterbrach Stoner sie.

»Ja sicher. Ich glaube, jetzt weiß ich, worauf ihr hinauswollt.«

»Er würde uns also direkt in den verlassenen Tunnel führen, wenn wir den Eingang finden. Wie bewegt man sich in den Tunneln vorwärts?«

»Mit Elektromobilen!« rief George. »Laßt uns das auch machen.«

»Gebt mir einen Augenblick Zeit«, sagte Tante Hermione und trottete aus dem Zimmer.

Stoner begann hektisch, Gegenstände in ihren Rucksack zu stopfen. Taschenlampe. Brieftasche mit Ausweis. Einen Kompaß – in den letzten Jahren hatte sie sich so oft verlaufen, daß sie nie mehr ohne ihn wegging. Taschentücher – man wußte ja nie. Kurz erwägte sie, das praktische Campingklappbesteck einzupacken, das sie immer bei sich hatte, falls sie in ein Schnellrestaurant wie das Kentucky Fried Chicken geriet, wo es nur biegsame Bestecke gab, die halb Gabeln, halb Löffel waren (Gwen nannte sie »Labeln«, obwohl »Göffel« manchmal besser paßte), kam dann aber zu dem Schluß, daß sie es nicht brauchen würden. Sie musterte das Scheckbuch und die Schlüssel vom Reisebüro in Boston aus ... warte mal, die Schlüssel waren vielleicht nützlich, man wußte schließlich nie, wofür sie paßten. Dann packte sie noch eine Handvoll Leuchtraketen hinzu und hoffte, nicht versehentlich Bengalenlichter eingepackt zu haben. Die Erste-Hilfe-Ausrüstung für Wanderer, ja. Das kleine Rasiermesser zum Abschneiden der Diskountcoupons im Lebensmittelgeschäft, nein, doch, man wußte nie. Handcreme, auf keinen Fall. Losabschnitte? Nee.

»Seid ihr fertig?« fragte Tante Hermione. Sie hatte ihre dunkelblaue Trainingshose, ein graues Sweatshirt und Turnschuhe angezogen.

»Fertig.«

George hatte den Pick-up warmlaufen lassen und wartete. Sie winkte Stoner auf den Beifahrersitz. Stape half Tante Hermione auf die offene Ladefläche. »Wenn ihr jemanden seht, der uns mißtrauisch ansieht«, riet George ihnen, »johlt und wedelt mit Bierflaschen. Dann glauben sie, wir wären irgendwelche Collegestudentinnen auf Sauftour.«

Sie legte den Gang ein und scherte mit dem Wagen aus dem Parkplatz. »Greif mal unter den Sitz«, sagte sie zu Stoner, »dort findest du das Sprechfunkgerät.«

Als sie den Parkplatz vom Magischen Königreich erreichten, hatte sie Stoner in den Gebrauch und Mißbrauch von Sprechfunkgeräten eingewiesen. »Denk dran«, sagte sie, während sie sich aus dem Wagen schwang, »diese Frequenz drinzulassen. Drücke sie beim Sprechen, und laß sie los beim Zuhören. Dreh die Lautstärke herunter, solange du es nicht benutzt. Sonst sendest du jedes Geräusch über einen Radius von bis zu zwölf Meilen über Orlando aus.«

»Ich verstehe.« Sie stopfte das Gerät in ihren Rucksack.

»Stoner«, sagte George geduldig, »du mußt es an deinen Gürtel hängen. Darum nennt man es auch einen Walkie-talkie, weil man dabei *geht*.«

»Oh ja, natürlich.« Sie sah auf die Uhr. Es waren schon zwanzig Minuten vergangen, seit Gwen angerufen hatte. Sie würden es nicht schaffen.

»Wir schaffen es schon«, sagte George. »Warte ab, bis du siehst, wie Stape mit diesen Elektromobilen umgeht. Besser als mit dem Go-Kart auf dem Jahrmarkt.«

Marylou merkte deutlich, daß er wütend war, noch bevor er die Tür erreichte. Das Quietschen seiner Tennisschuhe auf dem Boden klang, als folterte man Ratten. Er stieß die Tür auf und trat ein.

»Stimmt etwas nicht?« fragte Marylou liebenswürdig.

»Ach, sie kommt her.«

Sie fühlte, wie sich ihr Magen vor Angst umdrehte. »Hierher? Warum kommt sie hierher?«

»Sie glaubt, hier sei etwas nicht in Ordnung.«

Allerdings ist hier etwas nicht in Ordnung. So einiges nicht, vor allem die Tatsache, daß Millicent Tunes eine böse Überraschung erleben wird, wenn sie mich statt Gwen hier sieht. Und zwar eine so böse Überraschung, daß sie wahrscheinlich sehr unangenehm und gefährlich darauf reagieren wird.

Weil ich dieser Lady etwas Böses angetan haben, David, alter Knabe, und diese Lady kommt mir nicht gerade nachsichtig vor, überhaupt nicht.

Aber wie erkläre ich das Mr. Ich-bin-ein-Profi? »Oh, Mist«, sagte sie so ruhig, wie sie konnte. »Ich hatte gehofft, wir beide würden einen ruhigen Abend für uns haben.«

»Ich habe nicht viele ruhige Abende, wenn ich arbeite«, stellte David traurig fest.

»Das kann ich mir gut vorstellen.« Sie versuchte, mitfühlend zu klingen.

»Entweder arbeite ich rund um die Uhr oder überhaupt nicht.«

Marylou schüttelte den Kopf und gab ein »tzzz« von sich.

»Keine Aussicht auf ein normales Leben.«

»Auf eine Krankenversicherung vermutlich wohl auch nicht«, fügte sie hinzu.

»Darum kann ich für das Kind auch nicht soviel Verantwortung übernehmen.«

Millicent Tunes ist auf dem Weg hierher, um mich zu töten, und du redest vom *Kindermachen*? »Ich verstehe.«

David seufzte tief. »Ich weiß nicht. Vielleicht sollten Sie über jemand anderes nachdenken.«

Vielleicht sollten wir über *etwas* anderes nachdenken. Zum Beispiel darüber, hier abzuhauen. »Nein, David, ich glaube, Sie sind gerade richtig. Sie sind intelligent und sehen gut aus. Was könnte sich eine Mutter sonst noch wünschen?«

»Ich weiß nicht, was meine Mutter sich gewünscht hat«, sagte er schwermütig, »aber ich glaube nicht, daß ich es war.«

»Nun, dann war sie eine absolute Närrin.« Sie berührte seine Hand. »David, David, Sie müssen sie *loslassen*. Sie hat Ihnen unrecht getan. Sie hatte ihre eigenen Probleme. Die hatten nichts mit Ihnen zu tun.«

Er blickte sie mit solchen Cockerspaniel-Augen an, daß sie fast Mitleid mit ihm hatte. Abgesehen von der Tatsache, daß er sie entführt hatte und festhielt, um sie abschlachten zu lassen.

»Eine Sache macht mich allerdings ein bißchen nachdenklich«, sagte sie. Vielleicht vermasselte sie es sich, aber sie mußte es versuchen. Schlimmer konnte es nicht kommen. Sie konnte nicht entrinnen, der Tod näherte sich, während sie sprach, und Stoner war offensichtlich durch ein Loch im Weltall gefallen. »Können wir offen miteinander sprechen?«

»Klar, wir haben keine Geheimnisse voreinander.«

Hätte sie nicht den Tod vor Augen gehabt, hätte sie darüber gelacht. »Es geht um Ihre Therapeutin. Dr. T.«

»Ich hätte mit Ihnen nicht darüber sprechen sollen.«

»Und ich verspreche Ihnen, daß ich es sofort wieder vergessen werde, sobald wir mit diesem Gespräch fertig sind.« Sie räusperte sich. »Sie hat Sie für diese Arbeit engagiert, nicht wahr?«

Er nickte.

»Sie sind nicht auf diese Idee gekommen, oder? Ich meine, Sie haben ihr nicht angeboten, ›einen Job‹ oder so etwas für sie zu erledigen?«

David zog die Augenbrauen zusammen und versuchte, sich zu erinnern. Ihm war so, als hätte sie ... aber vielleicht hatte er ... »Ich glaube, ich habe angeboten, ihr zu helfen, wenn ich es könnte. Wissen Sie, so allgemein gesehen.«

»Und sie hat Sie beim Wort genommen.«

»Einige Zeit später, ja, da hat sie sich dann mit mir in Verbindung gesetzt ...«

Marylou wählte ihre Worte sehr vorsichtig. »Ist es Ihnen jemals in den Sinn gekommen, daß das nicht besonders ethisch ist?«

»Hä?«

»Sie zur Ausübung einer Straftat zu benutzen. Ich erwarte nicht, daß Sie die ethischen Vorschriften für Psychiater auswendig gelernt haben ...«

»Sie ist Psychologin«, korrigierte er sie.

»Okay, für Psychologen. Aber ich kann Ihnen versichern, daß das, was Ihre Therapeutin macht, eindeutig am Rande, wenn nicht sogar ...«

Es klopfte an der Tür.

»Das ist sie«, sagte David und sprang auf.

Marylous Herz begann, im Rhythmus eines Rapsongs zu schlagen.

Stapes Fahrstil gab dem Begriff »sich in die Kurve legen« eine völlig neue Bedeutung. Stoner hoffte, sie müßte niemals als Beifahrerin mit ihr in einem Auto sitzen, dessen Höchstgeschwindigkeit vierzig Meilen pro Stunde überschritt.

Die Tunnel waren makellos sauber, glänzend gefliest und voller Echos. Sie fuhren an einer geschlossenen Tür nach der anderen vorbei mit exotischen Beschriftungen wie »Wäscherei« und »Näherei« und »Kostüme« und »Make-up« und »Ankleideraum, Männer« und »Ankleideraum, Frauen«. Stoner fragte sich, ob Annette Funicello einen privaten Raum für sich hatte oder mit den »Mouseketeers« zusammengepfercht worden war. Dies erinnerte sie an die Garderobe im Theater. Zwar war sie noch nie in der Garderobe eines Theaters gewesen, aber so hatte sie sie sich immer vorgestellt.

Tante Hermione saß vorn, verfolgte den Weg auf der Karte und amüsierte sich ganz köstlich. Das ärgerte Stoner etwas. Schließlich war das, was sie hier machten, eine sehr, sehr gefährliche Sache. Und ihre Tante benahm sich, als handelte es sich um nicht mehr als einen aufregenden Tag am Strand. Es war natürlich auch möglich, daß Tante Hermione das Ende schon kannte und es keinen Grund zur Sorge gab. Das wäre ein beruhigender Gedanke gewesen. Aber eher erlebte sie diese Fahrt wohl als eine von vielen Berg- und Talbahnen ihres Lebens.

Bitte, bitte, bitte, betete Stoner zu welchen Göttern auch immer, die sie erhören mochten. Laßt uns rechtzeitig ankommen.

Sie näherten sich den hinteren Tunnelbereichen. Die gefliesten Wände machten Beton Platz. Es gab weniger Türen, nur noch »Allgemeine Wartung«.

Ich bete sogar zu den patriarchalischen Göttern, dachte sie, wenn sie uns dort hinbringen.

Angesichts des technologischen Niveaus in Disneyworld war es wahrscheinlich sogar angesagt, zu den patriarchalischen Göttern zu beten. Oh, Großer Mikrochip, Gott der Computer. Großes Strahlenbündel, Gott des Laser. Gott der Maschine, Gott der Götter ...

Sie bogen um eine Kurve.

Eine glatte Mauer.

Stape trat auf die Bremse. Der Wagen kam zitternd zum Stehen, und der Motor erstarb. »Sieht aus wie das Ende vom Lied«, sagte sie.

George ergriff die Baupläne. »Okay«, sagte sie und zeigte auf eine Tür in der linken Wand. »Hinter der Tür gibt es eine Treppe. Sie führt euch nach oben in die Küche vom Odyssey. Geht zur Hintertür nach draußen, nicht durch das Restaurant. Dann befindet ihr euch fast unmittelbar im Hinterhof vom Mexiko-Pavillon. Versucht, möglichst keinen Lärm zu machen. Nicht viele Sicherheitsleute sind um diese

Zeit unterwegs, aber einige. Ihr wollt schließlich keine Zeit mit Erklärungen verbringen oder hinausgeworfen werden.«

»Was werdet ihr tun?« fragte Stoner.

»Stape und ich werden uns um Polizeischutz bemühen.«

»Alarmiert auch die Wachen auf dem Gelände«, sagte Stoner. »Sie sind näher dran. Könnt ihr das ohne die Walkie-talkies machen? Wir sollten besser nicht riskieren, daß jemand mithört.«

George nickte. »Es gibt einen Code, der wie eine atmosphärische Störung klingt. Der sagt ihnen, daß sie sich vom nächsten sicheren Platz melden sollen. Anschließend kommen wir wieder hierher zurück. Okay?«

»Okay.«

»Viel Glück, Mädchen«, sagte Stape. Sie zog mit dem Wagen in einem perfekten Kreis messerscharf an der Mauer entlang und raste den Tunnel zurück.

Die Treppe war eng und schwach beleuchtet. Stoner schwang sich den Rucksack auf den Rücken, schaltete die Taschenlampe an und begann hinaufzusteigen. Nach einem Teil des Weges drehte sie sich um. »Alles in Ordnung, Tante Hermione?«

»Bestens.« Ihre Tante schien trotz ihres Alters, und obwohl sie rauchte, weniger außer Atem zu sein als Stoner.

»Bist du sicher?«

»Ich bin im Training, erinnerst du dich? Du nicht.«

»Oh.« Sie war fast oben. Eine Tür. Sie stieß sie auf und betrat die Küche des Odyssey Restaurants.

Dunkle und verlassene Küchen gehören nachts zu den unheimlichsten Orten der Welt, stellte sie fest. Blaßblaues Licht wie vom Mond durchflutete den Raum. Verchromte Spülen und Herde und verschiedene unidentifizierbare Geräte standen schweigend, unbeweglich und bedrohlich da. Sie schienen zu schlafen.

»Siehst du eine Hintertür?« flüsterte sie.

Ihre Tante zeigte nach links.

Stoner schlich darauf zu.

»Dieser Ort ist völlig verlassen«, bemerkte Tante Hermione. »Warum schleichst du so?«

»Ich möchte die Geräte nicht aufwecken.«

Tante Hermione kicherte. »Und mich hältst du für verrückt, weil ich mit Geistern spreche.«

»Ich halte dich nicht für verrückt.«

»Natürlich. Wollen wir die ganze Nacht hier bleiben und uns streiten?«

Stoner seufzte und ging zur Tür. Sie stieß sie auf und betete, damit keine Alarmanlage ausgelöst zu haben.

In der Küche hatte es vielleicht Mondlicht gegeben, aber es war nicht vom Mond gekommen. Die Nacht draußen war pechschwarz. Selbst die schwache Beleuchtung der Pavillons schien sich auf sich selbst zu beschränken. Die Dunkelheit drumherum war zäh und schwer.

Die Spitze des Aztekentempels sah wie eine schwach flackernde Kerze aus. Der rosa Sandstein war über der Dschungelvegetation kaum sichtbar. Sie machten sich nach dorthin auf und bahnten sich einen Weg durch das Unterholz.

Die Stille war unirdisch. Die Vögel waren ruhig. Sogar die Wellen auf der Lagune schienen eingeschlafen zu sein. Sie blickte sich zum Raumschiff Erde um. Die massive Kugel schwebte über EPCOT wie ein sich nahender Planet. Die Oberfläche aus Aluminiumdreiecken glänzte hellrosa, blau und violett vor der samtenen Schwärze des Alls. Ein winziger Halbmond schwebte darüber, schmal wie eine Wimper im Vergleich zu der Masse des Ungetüms.

Das Raumschiff Erde schien zu lächeln. Und zu warten.

Tante Hermione berührte ihre Schulter. »Es ist in Ordnung«, sagte sie. »Es tut dir keinen Schaden an.«

»Ich weiß«, sagte Stoner. Aber sie war sich nicht so sicher.

Sie drehte sich wieder zum Mexiko-Pavillon um.

Sie arbeiteten sich vorwärts, bis die Rückseite des Gebäudes in Sicht kam. Ein paar Boote schaukelten sanft auf dem Kanal, der in den Pavillon und wieder hinausführte. Stoner hielt sich zurück, kroch mit Tante Hermione in ihrem Schatten hinter eine dickstämmige Palme.

Niemand war zu sehen. Kein Laut war zu hören. Und es gab keinen Hinweis, wo sich der Tunneleingang befand. Wenn es einen Tunnel gab. Mit einem Eingang. Und wenn es der richtige war.

Sie überlegte, ob es sicher war, die Taschenlampe einzuschalten. Sonst müßten sie über den Boden kriechen und nach dem Eingang tasten. Und wer weiß, was noch alles über diesen Boden kroch?

Stoner schauderte. Sie erinnerte sich an die Zeit, als sie selbst noch klein war und der Gedanke, auf einem dunklen Rasen voller kleiner

Lebewesen herumzukrabbeln, einen kalten Schauder über ihren Rücken gejagt hätte. Jetzt nicht mehr. Das war es wahrscheinlich, was Erwachsensein bedeutete. Man veränderte sein Verhältnis zu kleinen Lebewesen im Dunkeln. Oder vielleicht veränderte man einfach sein Verhältnis zur Angst.

Sie bemerkte, daß sie versuchte, Zeit zu schinden, weil sie nicht ins Freie treten wollte. Und Zeit war das letzte, was sie zu schinden hatten. Sie drehte sich zu Tante Hermione um. »Laß uns gehen.«

Sie umkreisten die Lichtung und überprüften schnell die Wände des Tempels, indem sie dagegen drückten und sie genau betrachteten. Nichts. Aber sie hatte eigentlich auch nicht erwartet, dort irgend etwas zu finden. Sie war überzeugt, daß der Eingang sich auf dem Boden befand.

Unglücklicherweise war der Boden pechschwarz und lag im Freien. Sobald sie die Taschenlampe anschaltete, würde jeder, der über die Brücke kam oder den Weg entlangging, sie sehen. Tasten schien im Augenblick das einzig Angesagte zu sein.

Stoner hockte sich auf alle viere und tastete sich durch das Gras, indem sie sich vom äußeren Kreis nach innen arbeitete. Genauso, wie es einem bei den Fragen nach dem verlorenen Ball in einem der Felder beim Intelligenztest für Kinder geraten wurde. Oder ging es von innen nach außen?

Das Gras war feucht und eklig vor erstarrter Nässe. Sie drang durch die Knie ihrer Jeans und die Spitzen ihrer Tennisschuhe. Wirklich unangenehm.

Irgend etwas Lebendes wand sich unter ihrer Hand hervor. Es war schleimig. Würmer, sagte sie sich. Nichts als Würmer. Sie können dir nichts anhaben. Früher hattest du sie immer in den Taschen, weißt du noch?

Oh Göttin, ich war ein entsetzliches Kind.

Sie spürte etwas vor sich im Dunkeln. Eine noch dunklere Masse in der jetzt schon sehr dunklen Dunkelheit. Sie konnte nichts erkennen.

Sich nähern oder zurückziehen? Ich bin offen für Vorschläge.

Sie schien sich nicht zu bewegen. Wenn es sich nur um einen Felsen oder einen alten Baumstumpf oder so etwas handelte, würde sie sich ziemlich dumm vorkommen.

Und wenn sie nicht aufhörte herumzutrödeln und ein paar Risiken einging, würde Marylou bald ziemlich tot sein.

Sie streckte die Hand nach der Masse aus. Berührte sie zögernd. Sie war fest, aber weich. Und warm.

Es war ein menschlicher Körper.

11

Zwei Tage mehr oder weniger sorgfältiger Suche hatten keine geheimnisvollen Wege nach draußen offenbart. In den wenigen hektischen Sekunden, die ihr noch blieben, würde sie auch keine finden. Trotzdem warf Marylou einen schnellen Blick über die Wände in der Hoffnung, einen Riß zu entdecken, den sie übersehen hatte und der sich als Tür entpuppte, eine Unebenheit im Zement, hinter der sich ein Fenster verbarg. Diese Stimme, die sie gestern gehört hatte – war es erst gestern gewesen? –, woher war sie gekommen? Oder hatte ihr Verstand ihr nur einen Streich gespielt, war es ein Produkt ihrer Einbildung gewesen?

Stöckelschuhe klapperten schnell und energisch auf dem Zementboden. Millicent Tunes, mit Sicherheit. Wer sonst als die elegante Tunes würde eine Gefangene in einem Zementtunnel in Stöckelschuhen besuchen? Würde sie sich doch nur die Beine brechen!

Wenn ich die Wangen einsauge und mir den Hut tief ins Gesicht ziehe, erkennt sie mich vielleicht nicht.

Klar. Sie wird denken, daß ich die bin, die ich sein soll, Gwen. Ich sehe Gwen Owens ungefähr so ähnlich wie … wie … nun, wie nichts.

Der Türgriff drehte sich. Langsam.

Oh, verdammt nochmal, vergiß die dramatische Spannung, und komm endlich rein.

Die Tür öffnete sich. Millicent Tunes trat mit einem überlegenen Lächeln im Gesicht in den Raum. Ihr kalter, harter Blick schweifte durch den Raum, senkte sich zu Marylou und erstarrte.

»Sie!« keuchte sie.

»Überraschung!« sagte Marylou und zwang sich zu einem Grinsen. »Wie ich sehe, haben Sie noch immer einen Sinn für Redewendungen.«

Tunes fuhr zu David herum. »Was zum *Teufel* führen Sie im Schilde?«

»Hä?«

»Versuchen Sie, mich reinzulegen?«

David blickte an Tunes' Schulter vorbei, als erwartete er, einen leeren Raum oder eine Fremde an Marylous Stelle zu sehen.

»Nun?« wollte Millicent Tunes wissen.

David runzelte die Stirn. »Nun was?«

»Was haben Sie mit ihr gemacht?«

»Da ist sie doch.« David zeigte auf Marylou. »Genau dort, wo ich sie hinbringen sollte. Hören Sie, ich glaube, wir sollten uns darüber unterhalten. Ich habe nochmal ...«

Millicent Tunes schlug sich auf die Stirn. »Ich kann es nicht fassen!«

»Sie denken, *Sie* hätten Probleme«, warf Marylou ein. »Sie sollten das mal von *meinem* Standpunkt aus sehen.«

David sah völlig befremdet von einer zur anderen. »Das verstehe ich nicht.«

»Sie haben die Falsche entführt!« kreischte Millicent und ergriff David am Kragen. *»Sie blöder, idiotischer, nichtssagender, kleiner Mann!«*

»Einen Augenblick, verdammt nochmal«, sagte Marylou. »Das ist ein sehr unprofessionelles Benehmen, selbst wenn Sie nicht seine Therapeutin gewesen wären, wie ich zufällig erfahren habe. *Diesbezüglich* will ich gar nicht erst auf das Berufsethos eingehen. Doch wenn wir das Berufsethos einmal beiseite lassen, hat dieser Mann sein Bestes getan, um Ihre Anweisungen auszuführen. Es ist nicht seine Schuld, wenn sie vage, zweideutig oder anderweitig unklar waren.«

»Ach, halten Sie die Klappe«, fuhr Millicent sie an.

»Das werde ich nicht«, erwiderte Marylou jetzt wirklich wütend. »Es gibt *nie, nie* eine Entschuldigung für unhöfliches oder beleidigendes Verhalten.«

Tunes nahm eine Pistole aus der Tasche und warf sie David hin. »Bringen Sie sie um«, befahl sie und wandte sich zum Gehen um.

David fing die Pistole auf und betrachtete sie. »Ich habe meine eigene«, sagte er. »Eine viel bessere als diese. Dies ist eine Nancy Reagan Spezial. Für den Nachttisch ist sie vielleicht in Ordnung, aber ...«

»Mir ist es *egal*, wessen Pistole Sie benutzen«, bellte Millicent, entriß ihm die Pistole und steckte sie zurück in die Handtasche. *»Bringen* Sie diese Hexe nur endlich *um*.«

»Entschuldigen Sie«, sagte Marylou. »Ich muß mich wirklich gegen Ihre Sprache wehren. Seinerzeit wurde mir glauben gemacht, Sie betrachteten sich als Feministin. Aber eine andere Frau eine *Hexe* zu nennen, das kann ich Ihnen versichern, ist ganz bestimmt nicht femini...«

»Wenn Sie nicht endlich die Klappe halten«, drohte Millicent Tunes, »bringe ich Sie selbst um.«

Okay, sagte Marylou zu sich selbst, beruhige dich. Mit David hast du vielleicht eine kleine Chance. Aber mit *dieser* frustrierten, prämenstruellen Tussi bist du ein toter Haufen. »Entschuldigung«, sagte sie und fügte – um jedwede aufgestaute und potentiell gefährliche innere Spannung abzubauen – leise murmelnd hinzu: »Das ist politisch inkorrekt.«

»Worauf warten Sie?« wollte Tunes von David wissen.

»Ich weiß nicht, was hier vor sich geht.«

Millicent wurde rot vor Wut. »Das geht Sie überhaupt nichts an, was hier vor sich geht. Ich habe Ihnen gesagt, Sie sollen sie umbringen, also bringen Sie sie um.«

»Ich weiß nicht ...«, begann David.

Millicent Tunes wurde jetzt ganz liebenswürdig und einfühlsam. »David«, sagte sie mit verführerischer Stimme, »Sie wissen, daß Sie Probleme damit haben, etwas zu Ende zu bringen. Wir haben das in Ihrer Therapie besprochen. Sie bringen sich in Situationen, und dann haben Sie Probleme, sie bis zum Ende durchzustehen.«

Er nahm die Farbe eines besonders lebhaften Sonnenuntergangs an.

»Insbesondere beim Sex, aber auch bei Ihren geschäftlichen Unternehmungen ...«

In seinen Augen erschien wieder dieser funkelnde Blick.

Marylou gefiel dieser Anblick nicht. Er war im Begriff durchzudrehen, und das war das letzte, was sie gebrauchen konnte. Für sie war es wichtig, daß er zugänglich blieb und in der Lage, gezielt zu handeln. Sie räusperte sich. »Wenn Sie mir gestatten, in dieser Sache etwas Licht ...«

»Das gestatte ich Ihnen nicht«, fuhr Tunes sie an.

»Lassen Sie sie aussprechen«, sagte David mit unerwartet entschlossener Stimme.

Überrascht verfiel Millicent Tunes in vorübergehendes Schweigen.

»Vielen Dank«, sagte Marylou. »Wissen Sie, David, meine Freundin Stoner trug dazu bei ...« Sie zögerte. David würde sich davon wahrscheinlich nicht besonders positiv beeindrucken lassen. Aber es war die einzige Chance, die sie hatte. »Sie trug dazu bei, daß Millicent Tunes festgenommen wurde, weil sie eine Psychiatrie als Deckmantel benutzte, um abgebrühten Verbrechern bei der Flucht außer Landes zu helfen. Menschen mit Geld. Mit sehr viel Geld. Menschen, die während der Reagan-Bush-Regierung zum Abendessen ins Weiße Haus eingeladen worden wären. Sie hätte nicht einen Finger gerührt, um Ihnen oder mir zu helfen. Oh nein. Millicent Tunes hat das von Anfang an einzig und allein nur für sich getan.«

»Ach du liebe Güte«, bemerkte Millicent mit einem schweren Seufzer.

David zog eine größere, eher geschäftsmäßige und professionelle Pistole aus dem Schulterhalfter, das unauffällig unter seinem Sweatshirt verborgen war, hervor. »Ich sagte Ihnen«, sagte er mit zusammengebissenen Zähnen, »daß ich das hören will.«

Marylou war noch nie zuvor in ihrem Leben so glücklich gewesen, ein Werkzeug der Gewalt zu sehen. »Das ist ein sehr eindrucksvolles Stück«, sagte sie. »Ich hoffe, Sie haben dafür einen Waffenschein.«

Er fuchtelte mit dem Lauf der Pistole wenige Millimeter vor ihr herum. »Erzählen Sie nun zu Ende oder nicht?«

Huch. »Nun, offensichtlich«, fuhr Marylou fort, »hat Dr. Tunes während ihres Gefängnisaufenthalts darüber nachgebrütet und ihren Groll gepflegt, obwohl sie es doch war, die von Anfang an unrecht hatte. Sehr neurotisch.« Sie überlegte einen Augenblick. »Sicher, Stoner hatte sich unter einer falschen Identität eingeschlichen, so daß sie vielleicht zu Recht ein kleines bißchen verärgert ist, aber sicherlich nicht in diesem Ausmaß.«

Jetzt richtete David die Waffe auf *sie*. »Brauchen Sie die ganze Nacht dafür?«

»Nein, nein, natürlich nicht. Nun, offensichtlich wollte sie – das heißt Tunes – sich seitdem, auf Teufel komm raus, dafür rächen. Darum sorgte sie dafür, daß Sie mich – oder eher Gwen Owens – entführten, weil sie wußte, daß das Stoner schrecklich besorgt und unglücklich machen würde. Aber sie hat Ihnen Gwen nicht ausreichend beschrieben, so daß Sie mich statt dessen bekamen.«

»Sie sagten, schnappen Sie sich die Geliebte«, sagte David verwirrt zu Tunes.

»Doch das taten Sie nicht, nicht wahr?« erwiderte Millicent Tunes höhnisch.

»Sie *benahmen* sich aber wie Geliebte. Im Luau waren sie noch am Schmusen und Küssen, und dann hatten sie in *Communicore* einen Streit ...«

»Manchmal haben Menschen Streit, die keine Geliebten sind«, bemerkte Tunes mit vor Sarkasmus triefender Stimme.

»Aber nicht so«, sagte David.

»Das stimmt«, warf Marylou ein. »So streiten sich nur Geliebte. Oder sehr alte Freundinnen.«

Finster blickte er sie an. »Wer sind *Sie* dann?«

»Ich heiße Marylou«, antwortete sie. »Marylou Kesselbaum. Aber abgesehen davon ist alles, was ich Ihnen erzählte, wahr. Und wegen meines Namens habe ich sie eigentlich nicht angelogen, oder? Ich ließ Sie nur glauben, was Sie glaubten, das war alles. Das ist wohl kaum dasselbe wie *lügen*.«

»Wissen Sie *jetzt*, was Sie wissen wollten?« fragte Millicent.

»Was hatten Sie vor, was ich mit der anderen machen sollte?«

»Warten, bis McTavish ankommt, und sie beide umbringen natürlich.«

»Natürlich«, sagte Marylou.

»Warten Sie mal«, sagte David. »Als ich sagte, daß ich die Entführung mache, haben Sie nichts von *Töten* gesagt.«

Millicent Tunes schüttelte überdrüssig den Kopf. »Es ist *zuviel* für den kleinen Mann, ich werde es selbst erledigen.«

Marylou war sich nicht sicher, aber sie hatte den Eindruck, daß es keine gute Idee war, David einen kleinen Mann zu nennen. Vielleicht erkannte sie das an der verkniffenen weißen Linie, die sich um seinen Mund bildete ...

»Aber Sie mußten ja die Falsche erwischen«, fuhr Tunes fort. Diese Frau war unbarmherzig. »Dann müssen Sie sich eben um alle drei kümmern.«

David schien noch unsicherer zu werden.

Marylou beschloß, die Gelegenheit zu nutzen. »Also ehrlich, erst engagieren Sie einen Mann unter falschen Voraussetzungen. Dann geben Sie ihm ungenügend Informationen mit dem Ergebnis, daß er seinen Job ohne eigene Schuld nicht richtig ausführen kann – und David ist ein Mann, der stolz auf seine Arbeit ist. Und nun soll er auch noch für Ihre Fehler geradestehen.«

Millicent griff nach ihrer Pistole und richtete sie auf Marylou. Was sollte sie tun? Wenn ich den Mund halte und sie mich nicht sofort umbringt, kommt vielleicht Hilfe. Andererseits ist bis jetzt noch keine Hilfe gekommen, und es gibt wenig Grund zu der Annahme, daß das in den nächsten zehn Minuten geschehen wird. Wenn ich rede, kann ich David vielleicht dazu bringen, mir zu helfen. Schließlich haben David und ich ein gewisses Übereinkommen. Außerdem ist es wesentlich angenehmer zu reden als nicht zu reden. »Wenn ich nur noch eins sagen darf ...«, begann sie.

Millicent Tunes spannte die Pistole. Ihr Finger zog den Abzug.

»Paß auf!« flüsterte Gwen.

Stoner hätte vor Erleichterung beinahe laut gelacht. »Gwen?«

»Hast du etwa Eleanor Roosevelt erwartet?«

»Ich habe Millicent Tunes erwartet.«

»Sie ist zur Erde gefahren«, sagte Gwen und klopfte auf den Boden.

»Wann?«

»Vor zehn Minuten. Vielleicht weniger. Bestimmt nicht länger.«

Stoner rollte zurück auf ihre Absätze. »Hast du den Eingang gefunden?«

»Ich sitze darauf.«

»Warum hast du nichts gesagt? Wir haben überall gesucht ...«

»Ich hatte Angst, wir würden die Aufmerksamkeit auf uns lenken. Wenn du diese Falltür aus den Augen verlierst, verbringst du den Rest deines Lebens damit, sie wiederzufinden. Du hättest die alte Tunes auf dem Boden rumkriechen sehen sollen.«

Stoner grinste. »Das hätte ich wirklich gern.«

Tante Hermione kam, sich über den Rasen tastend, auf sie zu.

»Woher weiß sie, daß wir hier sind?« fragte Gwen. »Reden wir so laut?«

»Sie spürt es intuitiv. Ähnlich wie ein Hund.« Sie war aufgeregt, fast high. Schon bald würden sie Marylou finden. Zugegeben, das könnte noch mit einigen Gefahren verbunden sein. Sehr wahrscheinlich sogar. Mit wahrscheinlich wirklich riskanten Situationen. Aber wenigstens tappten sie nicht mehr im dunklen – das hieß, im bildlichen Sinn. Im buchstäblichen Sinn war es extrem dunkel. Dunkler als dunkel. Aber sie wußten, wogegen sie ankämpften, gegen *wen* sie kämpften und daß sie kämpften. Und *das* war etwas, womit sie umgehen konnte. Etwas Reales, etwas Konkretes. Es ging nicht um unbekannte Stimmen und rätselhafte Botschaften, nicht existierende Treppen und bodenlose Löcher ... »George und Stape sind zur Polizei gefahren«, sagte sie.

»Gut«, erwiderte Gwen. »Ich fing schon an, mich richtig unbewaffnet und verletzlich zu fühlen.«

»Ich vermute, wir sollten auf sie warten.«

»Wahrscheinlich«, sagte Gwen.

Tante Hermione tippte ihr auf die Schulter. »Stoner«, sagte sie mit leiser Stimme, »irgend etwas sagt mir, daß wir uns besser dort hinunterbegeben sollten, und zwar schnell.«

»Warten Sie mal«, sagte David und packte Millicent Tunes' Handgelenk. »Wir müssen erst darüber reden.«

Sie stieß ihn von sich und wandte ihre Aufmerksamkeit wieder Marylou zu. »Stehen Sie auf.«

»Sie wird ein Baby von mir bekommen«, sagte er.

»Ein *was*?«

»Ein Baby. Ein Kind. Wir haben verabredet ...«

Millicent schüttelte den Kopf. »Idiot.« Sie wies mit der Pistole auf Marylou. »Ich sagte, stehen Sie auf.«

Marylou sah sie ruhig an – das hoffte sie jedenfalls. »Sie wollen mich umbringen, nicht wahr?«

»Das werde ich ganz sicher.«

»Ob ich nun aufstehe oder nicht. Ich meine, wenn ich nicht tue, was Sie sagen, werden Sie mich hier und jetzt umbringen. Wenn ich andererseits das *tue*, was Sie sagen, aufstehe und irgendwo mit Ihnen hingehe, werden Sie mich dort umbringen, richtig?«

»Richtig.«

»Warum soll ich mir also die Mühe machen? Es ist egal, oder?«

»Sie wird ein Baby von mir bekommen«, murmelte David.

Millicent hob wieder die Pistole. »Ich zähle bis fünf ...«

»Das habe ich nie verstanden«, plapperte Marylou weiter. »Man sieht es ständig im Kino und im Fernsehen ... doch nicht im richtigen Leben, jedenfalls gehört zu meinen Erfahrungen im richtigen Leben nicht die alltägliche Auseinandersetzung mit Gewalt und Mord. Das gibt es nur im Fernsehen und im Kino. Ein Mensch will einen anderen umbringen und fängt an, dem Opfer Befehle zu geben, und das Opfer führt sie blind und gehorsam aus. Ergibt das irgendeinen Sinn für Sie?«

»Soviel Sinn wie *Sie* ergeben«, erwiderte Millicent Tunes.

Marylou runzelte die Stirn. »Wirklich schade. Ich dachte, Sie könnten es mir erklären – da Sie doch eine viel engere Beziehung zum Verbrechen und zur Gewalt haben als ich.«

»Stehen Sie auf«, wiederholte Millicent.

David blickte zu irgend etwas oben in der Ecke des Raumes hoch, in der Nähe der Decke. »Dr. Tunes ...«

Sie wünschte, sie könnte auch hochblicken. Es schien etwas Beunruhigendes zu sein. Aber sie mußte die Pistole im Auge behalten. Denn die Action war eindeutig da, wo die Pistole war.

»Dr. Tunes ...«

Tunes warf ihm einen ärgerlichen Blick zu. »Wollen ... Sie ... sich ... bitte ... hier ... raushalten?« forderte sie ihn mit zusammengebissenen Zähnen auf.

Ich hätte tun sollen, was sie verlangte, dachte Marylou. Wenn ich jetzt stünde, könnte ich einen Satz nach der Pistole machen.

»Aber da ist ...«

Millicent Tunes riß entnervt den Arm hoch, wobei sie Davids Wange mit dem Pistolenlauf streifte. »*Ich sagte, Sie sollen die Klappe halten.*«

»Also, *wirklich*«, bemerkte Marylou.

»Sie Hexe!« explodierte David.

»IHR VERDAMMTEN, HERUNTERGEKOMMENEN YANKEES, VERSCHWINDET AUS MEINEM HAUS!« Die Stimme war laut und hatte einen starken Südstaatenakzent und war sehr, sehr böse.

Stoner hörte sie, als sie an der Tunnelwand entlangschlich. Eine bekannte Stimme. Eine, die sie gehört hatte ... Sie schaute sich zu Tante Hermione um.

Ihre Tante nickte, und ihre Mundbewegung sagte »Callie Rose«.

David zog die Pistole und feuerte in die Ecke. Was immer er auch gesehen haben mochte, verschwand.

»Was zum Teufel ist mit Ihnen los?« brüllte Millicent Tunes. »Soll die ganze Welt uns hören?«

»Wenn Sie meine Meinung wissen wollen ...«, begann Marylou und hielt inne. Sie war nicht sicher, aber sie glaubte, sie hätte – in dem

Durcheinander und den Echos – Fußschritte gehört. Laufende Schritte. Vertraute Schritte, die sich näherten. Stoner hatte sie nicht vergessen. Stoner haßte sie nicht. Sie hätte vor schierer Freude und Erleichterung am liebsten geweint.

Aber nicht jetzt. Wir müssen jetzt *nachdenken*.

Lenke ihre Aufmerksamkeit auf dich, damit sie sie nicht kommen hören. Gib Stoner die Gelegenheit, sie von hinten zu überraschen.

»Seht!« kreischte sie und zeigte auf die gegenüberliegende Ecke. »Da ist es!«

David und Millicent fuhren herum, mit den Rücken zur Tür, die Pistolen bereit.

Stoner blieb vor der offenen Tür stehen. Da waren drei Personen in dem Raum. Zwei hatten eine Pistole. Die andere war Marylou.

Was sollten sie tun?

Die Taschenlampe in ihrer Hand lenkte die Aufmerksamkeit auf sich. Es war die letzte Chance, aber sie hatten auch keine große Auswahl. Sie nickte Gwen zu und gab ihr in Richtung Millicent Tunes ein Zeichen. Gwen nickte.

Schweigend und unisono zählten sie an ihren Fingern bis drei. Dann stürmten sie vorwärts.

Millicent Tunes drehte sich um. Gwen rammte den Kopf in Tunes' Unterleib, und Tunes ging zu Boden.

»Hä?« sagte David und wollte sich umdrehen.

Da holte Stoner so kräftig wie möglich mit der Taschenlampe aus. Sein Kopf ruckte zur Seite, als sie ihm gegen die Schläfe schlug. Durch die Wucht verlor sie das Gleichgewicht. Sie fiel auf die Knie. Ein Schmerz schoß durch ihr Bein.

Ein Pistolenschuß ging mit einem lauten »Peng« los.

David gewann sein Gleichgewicht wieder und stürzte zur Tür. Millicent Tunes erhob sich mühsam auf die Füße und rannte hinter ihm her, indem sie Tante Hermione zur Seite und in den Raum stieß.

»Es ist sinnlos zu laufen«, rief Tante Hermione. »Die Polizei ist bereits da.«

Die Tür zum Raum schlug hinter ihnen zu.

Es folgte ein lautes metallisches Geräusch wie von einem Schlüssel, der sich im Schloß drehte.

Das Licht ging aus. »Uhh-ohh«, sagte Marylou.

Stoner berührte ihr Knie. Es fühlte sich an, als drückte jemand mit einem Eispickel unter ihre Kniescheibe.

Er hat auf mich geschossen, dachte sie. Aber da war kein Blut. Hatte sie den Schmerz nicht schon gespürt, *ehe* sie den Schuß hörte?

Es war sehr dunkel hier drin.

»Nun«, meinte Marylou. »Ich bin wirklich froh, euch zu sehen. Im bildlichen Sinn, meine ich, da wir kein Licht haben und sich der Lichtschalter draußen neben der Tür befindet, die abgeschlossen ist. Glaubt mir, ich bin eine Sachverständige für diesen Ort. Ist die Polizei wirklich auf dem Weg hierher?«

»Wir hoffen es«, sagte Stoner. »Ist mit euch alles in Ordnung?«

»Mir geht es jetzt gut«, sagte Marylou. »Und euch?«

»Ich glaube, ich habe mir was gebrochen. Tante Hermione?«

»Ich bin hier, Schätzchen. Beleidigt, aber nicht verletzt.«

»Gwen?«

Keine Antwort.

»*Gwen!*«

Keine Antwort.

Vielleicht ist sie ihnen durch die Tür gefolgt? Vielleicht verfolgte sie sie durch den Tunnel, und sie würden alle auf die Polizei stoßen, und Gwen würde sie herbringen und sie rausholen …

Doch sie hatte das Gefühl, daß das nicht der Fall war. »Gwen?« fragte sie nochmals, angespannt flüsternd.

Keine Antwort.

Nein, dachte sie, nein, nein, nein …

Sie hockte sich auf die Knie. Es war ihr egal, wie sehr ihr das weh tat. Eilig krabbelte sie über den Boden, tastete sich mit den Händen voran. Und berührte etwas Feuchtes und Klebriges.

»Oh Gott«, sagte sie laut. »Kann mal jemand die Taschenlampe suchen.« Hektisch strich sie mit den Händen über Gwens Körper, suchte nach ihrem Handgelenk, ihrer Halsschlagader, irgendwas, um den Puls zu messen. Es schien überall Blut zu sein. Warm, dick … der Raum roch nach Salz und Metall.

»Die *Taschenlampe*!« schrie sie.

»Ich habe sie«, antwortete Tante Hermione. »Einen Augenblick.«

»Gott, ich glaube, sie ist tot.«

Marylou packte sie an der Schulter. »Keine Panik, Stoner. Das ist nicht der Augenblick, um den Kopf zu verlieren.«

»Ich brauche keine Platitüden! Ich brauche Hilfe!« Unter ihren klebrigen Fingern konnte sie Gwens Hals spüren, ihre Schlagader, ein leichtes Pulsieren. Einen Herzschlag. Aber es konnte auch ihr eigener Herzschlag sein. Vielleicht würgte sie Gwen sogar zu Tode. Sie zwang sich, sich aufzurichten. »Wo zum Teufel ist die *Taschenlampe*?«

Ein schwaches gelbes Licht warf einen runden Schein in die Dunkelheit. »Ich fürchte, sie ist beschädigt«, erklärte Tante Hermione.

Es mußte genügen. In dem matten Licht lag Gwen verdreht und wie zerbrochen auf dem Bauch, wie eine Puppe, die man aus großer Höhe hatte fallen lassen. Eine dickflüssige, schwarze Lache trat unter ihr hervor.

Entsetzt hielt Stoner den Atem an und drehte sie langsam um.

Die schwarze Lache bedeckte ihre ganze linke Seite. In dem fahlen Licht konnte sie sehen, daß sie wie eine gigantische Amöbe wuchs. Verzweifelt griff sie nach der Taschenlampe und hielt sie dicht an Gwens Hemd. Jetzt konnte sie das Blut pulsieren sehen. Aus ihrem Herzen? Ihren Lungen?

Gwens Gesicht war weiß, fast phosphoreszierend.

In ihrer Panik dachte sie, Blut hört auf zu pulsieren, wenn das Herz aufhört zu schlagen. Sie ist nicht tot. Am Sterben, aber nicht tot. Oh Gott, oh Gott, oh Gott.

Sie fühlte Tante Hermiones Hand auf ihrem Kopf, fest und ermutigend.

Begib dich auf eine andere Ebene, dachte sie und fühlte, wie sie erkaltete. Ihre Gefühle schalteten ab. Ihre praktische Seite meldete sich.

Sie reichte ihrer Tante die Taschenlampe und leerte ihren Rucksack. »Erste-Hilfe-Ausrüstung«, sagte sie mit scharfer Stimme.

Langsam und vorsichtig, sich nur auf ihre Fingerspitzen konzentrierend, fuhr sie mit der Hand unter Gwens Hemd und folgte der Blutspur bis an ihre Quelle. Da war sie, gleich unterhalb von Gwens Schulter. Das Fleisch fühlte sich wie ein durchgekauter Hamburger an. Eine warme Flüssigkeit pulsierte über ihre Hand. Die Kugel hatte nicht ihre Lungen oder ihr Herz, sondern eine Arterie verletzt – sie strich mit der Hand über Gwens Schulter und befühlte den Rücken; die Haut dort war unverletzt – und steckte noch in ihr drin.

Okay. Stoppe zuerst die Blutung.

»Verband«, bellte sie und streckte die Hand nach hinten aus. Marylou drückte ihr eine Kompresse in die Hand. Sie legte sie auf die Wunde und drückte.

Das Blut pulsierte weiter. Stoner drückte fester. Gwen gab ein leises Seufzen von sich.

»Es tut mir leid«, sagte Stoner. »Ich weiß, es tut weh, aber ich muß es tun.«

Das Blut floß immer noch. Sie nahm Gwens Hand in ihre freie Hand. Sie fühlte sich lasch und weich an, als wenn ihre Haut und ihre Muskeln aller Kraft beraubt wären.

Ich verliere sie!

Sie drückte mit aller Kraft auf die Wunde.

Verdammt, geh zu!

Gwen wimmerte. Sie zwang sich, nicht darauf zu hören, es nicht zu sich durchdringen zu lassen.

Das Licht der Taschenlampe wurde schwächer.

Stop die Blutung. Sie sagte es sich wieder und wieder. Stop die Blutung, stop die Blutung, stop die ...

Der Blutstrom erstarb zu einem Tröpfeln. Entweder hörte die Blutung auf oder ...

Sie fühlte nach dem Puls. Er war noch da – schwach und zäh, aber immerhin war er da.

Stoner ließ nicht los. Das Licht wurde immer schwächer, die Schatten kamen zurückgekrochen, um den Raum wieder für sich zu erobern. In wenigen Augenblicken ...

»Antiseptikum«, sagte sie. »Und Verbandzeug. Holt es raus und legt es irgendwohin, wo ihr es wiederfindet. Wir sitzen jeden Augenblick im Dunkeln.«

»Hier sind Schmerzmittel. Sollen wir sie ihr geben?«

»Was ist es?«

Eine Pause, in der Marylou das Paket in das wenige noch vorhandene Licht hielt. »Anacin.«

Das hätte sie sich gleich denken können. Es war ungefähr so nützlich wie ein Regenschirm in einem Hurrikan. Aber es war vielleicht besser als gar nichts. »Haben wir Wasser?«

»Es ist noch etwas Wein vom Essen übrig.«

Stoner lachte ein bißchen hysterisch. »Großartig, Marylou. Das ist genau der richtige Augenblick für Extravaganzen.« Sie schaute auf

Gwen hinab. Ihre Augen waren geschlossen, aber ihre Lippen waren leicht geöffnet. Stoner hielt eine Hand über ihren Mund. Winzige Stöße warmer Luft kamen heraus. »Ich glaube, sie ist bewußtlos.«

»Gut«, sagte Marylou.

»Nicht besonders.«

»Wenn ich an ihrer Stelle wäre, würde ich gern bewußtlos sein. Um ehrlich zu sein, wäre ich sogar jetzt am liebsten bewußtlos.«

Stoner schüttelte den Kopf. »Ich weiß nicht, warum, aber es soll angeblich ungesund sein.«

»Sollen wir versuchen, sie aufzuwecken?«

»Ich weiß nicht.« Sie blickte zur Tür. »Wir sind hier eingeschlossen, nicht wahr?«

»Ich fürchte ja«, sagte Tante Hermione.

»Probier es trotzdem mal.«

Ihre Tante ging zur Tür und rüttelte am Türgriff. »Abgeschlossen.«

»Vielleicht werden George und die Polizei bald hier sein«, sagte Marylou.

»*Wenn* sie Tunes und diesen Typen geschnappt haben. Und *wenn* sie ihnen gesagt haben, wo wir sind.«

»David würde es vielleicht sagen«, meinte Marylou.

»David?«

»Der Typ. Wir haben eine Art von Beziehung.«

Das Licht wurde immer schwächer.

»Ich wünschte, meine Mutter wäre hier«, sagte Marylou.

»Ich weiß, was du meinst«, sagte Stoner. »Ich wünschte mir auch fast, daß *meine* Mutter hier wäre, Göttin bewahre mich.«

»Ja, aber *meine* Mutter ist Ärztin.«

»Sie hat seit Jahren nicht praktiziert.«

»Ich wette, sie wüßte, wie lange es unschädlich ist, jemanden bewußtlos zu lassen.«

Es war eigentlich unwichtig. Gwen brauchte mehr, als aus der Bewußtlosigkeit aufzuwachen. Sie brauchte richtige Hilfe, und diese Hilfe war davon abhängig, daß jemand sie fand. Bald.

Das Licht ging völlig aus.

Stoner hockte sich auf die Absätze, während sie mit einer Hand weiterhin die Kompresse auf Gwens Schulter drückte. Ihr Knie schmerzte wie verrückt. Am liebsten hätte sie geschrien.

»Glaubst du, uns hört jemand, wenn wir schreien?« fragte sie.

»Ich bezweifle es«, sagte Marylou. »Ich habe es wirklich versucht.«

Ein leichtes Schuldgefühl durchdrang ihren Schmerz und ihre Panik. Marylou hatte schreckliche Qualen durchlitten, und in all dem Durcheinander hatte keine sie gefragt, wie es *ihr* überhaupt ginge. »Ist alles mit dir in Ordnung, Marylou?«

»Bestens. Es war nicht die schlimmste Erfahrung in meinem Leben, nicht im Vergleich mit mancher Verabredung, die ich mit Unbekannten hatte. Obwohl ich in diesem Fall nicht mit einem Telefonanruf und einem Taxi entkommen konnte, nicht wahr? Wie habt ihr herausgefunden, wo ich bin?«

»Erinnerst du dich an die Stimme, kurz bevor wir hier eintrafen? Die etwas von Yankees brüllte?«

»Ja, ich glaube, sie war hier«, sagte Marylou. »Nur ein Hauch von einem Wesen. Ich vermute, sie hat mir das Leben gerettet.«

»Sie ist ein Geist. Körperlos.«

»Das dachte ich mir schon«, sagte Marylou. »Auch wenn ich nicht unbedingt an solche Sachen glaube, aber ob ich daran glaube oder nicht, ich bin ihr dankbar.«

Stoner fühlte, daß jemand ihren Arm berührte.

»Schätzchen«, sagte Tante Hermione, »wir müssen wirklich etwas unternehmen wegen Gwen. Ich habe den starken Eindruck, daß sie sich ... nun, daß sie sich trennt.«

»Sich trennt?«

»Ihre Seele von ihrem Körper.«

Stoner konnte es auch fühlen. Die Energie im Raum ließ nach, als würde ein Magnet sie nach draußen ziehen. Fließend, sich auflösend ...

»Verlaß mich nicht«, rief sie. Sie nahm Gwens Gesicht in die Hände. »Hörst du mich, Gwen? *Verlaß mich nicht!*«

Sie hörte nicht auf, sich zu entziehen.

»So war das nicht vorgesehen, Gwen. Verdammt, du kannst mich nicht verlassen. Du hast es versprochen, Gwen. Erinnerst du dich? Wir wollten eine Menge zusammen erleben und zusammen alt werden und auf der Veranda sitzen und schaukeln und in Erinnerungen schwelgen und uns über unwichtige Einzelheiten streiten ...« Sie fühlte die Tränen, die über ihr Gesicht flossen. Sie ließ sie fallen. »Komm schon, Gwen. Bitte verlaß mich nicht. Bitte.«

Tante Hermione streckte die Hand über ihre Schulter und wedelte mit etwas vor ihrem Gesicht. »Versuch es damit, Stoner. Das ist wahrscheinlich effektiver als Schuldgefühle.«

Sie nahm das kleine Päckchen mit der Kapsel. Ammoniak. Gut. Sie riß das Päckchen auf, brach die Kapsel durch und wedelte sie unter Gwens Nase hin und her.

»Atme«, murmelte sie. »Verdammt, *atme*.«

Gwen holte schwach Luft, dann nochmal. Sie zuckte zurück, als der Geruch in ihren Nasengängen brannte.

»Okay«, sagte Stoner. »Jetzt bleib bei mir.«

Und tu was? fragte sie sich. Niemand kam, um sie zu retten. Entweder waren Tunes und dieser Mann, den Marylou David nannte, geflohen, oder sie blieben stumm. Wahrscheinlich hatten sie bereits einen geschickten Anwalt engagiert, der ihnen riet, nichts zuzugeben, geschweige denn vor dem Prozeß diesen Tunnel zu erwähnen. Schließlich waren sie vier Zeuginnen.

Aber was war mit George und Stape? Sie wußten, was los war. Sie wußten von dem Tunnel. Hielten David und Tunes sie auch gefangen? Oder krochen sie im Dunkeln herum und suchten nach der Falltür?

Niemand würde rechtzeitig hier eintreffen.

Gwen flüsterte etwas. Sie beugte sich näher zu ihr hinunter.

»Es tut mir leid, Stoner.«

»Nein, Gwen. Es gibt nichts zu bereuen.«

»Ich habe alles vermasselt.«

Stoner nahm ihre Hand. »Es ist noch nicht vorbei. Wir werden dich hier rausschaffen.«

»Ich glaube es nicht.«

»Vertrau mir.« Sicher, vertrau mir. Sieh nur, wie wunderbar erfolgreich ich bisher schon war. »Gwen?«

Es kam keine Antwort. Stoner beugte sich dicht zu Gwen hinunter. Sie lebte noch, aber sie glitt zurück in die Bewußtlosigkeit. Sie würden es nicht schaffen. Niemand käme. Und selbst wenn sie noch gerettet werden würden, für Gwen wäre es zu spät.

Sie versuchte, sich das Leben ohne sie vorzustellen. Sie konnte es nicht. Von dem Augenblick an, als sie sich getroffen hatten – vorher sogar schon, von dem Augenblick an, als sie die verschwommene, schlechte Instamatikaufnahme von ihr gesehen hatte, auf der sie so verlegen und absolut liebenswert ausgesehen hatte –, da hatte sie gewußt, daß diese Frau auf die eine oder andere Weise Teil ihres Leben werden mußte. Ob sie nun Geliebte, Freundinnen oder sonstwas wären. Sie war bereit, alles zu tun, damit diese witzige, freundliche Frau mit dem hellbraunen Haar und dunkelbraunen Augen, die dich verschlangen, diese Frau mit dem samtenen Lachen und einer Berührung, die sowohl kräftig als auch sanft war, Teil ihres Lebens wurde. Das Leben würde ohne sie nicht mehr dasselbe sein. Nie wieder dasselbe.

Gwen lag im Sterben, und es gab nichts, was sie dagegen tun konnte.

»Tante Hermione«, sagte sie mit gequälter Stimme. »Sie stirbt.«

»Einen Augenblick, Liebes«, erwiderte ihre Tante. »Ich spreche gerade mit jemandem.«

»Ich *brauche* dich, Tante ...«

»Ruhe«, sagte Marylou. »Sie hat gerade eine Idee.«

Es herrschte Stille. Stoner wußte nicht, was sie sagen sollte. Es war vorbei.

»Ich verstehe«, hörte sie Tante Hermione sagen. »Das ist einen Versuch wert.«

Ihre Tante krabbelte näher heran, zerdrückte die Reste der Ammoniakkapsel in der Hand und verströmte eine schwache Dunstwelle, die vorübergehend den Blutgeruch überdeckte.

»Ich habe einen Vorschlag«, sagte Tante Hermione. »Wenn wir es schaffen, uns auf Callies Seite zu begeben, könnten wir Gwen vielleicht am Leben halten, bis Hilfe kommt. Das ist eine Art Scheintod, wie er in östlichen Mythen praktiziert wird.«

»Ich weiß nicht ...«

»Natürlich weißt du es nicht. Niemand *weiß* eigentlich irgend etwas. Aber wir können es versuchen.«

Klar könnten sie es versuchen. Im Augenblick würde sie alles versuchen. Sie wäre sogar bereit, die Jungfrau Maria anzurufen und sie anzuflehen, ihren geliebten Sohn zu bitten, sich darum zu kümmern. Sie würde den Rest ihres Lebens in die Kirche gehen. Verdammt, wenn nötig, würde sie sogar einen Pakt mit dem Teufel schließen. Es war verrückt, aber es war immerhin etwas.

»Was müssen wir tun?«

»Nichts.«

»Nichts?«

»Richtig«, erklärte ihre Tante. »Und das wird dir extrem schwerfallen. Wir müssen absolut gar nichts tun.«

»Wir tun doch schon jetzt nichts.«

»Wir tun jetzt eine ganze Menge. Wir reden und denken und planen. Wir halten die Zellen in unseren Körpern zusammen. Unsere inneren Organe funktionieren mit einer halsbrecherischen Geschwindigkeit. Wir müssen das alles loslassen und ... nun, uns treiben lassen. Uns in den Kosmos werfen.«

»Das ergibt für mich keinen Sinn«, sagte Stoner. Sie überlegte, ob Gwen noch atmete oder ob ...

»Weil du *nachdenkst*. Wenn es funktionieren soll, mußt du unbedingt aufhören nachzudenken. Stell dir vor ... nun, du würdest in den Schlaf sinken.«

»Vielleicht sollten wir alle einen Schluck Wein trinken«, schlug Marylou vor.

»Keinen Wein. Das ist zu unvorhersehbar. Wir könnten damit sonstwo landen.«

»Jetzt verstehe ich!« sagte Marylou. »Es ist wie bei *Raumschiff Enterprise*. Wir begeben uns in den Transporter.«

»Ja«, sagte Tante Hermione, »das ist ein guter Vergleich. Warum gehst du nicht zuerst?«

»Okay. Bis später dann, auf der anderen Seite.«

Marylou schwieg. Es war still im Raum. Sehr still. Es schien eine Idee kühler zu werden.

»Sie ist drüben«, sagte Tante Hermione. »Jetzt du, Stoner.«

Sie versuchte, sich einen leeren Kopf vorzustellen, und konnte es nicht.

»Stoner«, sagte ihre Tante. »Schau in meine Richtung.«

Sie wandte sich in die Richtung, aus der ihre Tante sprach, und Tante Hermione schlug ihr kräftig ins Gesicht. Verblüfft wurde sie ohnmächtig.

Sie fand sich auf dem Rücken am Boden liegend wieder. Die Erde unter ihr war fruchtbar und locker. Die Luft war süß vom Duft nach Orangenblüten. Warmes Sonnenlicht umflutete sie und streichelte ihre Haut.

Stoner öffnete die Augen. Tante Hermione kniete neben ihr.

»Es tut mir schrecklich leid, daß ich das tun mußte«, sagte sie. »Aber es war die einzige Möglichkeit, um dich am Denken zu hindern. Ein alter Zen-Trick.«

»Du hast mir nicht weh getan.« Sie richtete sich auf. Ihr Gesicht tat nicht weh. Ihr Knie tat nicht weh. Nichts tat weh.

Sie befanden sich inmitten einer Orangenplantage. Gerade Baumreihen erstreckten sich in alle Richtungen. Perfekte Bäume mit dunkelgrünen Blättern, leuchtenden Früchten und sanftweißen Blüten.

»Wo sind wir?«

»Ich weiß nicht«, sagte Tante Hermione. »Wo immer Callie uns hinhaben wollte, vermute ich.«

»Gwen?«

»Hier bin ich«, erwiderte eine samtene Stimme hinter ihr.

Sie fuhr herum. Gwen saß auf einem Grasbüschel an einen Orangenbaum gelehnt, die Arme um die Knie geschlungen.

»So eine Rundfahrt habe ich noch nie erlebt«, sagte Gwen lachend und betrachtete sich. Ihr Kleid war makellos sauber. »Sieht aus, als würden sie auf der Fahrt die Wäsche waschen.«

»Es gibt hier keine ›Sie‹«, erklärte Tante Hermione. »Vermutlich bist du so gekleidet, wie du dich zuletzt wahrgenommen hast.«

»Nun, ich wünschte, ich hätte mich in einer etwas alltäglicheren Kleidung wahrgenommen«, fand Gwen. »In Edith Kesselbaums Kleidern fühle ich mich absolut lächerlich.«

Stoner streckte die Hand nach ihr aus. »Ist alles in Ordnung? Fühlst du dich wirklich okay?«

»Es scheint so«, erwiderte Gwen und nahm ihre Hand.

Sie wird es überleben. Stoner fühlte ihr Herz vor Freude anschwellen. Gwen war wieder in Ordnung. Zumindest bis sie zurückkehrten. Wenn sie zurückkämen, würde Gwen vielleicht ...

Aber wenn sie nicht zurückkehrten, wenn sie aus irgendeinem Grund nicht zurückkehren könnten, würde sie gern für immer hierbleiben, wenn das Gwen am Leben hielt. Wo immer dieses Hier auch war.

Und wo war Marylou? Sie drehte sich um und sah Callie Rose zum ersten Mal. Sie war ungefähr sechzehn. Erbärmlich dünn, mit faserigem, langem schwarzen Haar. Sie trug ein verblichenes Kattunkleid, wie sie es auf Bildern in Zeitschriften gesehen hatte. Handgemacht aus alten Futtersäcken. Stoner vermutete, daß sie aus einer armen Familie stammte, aus der Zeit der Weltwirtschaftskrise.

»Hi«, sagte sie. »Ich freue mich, dich endlich kennenzulernen. Ich heiße Stoner McTavish.« Sie reichte ihr die Hand.

Das Mädchen schüttelte sie zögernd. Ihre Fingernägel waren abgerissen und abgeknabbert. »Ich freu' mich, dich kennenzulernen. Holst du mich hier raus?«

»Entweder das oder du wirst reichlich Gesellschaft haben. Hast du Marylou gesehen?«

»Den anderen Yankee?« fragte Callie Rose. »Die laute Frau? Sie ist essen gegangen.« Sie drehte sich zu Tante Hermione um. »Du hast gesagt, du holst mich hier raus.«

»Das werden wir auch, Callie, sobald wir wissen, wie.«

Stoner starrte ihre Tante an. »Tante Hermione ...«

»Ach Stoner, das ist sicher nur eine technische Frage«, sagte ihre Tante. »Aber ich habe vorher noch nie Exorzismus *praktiziert* ...« Sie wandte sich entschuldigend an Callie Rose. »Entschuldige, Schätzchen, ich weiß, das ist ein häßliches Wort. Würdest du es vorziehen, wenn ich ein weniger vorbelastetes Wort wähle? ›Beseitigung‹, zum Beispiel?«

»Das ist mir Wurst«, sagte Callie Rose mürrisch. »Solange du es nur machst.«

Tante Hermione tätschelte ihre Hand. »Vielen Dank, Callie. Nun, ich habe noch keine Beseitigung oder ähnliches *praktiziert*, aber ich habe einige Male assistiert, und ich glaube, ich kann mich an die meisten Einzelheiten erinnern. Eigentlich ist es ziemlich einfach. Auf die Absicht kommt es an.«

Die Luft wurde plötzlich kühler. Eine Brise kam auf. In der Ferne konnten sie ein polterndes Geräusch hören, wie von Güterwagen, die langsam über eine Schiene rollen.

Stoner schauderte. »Ich weiß, es ist unwichtig, aber ich wüßte wirklich gern, wo wir sind. Ich dachte, wir würden irgendwie innerhalb der Tunnel herumschweben. Oder wenn es hochkommt, draußen. Aber hier komme ich mir vor wie eine Gestalt aus dem ›Zauberer von Oz‹.«

»Oh, das tut mir leid«, sagte Tante Hermione. »Ich weiß, du hast den Film gehaßt. Callie, hast du eine Ahnung, wo wir sind?«

Die junge Frau schüttelte den Kopf. »Ich war plötzlich hier. Ich versteh' diesen Ort überhaupt nicht, und es gefällt mir hier nicht. Er macht mir angst.«

Was nichts ist im Vergleich zu der Wirkung, die du auf mich hattest, dachte Stoner. »Wo immer wir auch sind«, sagte sie, »ich glaube, es ist besser, wenn wir in den Tunnel zurückgehen, bevor sie unsere – äh – Körper finden. Sie könnten uns wegschaffen, und dann werden wir nie wieder den Anschluß finden.«

»Das stimmt«, sagte Tante Hermione, streckte den Arm aus, pflückte eine Orange und entfernte die Schale. Sie schob sich eine saftige Scheibe in den Mund. »Eins steht fest. Wo immer wir sind, es ist real. Diesen Geschmack kann man sich nicht einbilden.«

Stoner probierte eine. Der Geschmack war ausgezeichnet. Herb und süß und stark. Sie hatte das Gefühl, ihn berühren zu können.

Eine dunkle Wolke schob sich über die Baumwipfel und wischte den blauen Himmel weg, als würde ein Maler Blau mit Schwarz übermalen. Wir sollten wohl besser Marylou finden und einen Unterschlupf suchen.

Eine laute, schrille Alarmsirene zerriß die Luft. Damit wurden wohl die Pflücker gewarnt.

»Marylou!« rief Stoner.

»Hier bin ich.« Marylou kam mit dem Schal wedelnd durch die Bäume gerannt. Sie hatte unterwegs den Hut abgenommen. Ihr Gesicht war vom Laufen erhitzt. »Wir müssen hier abhauen«, keuchte sie. »Irgend etwas ganz Schlimmes kommt auf uns zu.«

»Ach, Marylou«, sagte Stoner nachsichtig. »Es ist nur ein Sturm. Wir werden wahrscheinlich nicht einmal naß, da wir uns gar nicht wirklich in einem Körper befinden.«

»Ich meine doch nicht den Sturm, du Idiot.« Marylou blickte zurück über die Baumreihe. Ihre Hosenbeine flatterten wie Fahnen in den Windstößen. »Da ist eine ... eine ...« Die Worte blieben ihr im Hals stecken, als sich über den Bäumen der Rand einer fliegenden Untertasse erhob und dann nach unten senkte und direkt auf sie zusteuerte.

12

»Geht in Deckung«, schrie Marylou und machte einen Satz unter den nächsten Baum.

Fasziniert stand Stoner auf dem leeren Streifen zwischen den Baumreihen und beobachtete, wie das Objekt sich näherte. Es war ein großes weißes Gefährt, das über fünf Baumreihen reichte. Lange Arme ragten an seinen Seiten heraus. Es war makellos sauber und sah neu aus und irgendwie bekannt.

»Ihr Idioten!« kreischte Marylou. »Es sammelt Muster. Wollt ihr in einem Labor auf dem Mars enden?«

»Ich glaube nicht, daß wir in Gefahr sind«, meinte Stoner und drehte sich zu dem Baum um, unter dem Marylou, Tante Hermione und Callie Rose zusammengedrängt hockten.

»Entschuldige bitte«, sagte Marylou, »aber ich denke nicht, daß ich deinem Urteil in bezug auf Gefahren vertrauen sollte.«

»Stoner hat recht«, sagte Gwen. »Mit diesem Ding hat es etwas auf sich. Wir haben es schon einmal gesehen.«

Callie Rose klammerte sich an Tante Hermione, ihre Augen waren groß und dunkel wie Pflaumen. »Ich hoffe, es kommt bald zu euch«, sagte Tante Hermione. »Dieses Kind hat schreckliche Angst.«

Sie dachte angestrengt nach. Irgend etwas an diesem Geruch und dem nahenden Sturm, der Sirene ... Sie hatte es. *»Horizons«*, sagte sie.

Gwen schnippte bei der Erinnerung mit den Fingern. »Richtig. Wir befinden uns auf der Fahrt durch *Horizons*.«

»Und diese Maschine ist ein Pflückroboter.«

»Das«, sagte Marylou, »ist ja ekelhaft. Ein Pflückroboter. Und *was* genau pflückt dieser Roboter?«

»Orangen.«

Marylou blickte auf die Orange in ihrer Hand, kreischte und warf sie weg. Der Pflückroboter neigte sich auf die Seite, fuhr einen mechanischen Arm aus und hob die Orange vom Boden auf.

»Ich glaube, das hier ist die Reinigungskolonne«, meinte Gwen. »Ich hoffe, er identifiziert uns nicht als Abfall.«

Der Roboter schien sie für eine Minute zu studieren, dann gab er einen hohen Piepton von sich, der ein ohrenbetäubendes Alarmsignal in alle Richtungen auslöste.

»Vielleicht nicht als Abfall«, sagte Stoner, als der Roboter über ihnen schwebte, als wollte er sie an der Flucht hindern. »Aber er identifiziert uns eindeutig als Eindringlinge.«

»Was sollen wir deiner Meinung nach tun?« fragte Gwen.

»Bleiben, wo wir sind. Ich glaube, es wird jemand kommen, um nachzusehen, ob es in dieser Ausstellung einen Kurzschluß gegeben hat.«

»Okay«, sagte Gwen. »Aber ist dir etwas Merkwürdiges aufgefallen?«

»Zum Beispiel?«

»Wenn das hier eine Rundfahrt ist, woher kommt es dann, daß die Orangen echt sind?«

»Äh ...« Irgend etwas sagte ihr, daß sie eine Ahnung hatte, und die gefiel ihr nicht. Sie zuckte die Achseln. »Das ist Disneyworld.«

»Sehr informativ«, murmelte Marylou.

Der Boden zitterte ein wenig – echter Boden, stellte sie fest, und die Orangenbäume waren auch eindeutig echt –, als würde jemand in einer echten Orangenplantage auf sie zulaufen. Sie sah sich schnell um. Sie sollten sich besser trennen. Falls sie in feindliche Hände fielen, müßten sie dafür sorgen, daß eine von ihnen fliehen und Hilfe holen könnte. Und Gwen konnte das nicht tun. Wenn sie in ihren Körper zurückkehrte, würde sie innerhalb weniger Minuten tot sein.

»Marylou«, sagte sie schnell, »versteck dich.«

»Auf keinen Fall«, erklärte Marylou. »Nochmal laß ich mich von euch nicht trennen.«

»Ich tue es«, bot Tante Hermione an.

Gut. Tante Hermione konnte sich recht gekonnt zwischen den Welten bewegen, wenn es notwendig würde.

Stoner nickte.

Ihre Tante nahm Callie Rose an die Hand und verschwand im Gehölz.

Die laufenden Schritte kamen näher. Eine Frau kam zwischen den Bäumen hervor. Sie war Ende Zwanzig, brünett und trug einen leuchtendgelben Trainingsanzug. Sie trug so etwas wie einen kompakten Walkie-talkie bei sich, schien aber unbewaffnet zu sein.

»Hi«, sagte Stoner fröhlich.

Die Frau musterte sie. »Wer um alles auf der Welt sind Sie?« fragte sie. Sie wirkte nicht feindselig, sondern nur befremdet.

»Ich heiße Stoner McTavish. Ich bin Reisekauffrau. Aus Boston. Das ist Marylou Kesselbaum. Und Gwen Owens. Wir sind zu Besuch in EPCOT und sind irgendwo falsch abgebogen ...«

»Sie sind wo zu Besuch?«

»Im EPCOT Center. In Disneyworld.«

Die Frau schüttelte den Kopf. »Habe ich nie gehört.«

»Können Sie uns sagen, wo wir sind?« fragte Gwen.

»In Mesa Verde.« Die Frau streckte die Hand aus. »Ich bin übrigens Elaine.«

Gwen schüttelte ihre Hand. »Dann arbeiten Sie hier also?«

»Ich leite diese Plantage.«

»Mir gefällt Ihr Erntegerät.«

Elaine grinste. »Danke. Ich habe es selbst entworfen.« Sie streckte die Hand aus und tätschelte den mechanischen Arm. Der Roboter schien sich wie ein Haushund zu winden.

»Sagten Sie Mesa Verde?« fragte Stoner. »Mesa Verde in Colorado?«

»Colorado?« Die Frau neigte wie verwundert den Kopf zur Seite. »Diese Bezeichnung habe ich schon seit Jahren nicht mehr gehört. Seit dem Geschichtsunterricht in der Schule nicht mehr.«

Oje, dachte Stoner. Hier bahnen sich Probleme an. »Aha«, sagte sie.

Elaine drehte sich wieder zu Gwen um. »Sie haben einen Akzent«, stellte sie fest.

»Einen kleinen.«

»Ich habe noch nie einen Akzent gehört. Ich habe darüber gelesen, aber ich habe mich immer gefragt, wie es sich wohl bei einem richtigen Menschen anhört. Die Sprachdisketten hören sich immer so ... irgendwie so aufgesetzt an, finden Sie nicht?«

»Nun«, sagte Gwen nickend, »ich nehme an, sie müssen schon präzise sein.«

»Ich nehme an!« Elaine klatschte in die Hände. »Das ist *wunderbar*. Wo haben Sie gelernt, so zu sprechen?«

»Zu Hause«, erwiderte Gwen. »In Georgia.«

Elaine lachte. »Kommen Sie, machen Sie sich nicht über mich lustig.«

»Wirklich. Ich meine es ernst. Ich bin in Georgia aufgewachsen.«

»Es gibt schon seit hundertfünfzig Jahren kein Georgia mehr. Nicht hier in den ehemaligen Vereinigten Staaten, nicht in den alten russischen Gebieten.« Sie hielt inne und starrte sie überrascht an. »Oh Mann.«

»Wie bitte?« fragte Stoner.

»Sie kommen aus Nova Cite, nicht wahr?«

»Nova was?«

»Sie sind kryogenisiert worden.«

»Man hat mich ja schon alles mögliche geschimpft«, bemerkte Marylou verärgert, »aber noch nie kryogenisiert.«

Ja, das könnte funktionieren. Stoner nickte begeistert und signalisierte Marylou, still zu sein. »Das stimmt. Wir wurden um ... 1990 eingefroren.«

»Vor dem Krieg also«, sagte Elaine.

Stoner schüttelte traurig den Kopf. Verdammt, sie hatte gehofft, es würde *keinen* Krieg mehr geben. »Es gab einen Krieg?«

»Ja sicher«, antwortete Elaine. »Darum haben wir auch keine Staaten mehr. Oder Länder. Der größte Teil der Weltbevölkerung wurde getötet, so daß Grenzen keinen Sinn mehr machten, weil es nicht genug Menschen gab. Als dann der Wiederaufbau begann, kamen sie zu dem Schluß, daß die Überbevölkerung und die Grenzen überhaupt erst diese Probleme verursacht hatten.« Sie sah sie mitfühlend an. »Haben Sie sich wirklich *verlaufen*?«

»Total«, sagte Gwen.

»Sagen Sie mir«, wollte Marylou wissen, »wie ist das Essen heutzutage?«

»Du liebe Güte, Marylou!« sagte Stoner.

Ungeduldig sah Marylou sie an. »Nun, *du* zeigst ja keinerlei natürliche Neugier. Das hier ist eine im Leben einmalige Gelegenheit.«

Elaine lachte. »Das Essen ist in Ordnung. An was haben Sie gedacht?«

»Wird noch koscher gekocht?«

»Ich fürchte, nein. Die ethnische Küche kam mit dem Fall der Grenzen außer Mode.«

»In manchen Fällen«, meinte Marylou, »ist das kein großer Verlust.«

Sie könnten hier Wochen, Monate bleiben. Was sie alles lernen und in ihre eigene Zeit mitnehmen könnten! Das Problem war nur, daß sie in ihrer eigenen Zeit jeden Augenblick entdeckt werden könnten. Und wenn man sie *dort* entdeckte, während sie *hier* waren ...

»Hören Sie«, sagte Stoner, »das ist faszinierend, aber wir müssen, äh, irgendwohin zurück, und wir haben es etwas eilig ...«

Elaine hob eine Augenbraue. »Irgendwohin?«

»Genau gesagt«, warf Gwen ein, »nach Orlando. Das ist in Florida oder was einmal Florida war.«

»Ach, das ist kein Problem. Sie sind fast da.«

Natürlich. Nur weil sie eine Reise durch die Zeit gemacht hatten, hieß das nicht unbedingt, daß sie auch eine durch den Raum gemacht hatten. Andererseits war es wahrscheinlich viel komplizierter, durch die Zeit zurückzukehren. Sie erinnerte sich, daß sie beim letzten Mal, als sie es versucht hatte, überhaupt kein Glück hatte.

Manchmal wünschte sich Stoner, kein so interessantes Leben zu führen.

»Sie können ein Shuttle-Fahrzeug nehmen«, sagte Elaine. »Sie sind recht leistungsfähig.« Sie lächelte. »Insbesondere wohl im Vergleich zu den Maßstäben im 20. Jahrhundert.« Sie drehte sich um und machte sich auf den Weg. »Folgen Sie mir! Sie können Ihren anderen Freunden sagen, daß sie jetzt auch rauskommen können.«

»Ihre Sensoren sind sehr gründlich, was?« fragte Gwen, als Marylou losging, um Tante Hermione und Callie Rose zu holen.

»Ja, unsere gesamte Technologie ist sehr leistungsfähig.« Elaine seufzte. »Manchmal wünsche ich, ich könnte einfach so vor mich hinwursteln, wie Sie es in Ihrer Generation taten.«

Gwen lachte. »Soll das eine Beleidigung sein?«

»Ich hoffe nicht«, sagte Elaine.

Hinter ihnen war ein Geräusch zu hören. Elaine drehte sich um, warf Tante Hermione einen Blick zu und wollte sich wieder abwenden, starrte sie dann aber mit etwas Spätzündung an und holte tief Luft. »Ein altes Weib!« Sie fiel vor der älteren Frau auf die Knie, nahm ihre Hände und küßte sie. »Verehrte.«

»Seid gesegnet«, sagte Tante Hermione, beugte sich hinunter, nahm Elaines Gesicht in die Hände und küßte sie sanft auf die Lippen.

»Seid gesegnet«, erwiderte Elaine. Zitternd erhob sie sich. Tränen standen in ihren Augen. »Ich weiß nicht, was ich sagen soll. Ich … wir … Sie wissen nicht, wie lange wir schon auf die alten Weiber warten.«

Tante Hermione lächelte und nickte. »Wir wissen es, jene von uns, die in die Zukunft gereist sind.«

Elaine trat näher an sie heran. »Sie haben gelernt, wie man in die Zukunft reist?« fragte sie mit leiser Stimme, als erkundigte sie sich nach gefährlichen Informationen.

»Ein paar von uns. Es scheint mit zunehmendem Alter zu gelingen.«

»Oh«, sagte Elaine traurig, »dann werden wir nie …«

Tante Hermione lächelte. »Sag niemals ›nie‹, mein Kind. Denken Sie daran, in unserer Kunst ist alles möglich.«

Stoner betrachtete ihe Tante mit Bewunderung und Erstaunen. Sie war vielleicht nur einszweiundsechzig groß, trug eine marineblaue

Trainingshose und ein graues Sweatshirt, auf dem vor ungefähr fünfzig Wäschen »B.U. Athletic Department« zu stehen pflegte, aber sie sah so königlich und weise wie eine Hohe Priesterin aus. Es kam ihr sogar so vor, als würden alle Hohen Priesterinnen, von denen sie geistig abstammte, hinter ihr stehen und ihr ihren Segen und ihre Kräfte verleihen.

»Das Leben hier ist schwierig für Sie, nicht wahr?« fragte Tante Hermione.

Elaine nickte. »Wir sind so wenige, und unsere Traditionen und die Geschichte der Frauen sind zerstört worden. Viele alte Namen sind vergessen und die meisten alten Lieder. Manchmal scheinen wir nichts anderes als eine blasse Imitation dessen zu sein, was es einmal gab.«

»Und wir«, sagte Tante Hermione mit einem freundlichen Lächeln, »glauben manchmal, wir wären nur eine blasse Reflektion dessen, was noch kommen wird.«

»Können Sie eine Weile bleiben?« fragte Elaine schüchtern. »Wir können so viel von Ihnen lernen.«

Tante Hermione schüttelte den Kopf. »Ich fürchte nein. Wir wissen nicht genau, wieviel Zeit wir haben, aber wir sind spät dran ... und das könnte ernste Konsequenzen haben.«

Elaine schaute zu Boden. »Ich verstehe.«

Tante Hermione ging auf der Suche nach einer Inspiration in sich. »Ich habe vielleicht eine Teillösung«, sagte sie. »Feiern Sie noch Samhain?«

Elaine schaute sie mit einem leeren Gesichtsausdruck an.

»Halloween?«

»Ich weiß nicht, was das ist«, sagte Elaine.

»Das überrascht mich nicht«, sagte Tante Hermione. »Selbst zu unserer Zeit gab es welche, die den Feiertag verbieten wollten. Orte, wo die Kinder die Schule nicht dekorieren durften. Ungebildete Fanatiker glaubten, Halloween sei ein Fest des Teufels.« Sie seufzte. »Es war unser wichtigster Feiertag. Ich glaube, einigen, die hinter der Bewegung standen, war das bewußt.« Sie überlegte weiter. »Das Elfte Mondumlauf-Fest?«

»Ja!« sagte Elaine aufgeregt. »Das kennen wir. Das Festival der Alten. Wir feiern es in einigen Tagen.«

»Gut, wenn Sie dabei sind, rufen Sie Hermiones Schwestern an. Wir werden versuchen, zu Ihnen durchzukommen.« Sie kicherte. »In meiner Hexenversammlung gibt es genügend alte Weiber, um auch die Hungrigsten unter Ihnen zu befriedigen.«

»Das werden wir.« Elaines Gesicht glänzte. »Aber ich wünschte, die anderen hätten Sie kennenlernen können. Es hätte ihnen so viel bedeutet.«

»Sie müssen sie von mir grüßen«, sagte Tante Hermione. Sie griff unter ihr Sweatshirt und zog ihr Silberhalsband mit dem Drudenfuß hervor. »Und das ist für Sie.« Sie reichte es Elaine.

Die Augen der Frau füllten sich erneut mit Tränen. »Ich werde es mit allen teilen. Wir werden es verehren.« Schnell riß sie den Reißverschluß ihres Trainingsanzuges auf und schob das Halsband hinein. »Wenn ich damit erwischt werde ...«, sagte sie entschuldigend.

Tante Hermione nickte. »Je mehr die Dinge sich verändern, desto mehr bleiben sie dieselben, nicht wahr?«

Etwas piepte. Elaine griff in die Tasche und zog ein Gerät hervor, das wie ein Mini-Walkman ohne Kopfhörer aussah. »0174 hier«, sagte sie und drehte sich leicht in die Richtung um, aus der sie gekommen war. In der Ferne ragte ein Wachturm in den dunkler werdenden Himmel.

Eine Männerstimme ertönte aus dem Gerät. »Gibt es dort draußen Probleme?«

»Ein paar Besucherinnen aus Nova Cite. Sie haben sich anscheinend verlaufen. Können Sie ihnen einen Shuttle schicken?«

»Mach ich. Wie viele Personen?«

Elaine zählte sie. »Vier.«

»Fünf«, korrigierte Stoner und sah sich nach Callie Rose um, die nirgendwo zu erblicken war. »Bei uns war noch eine junge Frau.«

»Komisch«, sagte Elaine. »Auf den Sensoren war sie nicht zu sehen.«

»Das ist typisch für Callie«, sagte Tante Hermione schnell und lachte. »Ständig spielt sie Streiche.«

»Sie war nicht zu sehen auf den ...?« begann Marylou.

»Marylou«, unterbrach Tante Hermione sie. »Du warst zuletzt mit ihr zusammen. Sieh nach, ob du sie finden kannst.«

»Wenn wir reingehen«, sagte Elaine, als Marylou zwischen zwei Orangenbaumreihen davontrottete, »wäre ich Ihnen dankbar, wenn Sie nichts erwähnen ...«

»Keine Sorge«, sagte Stoner. Sie sah sich im Orangenhain um. »Das ist ein wunderschöner Ort. Schade, daß es hier nicht mehr Toleranz gibt.«

Elaine nickte. »In mancher Hinsicht sind wir nicht weit gekommen, seit Sie eingeschlafen sind. Ich hoffe, Sie haben nicht mit Wundern gerechnet.«

»Eigentlich nicht«, erwiderte Stoner.

»Einige Fortschritte haben wir natürlich gemacht. Hauptsächlich wissenschaftlicher und technologischer Art. Zum Beispiel gibt es keine Krankheiten mehr. Wir sind von Geburt an immunisiert.«

Stoner überkam ein leichtes Schuldgefühl. »Ich hoffe, wir tragen keine Bakterien mit uns herum, die Sie nicht berücksichtigt haben.«

»Nur wenn Sie eine interstellare Reise hinter sich haben.«

»Das bezweifle ich.«

»Gut, denn über Krankheiten, die es auf der Erde gegeben hat oder noch gibt, müssen wir uns keine Sorgen machen.«

»Nicht einmal um Krebs?«

»Nein. Keine Krankheit und keine Umweltverschmutzung.«

Marylou und Callie Rose tauchten wieder auf. Elaine gab ihnen ein Zeichen, und sie begaben sich auf den Weg zum Wachturm.

»Warum gibt es dann keine alten Leute bei Ihnen?« fragte Gwen.

»Unser Immunisierungsprozeß reicht ungefähr bis zum fünfzigsten Lebensjahr. Ja, gelegentlich lebt jemand fast sechzig Jahre, aber meistens sterben sie vorher. Ich vermute, der Immunisierungsprozeß sieht vor, daß wir nicht länger leben.« Sie zeigte auf Tante Hermione. »Ein echtes Altes Weib zu treffen ... ist eine atemberaubende Erfahrung.«

»Das verstehe ich nicht«, sagte Gwen. »Wenn Sie nicht älter als fünfzig werden wollen, warum immunisiert man dann die Menschen?«

Stoner glaubte, eine Antwort darauf zu haben. Diese Kultur – wann immer sie auch existierte – war altersfeindlich wie das Amerika im 20. Jahrhundert.

»Das wird bei der Geburt gemacht«, sagte Elaine, »und uns werden so schreckliche Geschichten über das Alter und die Krankheiten zu Ihrer Zeit erzählt, daß niemand es wirklich wagt, zu widersprechen.«

»Aber es muß hier doch Rebellen geben«, meinte Gwen. »Irgendwo muß sich eine kleine Gruppe von Menschen versteckt haben. Es ist eine sehr große Welt.«

Elaine schüttelte den Kopf. »Unsere Sensoren würden sie aufspüren.« Sie runzelte nachdenklich die Stirn. »Obwohl sie Ihre junge Freundin nicht erfaßt haben.«

»Callie Rose hat – eine ungewöhnliche elektromagnetische Struktur«, erklärte Stoner schnell.

»Ich wünschte, wir könnten das von ihr lernen. Im geheimen natürlich.«

Natürlich. Falls die Obrigkeiten, wer immer sie auch waren, herausfanden, daß es jemanden gab, die ihren Sensoren entging, würden sie sie schnell loswerden wollen, ehe jemand ihre Tricks lernte. Die Zukunft, so schien es, war von jeder Art von Verunreinigung befreit, außer der Verunreinigung der Gedanken.

Aber an der Schönheit der Landschaft kam man nicht vorbei. Der Duft der Orangenblüten und reifenden Früchte lag schwer in der Luft. Selbst in der zunehmenden Dunkelheit des Gewitters leuchteten die Orangen wie Weihnachtskerzen. In der Zukunft ließ man sie offensichtlich am Baum reifen, was im Vergleich zur gegenwärtigen Praxis eine eindeutige Verbesserung war. Sie fragte sich, ob sie das Tomatenproblem gelöst hatten. Der Gedanke an richtig rote Tomaten mit echtem Geschmack das ganze Jahr über – an Stelle der rosafarbenen Plastikvariante, die zu weich zum Tennisspielen und zu hart zum Essen war – kam einem Wunder so nahe, wie sie es nie zu hoffen gewagt hätte. »Wie sind Ihre Tomaten?« fragte sie.

Elaine lachte. »Nicht wie diejenigen, die Sie gewohnt waren. Wir haben viele Geschichten darüber gehört. Wenn ein Unterhaltungskünstler eine richtige Pleite ist, nennen wir ihn eine ›Zwanzigstes-Jahrhundert-Tomate‹.«

»Und zu Recht«, sagte Gwen.

Aber irgend etwas fehlte. Stoner konnte es fühlen. Sie ließ ihren Gedanken freien Lauf in der Hoffnung, es würde ihr einfallen. Und es fiel ihr ein. »Ich sehe gar keine Bienen«, stellte sie fest.

»Richtig«, erklärte Elaine. »Unsere gesamte Bestäubung wird durch Maschinen erledigt.«

»Meine Familie hat Bienen gezüchtet«, warf Callie Rose ein. »In einer abgestorbenen Kiefer hatten wir einen großen alten Bienenstock. Pa sagte immer, deshalb hätten wir den besten Garten im Umkreis einer halbtägigen Reise im Ruderboot.« Sie kicherte. »Wir waren im ganzen Umkreis allerdings die *einzigen* mit einem Garten, ob man nun einen halben oder einen ganzen Tag ruderte. Am besten gefiel ihm der Mais. Daraus bekam man den besten Gepreßten im Sumpf.«

»Gepreßten?« fragte Elaine.

»Schwarzgebrannten Alkohol«, erklärte Gwen. »Schnaps.«

Der Wachturm war jetzt in voller Größe zu sehen. Ein kleines pastellblaues Fahrzeug, das wie eine übergroße Revolverkugel aussah, schwebte in der Nähe einer Tür über der Erde. Ein Mann in einem weißen Trainingsanzug stand daneben.

»Bleib sofort stehen«, rief Marylou entschlossen und hielt Stoner am Hemd fest. »Erwartest du, daß ich *in dem Ding* mitfahre?«

Diesmal war Stoner auf ihre Einwände vorbereitet. »Entweder kommst du mit oder du bleibst. Bevor du dich entscheidest, denk aber daran: hier gibt es keine ethnische Küche.«

Marylou schob den Unterkiefer vor und schnaubte wütend. »Miststück.«

Elaine war zu dem Mann gegangen und mit ihm in ein Gespräch verwickelt, wobei sie sich ab und zu umdrehte. Sie schien eine Auseinandersetzung mit ihm zu haben. Schließlich richtete sie sich auf, während er etwas zusammensackte und wegstampfte.

»Männer«, sagte sie und rollte mit den Augen. »Er bestand darauf, Sie zu fahren. Meinte, Sie wüßten nicht, wie man ein Hovercraft bedient. Dabei sind diese Dinger so konstruiert, daß sogar ein Kind damit fliegen könnte. Sie folgen einfach den Anweisungen auf dem Bildschirm. Aber versuchen Sie das mal Mr. Wichtigtuer zu erzählen.«

»Wie haben Sie ihn überzeugt?« fragte Gwen.

»Auf die altmodische Art. Ich habe ihn auf seinen Rang zurückgewiesen.«

»Dafür sind wir dankbar«, sagte Tante Hermione. »Er hätte vielleicht zu viele Fragen gestellt. Und wir hätten ihm vielleicht zu viele Antworten gegeben.«

»Das dachte ich mir.« Sie hielt ihnen die Tür auf.

Marylou rutschte auf den Rücksitz. Callie Rose sprang eilig an ihre Seite. Stoner hatte das Gefühl, daß sich eine Freundschaft zwischen den beiden entwickelte. Das überraschte sie nicht. Sie hatten ein ähnliches Temperament.

»Ich fahre«, sagte Gwen begeistert und sprang auf den Sitz hinter der Computerkonsole. Sie warf Stoner einen Blick zu. »Außer wenn dein Herz daran hängt.«

»Fahr nur. Du magst Computer mehr als ich.«

»Ich liebe sie«, sagte Gwen und streckte aufgeregt die Hände aus.

»Ich bin eine Computer-Analphabetin«, erklärte Stoner Elaine.

»Und Phobikerin«, fügte Marylou hinzu.

»Was ist eine ...«, begann Callie Rose, aber Marylou unterbrach sie mit einem Stoß in die Rippen.

Gwen berührte den Bildschirm, und der Elektromotor begann zu summen. »Alle an Bord.«

»Vielen Dank für Ihre Hilfe«, sagte Stoner, als sie neben Callie Rose auf den Rücksitz schlüpfte. »Vielleicht begegnen wir uns irgendwann wieder.«

»Das hoffe ich.« Elaine beugte sich zu Gwen hinüber. »Mit der F1-Taste bekommt man die Landkarte. Geben Sie einfach die Koordinaten ein, und lehnen Sie sich zurück.«

Gwen streckte den Daumen hoch zum Zeichen, daß sie verstanden hatte.

»Das Zeichen stammt aus dem Zweiten Weltkrieg, nicht wahr?« fragte Elaine mit einem amüsierten Lachen.

»Richtig«, sagte Gwen. »Kilroy war hier.«

»Carepäckchen für England!«

»Halt die Ohren steif!«

Der Computer piepte, und auf dem Bildschirm stand: »Brauchen Sie noch Zeit? Drücken Sie ›Enter‹ für ›ja‹, ›N‹ für ›nein‹.«

»Genauso wie diese verdammten Bankautomaten zu Hause«, murmelte Gwen und drückte auf ›Enter‹.

Elaine reichte Tante Hermione den Arm und half ihr auf den Vordersitz.

»Vielen Dank, Schätzchen«, sagte sie freundlich, »aber ganz so senil bin ich noch nicht.«

»Macht es Ihnen etwas aus, wenn ich Sie danach frage?« begann Elaine und wurde puterrot. »Die anderen Frauen wollen bestimmt wissen, wie alt Sie sind.«

»Dreiundsiebzig«, antwortete Tante Hermione mit einer kleinen Spur von Stolz. »Und ich rechne noch mit weiteren zehn Jahren.« Sie zog die Tür zu. »Die Glücklich treffen sich, und die Glücklichen trennen sich.«

»Und die Glücklichen werden sich wiedersehen«, sagte Elaine. Sie berührte die Tasche, in der sie das Halsband versteckt hatte. »Seien Sie gesegnet!«

Sie winkte und winkte, bis sie nur noch ein Punkt in der Ferne war.

»Okay«, sagte Gwen und drückte auf die Taste für die Landkarte. »Nächster Halt: EPCOT Center. Hoffen wir's.«

Gwen drehte sich auf ihrem Sitz halb um. »Was um alles auf der Welt geht dort hinten vor?«

Marylou und Callie Rose hatten die Köpfe zusammengesteckt, flüsterten und brachen gelegentlich in Lachanfälle aus.

»Nichts«, sagte Marylou.

»Nichts«, bestätigte Callie Rose.

Stoner beugte sich vor. »Sie bringen sich schmutzige Wörter bei.«

»Bei Gott«, sagte Gwen mit einem langsamen Kopfschütteln. »Das ist ja schlimmer als zu Hause in der College-Unterstufe.«

Erneut war ein Flüstern und Kichern zu hören.

»Wetten, daß ihr in eurer Schule nicht so redet?« forderte Callie Rose sie heraus.

»Und ich wette, daß ihr euch in *eurer* Schule nicht so aufführt«, konterte Gwen.

»Du liebe Güte, nein«, sagte Callie Rose. »Dann würd' ich jetzt ganz schöne Schwierigkeiten haben.«

»Ich wüßte gern, Marylou«, sagte Gwen über die Schulter hinweg, »warum du nicht schreist und versuchst, aus diesem Ding zu springen?«

»Ganz einfach«, antwortete Marylou. »Es kann uns ja nichts passieren, weil das alles nicht real ist.«

»Egal, wie du es schaffst«, murmelte Gwen.

Stoner wünschte, sie könnte so sicher sein wie Marylou. Es kam ihr alles so real vor. Real und verwirrend und unmöglich.

Callie Rose und Marylou waren bereits wieder dabei, sich gegenseitig zu puffen und zu kichern.

»Weißt du was, Marylou«, sagte Gwen, »du hast deine Berufung verfehlt. Du hättest Kindergärtnerin werden sollen.«

Marylou kreischte, und Callie Rose lachte laut auf.

Stoner betrachtete Gwen, die auf der Computerkarte ihre Reiseroute verfolgte. Sie war blaß, blasser als vorher. Die dunklen Ringe um die Augen ließen sie hohl aussehen. »Gwen, fühlst du dich in Ordnung?«

»Ein bißchen müde.«

Es funktioniert nicht, dachte Stoner ängstlich. Wir haben das Tempo reduziert, aber sie wird doch sterben. »Tante Hermione ...«, sagte sie.

Ihre Tante streckte den Arm aus und nahm ihre Hand. »Wir tun unser Bestes, Stoner.«

Das war nicht genug. Nicht genug, um ...

Gwen lehnte sich aus dem Fenster und schaute nach unten. »Wir sind da, Leute.«

Disneyworld lag, in der Sonne glänzend, unter ihnen. Da waren die Türme von *Cinderella's Castle* und das Raumschiff Erde und die Monorail und das Contemporary und ...

Irgend etwas stimmte nicht ...

Stoner wühlte in ihrer Erinnerung und fand es. Es war dunkel gewesen, als sie es verlassen hatten. Mitten in der Nacht. Selbst wenn sie sich in der realen Zeit bewegt hätten, wäre jetzt früher Morgen. Nicht die Mittagszeit. Und das war nicht alles. Alles unter ihnen war zu hell, zu bunt und zu lebhaft. Wie ... wie in einem Zeichentrickfilm.

Natürlich sieht es wie in einem Zeichentrickfilm aus. Schließlich ist das Disneyworld. Und es *könnte* mittag sein. Denn *eigentlich* weißt du nicht, wie lange ihr weg wart. Und die da unten herumtollen, sehen auf jeden Fall wie richtige Menschen aus. Oder?

»Wo sollen wir landen?« fragte Gwen. »Ich bin für Vorschläge offen.«

»Wir sollten so dicht wie möglich beim Mexiko-Pavillon landen«, sagte Tante Hermione. »Das ist unser nächstliegender Orientierungspunkt. Schaffst du das?«

»Kein Problem«, sagte Gwen. »Schließlich habe ich mir die Wiederholungen von Raumschiff Enterprise nicht umsonst angesehen. Ich kann bestimmt ein Shuttle landen.« Sie berührte einen blinkenden Kasten auf der Computerkonsole. Das Fahrzeug schien langsamer zu fliegen und zur Erde zu gleiten.

»Das ist ja eine tolle Fahrt«, sagte Marylou. »Alle Kinder im Park werden anfangen zu quengeln, weil sie auch mal mitfahren wollen. Übrigens haben wir uns nicht erkundigt, wo wir das Fahrzeug lassen sollen.«

»Es gibt hier einen Knopf, auf dem steht ›Return‹. Wahrscheinlich bringt er es dorthin zurück, wo es herkam.«

»Allein zurück in die Scheune, wie es die Pferde machten, bevor es

Autos gab«, überlegte Tante Hermione. »Es ist beruhigend zu wissen, daß der Fortschritt es so weit gebracht hat.«

Sie näherten sich dem Boden in gleichmäßigem Tempo. In einem schnellen gleichmäßigen Tempo. Das Raumschiff Erde schwebte vor ihnen, eine Wand aus Aluminiumpaneelen, in denen sich der Himmel, die Bäume und das Wasser spiegelten.

Wir werden daran zerschmettern, dachte Stoner aufgeregt. *»Gwen, dreh um!«*

Gwen hob die Hände. »Wie denn? Dieses Ding hat kein Steuerrad.«

Jeden Augenblick jetzt ... »Den Steuerknüppel.«

»Es gibt auch keinen Knüppel. Ich wußte, daß da noch etwas war, was ich Elaine hätte fragen müssen.«

Wenn sie den Arm aus dem Fenster streckte, könnte sie die Wand der Kugel berühren, und sie kamen immer näher. Stoner drückte Marylous und Callie Roses Köpfe hinunter und beugte sich vor, um ihre Tante zu schützen. »Geht in Deckung!«

Da schwenkte das Shuttle um und kippte auf die Seite, mit dem Bauch nur wenige Zentimeter von der Wand entfernt. Dann schlug es einen Purzelbaum und umkreiste den Äquator, fuhr in die entgegengesetzte Richtung, schoß über den oberen Rand hinaus und jagte in den Himmel empor.

»Verdammte Angeberei«, sagte Gwen, als sie durch ihre Finger lugte.

Stoner setzte sich zurück auf ihren Platz. »Bist du sicher, daß du ihn nicht kontrollieren kannst?«

»Anscheinend kann ich ihm befehlen zu landen, was ich tat, wonach die höhere und offensichtlich spielerischere Computerintelligenz das Kommando übernahm.«

Sie stiegen immer noch in den Himmel auf. Das Licht wurde heller, weißer. Wolkenfetzen und Nebel zogen an den Fenstern vorbei. Sie fühlte, wie sie selbst leichter und leichter wurde, bis sie schwebte. Sie griff nach dem Sicherheitsgurt und schnallte sich fest. Denk dran, was Marylou sagte. Das ist alles nicht real.

Der Himmel wurde schwarz. Das Shuttle durchbrach das Gravitationsfeld der Erde und schoß ins All. Sterne und Galaxien und Novä jagten auf sie zu. Sie düsten durch die Milchstraße wie ein Vogel durch einen Kometenschweif. Durch ihr Fenster konnte sie eine Raumstation sehen, die sich langsam und lautlos in der Dunkelheit drehte.

Wir befinden uns wieder auf einer Rundfahrt, stellte sie fest. In *Horizons*. Dort gibt es einen Film über die Urzeit und die Entstehung der Kristalle und ...

Oh Gott, dort kommt *Die Stadt*!

Das Shuttle änderte die Richtung, neigte sich nach unten und jagte senkrecht auf die Erde zu. Es war wieder Dämmerung, und sie flogen in Richtung New York. Der Himmel verdunkelte sich, und die Lichter gingen an. Sie gingen an und kamen auf sie zu. Das Shuttle flog über Häuserdächer, schoß zwischen Gebäuden hindurch. Trudelte auf die Fassaden von Wolkenkratzern zu, um in letzter Minute wie Phönix aus der Asche aufzusteigen. Das Chrysler-Gebäude strich vorbei. Sie konnte drinnen auf den oberen Etagen Menschen sehen, die überrascht aufblickten, als sie über ihnen vorbeischwebten. Sie fühlte ihr Herz klopfen. Es ist nur eine Rundfahrt, nur eine Rundfahrt, nur eine Rundfahrt ...

Jemand schrie. Sie stellte fest, daß sie es alle waren.

Dann, mit einem Krachen und Poltern und Wechseln der Gänge, verlangsamte das Shuttle sein Tempo. Die Konsole leuchtete auf.

»Was kommt nun?« fragte Gwen. »Wir können in der Wüste oder unter dem Meer oder auf einer Raumstation landen ...« Sie hielt inne und schaute nochmal hin. »Oder in EPCOT.« Sie drückte mit einem Finger auf den Bildschirm. »Nach EPCOT.«

Das Shuttle zitterte ein wenig, wendete und schoß zurück in die Dunkelheit des Alls.

Der Weg nach Hause, hoffte Stoner. Eine Abkürzung. An Andromeda, Deneb und Antares vorbei. Eine geheime Abkürzung. Eigentlich der kürzeste Weg nach Hause. Alles ist relativ, frag Einstein, frag ...

Ihr Verstand näherte sich der Hysterie.

Umrandet von winzigen Lämpchen erschien vor ihnen ein großes Gebilde, das im Dunkeln schwebte und sich langsam um die eigene Achse drehte. Sie kamen näher. Das Gebilde erwies sich als ein Raumschiff, die Lichter als Fenster.

»Oje«, sagte Stoner. »Du mußt den falschen Knopf gedrückt haben.«

»Das habe ich nicht.« Gwen knirschte mit den Zähnen. »Dieses verdammte Ding hat eine eigene Meinung.« Sie deutete auf die Konsole. »Und es ist obendrein geistesgestört.«

»Es gibt keine geistesgestörten Computer«, bemerkte Tante Hermione gelassen, »nur geistesgestörte Computerbetreiber.«

Gwen funkelte sie an. »Ich habe den Eindruck, dir bringt das Spaß.«

»Natürlich. Das ist ein Abenteuer. Wir brauchen vor nichts Angst zu haben.«

»Du glaubst auch an die Wiedergeburt«, murmelte Gwen. »Wenn man an die Wiedergeburt glaubt, braucht man *nie* vor irgend etwas Angst zu haben.«

»Das ist vermutlich wahr.« Tante Hermione runzelte nachdenklich die Stirn. »So habe ich das noch nie betrachtet.«

Stoner sah zu Marylou hinüber. Es schien ihr ganz gut zu gehen. Sie und Callie Rose hielten sich zwar auf eine verzweifelte Art die Hände, aber zumindest jammerte sie nicht. »Bist du in Ordnung?« fragte Stoner.

»Bestens«, sagte Marylou. »Das ist ja alles nicht real.«

»Ich glaube doch«, sagte Stoner.

»Das ist es *nicht*! Meine Realität sagt mir, daß es nicht real ist, und was *meine* Realität sagt, ist real für mich.«

Stoner beschloß, diese Argumentation nicht weiter zu verfolgen. Außerdem hatten sie das Raumschiff fast erreicht und drehten sich langsam im Kreis. An der Seite des Gebildes öffnete sich eine Tür, und sie glitten hinein.

»Willkommen auf Brava Centauri«, sagte eine dröhnende Stimme aus einem öffentlichen Lautsprecher. »Alle Passagiere des Express-Shuttles zum Jupiter und den äußeren Planeten folgen bitte den gelben Pfeilen zum Abflug am Ausgang C. Alle Passagiere zur Venus, zum Mars und den benachbarten Monden folgen bitte den roten Pfeilen zum Raumbus in Halle B. Alle Passagiere, die auf Brava Centauri bleiben, folgen den blauen Pfeilen geradeaus ins Terminal.«

Sie sahen einander an. »Und jetzt?« fragte Gwen.

»Ich denke«, schlug Stoner vor, »wir sollten ins Terminal gehen und uns erkundigen, wie wir auf die Erde zurückkommen.«

»Eine gute Antwort«, rief Marylou, als imitiere sie die Moderatorin der Game-Show »Family Feud«.

Sie gingen los. Die blauen Türen führten in einen langen grauen, sterilen Flur mit mysteriösen, nicht gekennzeichneten, verschlossenen Türen auf beiden Seiten. Genauso wie auf den Flughäfen zu

Hause. Und wenn sie sich wirklich im All befanden, dann hatten die Anwohner offensichtlich das Schwerkraftproblem gelöst. Stoner blieb zurück, um mit Gwen und Tante Hermione zu sprechen.

»Wie geht es dir?« fragte sie Gwen und betrachtete sie genau.

Gwen lächelte, aber ihr Lächeln war angespannt. »Ein bißchen besser. Ich scheine wieder zu Kraft zu kommen.«

»Du siehst schrecklich blaß aus.«

»Natürlich bin ich blaß«, erwiderte Gwen gereizt. »Ich bin ja auch ein Geist.«

»Ein kleiner Happen zum Essen würde nicht schaden«, schlug Tante Hermione vor.

»Oh ja.« Stoner schaute sich um. In dieser Raumstation schien es nicht so etwas wie ein Restaurant zu geben. Und sie hatte auch nicht das Gefühl, daß sie sich dem Terminal näherten …

Plötzlich bekam das Wort »Terminal« eine andere Bedeutung. Damit assoziierte sie terminieren, beenden, abfertigen …

Es war nur ein Wortspiel, aber irgend etwas sagte ihr, daß sie recht hatte. Daß, wo immer dieser Flur auch hinführte, es keine gute Idee war, bis an sein Ende zu gehen. Überhaupt keine gute Idee.

»Tante Hermione«, sagte sie, »fühlst du, daß etwas nicht stimmt?«

Ihre Tante schloß für eine Sekunde die Augen. »Ja. Vor uns.«

»Ich auch.« Sie streckte die Hand aus und zupfte an Marylous Hemd. »Hört mal, wir glauben, dort vorn gibt es Probleme. Laßt uns also nach einem Seitenausgang oder so was Ausschau halten.«

»Wie du willst«, erwiderte Marylou keß. »Die Probleme gehören schließlich zu *deiner* Realität.«

Sie ging vorsichtig weiter, probierte jede Tür, die sie passierten. Alle waren verschlossen. Das Ende des Flurs war jetzt deutlich zu sehen, dort ging ein Flur nach rechts und einer nach links. Ein blauer Pfeil zeigte nach rechts zum »Hauptterminal«.

Sie müßten also nach rechts gehen. Wenn sie dem Zeichen glauben konnten.

Aber es gab keine Seitenausgänge mehr. Wobei sie denen auch nicht getraut hätte. *Wenn* sich eine geöffnet hätte, dann hätten sie bestimmt ein leeres Zimmer mit einem Tisch und einer Flasche Wasser vorgefunden, auf deren Etikett gestanden hätte: »Trink mich.«

Also würden sie sich für eine der beiden Möglichkeiten am Ende dieses Flures entscheiden müssen. Das erinnerte sie an manche

Experimente im Psychologieunterricht im ersten Semester, bei denen man in einem T-förmigen Labyrinth eine hungrige Ratte an den Fuß vom T setzte. Während sich auf der einen Seite des Querganges ein Futternapf befand, gab es auf der anderen Seite ein elektrisches Drahtnetz. Und wenn die Ratte die falsche Entscheidung traf – zack war ihr Leben zuende.

Also wirklich, nahm sie das hier alles nicht ein bißchen zu persönlich? Schließlich befanden sie sich in Disneyworld – oder einer überzeugenden Nachbildung davon. Disneyworld war nicht dazu da, glückliche Besucher zu zerstören, zu verstümmeln, zu terrorisieren oder anderweitig zu schädigen.

Nur hatte sie das sichere Gefühl, daß sie Disneyworld schon lange verlassen hatte. Das hier *sah* vielleicht *aus* wie Disneyworld. Es *klang* vielleicht wie Disneyworld. Es *roch* vielleicht sogar wie Disneyworld. Aber sie waren eindeutig *nicht* ...

Sie waren am Ende angekommen. Alle blieben stehen und warteten auf ihre Entscheidung.

Warum ich? Warum trifft keine andere Entscheidungen? Zum Beispiel ... Marylou.

Oh, das wäre ja nun sehr schlau, Marylou die Entscheidung treffen zu lassen. Sie glaubte ja nicht einmal, daß das hier real war.

Tante Hermione? *Die* glaubte sowieso, das ganze Leben sei ein einziger Vergnügungspark. Tante Hermione war es egal, auf welche Fahrt sie gingen. Doch ehe Stoner nicht um einiges älter wäre oder weitere Leben hinter sich hätte, war es für sie weiterhin *sehr* wichtig, auf welche Fahrt sie gingen.

Callie Rose war jung und verwirrt und konnte sich nicht entscheiden, ob sie tot oder lebendig sein wollte. Sie bezweifelte, daß Callie Rose die weltbeste Entscheidung treffen würde.

Dann blieb nur noch Gwen. Gwen war vernünftig ... abgesehen von damals, als sie diesen Mann heiratete, den sie töten mußten ... aber sie sah nicht sehr gut aus. Sie sah überhaupt nicht gut aus. Stoner ging davon aus, daß Gwen ihre ganze Energie zum Überleben brauchte.

Das war's also. Da blieb nichts als die gute alte Stoner.

Sie holte tief Luft und trat auf den Querbalken des »T«'s vor. Sie blickte schnell nach rechts. Dort sah es wie auf einem normalen, alltäglichen Flughafenterminal aus. Imbißstände, Geschenkläden,

Zeitungsstände. Ticketschalter. Es war verführerisch. Sehr verführerisch. Aber …

Es sah zu gut aus, um wahr zu sein. Wie eine Falle.

Sie sah genauer hin. Irgend etwas war merkwürdig daran. Etwas … flimmerte. Es flimmerte, als wäre es in Auflösung begriffen. Die Wand hinter dem Delta-Flugschalter (Delta Airlines? Im Weltall?) schien porös zu werden. Es tauchten Löcher auf. Schwarze Löcher. Und hier und da Sterne.

In die Richtung ganz bestimmt nicht! Sie ging ein paar Schritte den linken Flur hinunter. Am Ende befand sich eine geschlossene Tür. Mit einem Türschild, auf dem »Gewächshaus« stand. Das brachte sie auf eine Idee. »Tante Hermione, glaubst du, dort könnten wir etwas finden, was Gwen hilft? Irgendwelche Heilkräuter oder ähnliches?«

Ihre Tante starrte auf die Tür, als erwartete sie von dort eine Inspiration. »Vielleicht, vorausgesetzt, es ist nicht voller Seetang vom Mars oder so was.«

»Du kennst dich doch mit Kräutern aus, oder?«

Die ältere Frau spürte, was Stoner dachte, und tätschelte ihren Arm. »Anfangs ist es mir zwar schwergefallen, das zu lernen, aber ich bin mir ziemlich sicher, daß ich jetzt weiß, was ich tue. Zumindest weiß ich, welche man vermeiden muß, so daß es unwahrscheinlich ist, daß ich sie umbringe. Und wenn ich absolut unsicher bin, kann ich mit einer früheren Kräuterhexe Kontakt aufnehmen.«

»Gut.«

Jetzt war zumindest die Entscheidung getroffen. Nachdem sie den anderen ein Zeichen gegeben hatte zu warten, zwang sich Stoner, den Flur hinunterzugehen und die Tür zu öffnen.

Sie war nicht sicher, was sie erwartet hatte. Alles vermutlich, nur nicht das, was sie tatsächlich vorfand – ein richtiges Gewächshaus. Es war kuppelförmig gebaut, mit Glaswänden und einer Kuppel aus Glaspaneelen, die zum Teil geschlossen und zum Teil zu dem blaßblauen Himmel geöffnet waren. Wasser tröpfelte aus oben installierten Wasserrohren oder sprühte in einem feinen Nebel aus Röhren am Boden. Die Pflanzen wuchsen in ordentlichen Reihen in einer Masse, die aussah wie eine Mischung aus Styropor und Sand, von der Tante Hermione sagte, daß es ein beliebter Nährboden sei – so etwas wie Lakaton. Im Grunde war es eine Hydrokultur, die eine überraschende Vielzahl von Gemüsen, Kürbissen, Kohlpflanzen und guten alten Tomaten hervorbrachte. Sogar Luffaschwämme schienen hier zu gedeihen.

»*The Land*«, sagte Stoner und drehte sich zu Gwen um. »Erinnerst du dich? Dies ist ein Teil der »*Listen to the Land*«-Fahrt.«

Gwen schaute sich um. »Stimmt. Das heißt, wir müßten ja dann auch ...«

»... den Weg finden«, beendete Stoner ihren Satz.

Callie Rose wanderte die Reihen auf und ab, und der Kiefer hing ihr vor Staunen herunter. Sie bemerkte, daß Stoner sie beobachtete, und wurde rot. »So was hatten wir zu Hause ganz viel«, sagte sie. »Aber diese Leute haben kein Ungezieferproblem wie wir damals.« Sie bückte sich und pflückte ein paar Farnblätter. »Hier gibt es sogar Dillsamen. Und wilden Salbei. Damit haben wir zu Thanksgiving immer den Truthahn gefüllt.«

Tante Hermiones Gesicht erhellte sich. »Callie, hat dir deine Mutter damals, als du im Sumpf lebtest, die medizinischen Kräuter erklärt?«

»Meinst du die biblischen Kräuter? Klar. Alle mußten das wissen. Wir hatten keine schicken Ärzte und Krankenhäuser und so'n Zeug.«

»Was habt ihr gegen dünnes Blut genommen?«

Callie Rose dachte angestrengt nach. »Meistens Melasse und Schwefel. Melasse hatten wir jede Menge. Wir bauten selbst Zuckerrohr an. Aber Schwefel bekam man schwer, erst recht in schlechten Jahren, wenn's nicht viel zum Tauschen gab.«

»Was habt ihr in den Jahren benutzt?«

»Ach, ich erinnere mich an Zeiten, als wir uns mit Kayann begnügt haben. Und mit Immortelle. Die war auch gut.«

»Kayann?« fragte Stoner.

»Cayenne«, erklärte Tante Hermione. »Rote Pfefferschoten. Aber ich glaube, Immortelle erkenne ich nicht. Callie, siehst du hier welche?«

Callie Rose trottete an einer Reihe niedriger Pflanzen entlang und kehrte fast postwendend mit einem Strauß winziger gelber Blumen und drei leuchtend roten, getrockneten Pfefferschoten zurück. Sie drückte sie Gwen in die Hand. »Iß davon, soviel du kannst«, befahl sie ihr. »Erst das eine, dann das andere und wieder von vorn. So kriegst du mehr runter. Schwarzknolle ist auch gut, aber sie schmeckt furchtbar, und man hat danach Visionen.«

»Vielen Dank«, meinte Gwen, »aber mein Bedarf an Visionen ist gedeckt.« Sie knabberte an einer Blume.

»Wie schmeckt sie?« fragte Stoner.

»Grün. Und irgendwie bitter.«

Sie sah sich um. »Hat jemand Marylou gesehen?«

»Ich glaube, sie sucht Spinat«, sagte Tante Hermione.

»Ich habe da hinten noch etwas Gutes gesehen«, sagte Callie Rose und trottete wieder die Reihe hinunter.

Gwen aß ganz vorsichtig eine rote Pfefferschote. Tränen traten in ihre Augen.

Pfeffer, dachte Stoner, Kräuter, Gemüse. Das würde nicht reichen. Sie mußten hier raus, und zwar schnell. Auch wenn sie eigentlich nicht wußte, wo das war, wo sie heraus wollten. Es sah aus wie *The Land*, aber das war es nicht. Da war wieder dieser merkwürdige, viel zu bunte Eindruck wie in einem Zeichentrickfilm. Aber selbst wenn es *The Land* war, mußten sie trotzdem hier raus und dorthin zurück, wo sie ihre Körper verlassen hatten. Und wenn sie sich gefunden hätten, mußten sie *dort* auch noch raus und …

Es sah hoffnungslos aus.

13

»Ich denke, wir sollten uns lieber auf den Weg machen«, sagte Stoner. Gwen sah etwas besser aus, aber es war offensichtlich nur eine vorübergehende Erholung.

Die Frage war nur, auf welchen Weg? Bestimmt nicht zurück ins Terminal. Sie wußten, was sie dort erwartete. Das Terminal lag hinter ihnen. Geradeaus würden sie – vermutlich – in *The Land* kommen. Sie versuchte, sich zu erinnern, ob es dort auf der Fahrt irgend etwas Beängstigendes oder Lebensbedrohliches oder sonstwie Beunruhigendes gegeben hatte.

Sie fühlte Gwen an ihrer Seite und schlang den Arm um sie. Gwen lehnte sich an sie an. »Stoner«, sagte sie leise, »ich glaube, ich schaffe das nicht.«

Angst packte sie. »Was schaffst du nicht?«

»Was wir vorhaben. Am liebsten würde ich mich hinlegen.«

»Das geht nicht, Gwen.«

»Ich weiß, aber ich möchte es. Ich möchte es so sehr, daß mir eigentlich alles egal ist.«

Sie drehte sich zu Gwen um und schaute sie an. »Du mußt durchhalten, Gwen. Bitte.«

Tränen traten aus Gwens Augen und rollten lautlos über ihre Wangen. »Ich versuche es wirklich, Stoner. Ich bin nur so müde.«

Stoner drückte Gwens Gesicht an ihre Schulter, damit sie ihre Angst nicht sah. »Wir werden es schon schaffen«, sagte sie sanft und strich über Gwens Haar. »Wir werden hier rauskommen.«

Gwen schüttelte den Kopf und schlang die Arme um Stoner. Sie wollte sie an sich drücken, aber sie war so schwach ... »Es tut mir leid«, sagte sie. »Es tut mir wirklich leid.«

»Du mußt durchhalten«, sagte Stoner verzweifelt. »Bitte, nur noch eine kleine Weile.«

Gwen zwang sich zu einem Lächeln. »Das ... das hast du ... schon einmal gesagt.«

»Ich meine es auch ernst.« Sie sah sich um. »Marylou«, kommandierte sie, »hilf Gwen und paß auf, daß sie nicht bewußtlos wird.«

Marylou kam und schlang einen Arm um Gwens Taille. »Wenn du in meinem Arm bewußtlos wirst«, sagte sie zu Gwen, »werde ich nie wieder koscher für dich kochen. Dann feiern wir mindestens einmal die Woche Passah. Überleg es dir.«

Gwen gelang ein leises Lachen. »Nie wieder koscher?«

»Ja, koscher.«

Okay, laßt uns ... Stoner zählte die Köpfe. Callie Rose fehlte. »Tante Hermione, kannst du Callie Rose suchen?«

»Hier bin ich.« Das Mädchen kam mit einer Handvoll knorriger Wurzeln angelaufen. »Das Zeug ist gut.«

Tante Hermione nahm die Wurzeln und roch daran. »Meerrettich, Ingwer und Ginseng. Callie, du bist ein Genie.«

Das junge Mädchen errötete. »Ich war schon immer ein guter Spürhund. Das sagte meine Großmutter jedenfalls.«

Tante Hermione reichte Marylou die Wurzeln. »Sorg dafür, daß Gwen sie unterwegs ißt. Nicht zu schnell. Wir wollen ja nicht, daß sie daran erstickt.«

Gwen betrachtete die Wurzeln. »Ihr wollt ... mich ... umbringen.«

»Sei still«, befahl Marylou und drückte ihr eine der Wurzeln in die Hand.

Am Kanal entlangzugehen schien die beste Idee zu sein. Wenn sie der Strömung folgten, würden sie am Ausgang der Rundfahrt ankommen.

Glaubst du das wirklich? Nichts hier ist so wie im richtigen Leben. Wir können sonstwo landen. Na und? Das war immerhin besser als gar nichts, oder?

Außerdem ging ihr *The Land* allmählich auf die Nerven. Die Sonne war zu sonnig, das Grün zu grün, das Glas zu sauber. Kein Ungeziefer. Keine herabgefallenen Blätter unter den Pflanzen. Traubenartige Dinger wuchsen artig an absolut symmetrischen Rebstöcken. Blättrige Dinger formten sich zu runden, vollen Salatköpfen. Die dazwischen angepflanzten Gemüse und Kräuter taten, was man von ihnen erwartete, und beschränkten sich auf die ihnen zugeteilten Quadratzentimeter künstlicher Erde. An diesem Ort hatte alles und jedes seinen Platz.

Das Wasser gluckste und plätscherte in dem Betonkanal. Sauberes Wasser. Perfektes Wasser natürlich wie alles andere hier. Zeichentrickfilmwasser. Und daneben ein perfekter Fußweg, gerade breit genug für zwei Personen, keine losen Steine oder herausragende Wurzeln, keine Unebenheit.

Sie stapfte mit Marylou und Gwen im Gefolge voraus, während Tante Hermione und Callie Rose am Ende gingen. Nach ihrer Berechnung brauchten sie ungefähr drei Minuten bis zum Ende der Rundfahrt. Dort könnten sie das Gebäude verlassen, an *Communicore* vorbeigehen, die Brücke überqueren und hinter dem Mexiko-Pavillon ankommen. Das war machbar, sehr gut machbar.

Nur kamen sie nicht nach drei Minuten am Ende der Rundfahrt an. Sie kamen überhaupt nicht am Ende der Rundfahrt an. Dem Kanal folgend, wand sich der Weg durch weitere Gewächshäuser, eine Fischfarm, ein Gelände, wo Samen in Plastikgefäßen keimten ... und plötzlich schienen sie sich in einem Tunnel unter der Erde zu befinden. In dem düsteren Licht sahen sie Wurzeln. Tausende von Wurzeln. Gigantische Wurzeln. Glatte Wurzeln und knorrige Wurzeln, haarige Wurzeln und verdrehte Wurzeln. Durchsichtige Wurzeln, durch die eine klare, dicke, zähe Flüssigkeit sickerte.

Wir befinden uns am *Anfang* der Fahrt, dachte sie. Ich muß uns rückwärts geführt haben. Aber wenn wir rückwärts gegangen wären, befänden wir uns doch jetzt nicht am Eingang, oder?

Manche Wurzeln wuchsen hörbar. Langsam. Machten ein knirschendes Geräusch. Wie gut, daß dieser Ort so steril war. Der Gedanke, auf einen gigantischen Wurm zu stoßen, war schrecklich.

Ein quietschendes, pfeifendes Geräusch erregte ihre Aufmerksamkeit. Die Luft wurde warm und feucht. Es roch noch verrottenden Pflanzen. Jetzt befanden sie sich wieder über der Erde, in einem Dschungel, wo das Wasser von den Bäumen tropfte und gigantische Libellen wie Hubschrauber brummten. Farnkraut neigte sich über den Weg. Aber er war trotz des schwachen Lichts noch sichtbar.

Sie blickte zurück. Gwen ging meistens noch aus eigener Kraft und knabberte an einem Stück Wurzel. Marylou, die wohl noch nie in ihrem Leben so lange geschwiegen hatte, war triefnaß vor Schweiß und rang nach Luft. Das erinnerte sie daran, daß sie auch einige Schwierigkeiten mit der Atmung hatte. Vielleicht sollten sie etwas langsamer gehen. In ihrer Angst hatte sie bestimmt ein erschreckendes Tempo eingelegt. »Seid ihr alle okay?« rief sie und hoffte, aufmunternd zu klingen.

»Frag mich nicht«, murmelte Marylou.

Tante Hermione gelang ein beinahe fröhliches Winken, als sich ein Affe von einem Baum auf ihre Schulter schwang. Wenn sie nicht im *Land der Schwierigkeiten* wären, dachte Stoner, würde Tante Hermione jetzt in ihrem Element sein. Hier war es wie in Arnolds Botanischem Garten für Bäume und Sträucher und bei der Bostoner Gartenbaugesellschaft gleichzeitig. Leider befanden sie sich aber im *Land der Schwierigkeiten*.

Der Dschungel begann sich zu lichten. Das Licht wurde heller und intensiver. Sehr intensiv. Grell. Der Boden unter ihnen ging von grüner moosiger Erde in Sand über. Die Luft wurde trocken. Die Hitze nahm sie fest in ihren Griff.

Richtig. Jetzt befanden sie sich im Wüstenabschnitt.

Es war still. Absolut still, abgesehen von einem leisen Zischen, wenn die leichte Brise den Sand bewegte. Stoner schaute sich um. Der Kanal war verschwunden. Der Dschungel befand sich nicht mehr hinter ihnen. Vor ihnen lag nichts als Sand, der Himmel und die brennende Sonne. Das schien über Hunderte von Meilen in alle Richtungen so weiterzugehen.

Hunderte von Meilen. Und Lawrence von Arabien war nicht in Sicht.

Die Hitze saugte die Energie aus ihr heraus. Sie stand einfach nur da und betrachtete die endlose Weite aus Sand und Sonne und wußte, daß sie es nicht schaffen würden. Jedenfalls würde Gwen es nicht schaffen. Sie traute sich nicht, sich zu den anderen umzudrehen. Sie sollten nicht sehen, daß sie beinahe aufgegeben hatte. Sie wollte nicht sehen, daß sie aufgegeben hatten.

Geh weiter. Das ist alles, was du tun kannst, einfach weitergehen.

Stoner zwang sich, einen Fuß vor den anderen zu setzen und weiterzugehen. Sie hoffte, ihr Schritt sähe von hinten selbstsicher und locker aus. Sie befürchtete aber, sie sähe genauso aus, wie sie sich fühlte – wie irgendein alter halbtoter Goldgräber, der auf der Suche nach Gold durch die Wüste irrte.

Wenn sie den Weg verließ und auf eine Sanddüne kletterte, würde sie vielleicht das Ende der Wüste sehen. Sie gab den anderen zu verstehen, daß sie warten sollten, und begab sich zu der am höchsten aussehenden Düne. Der Sand rutschte unter ihren Füßen weg, als sie versuchte hinaufzuklettern. Auf allen vieren kam sie eineinhalb Schritte vorwärts auf einen Schritt rückwärts. Das war verrückt. So würde sie nie etwas zu sehen bekommen und nur ihre Energie verschwenden. Aber sie kletterte weiter. Vor allem weil ihr nichts Besseres einfiel.

Das ist die Geschichte meines Lebens. Die Hälfte der Dinge, die ich tue, mache ich nur, weil mir nichts Besseres einfällt.

Was unterscheidet mich also von den anderen? Machen wir es nicht alle so und nennen es »leben«? Eines Tages schaust du dich um und stehst an diesem Punkt und machst einfach weiter, weil dir nichts Besseres einfällt.

Sie stolperte und landete mit dem Gesicht im Sand. Als sie wieder auf die Knie kam, machte sie den unglücklichen Fehler, ihre Lippen zu lecken. Die Sandkörner setzten sich fröhlich auf und unter ihrer Zunge fest und verteilten sich aufs Geratewohl in ihrem Mund.

Das hast du davon, wenn du versuchst, Sand und Philosophie zu vermischen.

Sie fuhr sich mit der Zunge durch den Mund und versuchte, das Schlimmste auszuspucken. Am besten wäre es, sich den Mund zu spülen. Aber natürlich …

Natürlich. Selbst die Wassertropfen des Dschungels waren auf ihrer Kleidung schon längst vertrocknet.

Gott, welche Qualen machte Gwen durch! Sie zwang sich, sich umzuschauen.

Marylou hatte den Hut abgenommen und ihn Gwen auf den Kopf gesetzt. In Ediths durchsichtigem Kleid sah sie wie ein Mensch um die Jahrhundertwende aus. Modell Edith Kesselbaum. Ihr fehlte nur noch ein Krocketschläger, um das Bild zu vervollständigen.

Eigentlich sah sie so ziemlich hübsch aus. Angesichts der Umstände nur ein bißchen fehlplaziert. Stoner hätte in diesen Klamotten allerdings wie ein Transvestit ausgesehen.

WAS MACHST DU EIGENTLICH? DU SOLLST UNS HIER RAUSBRINGEN!

Richtig. Sie mußte einen Sonnenstich haben. Der verursachte unangebrachte Verhaltensweisen.

Sie richtete sich wieder auf und kämpfte sich die letzten Meter die Düne hinauf.

Nichts als Sand im Osten. Sand im Süden. Sand im Westen.

Sand im ... Warte mal. Da hinten am Horizont gab es eine kleine Veränderung in der Landschaft. Eine Art von Unebenheit ... und Wolken. Eindeutig Wolken. Und Berge und ...

Sie blinzelte.

... etwas bewegte sich?

Bisons! Ja! Sie näherten sich der Prärie.

Die war mit den Heuschrecken und in Panik flüchtenden Bisonherden und Steppenbränden nicht gerade der gastfreundlichste Ort auf der Welt. Aber er war besser als das hier. Und nach der Prärie kam das Farmhaus. Wenn sie das Farmhaus erreichten, könnten sie sich ausruhen und vielleicht ein Glas Wasser bekommen. Vielleicht gab es dort sogar Menschen, die ihnen aus diesem Schlamassel heraushelfen konnten. So wie ihnen Elaine geholfen hatte in ... wo immer das auch gewesen war.

Halb laufend, halb rutschend kam sie die Düne herunter. »Wir sind fast da«, sagte sie zu Gwen. »In der Prärie. Danach kommt das Farmhaus.«

»Was ist mit dem Feuer?« fragte Gwen.

Sie hatte auch darüber nachgedacht. Diejenigen unter ihnen, die gesund waren, konnten ihm entkommen. Aber Gwen? »Wir werden es schon schaffen«, sagte sie mit, wie sie hoffte, ehrlicher Überzeugung. »Dem entwischen wir mit Leichtigkeit.«

Gwen lächelte schwach. »Du bist eine schreckliche Lügnerin, aber ich liebe dich trotzdem.«

»Wir müssen es versuchen, Gwen.«

»Ich weiß. Es wird ein Abenteuer werden. So ähnlich wie das Essen von Wurzeln.«

Stoner strich über ihr Gesicht. »Sind sie so furchtbar?«

Gwen legte ihre Hand auf Stoners. »Ein großer Ansporn, nicht krank zu werden.« Sie blickte auf den Boden. »Stoner, ich hasse es, so eine Last zu sein, aber ...«

»Du bist niemals eine Last.«

»Mir wird allmählich kalt.«

Es ging alles zu schnell. Sie wußte nicht, wo sie waren, oder wie sie jemals dorthin zurückkämen, wo sie sich verlassen hatten, und selbst wenn sie es schafften, war bestimmt nicht genug Zeit übrig, um ...

»Wir müssen weiter«, sagte sie zu den anderen. »Tante Hermione, hilf Marylou mit Gwen. Gleich hinter dieser Düne beginnt die Prärie. Dort wird es ein Feuer geben. Wir müssen vor ihm wegrennen. Außerdem gibt es dort Tiere, Bisons. Wir müssen damit rechnen, daß die Herde in wilder Flucht vor dem Feuer davonjagt. Was immer also geschieht, rennt weiter. Tante Hermione, gib mir dein Sweatshirt.« Sie zog ihr eigenes aus. Die Sonne brannte auf ihrer Haut, die nicht an sie gewöhnt war.

»Was ist mit mir?« fragte Marylou und begann, ihre hauchdünne Bluse auszuziehen.

Stoner schüttelte den Kopf. »Zu dünn.« Sie nahm ein Hemd in jede Hand und begann, den Weg hinunterzulaufen. »Versucht, mit mir Schritt zu halten.«

Der Sand unter ihren Füßen veränderte sich, wurde weniger pulverig, mehr körnig. Einzelne Grashalme tauchten auf. Dann Büschel. Lange Halme wirbelten in der Brise und malten kreisförmige Muster in den Sand. Kies, dann Steine. Das Gras wuchs dichter und üppiger.

Sie spürte jemanden neben sich und drehte sich um.

»Hör mal«, sagte Callie Rose, »was ist los mit ihr?« Sie zeigte nach hinten auf Gwen.

Stoner verfiel in einen langsameren Trott. »Jemand hat auf sie geschossen.«

»Ach, *das* weiß ich doch. Ich war ja dabei. Aber sie ist so komisch.

Erzählt ständig, daß ihr kalt ist, daß sie müde ist und so'n Zeug. Sieht auch nicht gut aus.«

»Sie ist am Sterben. Darum müssen wir hier rauskommen.«

Das Mädchen schwieg. Nachdenklich.

»Warum fragst du das, Callie Rose?«

»Weil es mir auch mal so ging. Glaubst du, das hat etwas zu tun mit ... ich meine ...«

Sie weiß nicht, daß sie tot ist, dachte Stoner. Sie wollte wirklich nicht diejenige sein, die ihr diese Neuigkeiten überbrachte. »Ich glaube, ich kann es erklären«, sagte sie, »aber später, ja?«

»Ja.«

Sie beschleunigte ihren Schritt wieder ein wenig.

»Was hast du mit den Hemden vor?« fragte Callie Rose.

»Dort vorn sind Bisons. Wir müssen sie vielleicht abschrecken.«

»Büffel?«

»Ja.«

»Mist, dabei kann ich dir helfen. Zu Hause habe ich früher oft verschreckte Kühe zurückgejagt.«

»Ist schon gut, Callie Rose. Das ist zu gefährlich.«

»Du liebe Güte«, sagte das Mädchen. »Ich bin noch nie so einem Haufen von Leuten begegnet, die sich nie helfen lassen.«

Stoner erkannte, daß sie recht hatte. Damals, als Callie Rose noch lebte, wurde von Kindern erwartet, daß sie alles taten, wozu sie körperlich fähig waren. Vielleicht war es Kinderausbeutung gewesen, aber zumindest hatten sie eine gewisse Selbstachtung gehabt. Verflucht nochmal! Dieses Mädchen verstand wahrscheinlich mehr von diesen Dingen als Stoner. Und die Wahrscheinlichkeit, daß sie sich verletzte oder dabei umkam, war gering, da sie bereits tot war.

»Du hast recht«, sagte sie. »So sind wir nun mal. Ich würde mich über deine Hilfe freuen.«

Sie waren jetzt mitten in der Prärie. Stoner hielt an, um Luft zu holen, und sah sich um. Gwen, Marylou und Tante Hermione kamen nur langsam voran, aber zumindest waren sie noch in Sicht.

Am westlichen Horizont konnte sie bereits die ersten dünnen Rauchschwaden erkennen. »Halt dich bereit«, sagte sie und warf Callie Rose ein Hemd zu.

»Eins versteh' ich nicht«, sagte das Mädchen, während es einen Ärmel um ihre Hand wickelte und das Hemd über dem Kopf wedelte.

»Woher wußtest du, daß das passieren wird?«

Stoner zuckte die Achseln. »War 'ne Vermutung.«

»Vorhin klang's aber nicht wie 'ne Vermutung.«

»Ich weiß nicht, wie ich's erklären soll.«

Callie Rose zog die Augenbrauen zusammen. »'s gab mal 'ne alte farbige Lady. Damals zu Hause. Lebte weit draußen im Sumpf. Die Leute sagten, sie könne Geister beschwören. Machst du es so?«

»Nicht genau.« Die anderen waren jetzt fast so nahe dran, um auch das Feuer zu sehen. Und das Feuer war so nah, daß sie die Flammen sehen konnten. Stoner betrachtete es mit Unbehagen.

»Hast du Angst, sie könnten einen Bann aussprechen?« fragte Callie Rose mitfühlend.

»Einen was?«

»Einen Bann. Die Voodoo-Hexe.«

»Ich glaube nicht an Voodoo-Hexen«, sagte Stoner. »Das ist nur eine andere Religion als unsere, die die Rassisten uns als primitiv und böse verkaufen wollen.«

»Nun, ich glaub' dran. Meine Leute sind früher von dem Voodoo-Zeug krank geworden.« Sie legte die Hand auf Stoners Arm. »Hörst du das?«

Sie horchte. Es waren scharfe, hohe, kläffende Laute. Die Präriehunde gaben Alarm.

»Es naht.«

»Allerdings.« Callie Rose trat einen Schritt vor und stand zwischen Stoner und dem Feuer. »Macht euch fertig zum Laufen.«

Stoner lief zu Marylou und Tante Hermione zurück, die Gwen mitschleiften. Gwen schien kaum noch einen Fuß vor den anderen zu setzen. Sie kam dem Ende ihrer Kräfte immer näher. »Wir müssen uns beeilen«, sagte Stoner, als sie Tante Hermione ablöste und Gwens Arm über ihre Schulter legte. »Das Feuer kommt.«

Tante Hermione ergriff Stoners Sweatshirt und eilte voraus, um Callie Rose zu unterstützen.

»Wie geht es dir?« fragte Stoner Marylou.

»Wenn das ein Traum ist«, sagte Marylou mit müder und ängstlicher Stimme, »glaube ich, daß es Zeit wird aufzuwachen.«

Der Boden unter ihren Füßen begann zu beben.

»Sie haben auf sie *geschossen*«, sagte David.

Millicent Tunes winkte mit einer frustrierten Geste ab. »Sie stand mir im Weg.« Sie drehte sich um und griff nach der Stahlleiter, die vom Tunnel nach oben zur Luke führte.

David ergriff ihr Fußgelenk. »*Warten* Sie einen Augenblick. Ich muß Ihnen etwas sagen.«

Die Frau versuchte, seine Hand abzuschütteln, aber er hielt sie fest. Sie entschied, daß sie versuchen mußte, ihn zu umschmeicheln. »David, mein Lieber, ich verstehe, daß Sie verwirrt sind, und ich interessiere mich sehr für Ihre Gefühle, aber wir müssen uns beei...«

»Ach, erzählen Sie mir doch nichts«, unterbrach er sie schroff. »Sie interessieren sich einen Scheiß für meine Gefühle. Sie wissen es, und ich weiß es.«

Mein Gott, dieser blöde kleine Neurotiker. Ausgerechnet jetzt fing er an zu *jammern* ... »Ich weiß nicht, welche Art von krankhafter Beziehung Sie zu diesen Leuten entwickelt haben, aber lassen Sie mich Ihnen versichern ...«

»Nein«, bellte David. »Sie werden mich damit nicht ablenken. Wir hatten eine Vereinbarung, und Sie haben sie gebrochen.«

Millicent lehnte sich mit einer Pose müder Langeweile an die Leiter. »Würden Sie das bitte erklären?«

»Erstens ...« Er streckte einen Finger aus. »Haben Sie es versäumt, mir Ihre Pläne ausführlich zu erzählen. Vertrauensbruch. Zweitens ...« Er streckte einen zweiten Finger aus. »Ihre Beschreibung von der Person war unzureichend. Drittens ...« Und einen dritten Finger. »Über die Verwendung von Waffen entscheidet normalerweise die Person, die für den größten Teil des Projekts verantwortlich ist. Jeder weiß das.«

»Jeder weiß was?« Millicent Tunes grinste süßlich. »Ich weiß nicht einmal, wovon Sie, verdammt nochmal, reden.«

»Ganz einfach. Das ist mein Job. Ich erledige das Schießen.«

»Okay«, sagte die Frau und spreizte die Hände in einer Geste der Kapitulation. »Sie haben gewonnen. Gehen Sie zurück und erschießen Sie alle, die Sie wollen.«

Er funkelte sie an. »Ich will niemanden erschießen. Es geht nicht ums Schießen. Es geht um Respekt.«

»Um Respekt?«

»Für meine Arbeit.«

Millicent lachte erheitert auf. »Aber David, mein Lieber, Ihre Arbeit ist nicht respektabel.«

»Verdammt«, sagte George und kreiste mit der Taschenlampe über das Gras. »Es muß hier sein. Stape, gib mir den Plan.«

Stape reichte ihn ihr. George betrachtete ihn. Das Problem war, daß die Eindringlinge sich irgendwo hier hinten in den Tunnel gegraben hatten. Sie benutzten keinen alten Eingang, der leicht zu finden gewesen wäre. Es *gab* keine alten Eingänge. Der nächste befand sich unter dem Mexiko-Pavillon, und der war schon vor Jahren zugemauert worden.

»Süße«, sagte Ed, »ich glaube, du hast dir was eingebildet.«

George funkelte ihn an. »Wie oft soll ich dir noch sagen, daß du mich nicht ›Süße‹ nennen sollst?«

»Nur ein paar hundertmal. Ich muß mich um den ganzen Park kümmern und kann hier nicht die ganze Nacht verbringen.«

»Aber ich habe dort unten etwas gehört«, wandte George ein. »Ein Geräusch. Wie ein Pistolenschuß. Stape, du hast es auch gehört, nicht wahr?«

Stape schüttelte den Kopf. »Tut mir leid. Aber ich war mit dem Plan beschäftigt.«

»Ich behaupte nicht, daß du nichts gehört hast«, sagte Ed. »Aber es hätte alles mögliche sein können, Verehrteste. Ein knatternder Auspuff. Ein Düsenjäger, der die Schallmauer durchbricht. Vielleicht hat auch ein Flamingo gefurzt.«

»Das hier ist nicht witzig«, sagte George schnippisch. »Meine Freundinnen sind in Gefahr.«

»Nun, das kann ja sein, Süße. Aber ich kann nicht noch mehr Leute für euren Fall abziehen. Das weißt du.« Oh Mann, jetzt fing sie auch noch an zu schmollen. Er konnte ihren erbärmlichen Anblick nicht ertragen, wenn sie schmollte. Er fragte sich, wie Stape damit leben konnte. »Ich lasse Tom und Frenchie bei dir, und wir halten diese Frequenz auf dem Funksprechgerät frei.« Er zuckte die Achseln. »Das ist alles, was ich tun kann, Liebling.«

»Hier war jemand«, sagte George verzweifelt. »Man sieht, daß das Gras niedergetreten ist.«

Ed Garr wickelte einen Kaugummi aus und steckte ihn in den Mund. Nachdenklich kaute er einen Augenblick. »Nee, das kommt wahrscheinlich von den verdammten Flamingos.« Er drehte sich um und ging. »Diese verdammten rosa Vögel machen das Gras so kaputt, daß man auch gleich eine Herde Bisons darüberjagen könnte.«

Die Herde begann nervös zu werden. Verängstigt. Scharrte mit den Füßen und schwang mit den schweren Köpfen von einer Seite zur anderen wie große braune Säcke voller Korn. Obwohl sie sich nicht vorwärtsbewegten, bebte der Boden allein davon, daß sie die Füße hoben und wieder hinstellten. Wenn sie erst mal anfingen zu laufen ...

Callie hatte noch nie eine Herde von der Größe gesehen. Hatte überhaupt noch nie Büffel gesehen, obwohl sie sie von Bildern aus der Schule kannte, bevor ihre Leute sie nicht mehr zur Schule gehen ließen, weil dort Regierungsleute rumschnüffelten. Sie konnten es nicht riskieren, daß eines der Kinder die falschen Dinge in falsche Ohren sagte. Denn wenn die Regierungsleute ihre Brennerei auskundschafteten, würden sie sie alle umbringen, bevor sie Fragen stellten. Das wußte sie ganz genau. Sie hatte es von einem Cousin erfahren, der der Cousin von jemandem war, dem das passiert war.

Sie begannen jetzt, sich zu bewegen. Nur ein wenig, aber man spürte, daß sie sich anspannten. Callie nahm das Hemd in ihrer Hand fest in den Griff.

Es bestand nicht die geringste, gottverdammte Chance – lieber Gott, entschuldige meine Ausdrucksweise –, daß sie diese Biester würde zurückschrecken können, wenn sie erstmal ins Rennen kamen. Schon gar nicht zurück ins Feuer. Aber vielleicht könnte sie sie soweit ablenken, daß diese Leute durchkamen. Sie mochte diese Leute, die alte Lady und die Starke und die Hübsche und die Witzige. Insbesondere die Witzige. Sie wünschte, sie könnte mehr Zeit mit ihnen verbringen. Aber das war unwahrscheinlich. Jedenfalls wenn die Sache hier so endete, wie sie es sich vorstellte – sobald diese Büffel anfingen zu rennen, war Miss Callie Rose am Ende.

Es gefiel ihr nicht, wie die Hübsche aussah. Blaß. Krank. So war es ihr auch ergangen. Ehe sie eingeschlafen und, eingesperrt an diesem verdammt merkwürdigen Ort, wieder aufgewacht war.

Vielleicht war sie auch verhext worden, die Schöne, die sie Gwen nannten. Vielleicht war jemand zu dem alten Zauberer draußen im Sumpf gegangen und hatte einen Fluch auf ihre Familie legen lassen, so wie es diesen elenden Russels passiert war. Zum Teufel, vielleicht gehörte Gwen sogar zu Callies Familienclan? Wäre das nicht zum Totlachen?

Sie konnte jetzt das Feuer am Horizont sehen. Schwarze Rauchwolken jagten wie wilde Pferde über die Hügelkette.

Die andere, die sie Stoney oder so ähnlich nannten, hatte versucht, ihr weiszumachen, daß es keinen Voodoo oder Zauberer gäbe. Zumindest *glaubte* sie, daß Stoney versucht hatte, ihr das weiszumachen. Sie redete so komisch. Wie eine Lehrerin. Benutzte große Worte und lange Sätze. Doch Callie nahm an, daß sie okay war. Ein guter Mensch. Aber sie würde noch eine große Überraschung erleben, wenn sie nicht bald ihre Meinung über Flüche änderte.

So, jetzt kamen sie aber, in Lebensgröße und um so bedrohlicher. Der Boden begann so stark zu beben, daß Callie das Gefühl hatte, die Zähne würden ihr aus dem Mund geschüttelt werden. Und schnell kamen sie auch. Sie konnte dem Leittier fast ins Auge sehen.

»Beeilt euch, Mädchen«, rief sie ihren neuen Freundinnen zu. »Diese Monster überrennen euch schneller, als ihr gucken könnt.«

Sie konnten sie nicht hören, aber sie verstanden sie. Stoney übergab ihrer Tante wieder ihren Anteil an Gwen und schob die drei voran. Sie rannten so schnell sie konnten. Kamen auf ihre Höhe. Liefen an ihr vorbei und weiter in Richtung des Flusses.

Gute Idee, der Fluß. Auch wenn er die Herde nicht aufhielt, würde er sie zumindest bremsen. Und sie mußten unbedingt ihr Tempo drosseln. Sie waren nahe dran. So nahe, daß sie sie riechen konnte. So nahe, daß sie beinahe ihre Gedanken lesen konnte. Und der Boden hüpfte wie eine alte kaputte Sprungfedermatratze. Genug, um einen seekrank zu machen.

Callie sah wieder die Herde an. Jetzt waren sie so nahe, daß sie ihren Atem fühlen konnte. Und sie rannten wie verrückt. Callie wedelte mit dem Hemd und schrie.

Eine Kuh und ihr Kalb donnerten auf sie zu. Sie pfiff.

Sie kamen näher. Der Lärm der Herde war zu laut, als daß sie sie jetzt hören konnten. Sie hatten zu viel Angst, um zu denken. Alles, was sie tun konnten, war rennen. Einfach rennen und rennen und rennen, bis sie erschöpft waren.

Das Kalb rempelte sie an, warf sie aus dem Gleichgewicht. Die Herde folgte. Sie ging nieder.

Als Stoner sich beim Laufen umdrehte, sah sie sie unter dem Meer aus braunen Hufen und Leibern verschwinden.

Oh Göttin, ich hoffe, ich habe die richtige Entscheidung getroffen. Tief in ihrer Seele verspürte sie Übelkeit. Ich habe sie dem Tode überlassen.

»Du hast das Richtige getan«, rief Tante Hermione über den Lärm hinweg. »Du hättest nicht gewonnen, wenn du versucht hättest, sie zu retten. Callie ist seit langer Zeit tot.«

Stoner nickte, aber Tante Hermiones Worte halfen ihr nicht. Änderten nichts an der Tatsache, daß sie die Entscheidung getroffen *hatte*, Callie Rose für Gwen zu opfern. Realistisch gesehen, würde sie wahrscheinlich wieder so handeln, wenn sie es noch einmal entscheiden müßte. Aber das hieß nicht, daß sie sich dabei gut fühlte.

Sie waren jetzt am Wasser. Einem seichten Fluß, der von Platanen gesäumt war. Der Boden zitterte, die Luft war erfüllt von Staub und dem donnernden Stampfen der Hufe. Sand drang in ihren Mund, verstopfte ihre Nase und scheuerte in ihren Augen. Verzweifelt blickte sie sich um. Die Bisons kamen immer näher. Fließend wie Wasser, ein wilder Strom aus Pelz und Hufen. Sie konnte ihre Angst riechen. Die Bäume würden sie nicht aufhalten. Nichts würde sie in ihrer panischen Flucht aufhalten.

Sie mußten der flüchtenden Herde ausweichen. Sie mußten den Fluß überqueren. Aber wie? Es gab kein Boot, nicht einmal einen treibenden Baumstamm.

Sie sprang ins Wasser, und während sie gegen die Strömung ankämpfte, suchte sie das Ufer ab, nach irgend etwas …

Sie konnte schwimmen. Tante Hermione konnte schwimmen. Marylou konnte wahrscheinlich schwimmen, auch wenn sie darüber eigentlich noch nie gesprochen hatten … schließlich gehörte Marylou nicht zu denen, die ins Schwimmbad der Jugendherberge gingen, sondern zu denen, die glaubten, daß Strände zum Sonnen und zum Picknicken da waren und nicht zum Schwimmen…

Du bist schon wieder abgelenkt, ermahnte sie sich. Hör auf damit.

Und wenn sie alle eine Goldmedaille im Schwimmen hätten, würden sie den Fluß bei dieser Strömung nicht überqueren können, jedenfalls nicht mit Gwen, die wie eine schwere Last an ihnen hing. Sie würden es nicht schaffen. Sie konnten Gwen nicht retten. Sie konnten nicht einmal sich selbst retten. Sie würden hier sterben. Und sie wußte nicht einmal, wo sie waren.

Sie stand in dem seichten Gewässer, triefend naß, und der Strom riß an ihren Beinen. »Es tut mir leid«, flüsterte sie. »Ich habe es versucht. Ich konnte einfach nicht ...«

Etwas veranlaßte sie aufzublicken. Marylou stand am Ufer, wedelte mit den Armen und zeigte den Fluß hinauf.

Ein kleines, überdachtes, offenes Boot kam auf sie zu getrieben. Mit rudernden Armen warf sie sich in die Mitte des Flusses und schwamm wie wild auf das Boot zu. Sie mußte es schaffen.

Das Boot trieb näher. Jetzt war der Bug fast auf gleicher Höhe mit ihr, aber noch zu weit entfernt, um ihn zu berühren.

Stoner schwamm schneller. Ihre Arm- und Beinmuskeln schrien vor Schmerzen. Es fuhr an ihr vorbei. In wenigen Sekunden ...

Mit einem Keuchen warf sie sich vorwärts, mit einem letzten verzweifelten Stoß mit den Beinen, einem letzten verzweifelten Druck mit den Händen.

Ihre Finger berührten das Holz. Es gab nichts zum Festhalten. Sie fühlte, wie das Boot ihren Händen entglitt. Dann war es an ihr vorbei, trieb weiter. Ihre letzte Chance. Ihre einzige Chance.

Vorbei.

Stoner hustete Wasser aus und spuckte. Erschöpft fühlte sie, wie sie unter die Wasseroberfläche sank.

Und da sah sie es. Ein Seil, das hinter dem Boot herschleifte und fast außerhalb ihrer Reichweite war ...

Fast, aber nicht ganz.

Sie ergriff das Seil und wickelte es um ihr Handgelenk. Es hielt und riß sie die Strömung hinab. Mit dieser Wucht kam sie wieder an die Oberfläche.

Mit einer Hand nach der anderen zog sie sich an das Boot heran, ergriff den Bootsrand und zog sich hinauf. Sie war zu schwach, zu müde. Ihre Arme versagten, und sie fiel wieder ins Wasser.

Sie holte tief Luft, konzentrierte sich in einem letzten Versuch auf einen einzigen Punkt. Sie ergriff den Bootsrand. Zog sich hoch.

Diesmal schaffte sie es.

Sie fiel ins Bootsinnere. Am liebsten wäre sie dort für immer liegengeblieben, aber sie hatte keine Zeit. Sie fuhr an den anderen vorbei, die am Ufer kauerten, während die Bisonherde immer näher herandonnerte.

Stoner griff nach dem Ruder und stieß es kräftig nach rechts. Langsam drehte sich das Boot herum, und die Strömung trieb es zum Ufer.

Nach wenigen Sekunden fühlte sie, wie der Rumpf über den Sandboden scheuerte. Sie hielt das Boot fest.

Tante Hermione und Marylou rutschten und schlitterten das Ufer hinunter. Gwen hatte sogar schon den Versuch aufgegeben zu gehen. Sie sah wie bewußtlos aus. Bewußtlos oder …

Sie warfen sie ins Boot wie einen Sack Mehl. Tante Hermione sprang hinter ihr hinein. Marylou gab dem Boot einen Stoß und sprang an Bord. Die Strömung ergriff sie.

Hinter ihnen am Ufer, vom Wasser aufgehalten, drehten sich die Bisons im Kreise und schnaubten. Sich drängend und stoßend krachten sie gegen die Bäume und entwurzelten sogar die ältesten und größten von ihnen. Bäume, unter denen Tante Hermione und Marylou noch vor wenigen Sekunden mit Gwen gestanden hatten.

Dann, als wäre nichts geschehen, drehten sie sich um und verzogen sich wieder grasend in der Prärie. Als der Staub sich legte, konnte sie das zerrissene und in den Dreck getrampelte Hemd von Tante Hermione erkennen.

Von Callie Rose war keine Spur zu sehen.

14

Stoner fiel neben Gwens reglosem Körper auf die Knie. Verzweifelt fühlte sie nach einem Puls. Sie blickte zu ihrer Tante auf. »Ist sie …?«

»Sie lebt«, erwiderte Tante Hermione. »Aber sie ist sehr schwach.«

Stoner trommelte frustriert auf den Bootsrand. Sie wußte nicht, wohin sie fuhren. Sie wußte nicht, was sie tun sollte. Sie mochten noch stundenlang durch die Wildnis treiben, während Gwen …

»Du meine Güte, beruhige dich«, sagte Marylou. »Das ist nur ein Traum.«

Wütend drehte Stoner sich zu ihr um. »Das ist KEIN Traum. Das ist real. Sehr real, und Gwen liegt im Sterben.«

Marylou sah aus, als hätte man sie geschlagen. »Du meinst …?«

»Das ist kein Traum«, wiederholte Stoner etwas freundlicher.

»Und Gwen ist …«

»Vielleicht.«

»Und Callie Rose?«

»Sie ist schon seit etwa fünfzig Jahren tot«, sagte Stoner.

Marylou drehte sich im Kreis um, betrachtete den Fluß, das Ufer, das Boot, Tante Hermione, Gwen. Nahm alles in sich auf. Versuchte, den Sinn zu verstehen. »Also«, sagte sie schließlich, »das übersteigt mein Auffassungsvermögen.«

Gwen atmete sanft und leise wie eine Brise. Aber es war kein leichter, ruhevoller Atem. Es war wie ein letztes Ausatmen.

Bitte, bettelte Stoner lautlos. Warte, Gwen! Bitte, warte!

Warte auf was? Sie saßen hier fest, trieben auf dem Fluß in dessen eigenem Tempo hinunter – das gemächlicher geworden war, fast absichtlich gemächlich. Als versuchte der Fluß, sie davon abzuhalten, dort anzukommen, wo sie hinmußten.

Und wo war das?

Dort, wo sie hergekommen waren, vermutlich. In ihre eigenen Körper. Vielleicht hatten George und Stape sie mittlerweile gefunden. Vielleicht war die Polizei da und Notärzte und Krankenwagen und ...

Aber sie wußte nicht, wie man zurückkam. Sie wußte nicht einmal, wo sie waren. An einem Ort wie EPCOT, aber nicht in EPCOT. Ein Ort, der so aussah, als wäre EPCOT Realität geworden.

Sie erinnerte sich daran, was Gwen über die Figuren gesagt hatte. »Wenn man ein Goofy-Kostüm anzieht, *wird* man dann wie Goofy? Durchdringt einen dann das Wesen des Goofy-Daseins?«

Wenn das stimmte, hatte sie das Wesen des EPCOT-Daseins durchdrungen. Und sie steckten fest in diesem EPCOT/nicht-EPCOT.

Jetzt verstand sie, was mit Callie Rose passiert war. Vor vielen Jahren, als sie starb, war sie irgendwie zwischen dieses Sein und Nichtsein, Gewesen und Nichtgewesen geraten. Zwischen Leben und Sterben.

Nur Gwen war nicht zwischen Leben und Tod geraten. Gwen lag im Sterben.

Sie betrachtete sie in dem Wissen, daß es Gwens letzte Augenblicke im Leben waren. Sie konnte nicht einmal mit ihr sprechen. Konnte ihr nicht auf Wiedersehen sagen. Konnte nicht einmal weinen. Es gab nichts, was sie tun konnte, außer zuzuschauen, wie sie atmete, und sich über jeden Atemzug zu freuen und um einen nächsten zu bitten. Noch einen, Gwen. Nur noch einen.

Jemand berührte sie. »Stoner.«

Sie schaute auf.

»Es wird Zeit, sie wegzuschaffen«, sagte Tante Hermione.

Sie wegzuschaffen? Wir können sie nicht wegschaffen. Wohin sollten sie …

Das Boot hatte angehalten. Sie waren ans Ufer getrieben und schaukelten im seichten Wasser auf und ab, wobei sich das Holzboot mit einem leise knarrenden Geräusch an einem Steg rieb.

Hinter dem Steg erstreckte sich ein Rasen mit einer riesigen Platane darauf. Hinter der Platane stand ein zweistöckiges Haus aus verwittertem Holz mit einer Veranda. Von der Veranda führte eine offene Tür in eine Eingangshalle. In der Küche hinter der Halle brannte eine Kerosinlampe. Hinter dem Haus ging die Sonne auf. Ein kleiner brauner, langhaariger Hund schlief eingerollt und angeleint am Fuß des Baumes.

Sie kannte diesen Ort.

Marylou kletterte aus dem Boot und band es am Steg fest.

»Kannst du sie hochheben?« fragte Tante Hermione.

Stoner bückte sich, schob einen Arm unter Gwens Schulter, den anderen unter ihre Knie. Sie versuchte, sich aufzurichten, aber Gwens bewußtloser Körper war zu schwer. Sie schüttelte den Kopf.

Tante Hermione begab sich auf Gwens andere Seite. »Wir schaffen es«, sagte sie. »Gib mir eine Sekunde.« Sie holte tief Luft, hielt sie an, holte noch etwas Luft, hielt sie an und atmete langsam aus. Sie lächelte. »Die Sieben Atemzüge der Artemis«, erklärte sie. »Sehr belebend. Die bringen dich auf einen anderen Planeten. Fast wie LSD, aber ohne die Nebenwirkungen. Jetzt …« Sie schob den Arm unter Gwen, ergriff Stoners Ellenbogen und hob Gwen hoch.

Gwen fühlte sich zwischen ihnen leicht wie ein Kissen an. Sie hoben sie an die Längsseite des Bootes und legten sie sanft auf den Steg.

Zum ersten Mal bemerkte Stoner, wie kühl die Luft ohne ihr Hemd war. Es war diese feuchte Kühle, die mit dem Sonnenaufgang aufkommt, vom Boden aufsteigt und nach Erde riecht, sich mit der warmen Luft mischt und die Blätter im grauen Morgenlicht merkwürdig rascheln läßt. Sie versuchte, sich zu erinnern, wo sie ihr Hemd verloren hatte. Das letzte Mal hatte sie es gesehen, als die Bisons auf sie zukamen. Sie vermutete, daß sie es mit Callie Rose zurückgelassen hatte.

Tante Hermione trug auch kein Hemd. Ihre milchige, fast durchsichtige Haut hatte sich zu einer Gänsehaut zusammengezogen. Ihre nackten Brüste waren noch rund und fest wie bei einer jungen Frau.

Sie bemerkte, daß Stoner sie betrachtete, und lächelte. »Wir werden dort drinnen sicherlich etwas zum Anziehen finden. Ich persönlich laufe sogar unter diesen Umständen gern nackt herum. Aber ich weiß, daß du es irritierend findest.«

Sie bückten sich wieder, hoben Gwen hoch und trugen sie zum Haus. Der kleine Hund folgte ihnen, soweit die Leine es zuließ, dann setzte er sich auf die Hinterbeine und jaulte. Als sie die Veranda erreichten, wurde das Fliegengitter geöffnet.

»Hallo«, sagte Callie Rose. »Ich dachte schon, ihr kommt gar nicht mehr.«

Davids Augen funkelten gefährlich. Tunes hatte genug Respekt vor seiner Arbeit gezeigt, als sie etwas von ihm wollte. Aber wenn es drauf ankam, war sie genauso wie alle anderen. Er war es müde, wie der letzte Dreck behandelt zu werden. Die Frau, die er entführt hatte, war die einzige Person, die halbwegs anständig mit ihm umgegangen war, seit er aus dem Gefängnis raus war. Natürlich hatte sie vorgetäuscht, jemand anderes zu sein, aber das war ja normal. Das gehörte zum Spiel. Das bewies nur, daß sie begriffen hatte, was vor sich ging, und zu würdigen wußte, was das hieß.

Die Behauptung, daß sie ein Kind von ihm haben wolle, war sicherlich auch eine Lüge. Das tat ihm leid. Es hätte ihm Spaß gemacht, obwohl er, wenn er wirklich ehrlich war, zugeben mußte, daß diese Verantwortung ihn schon etwas abgeschreckt hatte. Darum war er neben der Enttäuschung gleichzeitig etwas erleichtert. Aber die Tatsache, daß sie es gemacht hatte, ihn hingehalten hatte – nun, das gehörte ebenfalls dazu. Jedenfalls hatte sie nie versucht, ihn zu demütigen. Und er hatte ihr nicht einmal erzählt, wie er es haßte, gedemütigt zu werden. So wie er es Tunes mindestens hundertmal erzählt hatte. Verdammt, er hatte sie sogar dafür *bezahlt*, damit sie ihn verstünde, und was hatte er davon?

Sie drehte ihm den Rücken zu und begann, die Metalleiter hinaufzuklettern. Sie hatte nicht einmal Angst vor ihm. Das machte ihn wütend. Er hatte Lust, sie zu beschimpfen, wie er noch nie eine Frau beschimpft hatte, sondern wie es nur rohe, brutale Männer untereinander machten.

»Kommen Sie?« fuhr sie ihn an und besaß noch nicht einmal den Anstand, ihn dabei anzusehen.

Er antwortete nicht.

Sie erreichte das Ende der Leiter und stieß gegen die Falltür. Sie ging nicht auf. Sie stieß erneut dagegen, kräftiger, und murmelte verärgert.

David stand nur da und beobachtete sie.

»Was ist los mit Ihnen?« bellte sie. »Können Sie mir nicht behilflich sein?«

Er stieg die Leiter hinauf, bis er mit der Hand gerade eben ihren Fuß erreichen konnte. Er packte sie am Fußgelenk. »Verdammte Hexe«, sagte er und zog mit einem Ruck.

Millicent Tunes stürzte die Leiter hinunter und fiel hart auf den Zementfußboden. Sie richtete sich auf und rieb ihren Ellenbogen. »Was zum Teufel ist in Sie gefahren?«

David zog die Pistole.

»Oh Mann«, sagte Callie Rose, »ich habe gewartet und gewartet.« Sie hielt die Fliegengittertür auf, während sie Gwen hineintrugen.

Marylou starrte sie an und schüttelte den Kopf. »Das ist nicht real«, sagte sie.

Das Innere des Hauses war kühl und dunkel. Vor ihnen befand sich eine Treppe, die zu einem Treppenabsatz mit hohen Fenstern und einem Fenstersitz führte und sich dann in den zweiten Stock wand. Links befand sich ein formal aussehendes Wohnzimmer mit steifen Möbeln. Rechts führte eine Tür in ein kleines Schlafzimmer mit einem Metallbett, dessen weiße Farbe abblätterte. Ein handgemachter Quilt in leuchtenden Farben lag auf dem Bett. Auf einer grob gezimmerten Kommode stand eine tiefe Porzellanschüssel und ein dazu passender Wasserkrug in einem verblichenen, rissigen Teerosenmuster. Gardinen aus grobem Sackleinen hingen am Fenster.

Callie Rose ließ die Fliegengittertür mit einem Knall zufallen. Der Hund kläffte.

»Am besten legt ihr sie dorthin«, sagte sie und zeigte auf das Bett. »Sieht ziemlich erledigt aus.«

»Das kann man wohl sagen«, erwiderte Stoner, als sie Gwen sanft auf das Bett legten. Tante Hermione wickelte die Decke um sie. »Ist sonst noch jemand hier?«

»Soweit ich weiß nicht«, antwortete Callie Rose. Sie sah sie an und lachte ein wenig. »Ihr seht ziemlich mitgenommen aus. Was habt ihr gemacht? Seid ihr durch den Fluß geschwommen?«

»So ungefähr«, sagte Stoner. »Wie bist du hier hergekommen?«

Callie Rose zuckte die Achseln. »Ich bin einfach hier aufgetaucht. In dem Schrank sind Hemden, die euch passen müßten.«

Stoner nahm Gwens Hand. Sie war kühl, aber nicht kalt. Sie fühlte sich nicht tot an. Noch nicht.

Ihre Tante warf ihr ein weiches, verblichenes, kariertes Holzfällerhemd zu. »Hoffentlich kommen wir bei unserer Rückkehr in unserer Kleidung an«, sagte sie. »Ich habe Jahre gebraucht, bis mein Sweatshirt endlich so war, wie ich es wollte.«

Sie fand es beruhigend, daß Tante Hermione an ihre Rückkehr glaubte. Aber daß sie nicht wußte, in welchem Zustand sie zurückkehren würden, war *nicht* beruhigend.

Gwen schien etwas tiefer zu atmen. Oder vielleicht bildete sie es sich ein. Stoner schüttelte sich. Sie mußte aufhören, einfach nur herumzustehen, Gwen anzustarren und sich Sorgen zu machen. Damit war niemandem geholfen, und es brachte sie nicht zurück.

Vielleicht sollten sie sich bei den Händen halten und versuchen, ob sie auf dieselbe Art, wie sie hergekommen waren, zurückkehren könnten. Nur war Gwen da bei Bewußtsein gewesen. Was war, wenn sie es schafften und sie nicht? In *dieser* zeitlosen, raumlosen Welt würden sie sie nie wiederfinden.

»Also gut«, sagte Tante Hermione, als sie das rote Herrenflanellhemd zuknöpfte. Es reichte ihr bis über die Knie und ließ sie wie eine Weihnachtselfe aussehen. »Ich gehe uns eine Kanne Tee kochen und werde die Schränke durchstöbern. Vielleicht finden wir was für Gwen.«

»Sie braucht wahrscheinlich Blut«, sagte Stoner geistesabwesend.

»Ohne Zweifel«, bestätigte ihre Tante. »Aber wir kennen ihre Blutgruppe nicht und haben keine Möglichkeit, es zu übertragen.«

Stoner sah sie an. Warum hatte sie nicht vorher daran gedacht? Sie ist A positiv wie ich. Ich könnte ihr etwas geben. Aber wie? Wie können wir es aus meinem Körper in ihren bekommen?

Es mußte eine Möglichkeit geben. Sie hatte es schon tausendmal im Kino gesehen. Die Leute fanden immer eine Möglichkeit, in der Wildnis oder einem abgestürzten Flugzeugwrack oder in einem gesunkenen Luxusschiff Blut zu übertragen. Ihre Situation war tausendmal besser. Oder nicht?

Was machen wir also? Wir brauchen Röhren und hohle Gegenstände als Nadeln. Und wie machen wir es, daß es von mir in sie reinläuft?

»Worüber denkst du so angestrengt nach?« fragte Tante Hermione.

»Über Bluttransfusionen.«

»Das Problem ist vermutlich, daß der Körper, den wir hinterlassen haben, das Blut braucht«, erwiderte die ältere Frau.

Sie hatte natürlich recht. Egal, wie man die Lage betrachtete, die einzige Möglichkeit, sie zu retten, bestand darin, dorthin zurückzukehren, und zwar schnell.

Womit sie wieder bei ihrer ursprünglichen Frage war – wie stellte man das an? Schließlich waren sie es nicht gewohnt, von einer Welt in die andere zu ziehen wie ...

Doch, eine von ihnen konnte es! Ihr Herz begann heftig zu klopfen. Sie könnten es vielleicht schaffen.

»Callie Rose«, rief sie.

Die junge Frau steckte den Kopf ins Zimmer. »Ja?«

»Du ziehst schon seit langer Zeit hin und her, nicht wahr? Zwischen einer Welt und der anderen?«

Callie Rose schüttelte befremdet den Kopf. »Hä?«

»Also, ich meine, du bist tot und auch nicht tot und ziehst zwischen den Welten hin und her, nicht wahr?«

»Ich bin nicht tot.«

»Natürlich bist du ...« Sie fühlte eine Berührung auf der Schulter.

»Sie weiß das nicht«, sagte Tante Hermione leise. »Ich glaube, genau das war von Anfang an ihr Problem. Sie starb, aber sie hat es nicht akzeptiert. Darum schwebt sie seitdem zwischen zwei Welten hin und her.« Sie räusperte sich. »Wenn es dir nichts ausmacht, sage ich es ihr besser. Ich glaube, ich gehe mit solchen Dingen lockerer um als du.«

»Herzlich gern«, sagte Stoner. »Das geht sowieso über meine Begriffe. Aber beeile dich.«

Ihre Tante ging zu dem Mädchen. »Callie, Schätzchen, ich muß dir ein paar Fragen stellen. Hast du was dagegen?«

»Nö.«

»Also ...« Sie nahm eine von Callie Roses Händen in ihre. »Erinnerst du dich noch an dein Zuhause?«

»Klar, das ist draußen im Sumpf. Die Leute nennen uns Sumpfratten, aber das sind wir nicht. Wir haben uns dort schon vor fast hundert Jahren angesiedelt.« Callies Augen leuchteten. »Wir haben dort alles mögliche. Ein großes Haus, sogar mit einem Schlafzimmer für uns Kinder, eine Zuckermühle, Hühner. Wir pflanzen unseren eigenen Mais und so was an. Ich kann genauso gut wie ein Mann schlachten. Sonntags müßt ihr mal zum Essen rüberkommen. Wir werden euch was aufdecken, was ihr nie vergessen werdet, und alles ist auf unserem Land gewachsen.« Sie deutete auf Stoner. »Die kann auch kommen, obwohl sie merkwürdig ist.«

»Das würden wir sehr gern«, sagte Tante Hermione und lächelte Stoner zu. »Stimmt doch, oder?«

Stoner nickte. »Klar.« Du liebe Güte, beeil dich. Die Zeit hier schadet uns, indem sie beispielsweise abläuft.

»Die andere Lady kann auch kommen. Sie ist witzig.« Sie blickte auf Gwen hinab. »Und diese hier. Sie redet nicht viel, aber ich wette, sie ist nett.«

»Doch eins macht mir Sorgen«, sagte Tante Hermione. »Ich habe immer gehört, es sei gefährlich im Sumpf.«

»So schlimm ist es nicht, wenn du weißt, von welchen Schlangen du dich fernhalten mußt. So wie man eine ungefährliche Korallenschlange von tödlichen Arten unterscheiden kann, sollte man wissen, wie man sich verhalten muß. Die Alligatoren sind auch nicht besonders freundlich. Und manchmal kommen die Regierungsmänner rumschnüffeln.«

»Dein Vater brennt seinen eigenen Schnaps, nicht wahr?«

Callie Rose schlug die Hand vor den Mund und machte große Augen. »Ich sollte darüber nicht sprechen«, sagte sie.

»Dein Geheimnis ist bei uns gut aufgehoben«, sagte Tante Hermione. »Weißt du, daß Whisky jetzt legal ist?«

Das Mädchen zog ungläubig die Nase kraus. »Nee.«

»Doch. Seit einiger Zeit schon. Weißt du, Schätzchen, du bist schon sehr lange von zu Hause fort.«

»Ich weiß. Ich habe mich verlaufen. Ich muß ganz in der Nähe sein, aber ich kann es nicht finden. Ich habe mich vorher noch nie verlaufen. Sie haben etwas mit dem Sumpf gemacht, nicht wahr?«

»Ja«, sagte Tante Hermione. »Das haben sie.«

Das war es also. Irgendwann nach Callies Tod hatte Disney das Land gekauft und trockengelegt. Und jetzt fand sie nicht mehr nach Hause zurück.

»Erzähl mir, woran du dich als letztes erinnern kannst, bevor du dich verlaufen hast«, forderte Tante Hermione sie auf.

Callie Rose runzelte die Stirn und verkniff das Gesicht. »Meine Ma hatte mich zur Großmutter Zauberin geschickt.«

»Warum? War jemand krank?«

»Ein paar Kinder hatte es erwischt, etwas Brennendes und ein teuflischer Husten im Hals. Sie konnten nicht atmen, keins von unseren Mittel half. Wir glaubten, der alte Kornhalm-Mann hätte sie verhext.«

»Der alte Kornhalm-Mann?« fragte Stoner.

»Wir nennen ihn so, weil er beim Gehen ein Geräusch wie getrocknete Kornhalme im Wind macht. So als wäre er mit alten Getreidehülsen ausgestopft. Wie eine alte Vogelscheuche, nur ist er keine Vogelscheuche. Er ist ein Voodoo-Mann ...« Ihre Stimme senkte sich zu einem Flüstern. »Er raubt kleinen Babys gern den Atem. Beugt sich über ihre Kisten und saugt ihnen den Atem aus. Ich weiß das, weil er es auch mit meinem Baby gemacht hat.«

Mit ihrem Baby? Sie war nicht älter als zwölf oder dreizehn. Ein Kind. »Du hattest ein Baby?« fragte Stoner.

Callie Rose nickte und strahlte vor Stolz. »Ja, klar. Den schönsten kleinen Jungen, bis der alte Kornhalm-Mann ihm den Atem raubte. Er war noch ganz klein. Nicht einmal getauft. Legte ihn ganz gesund ins Bett. Der alte Kornhalm-Mann kam in der Nacht, und am nächsten Morgen war er von uns geschieden.« Sie sah Tante Hermione traurig und ängstlich an. »Glaubst du, mein Baby ist in den Himmel gekommen? Obwohl es nicht getauft war?«

»Ganz bestimmt«, beruhigte Tante Hermione sie. »Zufällig weiß ich sogar, daß es ein paar ganz, ganz besondere Orte im Himmel für Babys wie deines gibt. Jesus weiß, daß es nicht die Schuld des Babys war. Oder auch nicht deine.«

»Oje«, sagte Callie Rose, »da bin ich aber froh. Ich habe mir schon Sorgen gemacht.«

»Nachdem du zu Großmutter Zauberin gegangen bist, was ist dann passiert?«

»Ich weiß nicht. Es war eine schlimme Nacht. Ein großer Sturm. Heftiger Wind blies durch die Bäume.« Sie kaute auf ihrer Lippe und überlegte noch intensiver. »Ich erinnere mich an etwas ... Ja, etwas fiel vom Himmel herunter und traf mich. Etwas wie ein alter Ast. Traf mich richtig hart. Schlug mich nieder, erinnere ich mich. Und mir wurde schwindelig, und ich legte mich für eine Minute hin, und als ich aufwachte, war alles so merkwürdig.«

»Merkwürdig?« fragte Stoner.

»Anders. Ich weiß, daß ich etwas Schlimmes tat, als ich mich für eine Minute hinlegte, weil sie zu Hause auf mich warteten. Aber mir war so schlecht, als müßte ich mich übergeben, und ich konnte gar nicht richtig denken, und es ist gefährlich, nachts den Sumpf zu durchqueren, wenn man nicht richtig denken kann.«

»Mir scheint es so, als hättest du eine Gehirnerschütterung gehabt«, sagte Tante Hermione. »Durch den harten Schlag auf den Kopf. Darum war dir schwindelig und übel. Er muß Blutungen in deinem Kopf verursacht haben.«

Callie Roses Augen wurden noch größer und sehr dunkel. »Blutungen in meinem Kopf? Das kann nicht sein. Davon stirbt man.«

Tante Hermione sah dem Mädchen fest und ruhig in die Augen. »Wir glauben, daß du daran gestorben bist, Callie. Darum findest du nicht nach Hause zurück.«

»Gestorben?« fragte Callie Rose.

»Nun, zum Teil jedenfalls«, sagte Stoner. »Du scheinst irgendwo auf dem Weg steckengeblieben zu sein. Vielleicht lag es an der Gehirnerschütterung.«

Callie Rose ließ sich das durch den Kopf gehen. »Nee, so war's nicht. Ich glaub', ein Alligator hat mich gefressen. Ich wurde bewußtlos und dann von einem Alligator gefressen. Darum hat mich auch niemand gefunden. War nichts zu finden übrig.«

»Es scheint dich nicht sehr aufzuregen«, sagte Stoner, »daß du tot bist.«

»Ich muß mich ja erst mal an den Gedanken gewöhnen, nicht wahr?« Das Mädchen zuckte die Achseln. »Doch es kommt mir nicht sehr viel anders als vorher vor. Jedenfalls nicht, seit ich weiß, wo ich bin.«

Das war ermutigend. Callie Rose kannte sich hier aus, vielleicht konnte sie ihnen helfen, den Tunnel zu finden. »Weißt du, wo du bist?«

»Klar. Ich bin so gut wie zu Hause, nur hat sich die Welt verändert.«

»Ich meine, kennst du diesen Ort, diese Welt.«

Das Mädchen schüttelte den Kopf. »Es ist alles so durcheinander.« Ihr Gesicht erhellte sich. »*Dich* habe ich aber schon mal gesehen. Als du mit dem Boot vorbeigekommen bist. Dich und sie ...« Sie zeigte auf Gwen. »Und einen Haufen anderer Leute.«

Sie *hatte* sie gesehen. Als sie auf der Fahrt durch *The Land* gewesen waren. Die Figur, die ihr aus dem oberen Fenster zugewinkt hatte, war Callie Rose gewesen. Und sie hatte sie aus dem Raumschiff Erde angerufen. Und sie war irgendwie aus dem Steppenbrand in dieses Haus gekommen. Offensichtlich wußte Callie Rose, wie man sich hier vorwärtsbewegte.

»Bitte, denk mal ganz scharf nach. Wie kommst du hier von einem Ort zum anderen?«

Das Mädchen sah sie mit leerem Ausdruck an.

»Es muß *irgendeine* Methode geben. Callie Rose, Gwens Leben könnte davon abhängen.«

»Dann seid ihr also nicht gestorben?«

»Noch nicht. Wir sind wie du nur steckengeblieben.«

»Und das hier ist nicht der Himmel?«

Stoner hätte am liebsten geschrien. »Natürlich nicht. Glaubst du, diese schrecklichen Dinge würden im Himmel passieren? Glaubst du, im Himmel würden wir in diesem Schlamassel stecken?«

»Ich weiß es nicht«, sagte Callie Rose und schien sich in sich zurückzuziehen.

Stoner wußte, daß sie ihr angst machte, aber sie konnte sich nicht zurückhalten. Sie hatte Angst und war verärgert, und es war ihr einfach alles zuviel. »Wie, in Gottes Namen, kommst du darauf, daß dies der *Himmel* sei?«

Das Mädchen schaute zu Boden und scharrte mit dem nackten Fuß über die Bretter. »Wegen der alten Oma da.« Sie blickte schnell zu Tante Hermione und dann wieder weg.

»Sie ist keine alte Oma«, sagte Stoner. »Sie ist meine Tante.«

Jetzt war Callie Rose an der Reihe, wütend zu werden. »Ist sie doch«, schrie sie und stampfte mit dem Fuß. »Sie ist eine alte Oma und eine Zauberin. Ich habe gehört, wie die Lady im Orangenhain das gesagt hat.«

Tante Hermione streckte die Hand aus und tätschelte Callie Roses Arm. »So eine Zauberin bin ich nicht, Schätzchen. Ich kann keine Dinge passieren lassen wie eure Zauberin.«

»Wie hast du dann die andere getroffen?«

»Ich weiß es nicht genau«, sagte Tante Hermione. »Sie muß nach mir gerufen haben, von Geist zu Geist. Aber auf diesem Planeten hier ... also auf dieser Erde bin ich genauso hilflos wie du.« Sie sah

Callie Rose eindringlich an. »Aber du kennst den Weg, nicht wahr, Schätzchen?«

Callie Rose errötete und starrte auf den Boden.

Tante Hermione strich dem Mädchen übers Haar. »Bitte, Callie. Unsere Freundin braucht sehr dringend unsere Hilfe, und wir brauchen deine.«

Sie blickte auf. »Wirst du mich verhexen, wenn ich es nicht sage?«

»Natürlich nicht.«

»So etwas macht sie nicht«, sagte Stoner.

»Wenn ich es sage, wirst du mich wegschicken, nicht wahr?«

»Es wird Zeit, daß du gehst, Callie«, sagte Tante Hermione lächelnd.

»Und dann habe ich keine alte Oma und keine Freundinnen mehr.«

Tante Hermione zog das Mädchen auf ihren Schoß und drückte sie fest an sich. »Du wirst eine Menge Freunde auf der anderen Seite haben. Deine Eltern, dein Baby und alle deine Freunde von früher sind dort ...«

»Aber keine alte Oma«, schniefte Callie Rose. »Ich hatte nie eine alte Oma.«

»Es gibt ganz viele alte Omas auf der anderen Seite.« Tante Hermione schaukelte sie ein wenig. »Und ich kann dich auch besuchen kommen.«

Das Mädchen hob den Kopf. »Das kannst du?«

»Ja, das kann ich. Wenn ich schlafe oder meditiere, kann ich auf einen kurzen Besuch direkt zu dir kommen. Du mußt mich nur holen kommen.«

»Die witzige Lady auch?«

»Ich weiß nicht. Marylou hat vielleicht nicht das Temperament, um ins Reich der Geister zu reisen. Aber weißt du was?« Sie tat so, als würde sie dem Mädchen etwas ins Ohr flüstern. »Du kannst sie besuchen kommen und sie ordentlich erschrecken.«

»Ja?« lachte Callie Rose.

»Tante Hermione«, sagte Stoner entsetzt.

»Ach, sei still, das würde Marylou guttun. Sie ist viel zu erdverbunden.«

Ehrlich gesagt, gefiel ihr der Gedanke, daß der Geist einer jungen Frau Marylou heimsuchen würde. Marylou würde das wahrscheinlich auch gefallen.

»Also gut«, sagte Callie Rose und stand auf. »Ich zeige euch den Weg. Aber das ist kein Vergnügen.«

»Stehen Sie auf«, sagte David mit zusammengebissenen Zähnen.

Millicent Tunes lachte. »Das ist absurd, David. Wir müssen hier raus, und wir müssen da gemeinsam durch. Ich weiß nicht, was Sie sich vorstellen ...«

»Geben Sie mir die Pistole.«

»Die Leute können jeden Augenblick hier sein. Wir haben keine Zeit für Späße.«

»Ja?« fragte er höhnisch. »Vorher hatten Sie jede Menge Zeit für Späße. Als Sie meine Therapeutin waren, mich zu diesem Job überredeten und mich anlogen. Jede Menge Späße, *Doktor* Tunes.«

»David«, sagte sie einlenkend, »wir können uns später darüber unterhalten. Hier handelt es sich um ein paar Übertragungsprobleme, vielleicht sogar eine ...« Sie würgte an dem Wort. »... eine kleine Gegenübertragung. Ich bin überzeugt, daß wir das ...«

Er spannte den Hahn seiner Pistole. »Ich weiß nicht, was diese Worte bedeuten, und es ist mir egal. Scheißegal. Wissen Sie, was *das* bedeutet?«

»Natürlich, ich ...«

»Das heißt, daß Sie in großen Schwierigkeiten stecken, Doktor Tunes.«

Sie wollte aufstehen.

»Runter!« fuhr er sie an.

»Schon gut, David. Sie haben jetzt das Sagen. Was wollen Sie von mir?«

Das Problem war, er *wußte* nicht, was er wollte. Sie befanden sich hier in einem Tunnel mit nur zwei Ausgängen. Entweder gingen sie durch die scheinbar mit Brettern zugenagelte Tür in den Arbeitertunnel, wo er tagsüber keinerlei Aufmerksamkeit erregte, aber sicherlich nachts um diese Zeit, wenn ihn niemand außer dem Sicherheitsdienst und dem Wäschereipersonal benutzte. Oder sie kletterten durch diesen Ausgang in den darüberliegenden Park – den Ausgang, den er spät nachts über Monate gegraben hatte, für den er Nacht für Nacht riskiert hatte, erwischt zu werden – ja, und er mußte zugeben, daß er es gern für *sie* getan hatte. Verdammt. Er war wirklich ein Narr gewesen. Beeindruckt von ihrer Bildung, ihrem Aussehen und ihrem professionellen Auftreten. So eine oberflächliche Scheiße. Er hätte es besser wissen müssen. Sich erinnern müssen, was seine Mutter immer gesagt hatte. »Beurteile niemals etwas nach seinem Äußeren, Davey. Nicht alles, was glänzt, ist Gold.«

Nun, diese Frau war ganz bestimmt nicht aus Gold. Verzeihen Sie den Ausdruck, aber sie war wirklich eine echte SCHEISSE.

Und er saß hier mit ihr fest. Saß in diesem lausigen Loch unter der Erde mit dieser ... dieser ... *sterilisierten Hündin* fest.

Man würde sie verhaften. Darauf konnte er wetten. Und er würde erneut im Knast sitzen, wahrscheinlich für den Rest seines Lebens. Oh Gott, den Rest des Lebens wieder die Nachmittags-Talkshow sehen!

Das Schlimmste war, daß er wahrscheinlich mit *ihr* zusammen verurteilt werden würde. Sie würden gemeinsam dort drinsitzen. Als Paar. Sein Name würde für immer mit ihrem verbunden sein. Ehe man sich versah, käme irgendein Scheißkerl vorbei, der herumschnüffelte, weil er ihre Geschichte aufschreiben wollte. Und sie würde reden. Mann, die konnte reden. Er mußte sie nur ansehen, um zu wissen, daß diese Braut für einen Dollar alles tun würde. Bald würde es auf allen Flughäfen Bücher und Paperbacks mit ihren Fotos geben – lausigen Fotos wahrscheinlich, körnig und verschwommen, darauf würde er ein Haus wetten – und eine Minifernsehserie mit Wiederholungen im Sommer und in der Urlaubszeit. Sie würden sich ein paar nette Namen für sie ausdenken, wie das Orlando-Duo. Oder schlimmer noch. Irgendwelche zu Disneyworld passende Namen, wie Micky und Minnie Laus, die Lausketiere, die ...

Er trat gegen die Leiter. Er würde sie nie wieder loswerden. Er könnte diese Nutte auch gleich *heiraten*. Oder sich einen Kopfschuß geben. Eins war so gut wie das andere.

»Ich warte«, sagte sie süß. »Sagen Sie mir, was ich machen soll, starker Mann.«

Sein Kopf war völlig und total leer. Er war noch nie schlau gewesen. Das hatte er sein ganzes Leben lang gewußt. Verantwortungsvoll, aber nicht schlau. Jetzt würde er schlau sein müssen.

»Geh«, sagte er.

»Wohin?«

»Zu dem Raum.«

»Und was tun wir, wenn wir dort sind?«

Er wußte es nicht, aber er ging davon aus, daß er beim Gehen etwas Zeit gewinnen würde. Vielleicht genug Zeit, um zu überlegen, was er sich überlegen würde, wenn er schlau wäre.

Sie standen am Eingang zur Kellertreppe. Die Stufen waren alt und splitterig. Der Raum unten war schwarz. Mehr als schwarz. Eine hohle, saugende Schwärze wie die Dunkelheit, die zurückbleibt, wenn alle Farbe entfernt ist. Wie ein Vakuum, das sie in sich hineinziehen und ihrer Kraft berauben wollte, um seine eigene Leere zu nähren. Aus der Bettdecke hatten sie eine behelfsmäßige Tragbahre für Gwen gebastelt. Stoner nahm sie noch fester in die Hand. Tante Hermione hielt die andere Seite. Callie Rose stand eine Stufe tiefer, bereit, ihnen den Weg zu zeigen. Hinter ihnen in der Küche legte Marylou letzte Hand an ein Sandwich aus selbstgemachtem Brot und selbstgemachter Marmelade, die sie in einem Schrank gefunden hatte, während sie die ganze Zeit mit einer Singsang-Stimme »Es ist alles nicht real, alles nicht real« trällerte.

»Ich fürchte«, sagte Tante Hermione, »Marylou ist am Durchknallen – wie ihr jungen Leute es nennt.«

»Sie wird sich wieder einkriegen. Sie muß die Situation auf ihre eigene Weise bewältigen. Eigentlich ...«, fuhr Stoner fort, während sie in die Dunkelheit schielte, »... ist ihre Vorgehensweise gar nicht so schlecht.«

»Dieser Teil ist leicht«, sagte Callie Rose fröhlich. »Wartet, bis ihr das Ding da drüben seht, wo der Mann immerzu spricht.«

Damit meinte sie natürlich das Raumschiff Erde. Und das nicht existierende Loch am Ende der nicht existierenden Treppe im nicht existierenden Tunnel. »Ich habe es gesehen«, sagte Stoner. »Ich hoffe, wir müssen da nicht durch.«

»Ich auch«, bestätigte Callie Rose. »Das sah mir immer wie der Weg in die Hölle aus. Ich habe mich da nie reingetraut.«

Also, jetzt könnten sie eigentlich losgehen. Stoner nickte Tante Hermione zu, und gemeinsam betraten sie die Treppe.

Die Dunkelheit kam ihnen wie steigendes Wasser entgegen, plätscherte um ihre Füße und Fesseln. Es war kalt. Nicht modrig kalt wie in einem Keller, sondern stechend kalt. Wie im Inneren eines Gefrierschranks. Wie eine Winternacht. Wie Teichwasser im Januar.

»Marylou«, rief Stoner über die Schulter, als die Kälte zu ihren Knien anstieg, »kommst du?«

»Bin direkt hinter dir«, antwortete Marylou und schmückte ihre Worte mit ein paar Strophen ›Alles nicht real, alles nicht real‹. Sie hielt Stoner das Sandwich vors Gesicht. »Willst du mal probieren? Es schmeckt wirklich ausgezeichnet.«

»Nein danke. Ich habe keinen Hunger.«

»Du solltest wirklich etwas essen. Kein Wunder, daß du halluzinierst.«

»Ich halluziniere nicht«, sagte Stoner entschlossen. »Das hier passiert wirklich.«

»Wie du möchtest.« Marylou kehrte zu ihrem Mantra zurück.

Bis zum Bauch standen sie jetzt in der Kälte. Und Dunkelheit. Stoner bemühte sich, etwas zu erkennen – eine Werkbank, ein Regal, ein Fenster, einen Spalt Licht irgendwo. Nichts.

Callie Rose war hier schon einmal durchgegangen, erinnerte sie sich. So schlimm, wie es aussah, konnte es nicht sein. Außerdem hatten sie auch keine andere Wahl.

Keine andere Wahl zu haben machte es irgendwie nicht leichter. Das erinnerte sie eher an Situationen in ihrer Kindheit, als sie auch »keine andere Wahl« hatte – wie Arzt- und Zahnarzttermine, den ersten Schultag und die endlosen bürgerkriegsähnlichen Ferien im Familienauto, wo sie niemanden hatte, mit dem sie sprechen konnte, wenn ihre Eltern sich auf dem Vordersitz bekämpften. Hilflose, jämmerliche, machtlose Situationen.

Selbst Tante Hermione wirkte erschüttert. Sie war ruhiger als sonst, und obwohl Stoner ihr Gesicht nicht sah, konnte sie ihre Energie spüren. Es war keine optimistische Energie.

»Stoner«, hörte sie es hinter sich flüstern.

»Ja, Marylou?«

»Gehörte das hier auch dazu, als ihr die Rundfahrt gemacht habt?«

»Nein.«

»Müssen wir Angst haben?«

»Callie Rose ist nicht der Meinung.«

»Stimmt!« sagte Marylou mit einem erleichterten Seufzer. »Das hatte ich vergessen. Wie dumm von mir.«

Stoner verspürte eine Welle der Zuneigung für ihre Freundin. »Wie dumm von dir«, sagte sie mit einem kleinen Lachen.

»Verlauft euch nicht«, rief Callie Rose von vorn.

Verlauft euch nicht? Wie konnte man sich nicht verlaufen, wenn man sich seit dem Augenblick, in dem man sich in diese Dimension begeben hatte, verlief?

Sie nahm die Decke noch fester in die Hand. Es war unmöglich festzustellen, wo sie jetzt war. Die Dunkelheit war so absolut, so unnachgiebig, daß sie sich nicht nur um sie herum und über ihr, sondern auch unter ihren Füßen zu befinden schien. Die Dunkelheit verschluckte alle Geräusche und Gedanken, und nur die Bewegung schien real zu sein. Sie wußte, daß Tante Hermione neben ihr ging. Sie fühlte das Ziehen an der Trage, wenn sie beide aus dem Schritt kamen. Das war beruhigend, und ab und zu fühlte sie sich versucht, aus dem Schritt zu kommen, nur um die Nähe ihrer Tante zu spüren. Aber sie hatte Angst, an der Trage zu rütteln.

Nach einer Weile schien es so, als trüge etwas anderes als ihre Schritte sie schneller und weiter voran. Sie hatte das Gefühl, das Gleichgewicht zu verlieren. Vielleicht zu fallen. Sie ...

Sie spürte jemanden in ihrer Nähe. »Das ist der unheimliche Abschnitt«, sagte Callie Rose. »Aber er ist okay. Wir kommen bald irgendwo an.«

»Wo kommen wir an?« fragte sie.

»Mal hier, mal dort. Wo immer uns das hinführt.«

»Heißt das, wir können nicht entscheiden, wo wir ankommen?«

»Ich habe das nie geschafft«, sagte das Mädchen. »Darum hatte ich auch solche Angst, als ich mit dir sprach. Du hast wahrscheinlich überhaupt nie Angst.«

»Ich habe Angst«, sagte Stoner. »Sehr große Angst.«

»Du machst wohl Spaß.«

»Nein, ich habe richtige Angst.«

Sie fühlte, wie Callie Rose für einen Augenblick ihre freie Hand ergriff. »Ach, das hätte ich nie gedacht, daß du vor irgend etwas Angst hast.« Dann war sie auch schon fort, wahrscheinlich um ihnen den Weg zu zeigen.

Ich weiß, dachte Stoner gequält. Niemand glaubt, daß ich jemals Angst habe. Alle glauben, daß ich alles reparieren, alle Sachen erledigen oder alle Entscheidungen treffen kann ...

Nur Gwen kannte wirklich die Wahrheit.

Sie wünschte, Gwen würde mit ihr sprechen, sie festhalten ...

wünschte es sich so sehr, daß es ihr im Bauch wehtat. Sie vermißte den Klang ihrer Stimme und die Art, in der sie ohne jeden Anlaß und völlig unerwartet in einer Menschenmenge plötzlich die Hand ausstreckte und ihre Hand berührte und flüsterte: »Ich liebe dich.« Sie lachten ständig miteinander – niemand hatte Stoner jemals so zum Lachen gebracht wie Gwen. Sie wollte jetzt mit ihr lachen. Sie wollte mit ihr Scrabble spielen oder neben ihr sitzen und lesen. Sie wollte …

Stoner spürte Tränen in ihre Augen steigen. Sie wünschte, Gwen wäre lebendig und warm und unterhaltsam – nicht dieses kalte, schweigsame … *Ding* … das sie in einer Decke mit sich trugen. Das hier war nicht Gwen. Gwen war fortgegangen. Gwen war …

… tot.

Sie blieb abrupt stehen. »Tante Hermione?«

»Ja, Stoner?«

»Ich glaube, Gwen ist …«

»Nein, Schätzchen, das liegt an der Dunkelheit, was immer das ist. Sie spielt mit deinen Gefühlen. Ich kann dir gar nicht sagen, welche Horrorgeschichten ich schon nacherlebt habe.«

»Wirklich?«

»Wirklich. Manchmal ist es von Nachteil, mit seinen früheren Leben in Verbindung zu stehen.«

»Das tut mir leid.« Sie wollte wissen, ob Gwen noch am Leben war. »Ich werde sie einen Moment absetzen. Ich möchte ihren Puls fühlen.« Sie begann, ihre Seite der Decke zu senken.

»Nein!« Tante Hermione zog die Decke auf ihrer Seite hoch.

»Was?«

»Ich will dich nicht erschrecken, aber unter uns ist nichts.«

»Was?«

»Unter uns. Da ist nichts.«

»Aber worauf gehen wir?«

»Worauf du willst, und das ist alles, was für dich existiert, und worauf ich will, ist auch alles, was für mich existiert. Verstehst du das?«

Das verstand sie sehr gut. Es war wie in diesen Träumen, in denen man an irgendeinen anderen Ort gehen will. Es ist schrecklich wichtig, obwohl man nicht weiß, warum, und die einzige Möglichkeit, dorthin zu kommen, besteht darin, daß man auf einem Balken, der immer nur auf einer Seite Halt am Boden findet, bodenlose Abgründe überquert und ständig alles unerwartet ins Rutschen kommt, so daß sich der ganze Körper schüttelt und man fast aufwacht, aber eben nur fast, und wenn man es endlich hinübergeschafft hat, kommen tiefe, enge Untergrundtunnel, durch die man kriechen muß, während die Erde über einem jeden Augenblick einzustürzen droht und ...

Sie hatte solche Träume seit langer Zeit nicht mehr gehabt. Nicht mehr, seit sie mit sechzehn so schlau gewesen war, von zu Hause wegzulaufen.

»Ich wollte es dir nicht sagen«, bemerkte ihre Tante. »Das ist ein ziemlich erschreckender Gedanke, nicht wahr?«

Nur um sich zu vergewissern, streckte Stoner einen Fuß nach rechts raus und fühlte ... nichts. Okay. Dann gehen wir einfach weiter wie vorher. Da ist uns nichts passiert, und jetzt wird uns auch nichts passieren. Geh einfach weiter und verlaß dich auf deinen Instinkt. Kleine Kinder tun es ständig. Sie klettern in schwindelerregende Höhen. Sie überqueren umgestürzte Bäume über reißenden Flüssen. Sie denken nicht darüber nach. Sie tun es einfach.

Also TU ES einfach.

Sie war völlig durchgefroren. Die Dunkelheit schien immer enger zu werden, während der Raum um sie herum immer leerer wurde. Sie machte eine interessante Entdeckung: Es war möglich, gleichzeitig Klaustrophobie und Agoraphobie zu erleben.

»Tante Hermione?«

»Ja, Stoner.«

»Ich glaube, ich kann mich nicht bewegen.«

»Natürlich kannst du das«, sagte ihre Tante und zog an der Trage.

Stoner stolperte, dann lief sie ein oder zwei Schritte, um sie einzuholen.

»Ich glaube«, sagte Tante Hermione, »du solltest dir eine Strophe aus Marylous Lied vornehmen.«

»Okay.« Sie konzentrierte sich und begann leise zu summen: »Alles nicht real, alles nicht real.«

Sie glaubte es nicht eine Minute lang. Aber sie glaubte dem schwachen Lichtschimmer, der vor ihr war. Er sah wie natürliches Licht aus, vielleicht wie das erste graue Morgenlicht oder Abendlicht an einem wolkenreichen Tag. Es war ihr egal. Es war Licht, und das hieß, daß diese höllische Dunkelheit vorbei war. Dann könnte sie die Trage absetzen und nachsehen, ob Gwen ...

Das Licht flackerte und erlosch wie eine Kerze bei plötzlichem Durchzug. Wieder eine Illusion.

Stoner fühlte, wie ihre Nerven sich zum Zerreißen spannten. Am liebsten hätte sie aufgegeben und den Verstand verloren. Sie war erschöpft und verwirrt und hatte Angst, und es war ihr einfach alles egal.

Laß los, dachte sie. Laß los, du mußt dich nicht mehr darum kümmern. Jemand anderes wird sich darum kümmern, oder wir sterben alle – es ist sowieso alles egal. Ich muß nur noch loslassen.

Erneut tauchte vor ihnen ein grauer Lichtschimmer auf. Wieder eine Illusion, wieder eine Verspottung.

Oder war es echt?

Sie bemühte sich, irgend etwas zu erkennen, das ihr sagte, daß es diesmal echt war, daß sie diesmal das Ende des Alptraums erreicht hatten. Aber es war noch zu weit weg.

Ihre Beine zuckten vor Müdigkeit. Ihre Arme brannten und zitterten unter dem Gewicht von Gwens Körper. Ja, Körper. Sie war sich dessen sicher. Es war Gwens Körper, den sie trugen, mehr nicht.

Gwen war tot. Der Rest von ihnen würde es nicht schaffen. Selbst wenn sich das kleine Lichtfenster als das Ende herausstellte, würden sie nie so weit kommen.

Laß jetzt los, dachte sie, laß einfach los. Hör auf, dich zu wehren, hör auf, hör auf ...

Sie hörte, was sie dachte, und Zorn durchflutete sie.

»*Du Hundesohn*«, schrie sie in die Dunkelheit. »So kriegst du mich nicht klein.«

15

George strich mit den Händen durchs Gras, tastete nach einem Spalt im Rasen. Es mußte hier irgendwo sein. Sie war sich dessen sicher. Und da unten war auch jemand. Vor ein paar Minuten hatte sie ein Geräusch gehört. Ein knallendes Geräusch, vielleicht entfernte Stimmen. Es war ihr egal, daß sonst niemand etwas gehört hatte. Da unten ging etwas vor sich, und sie brauchte keine Meinungsumfrage, die ihr bestätigte, daß sie recht hatte.

Sie richtete sich auf. »Stape?« rief sie leise.

»Ja?« Stape kam in der Dunkelheit zu ihr gekrochen. Sie sah wie ein lahmer, dicker alter Bär aus, als sie sich in ihrem Arbeitsoverall mit dem Werkzeuggürtel schwerfällig auf Händen und Knien vorwärtsbewegte.

Du dummes Ding, dachte George. Du bist tolpatschig wie ein kleiner Hund und kannst fast nichts hören, weil du den ganzen Tag lang Nägel klopfst. Nie denkst du daran, deine Socken in den Wäschesack zu tun, und wenn du sie suchst, müssen wir unters Bett krabbeln und du mußt sie schmutzig – oder mit einem anderen zusammen – tragen. Du hast ein Gedächtnis wie ein Sieb, insbesondere wenn du an Besorgungen oder Lebensmittel denken sollst. Und ich weiß, daß du heimlich mit Rita im Hinterzimmer des Clubs rauchst und trinkst. Aber, was soll's, ich bin auch nicht ohne Fehler. Und ich liebe dich so.

»Was?« fragte Stape.

»Hast du was gehört?« Sie wußte, daß sie nichts gehört hatte, aber sie wollte nur einen Augenblick in ihrer Nähe sein.

»Mensch, frag mich nicht«, sagte Stape. »Du kennst mich doch.«

George lächelte. Stape war nicht dumm. Es gab nichts, was sie nicht lernen oder reparieren oder lösen oder bauen konnte, wenn sie es sich in den Kopf setzte. Mit all den Büchern und Zeitschriften, die sie las, sah ihr Wohnwagen wie die Zeitschriftenabteilung der öffentlichen Bücherei aus. Aber sie war unkompliziert. Und in einer Welt voller Menschen, die erst bei Komplikationen zu gedeihen schienen, fand George Stape so erfrischend wie den Frühlingsregen. Mit ihr fühlte sie sich sicher, mit ihr schien das Leben machbar zu sein. Weil Stape nicht darüber nachdachte, sondern einfach handelte.

»Weißt du, was Stoner mir im Club erzählt hat?« fragte Stape. »Sie sagt, dort wo sie wohnen, wird es so kalt, daß die Käfer sterben. Drei bis vier Monate im Jahr gibt es keine Käfer.«

»Vielleicht sollten wir für ein paar Jahre dort hinziehen«, meinte George. Stape haßte Käfer. Oft sagte sie, das einzig Schlimme an Aluminiumverschalungen sei das, was man beim Abriß der alten Verschalungen vorfände.

Stape dachte einen Augenblick darüber nach. »Nee. Die Leute aus dem Norden sind zu nervös. So möchte ich nicht werden.«

Hinter sich konnte sie Frenchie und Tom leise lachen hören. Sie wußte, daß sie sie für eine Närrin hielten, weil sie an Entführungen und Tunnel im Untergrund glaubte. Vielleicht war sie es. Vielleicht war es unmöglich, daß sich jemand hinter dem Mexiko-Pavillon einen Eingang durch den Rasen grub, ohne gesehen zu werden. Wenn es allerdings während Toms und Frenchies Wachen passiert war, hätte er auch einen Bagger mitbringen können, ohne daß die beiden etwas gemerkt hätten. Sie waren viel zu sehr damit beschäftigt, sich gegenseitig erfundene Geschichten zu erzählen und ihren eigenen Lügen zu glauben.

Ein Geräusch erregte ihre Aufmerksamkeit. »Hast du das gehört?«

Stape legte das Ohr auf den Boden. Sie runzelte die Stirn und lauschte. »Ja«, sagte sie nach einem Augenblick. »Da unten ist auf jeden Fall etwas.«

Diesmal ging das Licht nicht aus. Statt dessen wurde es breiter und höher. Mit jedem Schritt, den sie sich näherten, kam es Stoner so vor, als würden die Ränder die Konturen verlieren und unwirklich und verschwommen werden. Was vor wenigen Augenblicken noch wie ein Fenster oder eine Tür ausgesehen hatte, war jetzt eine diffuse Mischung aus Licht und Dunkelheit, als wären sie in einem dunklen Wald gewesen und tauchten jetzt im Zwielicht auf.

Die Tunnelbeleuchtung könnte diese Farbe haben, dachte sie hoffnungsvoll. Das Licht von Leuchtstofflampen, das sich auf grauen Wänden spiegelte, würde so dunkel wirken. Sie ging langsamer und spürte, wie ihr Zorn, der sie durch die letzten paar Minuten gebracht hatte, der Erschöpfung Platz machte. Der Boden unter ihren Füßen fühlte sich jetzt auch fest an. Die Dinge schienen sich zu bessern. Es war Zeit für eine Atempause und um nachzusehen, ob alle da waren. Sie senkte die Trage sanft auf den Boden.

Tante Hermione war natürlich da. Und Gwen war noch unter den Lebenden, wenn auch am Rande. Das Singen und Summen hinter ihr mußte von Marylou stammen. Sie drehte sich um.

»Ich muß schon sagen«, erklärte Marylou, als sie ans Licht trat, »mit dieser Rundfahrt habe ich wirklich Probleme. Sie ist viel zu lang und nicht besonders lustig. Obwohl ich der Disney-Organisation ein Kompliment für die Spezialeffekte machen muß. Das waren die besten, die ich seit dem ›Kettensägen-Mann‹ gesehen habe. Glaubst du, daß diese Fahrt zu den Attraktionen gehört, die der Realität praktisch nachempfunden sind?«

»Ich glaube das nicht«, sagte Stoner, »sondern das ist die richtige Realität.«

»Unsinn«, schnaubte Marylou.

»Es stimmt.« Sie drehte sich zu ihrer Tante um. »Sag es ihr.«

»Entschuldige mal«, sagte Marylou abrupt, ehe Tante Hermione antworten konnte, »aber ich finde, du gehst zu weit, wenn du meine Realität für mich definieren willst.«

»Da hat sie recht«, sagte Tante Hermione.

»Das ist die Höhe der Arroganz«, fuhr Marylou fort.

Stoner war nicht zum Streiten zumute. Schon gut, sie hatte für eine Sekunde versagt. Sie hatte geglaubt, wenn sie ihre Freundin dazu bringen könnte, das wahre Entsetzen dieses Augenblicks zuzulassen, würden sie von der zusätzlichen Energie einer weiteren Person profitieren können. Dann könnten sie diese Sache zusammen durchstehen, verflucht nochmal! Aber wenn Marylou sich so eigensinnig an ihre einseitige Sichtweise der Dinge klammerte ... »Hat jemand Callie Rose gesehen?« fragte sie.

»Das letzte Mal, als ich sie sah, war sie vor uns«, antwortete Tante Hermione und überlegte. »Es ist schwer zu sagen, wo sie jetzt ist, aber ich spüre deutlich, daß sie in der Nähe ist. Vermutlich sucht sie den Eingang.« Aufmerksam betrachtete sie Stoners Gesicht. »Du scheinst nur ungern weiterzugehen.«

Stoner nickte. »Vermutlich habe ich Angst, daß wir das Ende nie erreichen. Daß wir weiter und weiter gehen und nie irgendwo ankommen.«

»Es kommt einem so vor, nicht wahr?«

Sie war überrascht. Hatte Tante Hermione eine Vertrauenskrise? Tante Hermione, die immer daran zu glauben schien, jederzeit liebevolle und beschützende Geister um sich zu haben? Die überzeugt war, daß alles so kommen würde, wie ihre höheren Wesen es lange, bevor sie geboren wurden, festgelegt und entschieden hatten – irgend so ein Haufen höherer Wesen, der herumsaß und eine Reise zur Erde plante. Was machen wir diesmal, Leute? Ich weiß nicht, was meinst du? Ich habe letztes Mal entschieden. Also gut, laßt uns mal nachdenken, wir kennen schon Ruhm, Glück und Spaß. Ich weiß, diesmal ist das LEIDEN dran.

Tante Hermione spürte ihre Überraschung und lächelte. »Ich weiß, es ist beunruhigend für dich, wenn ich entmutigt bin, Stoner. Es war immer so. Aber wenn du zurückdenkst, wirst du dich erinnern, daß ich mich davon immer erhole.«

»Ich weiß.« Sie schämte sich ein wenig ihrer selbst.

»Aber egal, wie entmutigt wir sind, wir sollten, glaube ich, trotzdem weitergehen.«

»Warum?«

»Weil es nur einen anderen Ausweg gibt – da zu bleiben, wo wir sind. Und das scheint mir eine besonders unproduktive Entscheidung zu sein.«

Da hatte sie recht. Vorsichtig schaute sie nach vorn und ging ein paar Schritte ins Licht.

Es war Nebel, der das graue Licht verursacht hatte. Nebel und Rauch. Sie befanden sich mitten in einem anderen Dschungel. Doch keinem gewöhnlichen Dschungel. In diesem Dschungel waren die Bäume so groß wie Wolkenkratzer, und ihre weitausladenden Äste sahen wie monströse Regenschirme aus. Die Blumen waren so groß wie Zimmer, und die Grashalme ragten wie Fernsehtürme in den Himmel. Elefantengroße Insekten klammerten sich an haushohe Giftpilze. Gigantische Farngewächse verfingen sich in niedrig hängenden Wolkenfetzen und ließen einen konstanten Wasserfall kondensierter Feuchtigkeit heruntertropfen.

Der Ort roch nach verrotteten Pflanzen, Torf, dem erdigen Geruch des Sumpfwassers und – noch etwas, etwas Vertrautem, aber sie konnte es nicht ganz lokalisieren ... Schwefel. Ja, in der Luft lag ein schwerer Schwefelgeruch. Und Hitze. Stoner glaubte zu wissen, wo sie waren. Im *Energiepavillon*. Komplett mit Vulkanen, Erdbeben und prähistorischen Lebewesen. Es gefiel ihr nicht. Es gefiel ihr überhaupt nicht.

Sie drehte sich um, um zurückzugehen, selbst auf das Risiko, mit der Dunkelheit und deren Fähigkeit, ihren Verstand zu verwirren, konfrontiert zu werden. Aber der Eingang war verschwunden.

Ein Tier kreischte in der Ferne.

»Also, das ist wirklich dramatisch«, meinte Marylou. »Ich frage mich, wo wir jetzt sind.«

»Ich *weiß*, wo wir sind«, sagte Stoner. »Und hier wollen wir nie und nimmer sein.«

»Ich weiß, warum.« Marylou rümpfte die Nase. »Es stinkt hier geradezu saumäßig.«

»Und gefährlich.« Sie bückte sich, um die Trage anzuheben, und da kam ihre eine Idee. Wenn sie ein paar Minuten abschalten könnte – ihr ganzes Denken war von der Sorge um Gwen, von der Zeit und der Notwendigkeit zur Eile absorbiert. Wenn sie das alles einmal vergessen könnte, würde sie vielleicht klarer denken können. Denn sie hatte das Gefühl, daß es in nicht allzu großer Ferne Antworten gab.

Sie sah über ihre Schulter. »Marylou, kannst du Tante Hermione eine Weile beim Tragen helfen? Ich möchte den Weg vorher etwas auskundschaften.«

Sie bewegte sich sehr vorsichtig durch das nebelige Mondlicht. Blubbernde Lava wälzte sich in einem Strom zu ihrer Rechten voran. Gut. Wenn sie sich verlief, konnte sie den Weg zurückfinden, indem sie dem Fluß glühenden, geschmolzenen Gesteins folgte. Die Nebelschwaden erschwerten die Sicht. Sie stolperte und stieß gegen ein gigantisches Farngewächs.

Verdammt. Sie erstarrte, hielt den Atem an und wartete darauf, das donnernde, den Erdboden erschütternde Trampeln gigantischer Tierfüße zu hören.

Der Dschungel schwieg. Abgesehen von einem sanften »Blubb« der flüssigen Lava und dem tropfenden Wasser.

Zu ihrer Linken schienen sich die Bäume etwas zu lichten. Stoner zögerte. Sie hatte wirklich Angst, sich hier zu verlaufen. Und sich hier zu verlaufen konnte zur Folge haben, daß man in so einer kleinen Pfütze unterirdischen Öls endete, um die die Supermächte kämpften. Aber sie mußte einen Weg nach draußen finden. Von allen Orten, an denen sie hätten landen können, war dies der schlimmste.

Und wo war Callie Rose? Hatten sie irgendwie einen anderen Abzweig genommen und eine andere Welt betreten? Alles war möglich. Wenn sie jetzt voneinander getrennt wurden …

Was war, *wenn* sie sich verlief? Was war, wenn etwas passierte, was ihre Fünfergruppe zerteilte? Was war, wenn sie infolgedessen für immer hier festsaßen?

Doch wenn sie sich recht erinnerte, mußte es direkt über ihr einen Ausgang geben. Wenn sie sich recht erinnerte? Sie war nur ein einziges Mal auf dieser Dschungelfahrt gewesen. Es war unmöglich, den Ausgang oder die Spur zu finden, auf denen die Wagen entlanggefahren waren. Außerdem *gab* es hier vielleicht keine Spur. Vielleicht nicht einmal einen Weg.

Stoner riß sich zusammen. In *The Land* hatte es vorhin funktioniert. Sie waren den Ereignissen und Ausstellungen in der richtigen Reihenfolge nachgegangen und waren … hier gelandet.

»Hier« war aber nicht gerade das größte Urlaubsparadies der modernen Welt. »Hier« war einzig und allein ein echter vorzeitlicher Urwald.

Wenn sie sich hier durchschlugen, kamen sie dem Raumschiff Erde ein kleines bißchen näher. Wo sie, wie sie jetzt wußte, einen Weg nach draußen finden würden. Denn aus dem Raumschiff Erde hatte Callie Rose sie angerufen, und mit Callie Rose war sie irgendwie verbunden. Nein, nicht nur »irgendwie«. Sie waren durch eine Tür, ein Tor oder irgend etwas miteinander verbunden. Was Callie Rose betraf, vermutete sie, daß diese Tür die Tür war, durch die Callie Rose gehen mußte, um weiterzukommen.

Aber was ist mit mir? Was erwartet sie von mir? Was bedeutet die Tür für mich? Und warum habe ich solche Angst davor?

»So, Sie Schlauberger«, sagte Millicent Tunes, als sie die Tür zum Gefangenenraum erreichten, »was machen wir jetzt?«

Zu *machen* gab es nur eins. Sich eine von ihnen als Geisel zu schnappen und den Bullen einen Deal vorzuschlagen.

Und eins stand für ihn mit Sicherheit fest. Dieses falsche Miststück Millicent Tunes würde nicht entscheiden, welche mitkäme. Diesmal würde er die Entscheidung treffen, und wenn es ihr nicht gefiel, könnte sie gleich hierbleiben und mit den anderen verrotten.

Es war still da drin. Zu still. Stiller als still. Er hatte nicht unbedingt erwartet, daß sie schrien und an die Tür klopften – *so dumm* waren sie nicht. Aber sie müßten wenigstens reden oder rascheln oder irgend etwas.

Sie konnten nicht entwischt sein. Er versuchte, die Tür zu öffnen. Sie war noch verschlossen. Außerdem führte der einzige Weg nach draußen am Tunneleingang vorbei, und sie hätten sie gesehen.

Vielleicht hatten sie sie kommen hören. Tunes' Stöckelschuhe machten genug Krach, um Tote zu wecken. Stöckelschuhe hier unten. Du liebe Güte, was war diese Frau für ein Arschloch. Schade, daß er das nicht vorher gemerkt hatte, dann säße er jetzt nicht in diesem Dilemma, oder? Ja, ja, jetzt war die Milch verschüttet.

Vielleicht waren sie tot. Aber es gab genug Luft. Und Tunes hatte nur einmal geschossen. Unmöglich, daß sie sie alle getroffen hatte – es sei denn, man glaubte an »magische Kugeln«, durch die nach Angaben dieser Großkotze von der Regierung angeblich auch Präsident Kennedy getötet wurde. Und der Rest des Landes schluckte es. Würg, würg!

»Sobald Sie Ihre Gedanken gesammelt haben …«, begann Millicent Tunes sarkastisch und mit einem Ton von Zorn.

»Halt's Maul!« fuhr er sie an. Aber dadurch kam er zu einem Entschluß. Er mußte Tunes loswerden. Zwei Tote. Was machte das schon? Schnapp dir 'ne Geisel, leg die anderen alle um und hau ab nach Südamerika.

Welche sollte er mitnehmen? Er wünschte, er hätte sie sich alle besser angesehen. Wer sich am besten kleidete, wer beim Austausch am meisten wert war. So weit er sich erinnern konnte, war keine von ihnen etwas Besonderes. Außer der, die er kannte. Die Frau besaß Klasse, das konnte er schon von weitem erkennen. Außerdem war sie lustig.

Er griff nach dem Türknauf.

Ed war gerade damit fertig, einen jungen Wachmann zusammenzustauchen, den er während der Arbeit beim Trinken erwischt hatte, als das Funksprechgerät losging.

»Wir haben den Eingang gefunden«, sagte George. »Wir gehen rein.«

»Verschwinde aus meinen Augen«, knurrte er den Kleinen an, der vor ihm kauerte. »Gib deine Sachen am Ausgang ab.«

»Aber …«, wandte der Kleine ein.

Ed drehte ihm den Rücken zu und drückte die Taste »Alle Kanäle« auf dem Funksprechgerät. »Ich brauche Verstärkung«, bellte er. »Mexiko-Pavillon. Alles zur Verfügung stehende Personal.«

Er machte einen Satz zu seinem Wagen.

Eine Brise strich durch das Unterholz. Sie ließ die Wedel des riesigen Farns rascheln und machte ein flüsterndes Geräusch.

»Stooooo-ney!« Stooooo-ney!«

Sie sah sich um. »Callie Rose?«

Sie entdeckte sie links von sich auf einer gigantischen Wurzel hockend und von einem Ohr zum anderen grinsend.

»Ich bin froh, dich zu sehen«, sagte Stoner.

»Ich auch.« Callie Rose schaute hinaus auf den Dschungel. »Ist das nicht ein schöner Ort?«

»Ich bin mir nicht sicher. Hast du irgendwelche Tiere gesehen?«

»Ein paar. Sie sind aber sehr scheu.« Sie kicherte. »Hier gibt es ganz kleine Pferde, nicht größer als unser alter Mischlingshund.«

»Das ist ein Eohippus«, vermutete Stoner. »Was ist mit größeren Tieren?«

»Yeah, richtige Monster. Groß und geschuppt, und ein ganz häßliches mit 'nem Fächer auf dem Rücken. Sie tun nichts, wenn man ihnen nichts tut. Ich glaube, sie sehen nicht gut.«

Stoner hoffte, daß das stimmte. Denn wenn der Weg nach draußen sie dort entlangführte, wo sie vermutete, mußten sie direkt vor der Nase einer Brontosaurus-Familie vorbeigehen. Das war aufregend und witzig, wenn man sicher in einem motorisierten Gefährt saß und sie eindeutig zur Familie der Audio-Animatronic-Figuren gehörten. Aber in dieser anderen Welt, wo die Illusionen mit den Realitäten den Platz getauscht hatten, konnten dich diese süßen Eidechsen allein durch Unaufmerksamkeit zerquetschen.

»Schau dir das an!« rief Callie Rose und klatschte vergnügt in die Hände.

Eine Libelle so groß wie ein Adler schwebte direkt über den Farnkrautspitzen. Ihr grüner Körper leuchtete im Nebel wie Neonlicht. Ihre flatternden Flügel wirbelten die Nebeltropfen wie Schlagregen durch die Luft.

»Ich habe noch nie so etwas Schönes gesehen«, sagte Callie Rose mit vor Staunen flüsternder Stimme.

Nach allem, was sie durchgemacht hatten und was noch vor ihnen lag, konnte Callie Rose hier und jetzt die Zeit anhalten und sich am Augenblick ergötzen. Stoner überlegte, ob sie schon als Kind dazu fähig gewesen war. Hatte es, als sie klein war, Zeiten gegeben, in denen sie sich in einem goldenen Augenblick vergessen konnte?

»Du siehst ganz traurig aus«, sagte Callie Rose.

Stoner lächelte über ihre ehrliche Besorgnis. »Ich dachte gerade an meine Kindheit. Ich machte mir ständig Sorgen.«

»Mist, ich machte mir nie Sorgen. Darum bekam ich wahrscheinlich auch das Kind und wurde getötet.« Sie rutschte von der Wurzel herunter.

Stoner reichte ihr die Hand, damit sie nicht fiel. »Hast du eine Ahnung, wie wir hier rauskommen? Ich bin hier schon einmal gewesen, aber nur auf der Dschungelfahrt.«

»Meinst du den Weg durch die Bäume?«

»Ist da ein Weg?«

Callie Rose nickte. »Er ist aber irgendwie unheimlich. Einmal habe ich dort Gespenster gesehen.«

»Gespenster?«

»Ganz viele. Vielleicht hundert oder mehr. Sie sitzen ganz still und bewegen sich in großen Kirchenstühlen vorwärts.« Sie lachte. »Das klingt, als wäre ich wirklich verrückt, was?«

Nein, überhaupt nicht. Was Callie Rose gesehen hatte, waren Touristen auf der Fahrt durchs *Universe of Energy* gewesen. Vielleicht war der Vorhang zwischen dieser und der anderen Welt an manchen Stellen dünner. Vielleicht gab es überall in Disneyworld – oder sogar auf der ganzen Welt – Stellen, wo diese Grenze nur dünn war. Vielleicht war sie an manchen Stellen so dünn, daß man dort hin- und hergehen konnte, wenn man wußte, wie.

Vielleicht war der Waliser Laden im Großbritannien-Pavillon eine solche Stelle. Vielleicht war das Raumschiff Erde eine solche Stelle. Vielleicht hatte sie deshalb das Gefühl, sie könnten zu sich selbst zurückkehren, wenn sie dorthin kämen.

Sie drehte sich zu Callie Rose um. »Findest du den Weg von hier aus?«

»Klar«, sagte das Mädchen.

»Ist er so schrecklich wie der unterirdische Weg, durch den wir gekommen sind?«

»Die Tiere sind etwas häßlich. Aber sonst ist er okay.«

Sie machten sich auf den Weg zurück zu den anderen. Der Nebel wurde heller und weiß blendend. So mußte es ausgesehen haben, wenn die Sonne in prähistorischen Zeiten hoch am Himmel stand. Die Wolkendecke hob sich nie, Wasser tropfte herunter, verdampfte und fiel wieder herunter.

Tief im Dschungel brüllte ein Tier, daß die Erde bebte. Irgend etwas kreischte über ihnen. Der Boden unter ihren Füßen fühlte sich weich und nachgiebig an, als befänden sich überall Löcher mit Treibsand.

»Sieh mal«, sagte Callie Rose und zeigte auf einen großen Erdhügel mit leuchtendgrünen Pflanzen. »So was gibt es bei uns zu Hause auch. Wir nennen es die zitternde Erde.«

»Warum?« fragte Stoner.

»Ich zeig' es dir.« Das Mädchen sprang hinüber zu dem smaragdgrünen Hügel und stieg vorsichtig darauf. Er wackelte, als wäre er aus Gelee. Sie sprang auf und ab. »Komm, versuch's mal. Das bringt Spaß.«

»Nein danke«, sagte Stoner. »Ich habe meine Grenze für Spaß für heute erreicht.«

Callie Rose machte noch einen letzten Sprung und kam dann wieder an ihre Seite getrottet. »Warum bist du immer so ernst?«

Stoner zuckte die Achseln. »Vermutlich bin ich einfach so. Und die Dinge, die passiert sind ... nun, die machen mir angst.«

»Yeah, daß deine Freundin stirbt und all das.«

»Ja, all das.«

Sie gingen still weiter. Callie Rose war nachdenklich. »Tot zu sein kann so schlecht nicht sein«, sagte sie nach einer Weile. »Ich bin tot, und es macht mir nicht so viel aus.«

»Voneinander getrennt zu werden macht mir vermutlich Kummer.«

»Yeah, das ist schrecklich, von jemandem getrennt zu werden, den man liebt. Weißt du, was ich am meisten vermisse? Die Art, wie meine Ma roch, wenn sie am Backen war. Nach braunem Zucker und Gewürzen.« Sie riß einen Grashalm aus und spaltete ihn mit einem Fingernagel. »Aber der Geruch wurde sehr schnell schal. Was sollen wir mit der Ewigkeit anfangen?«

»Ich weiß nicht«, sagte Stoner. »Ich weiß nicht einmal, was ich mit dem Jetzt anfangen soll.«

Sie waren am Rande des Dschungels angekommen. Tante Hermione und Marylou warteten. Sie hatten das Bündel, das Gwen war, unter einen Farnstrauch gelegt, wo es von oben nicht gesehen werden konnte.

»Ihr werdet es nicht glauben«, sagte Marylou, »aber als ihr weg wart, wurden wir von einem Monstervogel angegriffen.«

»Ich kenne sie«, sagte Callie Rose. »Ihre Flügel sind groß wie Zelte.«

»Ihr seid aber nicht verletzt, oder?« fragte Stoner.

»Nur erschrocken«, sagte Tante Hermione. »Sie waren wirklich schrecklich. Flugsaurier, glaube ich.«

Stoner zögerte. »Äh ... Gwen?«

»Keine Veränderung.«

Die Neuigkeiten hätten schlimmer, aber auch eine Menge besser sein können. »Hört mal«, sagte sie, »Callie Rose glaubt, daß sie den Weg nach draußen kennt. Ich denke, wir sollten so schnell wie möglich gehen. Aber wir müssen still sein. Da drinnen gibt es viele Tiere.«

Sie ergriff eine Seite der Trage. Marylou hob die andere Seite hoch. Callie lief voraus. Sie gingen einen Weg hinunter, der tiefer in den Dschungel führte.

»Hey«, sagte Frenchie. Er schien nur ungern den Lichtkegel unter der Straßenlampe zu verlassen. »Glauben Sie wirklich, daß das so eine gute Idee ist? Ich meine, wir sollten vielleicht auf die Verstärkung warten.«

»Dafür bleibt keine Zeit«, sagte George. »Es ist wichtig, *jetzt* zu gehen.«

»Und wenn sie Waffen haben?«

»Wir müssen das Risiko eingehen.«

»Nee«, warf Tom ein. »Nicht mit mir. In meinem Vertrag steht nichts von Waffen. Ich habe nicht mal einen Waffenschein.«

»Wenn uns was passiert, wird das von unserer Versicherung nicht erstattet«, fügte Frenchie hinzu.

George wollte etwas einwenden, doch dann ließ sie es sein. Sie war nicht bereit, sie anzubetteln. Sie kannte diese Typen viel zu gut – oder solche Typen wie sie. Ihnen gefiel der Glanz, in Disneyworld zu arbeiten, und wie sich das in ihrem Lebenslauf machte. Aber arbeiten? Vergiß es! Erst recht wenn damit irgendwelche Gefahren verbunden waren. Wenn sie die ihnen hier zugewiesene Arbeit beendeten, würden sie mit einem guten Job in irgendeinem Erholungszentrum oder Hotel anfangen, und in fünf Jahren könnten sie froh sein, wenn man sie in irgendeinem stinknormalen Motel als Nachtwächter beschäftigte.

»Wie Sie wollen«, sagte sie, drehte sich um und half Stape, den Deckel zum Tunnel hochzuziehen.

Da war sie, größer als lebensgroß. Die Brontosaurus-Familie. Ruhig und sanft wie Schafe weideten sie in den Sumpfblättern.

Das Problem war, daß sie sehr, sehr groß waren. Die Köpfe schienen zwischen den Baumspitzen zu hängen, und ihre Körper waren so groß wie … wahrscheinlich wie kleine Häuser, aber in ihrem augenblicklichen Zustand der Angst kamen sie ihr groß wie Fußballstadien vor. Ihr Kaugeräusch übertönte alle anderen Geräusche. Es klang, als würden tausend Kühe zur gleichen Zeit Gras ausreißen.

Marylou beugte sich zu ihr hinüber. »Das ist sehr eindrucksvoll«, flüsterte sie.

Stoner nickte. »Ich bin auch beeindruckt.«

Die Luft war warm und stickig vor Feuchtigkeit und dem Geruch nach verrotteten Pflanzen. Wenn da nicht dieser Geruch gewesen wäre, hätte sie die Dinge vielleicht auch wie Marylou sehen können. Das alles hatte etwas Unwirkliches an sich. Es erinnerte sie an alte, nicht sehr gute Filme über Höhlenmenschen. Aber der Geruch verdarb einem alles. Er war zu echt. Und unangenehm. Und je näher sie den Brontosauriern kamen, desto mehr wurde die Luft vom Geruch des Dinosaurier-Dungs durchdrungen.

»Ist das nicht faszinierend?« flüsterte Tante Hermione, offensichtlich wieder zum Plaudern aufgelegt. »Ich wüßte gern, was dieser Dünger im Gewächshaus bringen würde.«

Stoner spürte, daß die Tiere aufmerksam wurden. Das Knirschen und Kauen und Malmen war fast zum Stillstand gekommen. Sie blickte auf. Eines der erwachsenen Tiere schaute in ihre Richtung, den Kopf neugierig zur Seite geneigt. Sie zupfte Tante Hermione am Arm und bedeutete den anderen anzuhalten.

Marylou blickte auf und hielt die Luft an.

Der Brontosaurus neigte den Kopf noch mehr zur Seite und beäugte sie.

Stoner hatte gehört, daß Dinosaurier angeblich schlechte Augen hatten. Doch wie jemand so etwas nach Millionen von Jahren behaupten konnte, ging über ihre Begriffe. Aber Callie Rose war auch der Meinung gewesen. Wenn es stimmte, taten sie besser daran, ganz still zu bleiben und zu hoffen, daß sie in der Landschaft nicht auffielen. Denn eins war sicher, sie hatten keine besonders gute Chance, vor ihnen wegzulaufen. Sie könnten noch so schnell losrennen, die Brontosaurier wären mit einem einzigen Schritt bei ihnen.

»Mir gefällt das nicht«, flüsterte Marylou.

»Willkommen im Club«, flüsterte Stoner zurück.

»Bist du sicher, daß das ein Traum ist?«

»Ich bin sicher, daß das *kein* Traum ist.«

Marylou schauderte. »Ich komme allmählich auch zu dieser Ansicht. Ich wünschte, es wäre mir nicht passiert.« Sie schaute dem Brontosaurus ins Auge. »Wir sitzen echt in der Scheiße, nicht wahr?«

»Ich glaube ja.«

Das Tier senkte, offensichtlich immer noch neugierig, den Kopf zu ihnen hinunter. Ein Bündel Algen hing lose in seinem Maul, und dran herunter tropfte Wasser und Spucke auf ihre Köpfe.

»Das ist wirklich ekelhaft«, murmelte Marylou.

»Ruhe!« flüsterte Stoner. »Nicht bewegen!« Der Brontosaurus zog den Kopf zurück und legte sein Kinn in Falten, als versuchte er, aus der Ferne eine bessere Ansicht zu bekommen. Noch mehr Wasser schüttete auf sie herunter.

Sein Begleiter bemerkte, daß er aufgehört hatte zu fressen, und beugte den Kopf vor, um nachzuschauen, was es da Interessantes zu sehen gab. Die beiden Riesen machten leise schmatzende Geräusche, als diskutierten sie, was sie tun sollten. Offensichtlich kamen sie zu dem Schluß, daß sie sich etwas eingebildet hatten, und begannen wieder zu grasen.

Stoner stieß einen Seufzer der Erleichterung aus und hob ihre Seite der Trage hoch. Marylou starrte noch immer zu den Wesen hinauf und ließ ihre Seite der Trage am Boden liegen. Dadurch rollte Gwen auf die Seite und stöhnte laut auf.

»Oh, *Scheiße*«, sagte Stoner, als die Brontosaurier ruckartig die Köpfe hoben.

Diesmal warteten die Tiere nicht, um über die Lage nachzudenken. Sie kamen auf sie zu.

Marylou griff nach der Trage. Stoner blickte sich wild nach einem Versteck um. Vor ihnen sah sie eine Höhle. Die würde sie schützen, denn der Eingang war zu klein, als daß die Brontosaurier ihre Köpfe hineinstecken konnten. Es sei denn, sie drehten durch und rissen die Höhle in Stücke …

Es gab nur ein Problem. Der Eingang der Höhle wurde von einer großen Eidechse mit einem Rückensegel bewacht, die einem Leguan mit Schilddrüsenüberfunktion ähnelte. Bestenfalls sonnte sich der

Dimetrodon gerade in dem fahlen Sonnenlicht. Schlimmstenfalls bewachte er gerade ein Nest in der Höhle.

Es hatte wirklich keinen Sinn, sich darüber Gedanken zu machen. Sie würden es sowieso nicht schaffen. Die Brontosaurier standen über ihnen und waren so nah, daß Stoner den kompostartigen Geruch ihres Atems riechen konnte. Das am nächsten stehende Wesen öffnete das Maul. Sie sah die schneidend scharfen Zähne, die wie eine Doppelreihe gelber Baumstümpfe aussahen, an denen Klumpen durchgekauten Grases hingen.

»Hau ab, du blöde alte Eidechse!« hörte sie Callie Rose schreien.

Stoner blickte sich um. Das Mädchen schleuderte Steine auf die Dinosaurier. Damit konnte sie sie nicht verletzen oder erschrecken, aber immerhin lenkte sie sie ab.

Diesmal war Marylou mit von der Partie, als sie die Trage ergriff und losrannte.

George bedeutete Stape, den Tunneldeckel leise zu schließen. Sie konnte vor sich Stimmen hören, böse Stimmen. Ein Mann und eine Frau stritten sich. Hinter ihr und über ihr hörte sie in der Ferne das Heulen der Sirenen. Es würden noch viele lange Minuten vergehen, ehe Ed mit seiner Kavallerie da wäre. Sie hoffte, daß die Sirenen sie in der Zwischenzeit nicht verraten würden.

Vorsichtig spähte sie den langen Gang hinunter. In dem grauen Halbdunkel konnte sie sie erkennen, den Mann und die Frau, die vor einer Tür standen. Der Mann zog eine Pistole und griff nach dem Türknauf.

Sie konnte nicht glauben, daß sie es geschafft hatten. Den Weg hinunter, durch die Bäume, am Dimetrodon vorbei – der offensichtlich doch geschlafen hatte – und in den Höhleneingang hinein. Brontosaurier waren wohl eine langsame und schwerfällige Art von Bestien, deren Hirn nicht gerade mit Lichtgeschwindigkeit arbeitete. Wie die Neufundländer-Apportierhunde. Denen konnte man beim Denken fast *zusehen*.

Sie schienen vor dem Dimetrodon auch Angst zu haben, als er sich erhob, sich hinstellte und das Rückensegel aufrichtete. Er zeigte die

Zähne und fauchte. Wie die Kühe entschieden die Brontosaurier, daß es interessanter und weniger kräftezehrend sei, zum Grasen zurückzukehren.

In der Höhle war es sehr dunkel. Nur der Eingang war einigermaßen deutlich zu erkennen, aber ein schwacher Luftzug schien von hinten zu kommen. Möglicherweise von einem weiteren Eingang, auch wenn nichts zu erkennen war.

»Sind alle da?« fragte Stoner.

Sie waren es. Sogar Callie Rose, die kurz zurückgeblieben war, um die Dinosaurier abzulenken, aber erklärte, daß sie gerade die Erfahrung mache, daß sie sich mit ziemlicher Geschwindigkeit und Leichtigkeit bewegen könne, indem sie sich von einem zum anderen Ort denke. Das sei einer der Vorteile, wenn man »verschieden« sei, erklärte sie.

Es gab nur ein Problem. Da sie nun in der Höhle waren, wie würden sie wieder herauskommen? Die Brontosaurier waren kein Problem – selbst wenn sie mitten am Tag zum Eingang hinausgingen, wären sie wahrscheinlich zu weit entfernt, um ihre Aufmerksamkeit zu erregen. Aber der Dimetrodon war jetzt wach und in besonders schlechter Laune. Er hatte nichts Träges oder von einem Neufundländer-Apportierhund an sich. Im Augenblick strich er vor der Höhle auf und ab und erschütterte den Boden, wenn er mit den Füßen aufstampfte und böse in sich hineinbrummte. Alle paar Schritte steckte er den Kopf in die Öffnung und knurrte. Nach dem ranzigen Geruch seines Atems zu urteilen, konnte Stoner sich vorstellen, daß er ein Fleischfresser war. Und sie konnte sich vorstellen, daß er sich sie als Vorspeise oder Partymischung gut vorstellen konnte. Er schien gemein, unbarmherzig und bereit zu sein, eine lange Zeit auf seinen Snack zu warten.

Das beste wäre, nach dem anderen Eingang zu forschen.

Sie sagte es den anderen und begab sich nach hinten in die Höhle, tastete sich an den Wänden entlang und ging tiefer und tiefer in die Dunkelheit hinein.

Hier hinten war es kalt und feucht. Nun, in dieser Welt war es *überall* feucht, was machte es also?

Vielleicht gab es Käfer. Sie erinnerte sich an den riesigen Tausendfüßler, den sie auf der Rundfahrt gesehen hatte – niedliche kleine Dinger von der Größe eines Pferdes, mit haarigen Beinen, einem harten

Panzer und scharfen kleinen Zangen. Das wäre doch wirklich prima, wenn eine von diesen kleinen Müttern aus dem Dunkel gekrabbelt käme. Wirklich prima!

Ganz zu schweigen von dem, was es noch so alles geben mochte, von dem sie nichts wußte. Monsterzecken vielleicht. Oder Würmer von der Größe des Loch Ness-Ungeheuers.

Spinnen. Darüber könnte man nachdenken. Prähistorische Spinnen. *Die* wären eine Herausforderung wert ...

Sie blieb abrupt stehen und hielt den Atem an. Da hinten *war* etwas. Etwas Brummendes oder Summendes, etwas, das Insektenlaute von sich gab. Laute, die fast wie Wort klangen, wie ein Tonband zum Lernen im Unterbewußtsein. Es gefiel ihr nicht. Sie wollte sich umdrehen und zurück zum Eingang laufen, wo es Licht gab, egal wie finster es auch war, und Wärme, egal wie feucht sie war – und Freunde.

Aber sie wußte, welche Hindernisse es in der Richtung gab. Was immer sie auch hörte, wenn es etwas war, woran sie vorbeikämen, würden sie vielleicht zum zweiten Eingang kommen ...

... wenn es sie nicht vorher umbrachte.

Sie bewegte sich langsam vorwärts, tastete sich mit einem Fuß über den Boden, hob vorsichtig den anderen und setzte ihn ganz, ganz leise auf.

Das brummende Geräusch wurde lauter. Jetzt klang es sogar noch mehr wie Worte. Sie glaubte, sie verstehen zu können. Worte wie »Morgengrauen« und »morgen« und »Rakete« ...

Sie erkannte die Stimme. Es war eine menschliche Stimme, und sie gehörte Walter Cronkite.

David hielt inne und trat einen Schritt zurück. Er wollte Tunes nicht hinter sich haben. Die Frau war zu allem fähig, erst recht zu fiesen Tricks, indem sie ihn beispielsweise in den Raum schubste, die Tür abschloß und abhaute und ihn allein die Suppe auslöffeln ließ.

Nette Aussichten.

Er wedelte mit der Pistole in ihre Richtung. »Sie zuerst«, sagte er.

Stape und George glitten an der Wand entlang und hielten sich im Schatten. Und außer Sicht. Es war nicht gerade sinnvoll, sich hier unbewaffnet hineinzubegeben. Aber sie mußten es versuchen. Sie konnten es nicht einfach zulassen, daß dieser Mann einen Haufen

Menschen umlegte, ohne zu versuchen, ihn daran zu hindern. Falls das seine Absicht war. Falls er nur Geiseln nehmen wollte, würden sie sich zurückhalten und ihn vorbeigehen lassen und die Sache Ed oben überlassen. Aber wenn es so aussah, als hätte er Mord im Sinn ...

George überlegte, ob es eine gute Idee gewesen war, Edith Kesselbaum durch Ed benachrichtigen zu lassen. Schließlich wurde dadurch eine Zivilperson gefährdet. Aber sie war Marylous Mutter, und an ihrer Stelle hätte George dabei sein wollen, egal was passierte. Besser man sah das Schlimmste, als schweigend dazusitzen und zu überlegen, was jemandem geschah, den man liebte. Außerdem war die Frau eine Psychiaterin, eine Ärztin. Vielleicht brauchten sie eine, bevor die Nacht um war. Vielleicht würde sie nützlich sein können. Indem sie zum Beispiel feststellte, warum Frenchie und Tom solche Idioten waren.

Die Höhle wurde breiter, die Stimmen lauter. Sie folgten der Stimme in graues Licht, und plötzlich befanden sie sich auf einem Treppenabsatz im Raumschiff Erde. Da war der Ausgang, und – Stoner schickte der Göttin ein Dankesgebet – da waren die Stufen, die unter die Erde führten.

Callie Rose blieb eindeutig verängstigt stehen. Stoner konnte es ihr nicht übelnehmen. Sie hatte auch Angst. Aber sie hatten keine andere Wahl. Wenn irgend etwas sie retten konnte, dann war es dieser Weg.

Die Stufen schallten und schepperten unter ihren Füßen. Stoner bemühte sich jetzt nicht mehr, vorsichtig zu sein, paßte nicht mehr auf, ob sie Gwen schüttelten, selbst wenn es ihr wehtat. Es war ihr Leben, um das sie sich Sorgen machten – um den Schmerz würden sie sich später kümmern können.

Sie waren unten angekommen. Vor ihnen befand sich die Tür. Auf der anderen Seite der Tür ...

Sie riß sie auf. Öliger Nebel sickerte und quoll über den Rand des Loches.

Stoner trat zurück.

»Wir müssen es tun, Stoner«, hörte sie ihre Tante sanft sagen.

»Glaubst du, das ist das Richtige?«

»Nein, aber es ist die beste Idee, die wir haben, nicht wahr?«

Ja, es war die beste Idee.

Callie Rose trat neben sie und schaute hinunter in die Dunkelheit. »Soll ich da etwa reinspringen?«

»Ich fürchte ja.«

»Nee, das mach' ich nicht«, rief Callie Rose. »Und wenn ich für immer an diesem blöden Ort bleiben muß, aber da springe ich nicht rein.«

»Wir müssen alle dort rein«, erklärte Tante Hermione und nahm die Hand des Mädchens. »Das ist die einzige Möglichkeit, Callie. Du kannst nicht für immer hier bleiben und wir auch nicht. Es wird Zeit, daß wir getrennte Wege gehen.«

Callie Rose sah sie an und begann zu weinen. »Ich kenne niemanden da drüben. Niemanden wie euch. Keine richtigen Freunde.«

»Du wirst eine Menge Freunde finden. Die Menschen sind sehr nett.« Sie zog das Mädchen an sich und umarmte sie. »Denk dran, deine Familie ist dort und dein Kind und alle Menschen, die du einmal gern gehabt hast.«

»Das ist mir egal«, schluchzte Callie Rose. »Jetzt habe ich *euch* gern.«

»Erinnerst du dich, daß wir besprochen haben, uns zu besuchen?«

»Das ist nicht dasselbe.«

»Nein, das ist es nicht«, sagte Tante Hermione. »Aber das muß reichen, bis wir für immer zusammen sind.« Sie nahm das Mädchen bei den Schultern und hielt sie von sich ab, so daß sie ihr in die Augen blicken konnte. »Du weißt, daß das richtig ist, Callie. Du weißt, daß es Zeit wird.«

Callie Rose schniefte und wischte sich die Nase an ihrem Ärmel ab. »Yeah. Soll ich zuerst gehen?«

»Das wäre gut«, erwiderte Tante Hermione. Sie beugte sich dicht an das Ohr des Mädchens. »Weißt du, diese Frauen haben Angst, und es würde helfen, wenn du ein Beispiel geben könntest.«

»Okay.« Sie stellte sich an den Rand des Loches. »Wir sehen uns in der Ewigkeit«, sagte sie, hielt sich die Nase zu und sprang.

Tante Hermione ging für einen Augenblick in sich. Dann breitete sich ein riesiges Lächeln auf ihrem Gesicht aus. »Sie ist drüben.«

Stoner stand da und blickte in den dunklen Nebel. »Wenn wir hier durchgehen und sie auf der anderen Seite auf uns wartet, wissen wir, daß wir irgendwo falsch abgebogen sind.«

»Ich denke, wir werden es schaffen«, meinte Tante Hermione.

Sie legten Gwen auf den Boden, hoben sie von der Trage hoch und nahmen ihren bewußtlosen Körper zwischen sich.

»Seid gesegnet«, sagte Tante Hermione und gab ihnen einen Stoß.

David hörte die Sirenen. Er hatte keine Zeit mehr.

Er spannte den Hahn der Pistole, drehte den Knauf und zog die Tür auf.

Es herrschte überall Dunkelheit und ein metallischer Geruch. Wie nach Blut. Ein Schmerz stach ihr wie ein Messer ins Knie.

Licht durchflutete den Raum, grelles weißes Licht. Sie trug ihre alte Kleidung.

Die Silhouette eines Mannes, der eine Pistole hielt, stand in der Tür.

Stoner schaute hinunter. In ihren Armen lag Gwens Körper.

16

Der Mann griff nach hinten und riß den Arm nach vorn. Eine Frauengestalt stürzte durch die Tür und fiel zu Tante Hermiones Füßen auf den Boden. Das Zimmerlicht ging an.

Stoner blickte hinunter. Millicent Tunes hockte in einer plumpen und ungraziösen Haltung mit einer Hüfte auf der Matratze und mit der anderen auf dem Boden. Der eine Absatz ihres Schuhs war abgebrochen und hing wie die Zunge eines erschöpften Hundes herunter. Ihre Strümpfe hatten Laufmaschen von der Größe einer Feuerleiter.

»Du meine Güte«, sagte Tante Hermione. »Sie sehen aus wie etwas, das die Katze angeschleppt hat und nicht fressen will.«

»Sei still!« fuhr David sie an. Mit einer Kopfbewegung deutete er auf Marylou. »Sie. Kommen Sie mit.«

»Oh, nicht schon wieder!« sagte Marylou mit einem schweren Seufzer.

»Marylou«, warnte Stoner sie. »Er hat eine Pistole.«

»Schon gut, schon gut.« Sie stand auf und verbrachte Minuten damit, ihren Rock in der Taille zurechtzurücken, ihre Bluse hineinzustecken und ihren Hut zu richten.

»Alle anderen«, sagte er, »an die Wand.«

»Sie kann nicht«, erregte sich Stoner und zeigte auf Gwens leblosen Körper. »Sie liegt im Sterben. Sie haben sie ...«

»Ich nicht«, sagte David. Sein Blick richtete sich auf Millicent Tunes. »Sie war es.«

»Das überrascht mich allerdings nicht im geringsten.« Marylou hakte sich bei David ein und schmiegte sich an ihn. »Was haben Sie vor?« fragte sie mit einem Augenzwinkern.

Der Mann errötete, denn er war offensichtlich überrascht. Er schluckte. »Wir hauen hier ab.«

»Oh Gott sei dank«, sagte Marylou. »Ich kann Ihnen nicht *sagen*, wie sehr ich dieses Loch satt habe. Wohin gehen wir? Ich hoffe, irgendwohin, wo es ein anständiges Restaurant gibt. Und eine Damentoilette. Ich muß mich endlich frisch machen.«

Sei vorsichtig, Marylou, dachte Stoner. Treib es nicht zu weit.

Irgend etwas bewegte sich hinter dem Mann. Es sah aus wie ...

»Komm schon, komm schon«, brummte David. Er fuchtelte mit der Pistole hin und her, bereit zur Tat. »Ich sagte, an die Wand mit euch.«

Stoner legte Gwens Körper sanft auf die Matratze und stand auf. Überall war Blut, auf ihr, auf Gwen, auf der schmutzigen grauen Decke, die das behelfsmäßige Bett bedeckte. Gwens Körper lag stumpf und leblos da. Ihre Brust zeigte nicht die geringste Bewegung.

Stoner hatte das Gefühl, als hätte sie jemand zu Eis erstarren lassen und zerbrochen – ihre Brust, ihr Herz, ihren Verstand. Es quälte sie ein Schmerz, der nie wieder vergehen würde. Also gut, er konnte mit ihr machen, was er wollte. Es war ihr egal. Nichts würde sie jemals wieder berühren. »Wir haben es versucht«, flüsterte sie und hoffte, Gwen könnte sie hören, wo immer sie war. »Wir haben es wirklich versucht, Gwen. Es tut mir leid.«

Jemand berührte ihre Hand. Sie schaute zur Seite. Tante Hermione schüttelte den Kopf so leise, daß sie es nicht gesehen hätte, wenn sie nicht darauf geachtet hätte. Der Blick ihrer Tante streifte zu Gwen hinüber. Sie blinzelte ein wenig.

Sie hat etwas gesehen. Etwas, was mir entgangen ist. Vielleicht ist es nicht zu spät.

»Sie auch«, sagte David zu Millicent Tunes.

Langsam und widerwillig bei jeder Bewegung erhob sich die Frau und stellte sich neben die anderen. »Ich vermute, jetzt werden Sie uns alle erschießen«, sagte sie mit angewiderter Stimme.

»Genau. Mit Ausnahme von ihr.« Er drückte Marylou kurz liebevoll an sich.

»Mehr war ja auch nicht zu erwarten von jemandem, der absolut keine Phantasie hat«, bemerkte Tunes und wandte sich an Stoner. »Sie sind doch so gescheit, warum fällt *Ihnen* keine Lösung für uns ein?«

»Sie ermüden mich«, erwiderte Stoner. Da war sie wieder, diese leichte Bewegung im Schatten des Flurs. Sie runzelte die Stirn und versuchte zu erkennen, was es war.

Marylou bemerkte ihren Blick. Fragend hob sie eine Augenbraue.

Stoner blinzelte nochmals absichtlich.

»Was?« fragten Marylous Lippen lautlos.

Sie hätte kein Geld darauf gewettet, aber sie glaubte, hoffte, es könnte George sein. Lenke seine Aufmerksamkeit auf uns, Marylou, bettelte sie schweigend. Paß auf, daß er sich nicht umdreht.

»David, Schätzchen«, sagte Marylou und rieb sich wie eine Katze an ihm, »macht es dir etwas aus zu warten, während ich schnell zu den Kleinen Mädchen gehe? Ich muß den Tampon wechseln.«

Er brach in kalten Schweiß aus. »Red nicht so über diese Dinge«, flüsterte er. »Das tut man nicht.«

Klar war das George. Sie konnte sie deutlich erkennen, als David sich bückte, um mit Marylou zu sprechen. Nicht nur George, sondern auch Stape. Und Stape hielt einen Schraubenschlüssel in der Hand. Keinen großen Schraubenschlüssel, aber immerhin einen Schraubenschlüssel. Sie beobachte David sehr aufmerksam und näherte sich ihm zentimeterweise.

Dann nahm Stoner den Blickkontakt auf. Erst mit Stape, dann mit Marylou. Sie hielt die Hände an der Seite und streckte drei Finger aus.

Dann zwei.

Dann einen.

Jetzt!

Marylou stampfte mit dem Fuß auf Davids beturnschuhten Spann. Er starrte sie mit vor Überraschung großen Augen an. Stape nahm den Schraubenschlüssel in beide Hände und schlug ihn mit aller Kraft, die sie aufbringen konnte, auf seinen Kopf.

Er taumelte und fiel gegen den Türrahmen.

Stoner stürzte auf die Pistole zu.

Aber er hielt sie fest, bückte sich, schlug eine Rolle und schaffte es, zur Tür hinauszukommen.

»Ich hol' ihn mir«, rief Stoner. »Paßt auf Tunes auf.« Sie sprang auf den Flur hinaus.

»Er ist *bewaffnet*!« schrie Marylou.

Das war Stoner egal. Er hatte ihre Freundin entführt und wollte Gwen sterben lassen. Aber jetzt war sie dran, und sie wollte ihn sich holen. Als sie auf den Flur hinausstolperte, hatte er gerade sein Gleichgewicht wiedergewonnen und begann, den Tunnel hinunterzurennen. Sie wollte hinter ihm herlaufen, doch da hielt sie jemand am Arm fest. Es war Stape. Stoner schüttelte sie ab.

»Nimm das mit«, sagte Stape und drückte ihr einen harten, eckigen, knallroten Gegenstand in die Hand.

George griff nach ihr. »Ich habe den Sicherheitsdienst alarmiert. Sie sind auf dem Weg.«

»Laß sie gehen«, sagte Stape entschlossen.

George ließ sie los.

Stoner rannte so schnell, wie sie konnte, los und ignorierte den Schmerz in ihrem Knie. Er war noch in Sicht, gewann aber schnell an Distanz. Er hatte einen zu großen Vorsprung.

Sie hörte das Blut in ihren Ohren pochen, als sie lief. Ihre Schritte hallten im Duett von den Tunnelwänden wider.

Er schien langsamer zu werden. Sie begann ihn einzuholen. Er hielt an, drehte sich schnell um und feuerte.

Stoner warf sich auf den Boden und fühlte, wie die Kugel direkt über ihrem Kopf hinwegschoß.

Er zielte erneut.

Sie blickte auf den Gegenstand, den Stape ihr gegeben hatte. Eine Druckluft-Klammerpistole. Eine Klammerpistole?

Sie hörte das Klicken, als David den Hahn seiner Pistole spannte.

Es war keine Zeit, um vorsichtig zu zielen. Sie hielt die Klammerpistole in seine Richtung und drückte auf den Abzug. Er ging schwer, fast zu schwer, um abzudrücken. Sie holte tief Luft und konzentrierte sich mit ihrer ganzen Energie auf ihre Hände. Als die Feder sich löste, hörte sie, wie die Druckluft mit einem lauten »Plop« entwich. Der Rückschlag warf ihren Arm hoch.

David ließ seine Pistole überrascht fallen und griff an sein Knie.

Stoner sprang auf, lief zu ihm hin und stieß die Pistole aus seiner Reichweite. »Keine Bewegung«, befahl sie, »oder ich steche Ihnen ein Auge aus.«

Blut lief zwischen seinen Fingern herunter. Unbeholfen schlug er nach ihr aus.

Sie packte seinen Arm und drehte ihn herum. Er fiel mit dem Gesicht auf den Boden.

Stoner warf sich auf ihn. Verschwommen nahm sie den stechenden Schmerz in ihrem Knie wahr, aber es war ihr egal. Sie ergriff ein Haarbüschel von ihm und schlug seinen Kopf auf den Zementboden. »Du gottverdammter Schurke«, keuchte sie, während sie immer mehr die Kontrolle über sich verlor. Tränen des Zorns flossen über ihr Gesicht und fielen auf ihn herab. Sie ließ sie fallen und hoffte, er würde darin ertrinken. »Du gottverdammter Schurke, gottverdammter Schurke, gottverdammter Schurke du.«

Er war bewußtlos, sein Körper leblos und schwer. Sein Kopf hing herunter wie bei einer kaputten Puppe. Und immer noch schlug sie auf ihn ein. Sie konnte nicht aufhören. Wollte nicht aufhören. Ihn umbringen, es war ihr egal. Weil für Gwen alles zu spät war, alles zu spät war, alles …

Eine Hand berührte ihre Schulter, fest, aber sanft.

Sie schaute auf.

Es war George und hinter ihr eine Phalanx von Sicherheitsleuten mit gezogenen Pistolen. »Der Krankenwagen ist da. Sie lebt«, sagte George. »Wir übernehmen jetzt.«

Edith Kesselbaum stürmte an den Notarztleuten vorbei in den kleinen Raum, wo sie die elegante Millicent Tunes entdeckte, die leicht mitgenommen aussah und mit Gewebeband gefesselt mitten auf das verdammte Bett geworfen worden war, auf dem diese Biester *ihre Tochter* zu schlafen gezwungen hatten. Sie hatte mehr oder weniger damit gerechnet, Marylou, vom Trauma gezeichnet, murmelnd in einer Ecke oder hysterisch durch den Raum rennend vorzufinden. Statt dessen stand Marylou ruhig inmitten der Aktivitäten und zielte mit einer kleinen, aber gefährlich aussehenden Pistole aus wenigen Zentimetern auf Millicent Tunes' Gesicht.

»Hi, Mom«, sagte Marylou.

Edith holte tief Luft, um sich zu beruhigen. Es war vielleicht eine Verhaltenstherapie, die sie haßte, aber sie funktionierte. »Ist alles in Ordnung?«

»Es geht mir gut.«

»Sie«, sagte Edith und zeigte mit einem vor Wut zitternden Finger auf Tunes, »haben uns schon beim letzten Mal Schwierigkeiten gemacht. Ich werde persönlich dafür sorgen, daß Sie den Rest Ihres Lebens im Gefängnis bleiben.«

»Ach, lassen Sie mich doch in Ruhe«, erwiderte Millicent ungehalten. »Ich habe Ihre wertvolle Tochter nicht angefaßt. Das war David.«

»Er hat für sie gearbeitet«, warf Marylou ein. »Sie war seine Therapeutin im Gefängnis.«

»Hah!« rief Edith. »Berufschädigendes Verhalten, Ausbeutung, Mißbrauch der therapeutischen Macht. Paragraph 372, *Handbuch der Ethischen Vorschriften für Psychiater.*«

»Das beweist, wie wenig Sie wissen«, sagte Millicent Tunes triumphierend. »Ich bin Psychologin, keine Psychiaterin.«

»Und *ich*«, fügte Edith hinzu und warf ihren Schal mit einer herrischen Geste über die Schulter, »war Vorsitzende des Allgemeinen Verwaltungsausschusses zur Koordinierung und Vereinheitlichung ungelöster Differenzen von September bis November 1986. Es war entsetzlich langweilig, aber wir haben die Arbeit abgeschlossen. Es steht auch in Ihrem Handbuch, Süße, schwarz auf weiß.«

Tunes funkelte sie an.

»Ihr Lehranalytiker muß sich Ihrer schämen«, fuhr Edith fort. »Aber wahrscheinlich war er ein Freudianer und ein nicht sehr intelligenter, der sich nur mit demselbigen beschäftigte und kein moralisches Verständnis besaß.«

»Ich werde Sie verklagen«, sagte Tunes, »wegen ungesetzlicher Verhaftung und Körperverletzung. Ich habe einen ausgezeichneten Anwalt.«

»Wir«, sagte Marylou, die den Wortwechsel wie eine Zuschauerin beim Tennismatch beobachtet hatte, »haben einen *Mafia*anwalt.«

»Okay«, sagte Ed Garr, als er eintrat und Marylou die Pistole wegnahm, »jetzt ist alles unter Kontrolle. Wollen Sie mitkommen und eine Aussage machen?«

»Auf jeden Fall will ich das.« Marylou setzte ihren Hut auf, warf die Bänder mit einer herrischen Geste über *ihre* Schulter und marschierte aus dem Raum.

Edith Kesselbaum strahlte. »Ist sie nicht wunderbar?« fragte sie Tante Hermione.

Aus Angst davor, was sie erwartete, blieb Stoner zögernd an der Tür zu Gwens Krankenhauszimmer stehen.

Gwen lebte, aber sie befand sich auf der Intensivstation. Sie würde von Schläuchen und Monitoren und schrecklichen Apparaten umgeben sein.

Der Schmerz in ihrem Knie klopfte schrecklich. Aber nach zwölfstündiger Einnahme von Schmerztabletten hatte sie genug. Sie bekam dadurch ein Gefühl von Unwirklichkeit, von einem Schwebezustand. Und Stoner hatte ein großes Bedürfnis nach Realität. Selbst wenn die Realität weh tat.

Nun, die Realität erwartete sie auf der anderen Seite dieser Tür. Mühsam schluckend atmete sie in der antiseptisch riechenden Luft einmal durch und stieß die Tür auf.

Gwen saß bereits aufrecht im Bett, war blaß wie das Laken und hatte schwarze Ringe unter den Augen. Den Arm hatte man ihr mit einer Bandage an den Körper gebunden und das Krankenhausnachthemd lose über die Schulter drapiert. Es gab relativ wenige Apparate und Monitore. Nur einen, der die Tropfen zählte, die durch eine intravenöse Nadel in ihrer Hand flossen, und einen, der schnurrend ihre Herzschläge zählte. Sie sah sehr schmal und sehr verletzlich aus.

Sie schaute Stoner an und lächelte. Es war nur ein Lächeln, ein kleines Lächeln, aber es ließ die Sonne scheinen.

»Hi«, sagte Stoner. Sie humpelte durch das Zimmer und berührte zögernd mit einem Finger Gwens Hand.

Gwen wickelte ihre Finger um Stoners. »Selbst hi. Ich würde dich gern umarmen, aber ich habe ein Loch in der Brust.«

»Ist schon in Ordnung.« Sie kam sich an diesem merkwürdigen Ort plötzlich ganz schüchtern vor.

»Was ist mit dir passiert?« fragte Gwen und zeigte auf Stoners Bein.

Stoner zuckte die Achseln. »Nichts besonderes. Irgendwas ist gerissen, oder die Kniescheibe hat 'nen Sprung oder so was.«

»Du solltest auf Krücken gehen.«

»Ach, du kennst mich ja.«

»Ja«, sagte Gwen und sah ihr tief in die Augen. »Ich kenne dich.«

Ihr wurde plötzlich ganz warm. »Ich würde dich gern küssen, aber ich habe Angst, auf dich raufzufallen.«

»Das geht schon in Ordnung. Ich rieche wahrscheinlich sowieso nach Krankenhaus.« Sie rieb mit dem Finger über Stoners Handrücken. »Stoner, ich hatte ... einen höchst merkwürdigen Traum.«

»Ja?«

»Ich träumte, wir wären auf verschiedenen Rundfahrten ... Ich weiß nicht mehr, welchen ... in *Horizons*, glaube ich. Und in *The Land*. Doch es waren keine Rundfahrten, sondern es war alles real.«

»Aha«, sagte Stoner unverbindlich.

»War das ein Traum?«

»Irgendwie ja und irgendwie nein, nehme ich an.«

Gwen grinste. »Danke für die Aufklärung.«

»Das ist irgendwie kompliziert. Ich bin mir selbst nicht sicher.«

»Was ist aus den anderen geworden?«

»Millicent Tunes und David sind wieder im Gefängnis – wegen gemeinsam geplanten Mordes oder so was. David war Tunes' Patient, weißt du.«

»Nein, das wußte ich nicht. Wie geschmacklos!« Gwen griff nach einem Glas Wasser.

Stoner nahm es und hielt es, während sie trank. »Willst du etwas Witziges hören? Marylou hat David überredet, Tunes wegen falscher Behandlung zu verklagen.«

»Bitte«, sagte Gwen, »es tut weh, wenn ich lache.«

»Sie besorgt ihm sogar einen Anwalt.« Stoner strich sich das Haar aus der Stirn. »Ich weiß nicht. Sie sollte besser aufpassen. Ich glaube, er ist jetzt schon in sie verknallt.«

»Da ist eine Menge passiert, was ich noch nicht weiß.«

»Es läuft dir nichts weg.«

Gwen begann müde auszusehen. Stoner wußte, daß sie gehen sollte, aber sie wollte es nicht. Sie wollte sie nie wieder verlassen. »Du bist fast gestorben«, sagte sie sanft.

»Das hörte ich schon.«

»Wenn du ... Gwen, ich ...« Ohne zu wissen, wie ihr geschah, brach sie in Tränen aus.

Gwen zog Stoners Kopf an ihre Schulter und streichelte ihr Haar. »Ich weiß. Mir geht es genauso.«

»Es tut mir leid. Du liegst hier schwer verletzt, und ich bin ...« Aber sie konnte nicht aufhören. Die Schluchzer brachen heftig und ruckartig aus ihr heraus, als würden Steine aus ihrer Brust gerissen.

Gwen ließ sie weinen, streichelte sie und flüsterte ihren Namen.

Nach einer Weile schluchzte sie weicher und sanfter. Stoner fummelte nach einem Taschentuch und putzte sich die Nase. »Du warst dem Tod so nahe, und ich hatte solche Angst. Ich wußte nicht, daß mir irgend etwas solche Angst einjagen könnte.«

»Das muß wohl die Liebe sein«, sagte Gwen zärtlich.

»Ich weiß nicht, ob es richtig ist, jemanden so sehr zu lieben. Jemanden so sehr zu brauchen, daß ...«

»Steinchen ...«, unterbrach Gwen sie.

Stoner blickte zu ihr auf. »Was?«

»Sei jetzt still.«

Sie küßte Gwens Hand und rieb sie an ihrer Wange. Ihre Haut fühlte sich so weich, so sicher an. Sie wollte weiterhin ihre Nähe fühlen. Für noch eine Stunde, für einen Tag, für immer.

»Entschuldige. Ich weiß, du bist müde, aber ich möchte einfach bei dir sein.«

»Ist schon gut, Stoner.«

»Ich weiß nicht, was ich ohne dich tun würde.«

»Ich gehe nicht weg.«

Stoner grinste. »Das nehme ich auch nicht an. Jedenfalls nicht für eine Weile.« Sie schwieg einen Augenblick lang. »Ich dachte wirklich, du wärest tot«, sagte sie schließlich.

»Ich auch.«

Stoner sah sie an. »Du auch?« Sie griff nach einem weiteren Taschentuch und versuchte, die Verwüstungen an ihren Augen zu beseitigen. »Meinst du wegen des Lichts und der Tunnel und so?«

Gwen lächelte. »Ein bißchen vielleicht. Ich fühlte etwas. Als würde ich meinen Körper verlassen. Und da war jemand – eigentlich kein richtiger Mensch. Es war eher eine Art von Präsenz. Und ich erinnere mich irgendwie, daß ich sagte, ich müßte zurückkehren ...« Sie zuckte die Schultern. »Vielleicht war es ein Traum.«

»Die ganze Sache ist so verrückt gewesen. Zu unerklärliches ... *Zeug*.«

»Dabei fällt mir etwas ein«, sagte Gwen, als sie wieder nach dem Glas Wasser griff, »es heißt, du hättest diesen Mann mit einer *Klammermaschine* niedergestreckt.«

»Mit einer Klammerpistole. Damit konnte ich seine Aufmerksamkeit ablenken.«

»Du hast dich mit einer Klammerpistole gegen eine richtige Pistole gewehrt?«

»Es blieb mir nichts anderes übrig. Ich mußte etwas tun. Außerdem war es eine sehr kräftige Klammerpistole.«

Gwen schüttelte den Kopf. »Hast du schon mal gehört, daß die Polizei sich um so etwas kümmert?«

»Ich hatte Angst, er würde entwischen.«

»Typisch Butches«, sagte Gwen mit einem müden Seufzer. »Komische Figuren.«

Stoner küßte sie.

»Also«, sagte Tante Hermione, als sie die letzten Reste der gegrillten Rippchen aufgegessen hatte, »nun erzähl mir mal, wie du dir das alles erklärt hast.«

»Was alles?« fragte Stoner, obwohl sie genau wußte, was sie meinte.

»Die Dinge, die dir passiert sind.«

»Ich weiß nicht.« Sie stand auf. »Möchtest du Nachtisch?«

Ihre Tante ergriff Stoners Hand. »Nein, das möchte ich nicht. Und du auch nicht. Du weißt, daß wir darüber sprechen müssen.«

Es war Nachmittag, und die Cafeteria vom *Crystal Palace* füllte sich allmählich. Stoner schaute auf den Boden, an die verglaste Decke, hinüber zur Menschenkette, die ihre Tabletts füllte. Überall hin, nur nicht ihrer Tante in die Augen. »Ein paar witzige Dinge sind passiert, das ist alles.«

»Das ist *nicht* alles, Stoner«, sagte Tante Hermione entschlossen. »Setz dich und rede mit mir.«

Sie ließ sich wieder auf ihren Platz fallen und starrte auf ihren Teller.

»Ich will mich nicht als Beschützerin aufspielen«, sagte Tante Hermione, »aber ich fühle mich etwas verantwortlich für dich, weißt du.«

»Ja, ich weiß.« Sie fühlte sich wieder wie sechzehn und so hilflos und ängstlich wie damals, als sie von zu Hause weggelaufen war, um für viele Jahre bei Tante Hermione zu wohnen. Ihre Tante hatte sich um sie gekümmert, als sie verloren gewesen war. Aber auch jetzt war sie verloren. »Ich weiß nicht, wie ich darüber sprechen soll«, sagte sie.

»Erzähl mir einfach, was passiert ist.«

Sie schaute auf. Tante Hermione betrachtete sie ruhig und geduldig. Dadurch fühlte sie sich etwas sicherer. »Nun, als Gwen im Sterben lag, da war mir so, als wären wir in eine andere Dimension gegangen oder so was ...«

»Ja, ich weiß, Liebes. Ich war auch da.«

Stoner verzog das Gesicht. »Das beruhigt mich nicht gerade, weißt du. Ich glaube, daß es vielleicht nur ein Traum war.«

»Ich habe beobachtet, wie du dich seit Tagen quälst und dir Gedanken machst und versuchst, das alles zu begreifen – oder es irgendwie zu verdrängen, so daß du darüber nicht mehr nachdenken mußt. Du weigerst dich, darüber zu sprechen, und du willst nicht einmal in die Nähe des EPCOT Centers gehen. Dort ist dir etwas passiert, und das hat nichts damit zu tun, daß Marylou entführt oder Gwen angeschossen wurde.«

»Ich habe dich schon tausendmal gebeten, nicht in meinen Gedanken zu lesen«, erwiderte Stoner.

Tante Hermione seufzte in gespielter Verzweiflung. »Manchmal bist du ein richtiger *Kindskopf*.«

»Okay, okay, also folgendes ist passiert. Eigentlich war es nicht viel. Wir waren auf der Fahrt durch *The Land*, und ein Hund folgte dem Boot, aber Gwen konnte das nicht sehen. Und ich sah jemanden am Fenster oben im Farmhaus, und es stellte sich heraus, daß es Callie Rose war. Und dann war ich vor diesem walisischen Geschäft, doch irgendwie war ich auf einmal in Wales ...«

Ihre Tante wartete, daß sie fortfuhr, doch Stoner zuckte die Achseln. »Das war alles.«

»Und wie erklärst du dir das?«

Sie bemühte sich wirklich sehr, sich zu konzentrieren. Sie wußte, wie sie sich das erklären konnte, aber sie wollte es nicht wissen. Jedesmal, wenn sie sich diesem Punkt näherte – und in den letzten paar Tagen hatte sie sich ihm mindestens hundertmal genähert –, schreckte sie zurück. Denn was sie an diesem Punkt fühlte, war wie ein heißer Ofen, und sie wußte, wenn sie ihn berührte, würde sie sich auf eine Art verbrennen, die ihre Sichtweise von der Realität für immer verändern würde.

»Du mußt dich dieser Sache stellen, Stoner. Entweder oder. Du mußt sie glauben oder von dir weisen, denn wenn du dich nicht entscheidest, wird sie dich auffressen.«

Ein paar Vögel flogen über den *Crystal Palace*. Stoner überlegte müßig, ob die Parkangestellten jede Nacht den Vogeldreck entfernen mußten.

»Ich weiß nicht, wie ich das klären soll«, sagte sie.

»Natürlich weißt du das.«

Sie fühlte sich in die Enge getrieben. »Okay, nehmen wir einmal an – hypothetisch ...«

»Hypothetisch ist gut«, sagte Tante Hermione.

»Sagen wir mal, daß es zwei verschiedene Dimensionen der Realität gibt oder sogar mehr ...«

»Ich würde sagen mehr.«

»... ähnlich wie verschiedene Universen oder so was. Und da gibt es Stellen, wo der Vorhang oder die Wand oder die Trennlinie oder was auch immer dünner als an anderen Stellen ist. Und EPCOT befindet sich vielleicht auf so einer Stelle, so daß die Illusion zur Realität wird und die Realität zur Illusion ... oder wie auch immer.«

Ihre Tante nickte sehr ernst. »Ich glaube, das ist eine gute Erklärung. Doch wenn jeder diese Erfahrung machte, würde das Schlagzeilen geben. Was meinst du, warum das nicht passiert?«

»Weil ...« Okay, das war der schwierige Teil. Sprich es einfach aus. »Weil es nicht jeder sehen kann.«

»Aber du hast es gesehen.«

»Ich weiß!« sagte Stoner.

»Und Callie Rose?«

Sie schaute auf. »Was ist mit ihr?«

»Sie hat nach dir gerufen, und du hast sie gehört.«

»Yeah.« Stoner wand sich unbehaglich. »Vermutlich hatten wir vor zwanzig Leben miteinander zu tun oder so was«, erklärte sie frivol.

»Oder sie rief nach dir, weil du bereit warst zuzuhören.«

»Ich bin nicht bereit zuzuhören«, erregte sie sich. »Meine Güte, habe ich nicht schon genug am Hals in der richtigen Welt?« Sie sah es schon vor sich. Hilferufe von Geistern, die nicht weiterkamen. Schreie von verlorenen Seelen. Sie könnten das Reisebüro ausbauen. Sich ein neues Motto anschaffen. Sie wissen nicht, wohin Sie gehören? Steckengeblieben auf der materiellen Ebene, obwohl Sie ein ätherisches Ziel hatten? Sind Sie verschieden, aber das Gepäck kam nicht nach? Rufen Sie Stoner McTavish an, ihre Agentin für Reisen zum Geist.

»Was du damit anfängst, ist natürlich allein deine Sache«, sagte ihre Tante. »Wenn du nicht willst, daß Geister sich an dich wenden, gibt es Möglichkeiten, sich davor zu schützen. Aber ich fürchte, Stoner, daß diese Dinge dir weiterhin passieren werden, solange du sie nicht anerkennst.«

Sie rührte in den Resten ihres gemischten Salats und zerdrückte einen Blattfetzen. »Das behauptet Gwen auch immer«, sagte sie schmollend.

»Und behauptet Gwen auch, daß du der Wahrheit nahe kommst, wenn du knallrot wirst?«

Heftig stach sie mit der Gabel in eine grüne Olivenscheibe. »Ja.«

Tante Hermione lehnte sich auf ihrem Stuhl zurück. »Nun, ich denke, unser Gespräch ist damit beendet. Sollen wir Nachtisch nehmen?«

»Wenn ich wüßte, wonach wir suchen«, sagte George, »könnte ich wahrscheinlich nützlicher sein.«

»Das ist wirklich kompliziert«, erklärte Stoner ausweichend. »Ich möchte nur sehen, ob alles so ist, wie ich es in Erinnerung habe.« Natürlich war sie gern bereit, dieser Frau, die sie kaum kannte, zu erklären, daß sie auf der Fahrt durch *Horizons* – möglicherweise – eine andere Dimension von Zeit und Raum betreten hatten. Wo sie einer Frau begegnet waren, die die lebendige Verkörperung einer Audio-Animatronic-Figur war und in genau dieser Orangenplantage arbeitete – nur war es in dieser anderen Dimension natürlich eine richtige Orangenplantage gewesen. Und diese Frau war eine praktizierende Hexe der Zukunft gewesen, die von Tante Hermione ein Geschenk erhalten hatte. Und das besagte Geschenk befand sich vielleicht oder vielleicht auch nicht mehr in der Tasche der Audio-Animatronic-Version der realen Frau aus der anderen Welt und …

Richtig. George würde ihr jedes Wort glauben.

»Bitte«, sagte sie, »vertrau mir. Ich mache nichts kaputt.«

»Ach, das weiß ich doch«, sagte George. »Denkst du, ich hätte dich in unseren Wohnwagen zu einem wundervollen MikrowellenTupperware-Essen eingeladen, wenn ich geglaubt hätte, daß du etwas kaputtmachst?«

Stoner grinste. »Und das war auch ein feines Abendessen.«

»War es nicht«, sagte George. »Es war eine Demütigung. Aber denk dran, ihr wußtet, worauf ihr euch einlaßt.«

»Ich schon«, sagte Stoner, »aber Marylou nicht.«

»War sie nicht großartig?« kicherte George. »Ich habe noch nie erlebt, daß jemand einen ganzen Abend lang so höflich war.«

»Das hättest du«, erklärte Stoner, »wenn du mich jemals beobachtet hättest, wenn sie mich in ein exotisches Restaurant mit ethnischer Küche einlädt. Ich hoffe, du hast es mir nicht übelgenommen, daß ich ihr diese Falle gestellt habe. Jetzt war sie mal dran.

»Es war wunderbar.« George schloß den Hintereingang zum *Horizons*-Pavillon auf und leuchtete mit der Taschenlampe die Wand ab, bis sie den elektrischen Schaltkasten gefunden hatte. Sie betätigte einen Schalter, und das Licht ging an. »Wir sind hier drin, Ed«, sagte sie in ihren Walkie-talkie. »Ich melde mich, wenn wir gehen.« Sie steckte den Walkie-talkie zurück in die Gürteltasche. »Du hättest jetzt mal die Lichter in der Computerzentrale blinken sehen sollen. Wir wurden gerade als Einbruch im Sicherheitsbereich registriert.«

»Du bekommst deswegen doch keine Schwierigkeiten, oder?«

»Nee, dafür darf Ed mich einfach ein paarmal Süße nennen.« Sie führte sie zum Anfang der Rundfahrt. »Wohin willst du?«

»In den Mesa Verde-Teil.«

George führte sie auf der Fahrspur entlang am *Tomorrowland* vorbei. Im normalen Licht, ohne die ultravioletten Lampen, beweglichen Fahrzeuge und projizierten Bilder, sah die Ausstellung flach, leblos und etwas unheilvoll aus. Wie ein Vergnügungspark außerhalb der Saison. Sie drängten sich an der *OmniSphere* mit ihren gigantischen gewölbten Kinoleinwänden vorbei, die silbergrau, still und unheimlich waren. Dann kamen sie nach Nova Cite und schließlich in die Plantage von Mesa Verde.

Es war alles da. Der Kontrollturm. Der gemalte Hintergrund aus Orangenbäumen. Die Pflückroboter. Und Elaine oder eher ihre Audio-Animatronic-Person, die über den Hain blickte und denselben Trainingsanzug trug.

Stoner zögerte. »Wie oft wird diese Kleidung gereinigt?«

»Nicht oft«, sagte George. »Hier ist es ziemlich sauber.«

»Glaubst du, sie wurde gereinigt, seit ich letzte Woche hier war?«

»Das läßt sich leicht feststellen.« Sie zog den Walkie-talkie heraus. »Ed, würdest du bitte den Reinigungsplan für *Horizons* im Computer aufrufen?« Sie wartete einen Augenblick. »Okay, wann haben sie hier das letzte Mal saubergemacht? Aha. Okay, danke.« Sie drehte sich zu Stoner um. »In der Woche nach Labor Day haben sie hier geputzt und kommen erst kurz vor Thanksgiving wieder.«

Wenn sie den Drudenfuß also hier gelassen hatten, müßte er sich noch in Elaines Tasche befinden. Sie betrat die Ausstellungsfläche und streckte die Hand aus, um die Puppe zu berühren. Sie zögerte.

Und wenn sie die Halskette fand ...?

Dann würde sie wissen, daß alles, was man ihr über das Leben und die Welt und den Raum und die Zeit beigebracht hatte, falsch war. Daß dieses Ding, das sich Realität nannte, nur die halbe Wahrheit war, nicht mehr Realität, als ein Foto vom Ozean tatsächlich der Ozean war. Und vor allem, daß sie noch eine Menge zu lernen hatte, denn das, was sie in über drei Jahrzehnten gelernt hatte, war ein Kindergarten im Vergleich zu dem, was ihr noch unbekannt war.

Und wenn sie sie nicht fand?

Dann wüßte sie es nicht mit Sicherheit. Es bestünde weiterhin die Möglichkeit, daß das, was sie erlebt hatte, wirklich passiert war, aber daß die Halskette die Reise zurück nicht mitgemacht hatte. Also bestand weiterhin die Wahrscheinlichkeit ...

Doch sie wußte, was passieren würde. Sie würde zuerst langsam, aber mit zunehmender Sicherheit zu der Überzeugung kommen, daß alles ein Traum oder eine Illusion gewesen war oder eine Fehlwahrnehmung in ihrem Denken, die durch Angst verursacht worden war. Das Erlebnis würde immer mehr verblassen, bis es nur noch merkwürdig war – und schließlich nicht einmal mehr merkwürdig, sondern nur noch etwas, das vielleicht passiert, aber dessen sie sich nicht mehr sicher war. Und wenn es soweit war, wäre der Zauber vorbei.

Sie ließ die Hand fallen.

»Hast du gefunden, wonach du gesucht hast?« rief George.

Stoner drehte sich zu ihr um. »Ich glaube ja«, antwortete sie.

Es war ihr letzter Morgen in Disneyworld. Ein regnerischer, häßlicher, unfreundlicher Morgen. Aber nach einer Woche sonniger Gleichmäßigkeit Tag für Tag waren sie froh über die Abwechslung. Edith hatte sie zum Frühstück ins Top of the World eingeladen, aber Marylou hatte auf dem Character Cafe bestanden, was alle sehr rätselhaft fanden, bis Goofy auftauchte und Marylou anfing, schamlos mit ihm zu flirten.

»Ich muß schon sagen«, bemerkte Tante Hermione zu Edith. »Marylou hat sich bei diesem Abenteuer bewundernswert verhalten. Sie hat diesen armen Mann völlig verwirrt.«

Edith betrachtete bewundernd ihre Tochter. »Nicht wahr? Weißt du, als sie klein war, hatte ich immer Angst, daß unsere Familie nicht ausreichend disfunktionierend sei. Ich stellte mir schon vor, daß sie genauso spießig und dumpf wie eine Republikanerin werden würde. Aber sie ist wunderbar locker, nicht wahr?«

»Ja«, sagte Gwen. »Ich glaube, du kannst alle Bedenken in der Hinsicht beiseite tun.«

»Und sie hat David überredet, Millicent Tunes wegen Fehlbehandlung zu verklagen. Ich mache natürlich zu seinen Gunsten eine Aussage. Vielleicht können wir ein milderes Urteil für ihn erreichen, wenn wir ungebührliche Beeinflussung beweisen können. Wir haben angeboten, seinen Anwalt zu bezahlen – für Marylous Entführung bekommt er natürlich keine Bezahlung –, aber er wollte nichts davon wissen. Eigentlich ist er ein netter Junge. Für einen Kriminellen ein ziemlich aufrechter Mann.«

»Bist du sicher, daß du mit dem Rückflug keine Schwierigkeiten haben wirst?« unterbrach Stoner Marylou beim Winken und Lächeln.

»Absolut«, erwiderte Marylou. »Nach allem, was wir durchgemacht haben, wird der Flug mit USAir kein Problem sein.«

»Verlaß dich nicht darauf«, murmelte Gwen. Sie war immer noch schwach und hatte manchmal Schmerzen, obwohl drei Tage Sonnenbaden am Strand von Bay Lake etwas Farbe in ihr Gesicht gebracht hatten.

»Bei dem Thema fällt mir ein«, sagte Edith, »daß wir nach unserer Rückkehr in Boston als erstes die exotischste, nahrhafteste und am schwierigsten herzustellende Torte auftreiben müssen.«

»Schokoladentrüffeltorte mit Himbeersauce«, erklärte Marylou.

Edith beugte sich über den Tisch. »Die gibt es nicht zufällig bei McDonalds, oder?« flüsterte sie Stoner zu.

Stoner grinste. »Ich fürchte, nein.«

»Glaubst du etwa, sie erwartet von mir, daß ich sie *mache*?«

»Nur wenn sie noch verrückter ist, als wir denken.«

Tante Hermione goß Salsa-Sauce auf ihr Omelett. »Wir kommen in etwa drei Tagen. Ich finde wirklich, daß es für Gwyneth zuviel wird, auf einen dieser gotterbärmlichen Flugzeugsitze gequetscht zu werden. Und wir würden unser Tempo gern selbst bestimmen.«

»Wenn du willst, brauchst du das Reisebüro nicht zu öffnen, bevor ich nicht komme«, sagte Stoner zu Marylou. »Du könntest sicherlich auch etwas Erholung gebrauchen.«

»Ist er nicht süß?« seufzte Marylou, als Goofy ihr Winken schließlich erwiderte. Dann wandte sie ihre Aufmerksamkeit Stoner zu. »Mach dir keine Sorgen. Ich habe alles unter Kontrolle.«

»Jetzt kommt die Kreuzfahrtsaison, weißt du.«

»Ich *weiß*«, lachte Marylou. »Nach der Erfahrung, die wir gemacht haben, finde ich, solltest du wirklich aufhören, dich mit solchem Kleinkram abzurackern, und dich auf höhere Dinge konzentrieren.«

»Auf welche zum Beispiel?«

»Andere Universen und so was.«

»Die Kreuzfahrtsaison«, sagte Stoner, »ist das Ultimative Andere Universum. Die Buchungen sind nicht so schlecht, aber wir müssen jetzt mit Veränderungen und Stornierungen und politischen Umbrüchen rechnen.«

»Ganz zu schweigen von Wirbelstürmen, Vulkanausbrüchen und anderen Naturereignissen«, gab Marylou zu. »Vielleicht nehme ich deinen Rat an und schließe das Büro. Übrigens, Schätzchen, bestehst du immer noch darauf, daß alles real war?«

»Ich weiß es wirklich nicht«, sagte Stoner und sah Gwen an. »Was meinst du?«

»Seht mich nicht so an«, erwiderte Gwen. »Ich war die ganze Zeit bewußtlos.«

»Natürlich war es real«, erklärte Tante Hermione. »Manchmal erweckt ihr Zweifler, wenn ihr euch so hoffnungslos an die materielle Ebene klammert, in mir … in mir … nun, den Wunsch, mich hinzulegen.« Sie fing sich wieder und hüstelte etwas verlegen. »Vergebt mir bitte diesen Ausbruch. Ich scheine heute morgen von allen Geistern verlassen zu sein.«

Die Monorail glitt mit einem leisen Poltern ins Contemporary Hotel. Stoner beobachtete sie mit einem fast nostalgischen Gefühl. Trotz aller Ängste und Befürchtungen, trotz der erschreckenden Dinge, die passiert waren, hatte sie sich tatsächlich ein bißchen in Disneyworld verliebt. Die Geschäftsleitung hatte sie gut behandelt und sie eingeladen, auf ihre Kosten im Hotel zu bleiben, bis Gwen wieder reisen konnte. Sie hatte ihnen Eintrittskarten für die Parks gegeben und ihnen jede Unterstützung gewährt, die sie brauchten, als Gwen aus dem Krankenhaus kam. Stoner wurde sogar ein Rollstuhl und eine Pflegeperson angeboten, damit sie ihr Knie ausruhen konnte, aber das machte sie verlegen, und sie lehnte das Angebot höflich ab. Vielleicht machten sie sich nur Sorgen um ihren Ruf, und vielleicht wollten sie eventuelle Klagen vermeiden. Es war egal. Ob echt oder verkleidet, dieser Ort war magisch und würde immer magisch sein.

Edith stand auf. »Also, wir müssen los. Unser Flug geht um eins, und Marylou besteht darauf, auf dem Weg das Tupperware Museum zu besuchen. Weiß Gott, warum, aber ich mußte es versprechen, oder sie würde das Flugzeug nicht besteigen.« Sie tippte ihrer Tochter auf die Schulter. »Es wird Zeit, daß du deine Hormone unter Kontrolle bekommst, mein liebes Kind.«

Marylou verdrehte die Augen. »Mutter, *wirklich*.«

»Ist dir schon der Gedanke gekommen«, fragte Gwen Stoner, »daß wir ein paar sehr interessante Augenblicke verpassen, wenn wir nicht mit den beiden fahren?«

»Der Gedanke ist mir schon gekommen«, antwortete Stoner. »Ich glaube aber nicht, daß wir diese Art interessanter Augenblicke brauchen.«

Während Tante Hermione mit ihren Freundinnen aus Cassadaga zum Abschied meditierte, beschlossen Stoner und Gwen, sich ein letztes Mal »Listen to the Land« anzusehen. Das kleine Boot knatterte die Wasserstraße entlang. Der Titelsong, der ihnen wie ein Werbesong für Pfefferminzkaugummi noch wochenlang durch den Kopf ging, forderte sie auf, so zu tun, als seien sie Pflanzensamen, und der liebevollen Güte der Mutter Natur zu vertrauen. Die gemalten Wurzeln und Kürbisse und Sämlinge waren diesmal wirklich nur gemalte Dinge, hübsch, aber harmlos. Der Dschungel war lebensecht, aber ein automatisierter Dschungel. Die Wüste und die Prärie benahmen sich so, wie sie programmiert worden waren, und die Bisons taten auch nur, was die Computer ihnen befahlen. Der kleine Hund vor dem Farmhaus bellte pflichtbewußt, als die Sensoren das Nahen ihres Bootes registrierten, und er hörte sofort auf, als sie vorbei waren.

Die Dinge, die geschehen waren, schienen wirklich ein Traum gewesen zu sein. Sie konnte sich in die Ereignisse zurückversetzen und einen Teil ihrer Geheimnisse nachempfinden. Aber ihr logischer Verstand aus dem 20. Jahrhundert übernahm allmählich die Kontrolle. Es machte sie ein wenig traurig.

Gwen zupfte an ihrem Ärmel. »Hör mal«, flüsterte sie und wies mit einer Kopfbewegung auf die Plätze hinter ihnen.

Stoner blickte sich um. Ein kleines Mädchen, nicht älter als fünf Jahre, bekleidet mit einem winzigen Overall und winzigen Turnschuhen, schaute mit großen staunenden Augen über den Bootsrand. Ihre Mutter lächelte nachsichtig.

»Das war nur eine Puppe, Schätzchen. Wie dein Aufzieh-Micky.«

»Nein, das war ein richtiger junger Hund.«

Die Mutter bemerkte, daß Stoner sie beobachtete, und lächelte verlegen. »Sie ist ein sehr phantasievolles Mädchen. Ständig sieht sie Dinge, die niemand sonst sieht. Sie glaubt, der kleine Hund sei hinter dem Boot hergejagt.«

Stoner fühlte einen harten Knoten in ihrem Magen. »Das sieht alles sehr realistisch aus«, sagte sie zitternd.

Das Mädchen schüttelte entschieden den Kopf. »Ich habe es gesehen, Mommy. Wirklich.«